SAMUEL BJØRK

Bitterherz

D1870036

GOLDMANN

Samuel Bjørk

Bitterherz

Der dritte Fall für Kommissar Munch

Thriller

Aus dem Norwegischen
von Gabriele Haefs

GOLDMANN

Die norwegische Originalausgabe erschien 2018 unter dem Titel
»Gutten som elsket rådyr« bei Vigmostad & Bjørke, Norwegen.

Dieses Buch wurde mit finanzieller Unterstützung von NORLA übersetzt.

NORLA
NORWEGIAN LITERATURE ABROAD

1. Auflage
Taschenbuchausgabe Mai 2022

Published by arrangement with Ahlander Agency
Umschlaggestaltung: UNO Werbeagentur, München
Umschlagmotive: FinePic®, München; plainpicture/Design Pics/Patrick Endres;
Lee Avison/Trevillion Images
Redaktion: Nike Karen Müller
KS · Herstellung: ik
Satz: GGP Media GmbH, Pößneck
Druck und Bindung: GGP Media GmbH, Pößneck
Printed in Germany
ISBN: 978-3-442-49286-2

www.goldmann-verlag.de

Am ersten Weihnachtstag 1999 fuhr ein Rentner auf dem Weg von Oslo nach Hemsedal durch die Berge. Der einundsiebzig Jahre alte Witwer hatte an Heiligabend seine Tochter besucht. Er fuhr gern diese Strecke, aus zwei Gründen. Erstens mochte er die Stadt nicht. Es war immer schön, den Menschen und ihren ewigen Ansprüchen zu entkommen. Der zweite Grund war ganz einfach der, dass er unterwegs von der ungeheuer schönen Natur umgeben war. Wald, Heide, Berggipfel, Seen, zu jeder Jahreszeit gleichermaßen prachtvoll. Norwegen vom Feinsten. Echte Schönheit, so weit das Auge reichte. In diesem Jahr war es früh Winter geworden, und wenn sich der magische Schnee ausgebreitet hatte, war es, wie durch eine stille, schöne Postkarte zu fahren. Normalerweise. Der alte Mann sah nicht mehr gut, und er hatte unbedingt früh losfahren wollen, um die Rückfahrt genießen zu können. Bei Tageslicht. Aber nein, diesmal war er nicht rechtzeitig weggekommen. Dunkelheit. Die mochte er nicht. Zu Hause vor dem Kamin zu sitzen, das war das eine, dann war alles gut, dann hatte er durchaus nichts dagegen, dass der Erdball sich gedreht hatte und dass er nun von der Nacht umgeben war, nein, nein, das konnte richtig gemütlich sein. Sich ein

Gläschen mit etwas Leckerem einschenken. Sich unter einer Decke auf dem Sofa verkriechen, während draußen das nächtliche Tierleben erwachte und die dicken Holzwände vor Kälte knackten. Aber im Auto? So weit weg von zu Hause? Nein, das gefiel ihm nicht. Der alte Mann fuhr jetzt langsamer und schob sein Gesicht noch näher an die Windschutzscheibe. Er hatte für sein Auto neue Scheinwerfer gekauft. Kräftige Leuchten für Notfälle wie diesen, und die schaltete er ein, als die Wolken über den Himmel glitten und das letzte kleine, schwache Licht bedeckten, das der Mond noch geliefert hatte. Plötzlich eine eiskalte, bedrückende Finsternis. Der alte Mann holte tief Luft und spielte für einen Moment mit dem Gedanken, anzuhalten und zu warten. Idiotisch, natürlich. Großer Gott. Draußen waren es fast zwanzig Grad unter null, und er war weit vom nächsten Ort entfernt. Er musste einfach durchhalten. Sehen, wie er zurechtkam. Der alte Mann wollte gerade das Radio einschalten, um einen Sender zu finden, der ihn wach halten konnte, als die Scheinwerfer plötzlich etwas trafen, was ihn dazu zwang, das Bremspedal durchzutreten.

Verdammt.

Eine Gestalt vor ihm auf der Straße.

Was zum …?

Fünfzig Meter.

Zwanzig Meter.

Zehn Meter.

Die Reifen quietschten, er spürte sein Herz im Hals pochen, er umklammerte das Lenkrad, seine Fingerknöchel waren weiß, die Welt schien vor seinen Augen einzustürzen, ehe der Wagen endlich zum Stillstand kam.

Der alte Mann rang um Atem.
Was zum Teufel?
Auf der Fahrbahn vor ihm stand ein kleiner Junge.
Ohne sich zu bewegen.
Mit blauen Lippen.
Mit einem Rehgeweih auf dem Kopf.

• Teil I •

April 2013

• 1 •

Der zehn Jahre alte Junge mit dem Lockenkopf hockte auf der hinteren Sitzbank in dem kleinen Ruderboot und versuchte, so still zu sein, wie er konnte. Er schaute kurz zu seinem Vater hinüber, der an den Rudern saß, und spürte, wie ihm innerlich ganz warm wurde. Bei Papa zu Besuch. Endlich wieder. Der letzte Besuch hier oben war schon eine Weile her, Mama hatte nämlich gehört, was da passiert war. In Papas Haus weit oben im Wald, fast im Gebirge, dem Haus, das Mama als Bruchbude bezeichnete. Er hatte zu erklären versucht, dass das keine Rolle spielte, weil Papa nicht solche Mahlzeiten kochte wie Mama. Und dass er im Haus rauchte und im Wohnzimmer ein Gewehr hatte. Damit wollte er doch Schneehühner schießen, keine Menschen, aber Mama hatte nicht hören wollen. Keine Besuche mehr, sie hatte sogar die Polizei angerufen, oder vielleicht nicht die Polizei, sondern Leute, die gekommen waren und am Küchentisch mit ihm geredet und Sachen in ein Notizbuch geschrieben hatten, und danach hatte er Papa nicht wiedergesehen. Bis jetzt.

Der Junge hätte gern gesagt, dass er seit dem letzten Mal Bücher gelesen hatte. Über Angeln und Fischen. In der Bibliothek. Dass er jetzt die Namen von vielen Fischen kannte,

Lavaret, Saibling, Lengfisch, Forelle, Lachs, und dass er wusste, dass es in solchen Seen wie diesem keine Hechte gab, weil sich der Hecht gern im Schilf versteckt. Schilf wuchs hier nicht, hier reichte das Moor bis ans Ufer, aber er hielt den Mund, denn das hatte er gelernt. Beim Angeln soll man eigentlich gar nichts sagen, und wenn doch, dann ganz leise und nur, wenn Papa zuerst etwas sagt.

»Erste Tour in diesem Jahr auf dem Svarttjønn«, flüsterte der Vater und lächelte ihn durch seinen Bart hindurch an.

»Immer von Neuem magisch«, flüsterte der Junge zurück und spürte wieder den schönen warmen Strom durch seinen Körper laufen, als der Vater ihm zuzwinkerte.

Der Junge hatte oft versucht, es Mama zu erklären. Das mit Papa. Dass er so gern hier war. Die Vögel vor dem Fenster. Den Duft der Bäume. Dass Geld nicht immer wichtig war, dass es nicht Papas Schuld war, dass niemand seine Zeichnungen kaufen wollte, dass man essen konnte, ohne sich vorher die Hände zu waschen, ohne Tischdecke, aber sie wollte nicht hören, und manchmal war es so schwer, die richtigen Wörter zu finden, deshalb hatte er einfach aufgehört, das zu versuchen.

Bei Papa sein.

Er hob den Blick zu den Wolken und hoffte, sie würden bald verschwinden. Es sollte sternenklar sein. Dann kam der Fisch. Der Junge schaute wieder zum Vater hinüber, zu den starken Armen, die still die Ruder durch das fast kohlschwarze Wasser zogen, und er hätte gern gesagt, dass auch er ein bisschen trainiert hatte, bald würde er es schaffen, das Boot zu rudern, aber er sagte nichts. Nicht im Fitnesscenter, wo Mama hinging, da hatten Kinder keinen

Zutritt, er hatte es zu Hause in seinem Zimmer gemacht, seit fast einem halben Jahr so ungefähr jeden Nachmittag Liegestütze und Push-ups, und ja, er hatte sich mehrmals im Spiegel betrachtet, aber seine Muskeln waren nicht sehr viel größer geworden. Dennoch, er hatte immerhin einen Plan. Im nächsten Sommer vielleicht. Dann könnte es doch endlich wirken. Der Junge hatte sich vorgestellt, wie es sein würde. Er würde mit dem Rucksack auf dem Rücken durch das Tor kommen, vielleicht mit einem der T-Shirts, wie die Männer in Mamas Fitnesscenter welche hatten, mit großen Armen, dicken Muskeln, die das Boot problemlos rudern konnten, und dann könnte Papa auf der Rückbank sitzen, während er selbst die Riemen durch das Wasser zog.

»Ohne Bier gibt's keinen Angeltörn«, flüsterte der Vater und zwinkerte noch einmal, während er sich zwischen seine Knie bückte und noch eine von den grünen Dosen öffnete, die unten im Boot lagen.

Der Junge nickte zur Antwort, obwohl er wusste, dass das zu den Dingen gehörte, über die Mama mit den Leuten gesprochen hatte, als die zu Besuch gekommen waren: Dass Papa zu viel trank, und dass das verantwortungslos war. Der Svarttjønn. Der geheime schöne See oben im Gebirge, den nicht so viele kannten, und jetzt waren sie beide hier draußen, deshalb versuchte er, nicht mehr daran zu denken. Dass Mama gesagt hatte, dass das nicht mehr vorkommen würde. Besuche bei Papa. Dass das hier vielleicht das letzte Mal war.

»Der erste Wurf?«, flüsterte der Vater und legte die Ruder ins Boot.

»Fliege oder Kunstköder?«, flüsterte der Junge mit den

Locken zurück und wusste, dass das hier wichtig war, auch wenn er noch nicht so ganz begriffen hatte, weshalb.

»Was meinst du?«

»Kunstköder?«, fragte der Junge ein wenig unsicher, dann merkte er, wie angenehm seine Wangen kribbelten, als der Vater nickte, ihn anlächelte und die Dose öffnete, die neben ihm auf der Ruderbank stand.

»Zu dunkel für Fliege, findest du nicht auch?«

»Finde ich auch«, sagte der Junge, nickte und schaute wieder zu den Wolken hoch, tat einen Augenblick so, als habe er nicht bemerkt, dass der Himmel nicht so sternenklar war, wie sie es sich gewünscht hatten.

»Hier«, sagte der Vater, als er den bunten Haken an der Angelschnur befestigt hatte.

Ein feierlicher Augenblick, als er die Angelrute übernahm, die der Vater ihm gereicht hatte, und obwohl der Junge wusste, was der Vater sagen würde, gab er vor, er lerne etwas Neues, als der Vater nun flüsterte: »Kurze Züge, damit wir den Boden nicht erreichen, okay?«

»Okay«, sagte der Junge und schwenkte die Rute über das Dollbord.

Die Angelrolle festhalten. Die Angelrute heben. Zurück. Genau im richtigen Augenblick loslassen, und der Junge spürte ein weiteres Mal, wie die Wärme durch den Körper strömte, als er den Blick des Vaters bemerkte, der ihm sagte, dass er alles richtig gemacht hatte, während der bunte Haken durch die Luft flog und mit einem fast lautlosen Platschen das schwarze Wasser traf.

»Nicht zu viel«, flüsterte der Vater und nahm sich noch ein Bier. »Zupfen. Vorsichtig.«

Der Junge tat, wie ihm geheißen, und plötzlich hätte er

Mama gern erzählt, dass sie sich irrte. Das Boot. Der See. Er wollte so gern bei Papa sein. Egal, was die Leute mit den Notizblöcken sagten. Vielleicht könnte er sogar herziehen? Die Vögel füttern? Mit dem Dach auf dem Haus helfen? Die losen Steinplatten der Treppe reparieren? Er war so vertieft in diese Gedanken, in die Vorstellung, wie schön alles werden könnte, dass er fast vergaß, dass er die Angelrute in Händen hielt.

»Fisch!«

»Was?«

»Du hast einen Fisch!«

Der Junge fuhr zusammen und sah, dass sich die Rute bog. Er drehte an der Angelrolle, aber die wollte sich fast nicht rühren.

»Groß!«, rief der Junge und vergaß ganz, dass er doch den Mund halten sollte.

»Shit«, sagte der Vater und rutschte zurück auf die Sitzbank. »Beim ersten Wurf, und du hast nicht den Boden erreicht?«

»Glaub … ich … nicht …«, sagte der Junge und kurbelte aus Leibeskräften, es ging so schwer, dass das Boot langsam näher zum Ufer hingetrieben wurde.

»Bald haben wir ihn«, sagte der Vater, grinste und hob die Arme über das Dollbord. »O verdammt!«

»Was ist los?«

»Nicht hinschauen, Thomas«, rief der Vater plötzlich, als das, was am Haken hing, an der Wasseroberfläche auftauchte.

»Papa?«

»Leg dich ins Boot. Nicht hinsehen!«

Aber dann schaute er eben doch.

Auf das Mädchen, das unter ihnen im Wasser lag.

Das blauweiße Gesicht.

Die offenen Augen.

Die im Wasser treibenden Kleider, viel zu wenig, um damit in den Wald zu gehen.

»Papa?«

»Runter, verdammt noch mal, Thomas!«

Der Junge konnte nichts mehr sehen, denn nun stürzte der Vater auf ihn zu.

Und presste ihn auf die Planken des Bootes.

• 2 •

Es stimmte nicht, dass Karoline Berg Angst vor dem Fliegen hatte. Sie brachte das nur als Ausrede vor. Die Wahrheit war, dass sie Angst vor allen Reisen hatte. Sie war am liebsten zu Hause. Sie liebte ihre Gewohnheiten, nein, sie *brauchte* ihre Gewohnheiten.

»Kannst du nicht zu Besuch kommen, Mama?«

»Das würde ich ja gern, Vivian, aber du weißt doch, bei meiner Angst vor dem Fliegen ...«

»Kannst du nicht einfach die Bahn nehmen, Mama?«

»Sechzehn Stunden eingesperrt in einer Konservendose mit Menschen, die ich nicht kenne?«

»Nein, schon klar, aber ich möchte so gern, dass du mich tanzen siehst.«

»Ich hab dich doch tanzen sehen, Vivian. Schon oft.«

»Sicher, aber das hier ist nicht das Kulturhaus von Bodø. Das ist die Oper in Oslo, Mama. Die Oper! Hab ich schon erzählt, dass ich ins Ensemble von Alexander Ekman aufgenommen worden bin? Ich werde in Schwanensee tanzen. Schwanensee! Ist das nicht der totale Wahnsinn?«

»Vivian, das ist absolut fantastisch. Meinen Glückwunsch, Liebes.«

»Du wächst da oben noch fest, Mama, so ganz allein. Kannst du nicht einen Ausflug nach Oslo machen? Wir können ins Restaurant gehen. Du weißt doch, dieses Maaemo? Das im Guide Michelin steht und überhaupt, können wir nicht ...?«

Natürlich wollte sie ihre Tochter tanzen sehen.

Großer Gott ja, es gab nichts, was sie lieber wollte.

»Wir sehen uns, wenn du nach Hause kommst, können wir nicht erst mal dabei bleiben?«

»Sicher, Mama. Aber du, ich muss jetzt los, wir haben Probe. Es geht dir doch gut?«

»Mir geht es gut, Vivian, denk nicht an mich.«

»Okay, Mama, dann bis bald.«

»Ja, bis bald.«

Wie war es überhaupt so weit gekommen?

Diese Tage, die einfach kamen und gingen.

Wo war ihr Leben?

Zweiundvierzig Jahre alt, aber sie fühlte sich wie hundert. Jeden Samstag, bei einem Krabbenbrot unten im Sydvest, und sie ließen es sich nicht anmerken, aber im tiefsten Herzen wusste sie, dass die anderen über sie lachten. Ihre Freundinnen. Dieselben wie damals vor so vielen Jahren. Gesamtschule Bodø. Oberstufe, Abitur, und damals hatte sie große Pläne gehabt. Wollte nach Indien. Nach Afrika. In Guatemala Äpfel pflücken. In Amsterdam auf der Straße Gitarre spielen. Die anderen, nein, die wollten nichts, wollten heiraten, Kinder bekommen, bei der

Gemeindeverwaltung arbeiten, im Supermarkt, niemals Bodø verlassen jedenfalls, aber jetzt schienen alle die ganze Welt gesehen zu haben, nur sie nicht.

Im Frühjahr vor zwei Jahren war Vivian zum Vortanzen nach Oslo gefahren. Die starke, reizende Vivian, die so plötzlich gekommen war, fast aus dem Nichts. Der Flughafen von Bodø. Wo die Flugzeuge in alle Welt starteten, und wo die NATO-Soldaten zum Manöver kamen. Karoline Berg war zwanzig gewesen, ohne irgendeine Sorge. Er war aus England und ließ sie mit dickem Bauch und ohne Adresse sitzen.

Seine Schuld?

Luke Moore aus Leeds, der attraktive Pilot mit den dunklen Locken?

Dass du nie irgendwohin gefahren bist, Karoline.

Nein, das hast du allein dir selbst zuzuschreiben.

Sie wohnte in einer kleinen Wohnung nur zweihundert Meter vom Flughafen entfernt, war aber niemals dort gewesen.

Nirgendwo.

Ihr müsst einfach mal nach Alicante, da ist es einfach traumhaft.

Mette.

Die ihre beste Freundin gewesen war, eigentlich, jetzt aber nicht mehr; Mann, Kinder, schönes Haus in Hudstad, jeden Sommer Urlaub, an weit entfernten Orten.

Meine Güte, Key West, ich werd verrückt, ich hatte ja gehört, dass es schön sein soll, aber so?

Synnøve.

Die in der Grundschule kaum gewusst hatte, was zwei plus zwei ergibt, aber die sich einen Unternehmer aus

Harstad unter den Nagel gerissen hatte, der Segelboote liebte und in Immobilien im Ausland investierte.

Über sie lachen, ja, das taten sie.

Immer wenn sie den COOP betraten.

Nicht laut, aber sie konnte es ihnen ansehen.

»Willst du den Bon? Eine Tüte?«

Lebensmittel auf dem Laufband, und immer dieses Geräusch.

Großer Gott, wie sie dieses Geräusch hasste.

Vollkornbrot.

Biip.

Milch.

Biip.

Vier Cola im Sonderangebot.

Biip.

Du bist hässlich.

Biip.

Du bringst es nie zu was.

Biip.

Aber dann, in aller Heimlichkeit, ja, wenn die nur wüssten, hatte sie eine Nummer angerufen, die sie im Internet gefunden hatte. Sie hatte mehrere Glas Rotwein getrunken, ehe sie sich getraut hatte. Und ja, sie hatte bei den ersten Malen wortlos aufgelegt, mit schweißnassen Handflächen, aber am Ende, beim dritten Versuch, hatte sie es gewagt, den Mund aufzumachen.

Psychologe.

Gott im Himmel, noch mehr Gesprächsstoff, noch mehr Anlässe, über sie zu lachen, aber sie hatte es trotzdem getan.

Zum Glück.

Flughafen Bodø.

Sie wohnte seit fast fünfunddreißig Jahren hier in der Nähe, hatte aber noch nie einen Fuß in die Abflughalle gesetzt.

Was hatte der Psychologe noch gesagt?

Einen Schritt nach dem anderen.

Okay, das schaffst du, Karoline.

Sie konnte ihr Spiegelbild in den blanken Schiebetüren sehen. Sie konnte es fast berühren, aber sie kam sich vor wie auf einem anderen Planeten. Sie hatte neue Kleider gekauft. Sie war beim Friseur gewesen. Ja wirklich, nachdem ihr endlich dieser Anruf gelungen war, hatte sie alles getan, was er sagte. Nicht nach den ersten Malen, nein, da war ihr alles widerlich vorgekommen. Als ströme Dreck aus ihrem Mund, wann immer sie ihn öffnete. Er hatte ihr so viele persönliche Fragen gestellt. Dinge, die sie sich noch nie überlegt hatte. Welche Beziehung hattest du zu deinem Vater? Wie war dein Verhältnis zu deiner Mutter? Gott im Himmel, ihr war furchtbar schwindlig gewesen, ihr war schlecht, Gedanken und Gefühle, die sie bis dato nicht gekannt hatte, schwirrten in ihrem Kopf herum, sie hatte nachts nicht schlafen können. Aber jetzt, nach einigen Wochen, war eine Art Durchbruch gekommen. Es war wie eine Schneelawine. Hatte sie sich einmal geöffnet, gab es kein Halten mehr.

Sie lächelte ihrem Spiegelbild zu.

Du bist so hübsch, Karoline.

Du bist so tapfer, Karoline.

Neuer Mantel, Karoline? Schick.

Du musst lernen, dich selbst zu mögen.

Oslo?

Die Hauptstadt.

Sie hatte schon so lange Lust gehabt, dort hinzureisen.

Das Schloss besichtigen. Das Parlamentsgebäude. Die Prachtstraße Karl Johan. Und nicht zuletzt die Oper.

Sie atmete noch mal tief durch, zwang sich, die letzten Schritte zu gehen. Einen Fuß vorsetzen. Dann noch einen. Sie war jetzt drinnen. Sie stand in der Abflughalle. Ihr wurde ein wenig schwindlig, aber sie blieb nicht stehen. Das geht bestimmt gut, Karoline. Nur noch ein kleines Stück. Da hinten. Ein blauer Bildschirm. SK4 111. SAS. Oslo. Abflug 12.35.

Jetzt komme ich, Vivian.

Jetzt kommt Mama, um dich tanzen zu sehen!

• 3 •

Holger Munch kam sich vor wie ein Idiot, als er am Fenster seiner kleinen Wohnung stand und sich die vierte Zigarette des Tages anzündete. Der Frühling war in die Stadt gekommen, die Bäume beim Bislett-Stadion wurden grün, aber das war auch das Einzige, was seine Laune ein wenig hob. Es war ein schwerer Winter gewesen. *Nein, es war ein guter Winter gewesen, deshalb kam er sich so blöd vor.* Er hatte sich beurlauben lassen. Miriam, seiner Tochter, war etwas Schreckliches zugestoßen. Er hatte sich freigenommen, um ihr auf die Beine zu helfen. Die Geschehnisse hatten die Familie einander wieder nähergebracht. Es war über zehn Jahre her, dass er sein altes Haus in Røa verlassen hatte, aber in diesem Winter schien das Tragische von damals ausgelöscht zu sein, als hätte die Scheidung von

Marianne nicht stattgefunden. Miriam war zuerst im Krankenhaus gewesen, aber als sie sich dann auf dem Weg der Besserung befand, hatten sie sie in das alte Haus geholt. Und er war ebenfalls dort eingezogen. Der neue Mann seiner Exfrau, Rolf, war ausgezogen, damit Miriam sich in Ruhe erholen konnte, und Munch hatte ganz schnell seinen Platz eingenommen. Und sie waren fast wieder wie eine Familie gewesen. *Verdammt, er hätte begreifen müssen, dass es nicht von Dauer sein würde. Großer Gott, wie blöd war er gewesen!* Die Mahlzeiten an dem teuren Wohnzimmertisch. Den sie damals vor langer, langer Zeit zusammen gekauft hatten, als er gerade als Mordermittler angefangen hatte und sie zum ersten Mal ein bisschen mehr Geld ausgeben konnten. Die Freitagabende vor dem Fernseher, wie eine ganz normale Familie. Er und Marianne auf dem Sofa, ihr Enkelkind Marion zwischen sich. Sie hätten Miriam um ein Haar verloren, er hätte doch begreifen müssen, dass Marianne sich nur deshalb so verhielt. Als ob alles wäre wie in alten Tagen. Als ob sie wieder zusammen wären.

Nicht dass sie ihm einen Vorwurf gemacht hätte, obwohl Munch die Ursache dafür war, dass ihre Tochter fast ums Leben gekommen wäre. Oder die Ursache und der Grund. Die Mordeinheit hatte Jagd auf einen kranken Mörder gemacht, und Miriam war dessen letztes Opfer gewesen. Hätte sein letztes Opfer sein können. Munch zog wieder an der Zigarette und schüttelte den Kopf. Merkte, dass die Furcht ihn noch nicht ganz verlassen hatte. *Was, wenn …? Und wenn doch ….?* Aber es war gut gegangen. Zum Glück. Und dann hatte er sich in diese Behaglichkeit eingelullt. Er und Marianne. Miriam. Die kleine Marion.

Er hatte sogar seinen Trauring wieder getragen. Idiot, sicher hatte sie das gesehen. Einige Tage war es erst her, sie war nach draußen auf die Treppe getreten, als er dort eine rauchte.

Du, Holger, wir müssen reden ...

Er hatte es in ihrem Blick gesehen.

Rolf kommt morgen zurück ...

Er hatte nur genickt. Seine wenigen Habseligkeiten zusammengepackt und das Haus mit eingekniffenem Schwanz verlassen. Noch einmal.

Was für ein Idiot.

Wie ein blöder Teenie.

Was hatte er eigentlich geglaubt?

Holger Munch drückte die halb gerauchte Zigarette im Aschenbecher auf der Fensterbank aus und wollte gerade eine neue aus dem Päckchen schnippen, als das Telefon klingelte.

Den Namen auf dem Display hatte er lange nicht gesehen.

Anette Goli.

Die fähige blonde Polizeijuristin, die die Mordeinheit während seiner Abwesenheit in Gang gehalten hatte.

»Ja, hier Munch?«

»Hallo, Holger«, sagte die freundliche Stimme.

Holger Munch war gute zehn Jahre der Leiter der Sonderermittlungseinheit in der Mariboes gate gewesen und hatte im Laufe dieser Zeit die besten Kräfte aus dem ganzen Land um sich versammelt. Anette Goli gehörte unbedingt dazu. Es ließ sich nicht verhehlen, dass es Konflikte zwischen der Einheit und der Polizeiführung unten in Grønland gegeben hatte. Munch ging gern seine eigenen

Wege, und davon waren nicht alle gleichermaßen begeistert. Mikkelson, der Chef, war einer davon. Munch war ziemlich sicher, wenn ihre Aufklärungsquote nicht tadellos gewesen wäre, hätte Mikkelson sie wieder nach unten geholt, um ihnen auf die Finger schauen zu können. Kontrolle. Anette Goli spielte meistens die Diplomatin. War der Leim, der das System zusammenhielt.

»Geht es gut?«, fragte Goli. »Was macht sie?«

»Miriam geht es gut«, sagte Munch und streckte die Hand nach der neuen Zigarette aus. »Besser und besser, eigentlich, sie spricht jetzt wieder, noch nicht besonders deutlich, aber es wird.«

»Das höre ich gern«, sagte Goli, doch dann wurde ihre Stimme ernster. »Es tut mir leid, wenn ich störe, aber ich muss dich einfach fragen. Mikkelson will die Einheit wieder aktivieren. Ohne Druck natürlich, nur, wenn du bereit zur Rückkehr bist.«

»Geht es um das Mädel oben im See?«

»Ja«, sagte Goli. »Das hast du mitgekriegt?«

Munch hatte sich dort oben in Røa in seinen Kokon verkrochen, aber diesen Fall konnte einfach niemand ignorieren. Die Medien hatten ihn weidlich ausgeschlachtet. Eine junge Frau im Ballettkostüm war tot in einem Bergsee gefunden worden, weit vom nächsten Ort entfernt.

»So halbwegs«, sagte Munch. »Wissen wir, wer sie ist?«

»Vivian Berg, zweiundzwanzig, sie war beim Nationalballett.«

»Ach was«, sagte Munch. »Ist sie von hier?«

»Eigentlich aus Bodø, aber sie wohnt hier, deshalb will Mikkelson, dass wir den Fall übernehmen.«

»Gibt es eine Vermisstenmeldung?«, fragte Munch und merkte, dass es schon wieder aktiviert war.

Das Polizistendenken.

Eine junge Frau im Ballettkostüm?

In einem Bergsee?

Er hatte, wie gesagt, alles verdrängt, aber das hatte keinen Sinn mehr. Er war wieder in seiner kleinen Wohnung, allein. Der Trauring war im Badezimmerschrank verstaut.

»Ihre Mutter aus Bodø ist überraschend zu Besuch gekommen, hat sie aber zu Hause nicht angetroffen, ist daraufhin zur Polizei gegangen, die Kollegen haben alles aufgenommen.«

»Verdammt«, sagte Munch.

»Genau«, erwiderte Goli. »Was meinst du? Bist du bereit? Sollen wir den Apparat hier anwerfen? Die Einheit wieder auf die Beine bringen?«

»Wer arbeitet jetzt an dem Fall?«

»Die Kripo, aber nur bis auf Weiteres. Der Fall gehört uns, wenn du bereit bist.«

»Bist du im Büro?«

»Ja«, sagte Goli.

»Bin in zwanzig Minuten da«, sagte Munch und legte auf.

• 4 •

Mia Krüger wollte gerade den letzten Pappkarton zukleben, als das Skype-Signal in dem Laptop ertönte, der geöffnet vor ihr auf dem Wohnzimmertisch stand. Die vierunddreißig Jahre alte Polizistin lächelte, als sie sah, wer anrief.

»Endless Summer«

Sechs Monate auf einem Segelboot in der Karibik.

Sie nahm ihre Kaffeetasse vom Fußboden, setzte sich aufs Sofa und zog die Beine an.

»Hallo, Mia, wie geht's? Hast du den Flug gebucht?«

Viktor Våge. Ein alter Kollege, der vor vielen Jahren das eiskalte Norwegen und die Truppe verlassen hatte, um seinen Traum zu leben.

»Gestern«, Mia nickte. »Ich fliege über New York und dann weiter.«

»Sehr gut«, das sonnengebräunte Gesicht auf dem Bildschirm lächelte. »Wann landest du?«

»Nächsten Dienstag. Seid ihr auf St. Thomas oder wo?«

Ein dunkelhäutiger Kellner tauchte hinter Viktor auf und stellte einen Cocktail auf den Tisch.

»Nein, wir liegen im Hafen von Road Town auf Tortola. Ist so anstrengend da drüben.«

»Auf St. Thomas?«

»Ja, Kreuzfahrthafen. Und außerdem landen da die ganzen Touristen aus den USA.«

»Soll ich dann zu euch rüberkommen?«

»Nein, nein«, sagte Viktor Våge und zog zwei Dollarscheine aus der Tasche seines farbigen Hemdes.

Der Kellner nickte und verschwand wieder. Mia konnte im Hintergrund eine Palme sehen. Einen Ventilator unter der Decke. Ein eng umschlungenes Paar, das lachend vorbeiging, Drinks in der Hand, sie in weißem Bikini, er mit bloßem Oberkörper.

Die Karibik.

Sie konnte es fast nicht glauben.

»Wir holen dich ab. Das ist kein Problem. Verdammt heiß hier heute, und da drüben? Noch immer Winter?«

Er blinzelte und fuhr sich mit dem Handrücken über die Stirn.

»Nein, es sieht jetzt so langsam nach Frühling aus«, sagte Mia und warf einen Blick aus dem Fenster.

Die schwache Sonne schickte milde Strahlen auf den fast leeren Holzboden. April. Frühling in Oslo. Dreizehn Grad. Die bleischwere Dunkelheit, die den ganzen Winter lang über der Hauptstadt gelegen hatte, war endlich verschwunden, aber das war natürlich nichts gegen das, was sie erwartete.

Die Virgin Islands.

»Hier ist das ganze Jahr lang Sommer«, sagte Viktor Våge und trank einen Schluck von seinem Cocktail. »Ich freue mich so darüber, dass wir das geschafft haben, Mia. Wird schön, dich wiederzusehen. Rufst du mich an, ehe du ins Flugzeug steigst? Damit ich weiß, dass du unterwegs bist?«

»Unbedingt«, Mia nickte. »Ich glaube, ich bin so gegen eins am Dienstag auf St. Thomas.«

»Ja, das müsste stimmen, die Morgenmaschine aus New York«, wieder nickte Viktor. »Ich sag Bescheid, wenn wir zu einem anderen Liegeplatz müssen, okay?«

»Klingt gut.«

»Die ›Endless Summer‹ wartet auf dich«, sagte Viktor Våge und hob lächelnd ein letztes Mal seinen Drink, ehe er auf seine Tastatur drückte und verschwand.

Mia Krüger schaltete den Skype-Zugang aus und spürte, wie sich die Wärme in ihrem Körper ausbreitete.

Sechs Monate auf einem Segelboot.

Warum war sie vorher noch nie auf diese Idee gekommen?

Papa in der Küche zu Hause in Åsgårdstrand, gebeugt über die Bootszeitschriften, die er abonniert hatte.

»Ach, schau mal, Mia. Eine J-Class Endeavour. Hast du schon mal so was Schönes gesehen?«

Acht Jahre war sie alt. In einem Augenblick, in dem sie mit ihm allein sein konnte. Ihre Zwillingsschwester Sigrid irgendwohin unterwegs. Chor. Ballett. Reiten. In der Hinsicht waren sie verschieden gewesen. Sigrid, immer aktiv. Sie selbst eher still. Mochte sich nicht so gern vorzeigen. Zwei Mädchen, gleichzeitig geboren und für immer aneinander gebunden, und doch so verschieden.

Willst du Schneewittchen sein, dann bin ich Dornröschen?

Warum muss ich immer Schneewittchen sein, Sigrid?

Weil du dunkle Haare hast und ich blonde, hast du das noch nicht kapiert?

Nein. Ich bin dumm.

Dumm? Das darfst du nie wieder sagen. Du bist die Klügste, die ich kenne, Mia.

Mia Krüger klappte den Laptop zu und stellte die Kaffeetasse wieder auf den Boden.

Nicht mehr daran denken.

Das war vorüber.

Sie zog das Klebeband über den Deckel des Pappkartons und holte einen Filzstift. Brauchte einen Moment, um zu überlegen, was sie schreiben wollte, entschied sich dann für etwas Schlichtes.

Bilder.

Mia hob den Karton vom Boden auf, trug ihn in das winzige Schlafzimmer und stellte ihn zu den anderen. Die Erinnerungen. Sie hatte endlich genug Kraft gefunden, sie durchzugehen, alles abzuschließen, was so schwer gewesen war. Der letzte Karton war der schlimmste gewesen. Vor allem in dem einen Fotoalbum zu blättern war hart. *Mias Album.* Das ihre Mutter für sie gemacht hatte. Mia als Baby auf dem Titelblatt, im Kinderwagen, ein seltenes Mal allein auf einem Bild, und dann im Album: *Mia und Sigrid am 2. Geburtstag. Sigrid und Mia tanzen. Papa hat ein neues Auto gekauft!* Die ganze Kindheit in Åsgårdstrand so dokumentiert, wie nur ein Fotoalbum aus den Achtzigerjahren es gekonnt hatte. Verblichene bunte Erinnerungen, die in ihr sofort den Drang ausgelöst hatten, ins Badezimmer zu stürzen und den Deckel von den Pillendosen zu drehen, sich zu betäuben, aber sie hatte es natürlich nicht gemacht.

Da war nichts mehr.

Keine Pillen mehr.

Alle Schränke leer.

Keine Flaschen mehr.

Vier Monate zuvor: Drinnen war es fast mehr Winter gewesen als draußen vor den Fenstern. Alkohol und Tabletten. Eine andauernde Betäubung einer Welt gegenüber, mit der sie einfach nicht umgehen konnte.

Zehn Jahre zuvor: Sie hatten ihre Zwillingsschwester Sigrid tot durch eine Überdosis Heroin in einem verdreckten Keller in Tøyen gefunden. In ihrer Trauer waren ihre Eltern denselben Weg gegangen, fort, tot.

Ein Jahr zuvor: Sie hatte ihre Wohnung in Oslo aufgegeben, ein Haus in Trøndelag gekauft und beschlossen, den anderen zu folgen.

Sich das Leben zu nehmen.

Komm, Mia, komm.

Ihre Zwillingsschwester Sigrid, die in einem weißen Kleid durch ein gelbes Kornfeld lief und sie rief, wie in einem hypnotischen Traum.

Großer Gott, wie dumm sie gewesen war.

Sie schämte sich noch immer.

Mia warf einen letzten Blick auf die Pappkartons, zog die Tür hinter sich zu und ging zurück ins Wohnzimmer.

Ein neues Leben.

Sechs Monate auf einem Segelboot.

Sie lächelte wieder, stellte ihre leere Kaffeetasse auf die Anrichte in der Küche und wollte gerade ins Badezimmer gehen, um zu duschen, als die Türklingel ertönte. Mia lief hinaus in die Diele und sah durch den Türspion ein vertrautes Gesicht. Ihr Nachbar Alexander, ein junger Mann von Mitte zwanzig, zusammen mit einer blonden Frau, die sicher seine Schwester war.

Könntest du dir vorstellen, deine Wohnung zu vermieten? Solange du verreist bist? Sie hat es gerade nicht so leicht …

Mia Krüger hatte mit dem Gedanken gespielt, die Wohnung zu verkaufen, diese Stadt abzuhaken, aber sie war in dieser Hinsicht immer ein bisschen wankelmütig gewesen. Jemandem in einer Notlage zu helfen … Auch da waren sie ziemlich verschieden gewesen, Sigrid und sie. Sigrid war immer viel härter gewesen, Mia immer empfindlich ihrer Umgebung gegenüber, manchmal fühlte sie sich fast durchsichtig. Sie hätte natürlich etwas ganz anderes werden sollen als Polizistin. Ab und zu machte die Bosheit sie einfach fertig. Eigentlich hatte sie damals beschlossen, Literatur zu studieren. Schon als Kind war sie in die Welt der Fiktion eingetaucht, wie in eine Freistatt von all den starken Eindrücken, die sie umgaben. Sie hatte einen Versuch gemacht, sich an der Universität immatrikuliert, einige Vorlesungen besucht, hatte es aber nie zu einem Examen gebracht. Es war ihr so sinnlos vorgekommen. Bücher zu lesen, während Sigrid auf der Straße lebte, sich in Hauseingängen Spritzen setzte, nein, sie musste etwas Konkreteres tun. Deshalb hatte sie sich an der Polizeihochschule beworben, eher durch einen Zufall, und aus irgendeinem seltsamen Grund hatte sie ihre Sache außergewöhnlich gut gemacht. Munch hatte sie zur Mordeinheit geholt, noch ehe sie mit dem Studium fertig gewesen war. Sie hatte diese Arbeit vom ersten Augenblick an geliebt. Den Zusammenhalt im Team. Extrem kompetente und intelligente Menschen. Das Gefühl, etwas beizutragen. Ein Schild gegen das viele Elend zu sein. Aber es war ein zweischneidiges Schwert. Sie war ungeheuer stark, aber zugleich so verletzlich.

Gerade das macht dich ja zu etwas so Besonderem, Mia.

Deshalb bist du die Beste, die ich habe.

Holger Munch war in den vergangenen zehn Jahren eine Art Vater für sie gewesen, und sie war ihm ewig dankbar dafür, aber es wurde jetzt Zeit.

Ein neuer Anfang.

Sechs Monate frei.

Sie spürte, wie sich die perlende Freude wieder in ihrem Körper ausbreitete, als sie die Tür öffnete und die jungen Leute hereinließ.

• 5 •

Mia bestellte einen Kaffee und ein Mineralwasser und suchte sich im Justisen einen Tisch in einer stillen Ecke. Einige Monate zuvor hätte sie um ein Bier und einen Jägermeister gebeten. Das kam ihr jetzt vor wie ein anderes Leben. Bei dem Gedanken daran wurde ihr fast schlecht. Munch verspätete sich, und während sie wartete, spielte Mia mit dem Armband, das sie am Handgelenk trug. Sie hatte einen Moment lang überlegt, ob sie es mit allen anderen Dingen wegpacken sollte, aber sie hatte sich dann dagegen entschieden. Jede hatte so eins zur Konfirmation bekommen. Ein silbernes Armband mit einem Herzen, einem Anker und einem Buchstaben. M an ihrem, S an Sigrids. Sie hatten die Armbänder zusammen studiert, im Licht, das durch das Fenster fiel, oben in ihrem gemeinsamen Zimmer, nachdem alles vorüber war, und es war Sigrids Vorschlag gewesen:

Willst du meins, dann krieg ich deins?

Mia hatte das Armband seither nie wieder abgenommen. Ihr Telefon zeigte das Datum 10. April. In acht Tagen würde es genau elf Jahre her sein. Die Überdosis. Das war noch ein Grund, warum sie ihre Abreise auf diesen Tag gelegt hatte. Sie konnte einen Besuch am Grab nicht ertragen. Hatte Angst davor, was das mit ihrem Kopf machen würde. Vier Monate ohne Drogen. Training an fast jedem einzelnen Tag. Sie hatte sich niemals besser gefühlt. Die Begegnung mit dem Grabstein könnte sie wieder hinab in diese tiefe Finsternis ziehen, und sie wollte das Risiko ganz einfach nicht eingehen.

Sigrid Krüger.

Schwester, Freundin und Tochter.

Geboren 11. November 1979. Gestorben 18. April 2002.

Zutiefst geliebt. Zutiefst vermisst.

Nein, sie hatte es nicht über sich gebracht, das Armband wegzupacken. Die Fotos und alles andere mussten reichen.

S für Sigrid.

M für Mia.

Sie trank einen Schluck Mineralwasser und warf einen Blick zum Tresen, wo sich ein älterer Mann ein frisch gezapftes Bier holte. Nein. Keine Probleme. Darauf hatte sie wirklich keine Lust.

Munch kam eine halbe Stunde zu spät. Er zog seinen beigen Dufflecoat aus und umarmte sie, ehe er sich setzte und einen Ordner vor Mia auf den Tisch legte.

»Hast du etwas zu essen bestellt?«, fragte er und schaute zum Tresen hinüber.

»Nein, keinen Hunger«, sagte Mia.

Munch winkte einen Kellner an den Tisch und bat um ein Krabbenbrot und einen Apfelsaft.

»Hör mal, Mia«, sagte er und beugte sich zu ihr vor. »Ich habe mit Mikkelson gesprochen, und wir sind da ganz einer Meinung. Er ist ein Idiot. Die Beurlaubung ist zu Ende. Es war ein Fehler seinerseits. Wir brauchen dich bei der Truppe. Okay?«

Mia deutete ein Lächeln an.

»Ich fahre in einer Woche, Holger.«

»Du bist fest entschlossen?«

»Ja.«

»Ganz sicher?«

Mia nickte.

Munch seufzte und kratzte sich am Bart.

»Ich verstehe. Okay. Ich hätte dich natürlich gern dabeigehabt, aber ich gönne dir diese Reise. Werde dich nicht weiter quälen. Musste nur fragen.«

»Die Einheit wird also wieder aktiv?«

»Ja.«

»Geht es um die Frau, die oben in dem See gefunden wurde?«

Munch nickte, als der Kellner das Bestellte brachte.

»Vivian Berg. Tänzerin. Sie wurde im Ballettkostüm gefunden. Ein kleiner Junge und sein Vater beim Angeln.«

»Wo war das?«

»Der See heißt Svarttjønn. Liegt oben in Vassfaret. Oben in den Bergen, ein seltsamer Schauplatz.«

»Wie meinst du das?«

Munch machte sich über sein Krabbenbrot her und redete mit vollem Mund.

»Sie ist am Donnerstag aus ihrer Wohnung verschwunden und wurde am Samstag in den Bergen gefunden, in ihrem Ballettkostüm, also, wenn das nicht seltsam ist.«

Er legte einen Finger auf den Ordner zwischen ihnen.

»Alles ist hier drinnen.«

»Ich weiß, worauf du hinauswillst, Holger, aber mein Entschluss steht fest.«

»Ich verstehe«, sagte Munch.

»Was meinst du mit Ballettkostüm?«

»Haare hochgesteckt. Balletttrikot mit so einem Röckchen, einem Tutu. Weiße Strumpfhose. Und solche Schuhe mit gepolsterten Spitzen.«

»Spitzenschuhe? Die hatte sie an?«

Munch nickte.

»Seltsam.«

»Ja, nicht wahr?«

»Wie weit von der Straße entfernt liegt dieser See?«

»Na ja, vielleicht eine Dreiviertelstunde zu Fuß, durch ziemlich steiles Terrain.«

»Er hat sie hochgetragen?«

»Wenn man das wüsste«, sagte Munch und zuckte mit den Schultern.

Er schaute sie über sein Brot hinweg an, und sie konnte es in seinem Blick sehen.

»Was?«, fragte sie und legte den Kopf schief.

»Wie was?«

»Was erzählst du mir nicht?«

Munch sah sie mit ernster Miene an und wischte sich den Mund mit seiner Serviette ab.

»Ich glaube, sie ist selbst gegangen«, sagte er schließlich.

»Wie meinst du das?«

»Die Ballettschuhe sind total durchlöchert und zerrissen. Die Sohlen. Also liegt es doch auf der Hand, dass sie zum See gegangen ist.«

»Selbstmord?«

»Nein, absolut nicht. Sie wurde durch einen Nadelstich ins Herz getötet.«

»Eine Spritze?«

»Ja.«

»Und was enthielt die?«

»Ethylenglykol.«

»Und das heißt?«

»Frostschutzmittel.«

»Verdammt noch mal …«

»Nicht wahr? Lebensgefährlich, kann von aller Welt an jeder Tankstelle gekauft werden.«

»Aber wieso glaubst du, dass sie nicht zu dem See hochgegangen ist und sich die Spritze selbst gesetzt hat?«

»Was meinst du?«, fragte Munch und ließ sich auf dem Stuhl zurücksinken. »Bei den Schmerzen? Hättest du das getan?«

Ein Moment der Unbedachtsamkeit, er hatte es selbst gemerkt.

Genau ein Jahr.

Ein Tisch voller Tabletten in allen erdenklichen Farben.

Allein auf einer Insel vor der Küste von Trøndelag.

Komm, Mia, komm.

»Tut mir leid«, sagte Munch und beugte sich wieder zu ihr vor. »Ich wollte natürlich nicht …«

»Schon gut, Holger«, sagte Mia und hob beschwichtigend die Hand.

»Wie geht es dir eigentlich?«, fragte Munch nun und sah noch immer verlegen aus. »Hab total vergessen, danach zu fragen. Tut mir leid. Du weißt, wie das ist.«

»Natürlich, Holger. Alles klar. Und mir geht es gut. Sehr gut sogar.«

Sie hob das Wasserglas, schwenkte es ein wenig und trank einen symbolischen Schluck.

»Gut«, Munch nickte. »Du siehst gut aus, verdammt gut sogar, wenn ich das mal so sagen darf. Ich habe dich lange nicht mehr so gesehen, so, wie soll ich sagen, so …«

»Nüchtern?«, fragte Mia lächelnd.

Munch grinste.

»War nicht ganz so gemeint, aber ja, wenn du so willst. Wie lange?«

»Vier Monate.«

»Ja, ich gratuliere.«

»Das wäre ja noch schöner«, sagte Mia und seufzte. »In der letzten Zeit war ich eine verdammt schlechte Polizistin, das tut mir wirklich leid.«

»Davon kann absolut keine Rede sein«, schnaubte Munch und schüttelte den Kopf. »Ohne dich, wer weiß, was dann passiert wäre? Ich wage gar nicht, daran zu denken. Du hast den Fall geklärt. Mir scheißegal, was du einwerfen musstest, um das zu schaffen. Aber jedenfalls, gut, dich jetzt zu sehen, so … wach.«

Mia lächelte. Spürte, dass er es ehrlich meinte.

»Wie geht es ihr?«

»Miriam? Immer besser. Sie ist stark. Sie schafft das. Ich soll übrigens grüßen. Du musst sie bald mal besuchen.«

»Werd versuchen, das noch zu schaffen, ehe ich fahre«, sagte Mia.

»Schön. Sie würde sich wirklich freuen.«

Munch lächelte freundlich und schob die Hand in seine Manteltasche.

»Leistest du mir Gesellschaft, während ich eine rauche?«

Mia nickte und folgte ihm unter die Wärmestrahler im Hinterhof. Frühling in Oslo, aber noch immer nicht besonders warm, natürlich. Sie schlang sich die Arme um den Leib, während Munch seine Zigarette anzündete und sein Blick wieder ernst wurde.

»Was, wenn du mir sieben Tage gibst?«, fragte er vorsichtig.

»Ich weiß nicht, Holger.«

»Eine Woche? Mehr nicht. Sieh es dir doch nur mal an. Und sag mir dann, was du denkst.«

Mia presste die Lippen aufeinander und dachte kurz nach.

Eine junge Frau im Ballettkostüm.

Hoch in den Bergen in einem See.

Eine Spritze mit Frostschutzmittel?

»Wir haben allerlei seltsame Dinge am Tatort gefunden«, sagte Munch hustend, und dabei sah er sie mit diesem Blick an, den sie so gut kannte.

Hier stimmt etwas nicht, Mia.

»Was habt ihr gefunden?«

»Gibst du mir eine Woche?«

Seine Blicke flehten fast.

»Okay«, sagte Mia endlich seufzend.

»Großartig«, sagte Munch und streichelte ganz kurz ihre Schulter.

»Also?«

»Ich weiß gar nicht, wo ich anfangen soll«, sagte Munch zögernd. »Er hatte eine Kamera aufgestellt.«

»Wie meinst du das?«

»Einen Fotoapparat auf einem Stativ.«

»Auf die Leiche gerichtet?«

Munch nickte ernst und nahm einen langen Zug von seiner Zigarette.

»Waren Bilder drin?«

»Nein, leer. Platz für einen Speicherchip, aber den hat er mitgenommen.«

»Warum *er*? Du meinst, es war ein Mann?«

»Abdrücke im Boden. Größe 43.«

»Sie lag im seichten Uferwasser?«

»Ja.«

»Und der Fotoapparat war genau auf sie gerichtet?«

»Ja.« Munch nickte.

»Seltsam«, murmelte Mia.

»Das weiß ich.«

»Habt ihr noch mehr gefunden?«

»Bin nicht sicher, ob das von Bedeutung ist, aber ein Stück entfernt lag eine Seite aus einem Kinderbuch.«

»Welches Buch war das?«

»Astrid Lindgren, *Die Brüder Löwenherz*. Tust du mir also den Gefallen? Schaust du dir die Sache mal an? Das würde mir viel bedeuten.«

Munch drückte die Zigarette aus.

»Das kommt mir irgendwie bekannt vor, Holger. Du tauchst mit Fotos auf, die ich mir ansehen soll.«

»Nur einen kurzen Blick darauf werfen?«

»Okay, Holger, aber nur, weil du es bist«, seufzte Mia und ging hinter ihm her zurück zum Tisch.

• 6 •

Munchs Gewissen versetzte ihm einen kleinen Stich, als er sich die nächste Zigarette zwischen die Lippen schob und einen Blick durch das Fenster nach innen warf. Urlaub. Von allem, was war und gewesen war. Großer Gott, er gönnte nur wenigen so sehr eine Pause wie Mia, aber es half nichts, er brauchte sie jetzt. *Ein Fall für Mia*. Das hatte er gedacht, sowie ihm die Bilder vom Tatort vorgelegt worden waren. Holger Munch arbeitete seit fast dreißig Jahren als Mordermittler, und es hatte nicht viele solcher Fälle gegeben. *Eiskalt. Kalkuliert. Geplant. Als ob jemand jede Sekunde genossen hätte.* Mord. Totschlag. Für die Allgemeinheit klang das natürlich entsetzlich, und das war es ja auch, für alle Beteiligten, aber meistens war die Lösung einfach. Die Motive lagen immer auf der Hand. Eifersucht. Hass. Rache. Gern in Kombination mit zu viel Alkohol. Die menschliche Natur. Nicht so schwer zu erklären. Munch konnte die Fälle, in denen er den Verlauf nicht sofort vor sich gesehen und danach den Täter gefunden hatte, an einer Hand abzählen. Es konnte dauern, natürlich, aber sein erster Gedanke war meistens der richtige. *Das hier dagegen?* Er schüttelte den Kopf und zog wieder an der Zigarette, als das Telefon in der Tasche seines beigen Dufflecoats vibrierte.

»Anette hier, hast du Zeit?«

»Sicher, schieß los«, sagte Munch.

»Ich habe endlich die Zuständigen im Ullevål-Krankenhaus erreicht, und es sieht aus, als sei Karoline Berg jetzt so langsam vernehmungsfähig.«

»Schön«, sagte Munch. »Haben wir eine Uhrzeit?«

»Sag einfach Bescheid, wann du kommen willst, dann kläre ich das mit Ullevål.«

»Okay, gut, und was ist mit der Leiterin des Balletts?«

»Christiane Spidsøe«, sagte Goli. »Die ist heute in der Oper am Werk. Schien total außer sich zu sein, aber da kannst du kommen, wann immer du willst.«

»Wissen wir schon etwas über das Auto?«

Die Kripo hatte einen grauen Mercedes gefunden. Verlassen am Straßenrand, in unmittelbarer Nähe begann ein Pfad, so sah es jedenfalls aus. Die Techniker hatten im Fußraum unter dem Sitz eine Halskette sichergestellt. Vivian Bergs Mutter hatte bestätigt, dass die Kette ihrer Tochter gehörte. Seltsam, das Ganze. Hatte er sie dorthin gefahren? Und dann war sie zu Fuß weitergegangen? Warum hatte jemand das Auto mit offenen Türen stehen lassen? Und warum überhaupt ein Auto so weit oben abstellen?

»Der Mercedes wurde am Mittwoch von einem Anwalt namens Torvald Lorentzen gestohlen gemeldet.«

»Haben wir etwas über den?«

»Nicht, soviel ich sehen kann, aber ich habe Grønlie gebeten, ein paar Anrufe zu übernehmen, den neuen Datenbanken hier traue ich nicht so recht.«

»Okay, gut«, Munch nickte und registrierte am Tisch drinnen im Justisen eine Bewegung.

»Wie läuft es bei euch?«, fragte Anette.

»Sie geht gerade die Bilder durch.«

»Macht sie mit?«

»Ich glaube schon«, sagte Munch.

»Gut«, sagte Goli. »Ich habe dich bei der Rechtsmedizin angekündigt, gehst du da zuerst hin?«

»Mach ich später heute. Hast du mit Ernst Hugo gesprochen?«

»Nein, der ist offenbar in Rente gegangen. Aber es gibt eine Neue. Lillian Lund.«

»Okay. Ich glaube, wir fangen mit Karoline Berg an, wenn sie mit uns sprechen kann.«

»Nimmst du Mia mit?«

»Das hoffe ich«, sagte Munch.

»Okay, viel Glück. Ich ruf dich an, wenn es was Neues gibt«, sagte Goli und war weg.

Munch warf die Kippe auf den trockenen Asphalt und

ging zurück ins Lokal. Er räusperte sich leise und glitt vorsichtig auf den Stuhl auf der anderen Seite des Tisches.

»Was meinst du?«

Er hatte diesen Blick schon so oft gesehen. Blau und klar auf ihn gerichtet und doch meilenweit entfernt.

»Ich glaube, meine Ferien sind zu Ende«, sagte Mia und fuhr sich mit der Hand durch die rabenschwarzen Haare.

»Sicher?«, fragte Munch.

»Sieht so aus«, murmelte Mia.

»Was meinst du?«, fragte Munch und legte vorsichtig die Hand auf den Ordner zwischen ihnen.

»Da fehlt was.«

»Was denn?«

»Wir können nicht sehen, was der Fotoapparat gesehen hat, wurde kein solches Bild aufgenommen?«

Sie blätterte die Fotos durch und schaute dann zu Munch auf, jetzt ein wenig anwesender.

»Nicht, wenn es nicht dabeiliegt«, sagte Munch.

»Ich …«, sagte Mia und verschwand wieder.

Munch sagte nichts. Das Team mit oder ohne Mia Krüger? Wie Tag und Nacht. Sie konnte alle Zeit haben, die sie wollte.

»Was siehst du?«

»Ich begreife nicht ganz, warum er sich diese Stelle ausgesucht hat«, sagte sie endlich und schaute ihn wieder an.

»Wieso nicht?«

»Er wollte zuerst mit ihr allein sein? War das so?«

»Was meinst du mit zuerst?«

Sie legte den Kopf ein wenig schief und sah ihn an.

Munch hatte auch das schon gesehen, viele Male, diesen Blick, der fragte: *Siehst du nicht, was ich sehe?*

»Er hat den Fotoapparat hingestellt? Hat sie im Wasser liegen lassen, ohne den Versuch, sie zu verstecken?«

»Ja …?«, fragte Munch.

»Er wollte, dass wir sie finden«, sagte Mia und streckte die Hand aus, aber da war nichts.

Ein Drink.

Wenn er sonst beobachtet hatte, wie sie auf diese Weise Fotografien durchsah, hatte sie immer eine Flasche zur Hand gehabt, und ihr Körper schien einen Moment lang nicht zu begreifen, dass es jetzt nicht mehr so war.

»Glaubst du?«, fragte Munch.

»Du nicht?«, gab Mia zurück und trank schließlich einen Schluck aus dem Wasserglas.

»Ich weiß nicht. Erklär es mir.«

»Sie bereuen ja immer ein bisschen, oder nicht? Decken die Leiche zu, um ihre Tat vor sich selbst zu verbergen, hast du mir das nicht beigebracht? O verdammt …«

Mia verschwand ein weiteres Mal.

»Er wollte Zeit mit ihr allein haben.«

Munch sagte nichts.

»Das wolltest du doch, oder?«, fragte Mia mit einem Blick, der irgendwo tief in etwas steckte, Wörter vibrierten zwischen ihren Lippen. »Du und sie. Allein dort oben im Wald. Du gehst mit ihr da rauf. Wie hast du sie dazu gebracht, mit dir mitzugehen? Hast du sie gekannt? Ihr seid zusammen gegangen. Hat sie dir vertraut?«

»Was denkst du über das Buch?«, fragte Munch.

»Wie meinst du das?«, fragte Mia verwirrt.

»Die Seite aus dem Buch. Ist die relevant?«

»Unbedingt.«

Mia öffnete den Ordner und drehte das Foto zu ihm um.

»Siehst du?«

»Was soll ich sehen?«

»Sie ist am Donnerstag verschwunden.«

»Ja?«

»Vorige Woche hat es geregnet, diese Woche nicht. Das hat da nicht lange gelegen. Die Feuchtigkeit, die wir hier sehen, muss vom Boden kommen. Er hat es für uns liegen lassen.«

Mia ließ sich auf dem Stuhl zurücksinken und fuhr sich wieder mit der Hand durch die Haare.

»*Die Brüder Löwenherz,* was glaubst du, was das bedeutet?«

»Ist noch zu früh«, sagte Mia und verschwand wieder für einen Moment.

»Du machst also mit?«, fragte Munch.

»Die kürzesten Ferien aller Zeiten«, murmelte Mia und lächelte resigniert. »Du hast etwas über ihre Mutter gesagt?«

»Ist aus Bodø angereist, um sie tanzen zu sehen.« Munch nickte. »Hat sie nicht angetroffen und sie daraufhin vermisst gemeldet.«

»Wo ist sie jetzt?«

»Hat einen Schock erlitten. Liegt in Ullevål.«

»Aber wir können mit ihr sprechen?«

»Hab eben grünes Licht bekommen«, antwortete Munch.

»Gib mir zwei Minuten«, sagte Mia und verschwand in Richtung Toilette.

• 7 •

Der Polizist Jon Larsen, besser bekannt als Curry, hatte so schlimme Kopfschmerzen, dass es ihm schwerfiel, durch die Windschutzscheibe zu schauen. Er nahm einen Schluck aus der Wasserflasche, die zwischen seinen Beinen stand, kniff die Augen zusammen und konnte sich nicht entscheiden, ob er mit dem Auftrag dieses Tages zufrieden sein sollte oder nicht. Observation. Nicht gerade Action. Er schaute zu der Wohnung in der Kyrre Grepps gate hoch. Lotte. Junkie, siebzehn Jahre alt. Noch ein Mensch ganz unten in der Drogenhierarchie, aber aus irgendeinem Grund sollten sie sie trotzdem beschatten. Er hatte bei der Besprechung nicht alles mitbekommen. Hatte es schwer genug gefunden, die Augen offen und das Frühstück im Magen zu halten. Er hätte sich vielleicht eine andere Kneipe suchen sollen, aber natürlich war es wieder dieselbe geworden. Bier und Whisky. Zwei Runden am Billardtisch. Mehr Bier. Mehr Whisky. Und dann war er abermals im selben Bett aufgewacht, mit diesem jungen Gesicht auf dem anderen Kissen, und mit einem unterirdischen Kater.

Luna. Was war das eigentlich für ein Name, verdammt noch mal? Einundzwanzig Jahre alt, mit Dreads und Ring in der Nase. Irgendeine Figur, von der Curry nie auch nur gehört hatte, auf dem Arm. Luna. Wer zum Teufel nannte sein Kind denn so? Ihm ging nun auf, dass er das schon häufiger gedacht hatte. Kind. Ein Kind. Na ja, ein Kind war sie ja nicht, aber trotzdem, vierzehn Jahre jünger als er? Tresenfrau. *Nein, so ging das nicht weiter. Er musste irgendetwas unternehmen.*

Er versuchte, seinen Denkapparat zum Funktionieren zu bringen, eine Art Plan zu ersinnen, kam aber nicht weit, denn die Tür ging auf und sein Kollege schob sich auf den Sitz neben ihm. Allan Dahl. In vieler Hinsicht Currys Gegensatz. Groß und schlaksig, mit einem Schnurrbart, den er sich seit Currys letztem Einsatz im Drogenteam zugelegt hatte, so ein Schnurrbart, wie es plötzlich wieder modern geworden war, was den Kollegen aber nicht weiter zu interessieren schien.

»Was passiert?«

»Nix«, murmelte Curry.

»Es gibt hier keinen anderen Ausgang, oder?«

»Nein, falls die keinen gebaut haben, seit wir zuletzt hier waren.«

Dahl nahm seinen Becher aus dem Gestell zwischen den Sitzen, ohne auf den offenkundigen Sarkasmus zu reagieren.

»Mocca Latte für mich, schwarz und normal für dich, tut mir leid, dass es so lange gedauert hat, musste bis zu Kaffegutta in der Vogts gate, um etwas Ordentliches zu bekommen.«

Curry nippte an dem Kaffee, aber er konnte ehrlich gesagt keinen Unterschied zu dem erkennen, der anderswo serviert wurde.

»So«, sagte Dahl und musterte ihn neugierig. »Ich bin gestern deiner besten Freundin begegnet. Will sie verreisen?«

»Wer?«

»Die Superdetektivin. Sie war unten im Erdgeschoss und hat einen neuen Pass abgeholt. Hat sie einen Job im Ausland angenommen oder was?«

Curry trank wieder einen Schluck Kaffee und begriff langsam, von wem der Kollege da redete.

Mia Krüger.

Er deutete ein Kopfschütteln an. Die Superdetektivin, meine Güte. Er hatte schon eine Menge seltsamer Namen für sie gehört, aber dieser hier war ihm neu. Es hatte bei den anderen Kollegen in der Truppe immer einen gewissen Neid gegeben. Munchs Team war hoch angesehen, und die, die nicht dafür ausgesucht wurden, brachten ab und zu gern einen blöden Spruch. Er hatte die Drogenfahndung damals mit hocherhobenem Kopf verlassen und das zufriedene Grinsen gesehen, als er an dieses Team ausgeliehen worden war.

Ach was?

Einheit mal wieder stillgelegt?

Nicht so gut gelaufen?

Curry hielt sich nicht für den klügsten oder belesensten Menschen der Welt, aber ab und zu fand er, dass sich die Leute in seiner Umgebung fast wie Kinder aufführten. Neid auf den Gängen, Hacken in alle Richtungen, ein ständiger Kampf um den Rang in der Hierarchie, als ob sie sich in der Grundschule oder im Hühnerhof befänden.

Ja, ja, das konnte ja auch egal sein.

Heute Abend wirklich kein Suff.

Das beschloss er jetzt. Jeden Abend in dieser Woche. Dieselbe Bar, dieselbe junge Frau neben ihm im Bett, was fand sie eigentlich an ihm?

»Oder hast du keinen Kontakt mehr zu ihr?«

Dahl wollte wohl nicht lockerlassen.

»Doch, sicher, wir telefonieren ab und zu«, sagte Curry und nickte.

»War das damals Notwehr, oder hat sie den Kerl wirklich einfach so umgebracht?«

Curry gab vor, sich plötzlich ungeheuer für die Vorgänge in der Wohnung dort oben zu interessieren, aber so leicht sollte er nicht davonkommen.

»Angeblich ist sie einfach durchgedreht. Ist nicht ganz bei sich. Sie hat ihn doch umgebracht, oder? Das war doch nicht Munch.«

Curry seufzte.

Es war ein großer Fall gewesen, vor einigen Jahren. Er hatte auch damals unten in Grønland die Gemüter erregt. Munch und Mia waren einer Spur zu einem Campingplatz oben beim Tryvann gefolgt, auf der Suche nach einem verschwundenen Mädchen. Sie waren dort eingetroffen und hatten etwas ganz anderes vorgefunden. Einen bekannten Dealer und Junkie, Markus Skog. Den Ex von Mias Zwillingsschwester Sigrid. Mia hatte ihm zweimal in die Brust geschossen. Sie war sofort beurlaubt worden, und da Munch sie verteidigte, wurde auch er bestraft. In eine andere Stadt versetzt. Die Einheit war stillgelegt.

»Das war Notwehr«, sagte Curry und hoffte auf einen Themenwechsel.

»Aber sie hat geschossen?«

»Ja, das hat sie. Munch ist erst danach dazugekommen, glaube ich.«

»Wie konnte er sie dann verteidigen?«

Dahl trank einen Schluck Kaffee und zwinkerte ihm zu.

»Haben ihr die Zeitungen übrigens diesen Spitznamen gegeben?«

Curry seufzte wieder. Das war offenbar das Thema des Tages. Der Fall war von den Medien aufgegriffen worden, und im Handumdrehen war Mia Krüger im ganzen Land bekannt gewesen. Freiwild. Das neue Lieblingsobjekt der Paparazzi. Der Staub hatte sich zum Glück bald wieder gelegt, die Geier waren zum nächsten Opfer weitergezogen, aber die Neugier in der Truppe war offenbar geblieben.

»Welchen Spitznamen?«

»Mia Mondkind?«

»Nein, der Name kam von ihrer Oma.«

Curry stellte den Becher weg und drehte sich gereizt zu dem Kollegen um.

»Es liegt, glaube ich, daran, dass sie aussieht wie eine Indianerin. Du weißt schon, lange schwarze Haare. Wird im Sommer schnell braun. Sie ist übrigens adoptiert, hast du das gewusst?«

»Was? Nein ...«

»Doch, alle beide«, Curry nickte. »Gleich nach der Geburt. Mia und Sigrid. Von einem Ehepaar draußen in Åsgårdstrand. Sind jetzt tot, ja, allesamt, auf demselben Friedhof begraben, nur sie ist noch übrig. Und ja, sie hat eine Narbe über einem Auge. Ein Typ bei einer Vernehmung, blitzschnell, ein Glück, dass sie nicht blind geworden ist. Ihr fehlt auch ein Glied an einem Finger. Ein Rottweiler, glaube ich. Hat ihr die Zähne einfach so in die Hand geschlagen, offenbar musste sie das Viech dann erschießen.«

Dahl fuhr sich mit der Hand durch die schütteren Haare, grinste und nickte.

Curry zog seinen Pullover hoch.

»Hier, glaube ich.«

»Ja, ja, reg dich ab«, murmelte Dahl. »War ja nur 'ne

Frage. Verdammt, sollen wir den ganzen Tag hier rumsitzen?«

»Ja, warum sollen wir das eigentlich?«, fragte Curry. »Das Mädel geht ja offenbar nirgendwohin. Vermutlich schwebt sie da oben auf einer rosa Wolke, und wir verbrauchen Ressourcen, die wir anderswo besser einsetzen könnten.«

»Befehl«, sagte Dahl sauer und zuckte mit den Schultern. »Was ist heute in dich gefahren? Kein Frühstück gekriegt, oder was?«

Curry schüttelte den Kopf und trank wieder einen Schluck aus seiner Wasserflasche. Die Jungs von der Droge. Das hatte sich kein bisschen verändert. Die Stadt war in den letzten Wochen von Heroin überschwemmt worden, und Gerüchte wollten wissen, dass es besonders gute Ware war. Das Überdosisteam arbeitete rund um die Uhr, und Curry hatte keinerlei Zweifel daran, dass irgendetwas am System nicht stimmte. Hier oben im angeblich besten Land der Welt. Vielleicht wäre es richtiger, den Scheiß zu legalisieren? Struktur in die Sache zu bringen? Die Menschen hatten ein Bedürfnis, sich zu berauschen, keine Frage, warum sollte also der Staat nicht alles regeln? Nicht Heroin, vielleicht, aber die weichen Drogen, Hasch, Marihuana, den Leuten ein bisschen Bewegungsfreiheit geben, nicht auf Profit aus sein, alles entkriminalisieren? Das würde alles sehr viel einfacher machen. Einen siebzehn Jahre alten Junkie zu beobachten, das Mädel war doch vollauf damit beschäftigt, den Tag zu überleben. Wozu sollte das gut sein, zum Teufel?

Dahl saß schweigend neben ihm auf dem Sitz und hatte offenbar nichts kapiert.

Scheiß über Mia Krüger reden?

Nix da, zum Teufel.

Nicht in seiner Schicht.

Neidische Drecksäcke.

»Also«, Dahl räusperte sich nach einer Weile, in dem deutlichen Versuch, jetzt einen besseren Eindruck zu machen. »Diese Frau, die oben im See gefunden worden ist. Fetter Fall, was? Im Ballettkostüm. Hast du gehört, oder?«

»Nein«, sagte Curry.

»Komisch, dass wir nichts erfahren, findest du nicht? Ich meine, zwei Tage her, da müsste doch intern inzwischen einiges bekannt sein?«

»Die Kripo«, sagte Curry und seufzte. »Die lassen sich doch nie in die Karten gucken.«

»Na ja, ich weiß nicht«, sagte Dahl. »Ich glaube, das ist nicht alles.«

»Ach?«

»Du weißt das nicht von mir, aber ich habe eine Freundin oben in der Technik, die sagt, sie haben etwas Seltsames gefunden.«

»Was denn?«

»Nein, das hat sie nicht gesagt, denen ist offenbar allen ein Maulkorb verpasst worden.«

»Ach was«, kommentierte Curry und trank wieder einen Schluck Kaffee.

»Ja, es gibt bestimmt was, das sie uns nicht erzählen wollen«, sagte Dahl. »Mann, ich hab Hunger. Kann gern einen Moment allein hier sitzen. Vielleicht kannst du uns was zu essen besorgen?«

»Aber verdammt, du warst doch eben erst draußen? Warum hast du nichts mitgebracht?«

Dahl zuckte mit den Schultern und nickte zu der Wohnung hoch, wie um zu signalisieren, dass er so wenig wie möglich verpassen wollte.

Curry seufzte. Er konnte wirklich nicht begreifen, warum sie den ganzen Tag die siebzehn Jahre alte Junkiefrau im Auge behalten sollten.

Er wollte gerade aus dem Auto steigen, als auf seinem Telefon eine Mitteilung einging. Curry konnte sein Lächeln nicht verbergen, als er sie gelesen hatte.

»Was läuft?«, fragte Dahl.

»Dein Essen kannst du dir selber holen.«

»Wie meinst du das?«

»Das war Anette Goli. Die Einheit wird aktiviert. Viel Glück mit Junkie-Lotte.«

Curry lächelte und klopfte dem Kollegen auf die Schulter, ehe er ausstieg, ein Taxi heranwinkte und sich in die Innenstadt fahren ließ.

• 8 •

Karoline Berg war Anfang vierzig, hatte halblange blonde Haare, ihre Pupillen waren verengt aufgrund der Schmerzmedikation, aber kein Medikament auf der Welt konnte verbergen, dass etwas in ihr gestorben war und niemals wieder zum Leben erwachen würde. Sie hatte unbedingt aufstehen wollen, um die Besucher zu empfangen, auch wenn es deutlich war, dass ihre Beine sie nur mit Mühe trugen.

»Wir wissen es wie gesagt sehr zu schätzen, dass Sie sich die Zeit für ein Gespräch mit uns nehmen«, sagte Munch, als die Formalitäten erledigt waren und Karoline Berg wieder in ihrem Krankenhausbett lag.

Mia Krüger hatte kein gutes Gefühl. Frau Berg schien nicht von dieser Welt zu sein, nicht anwesend im Raum, jedenfalls nicht in der Lage, eine polizeiliche Befragung über sich ergehen zu lassen. Mia hätte am liebsten schon in der Tür wieder kehrtgemacht.

»Ich kann es einfach nicht begreifen, dass sie nicht mehr da ist.«

Eine dünne, brüchige Stimme und ein benommener Blick.

»Ich verstehe«, sagte Munch, der sich einen Stuhl ans Bett herangezogen hatte. »Und wir bitten noch einmal um Entschuldigung, dass wir Sie jetzt stören müssen, aber wir würden gern wissen, was passiert ist.«

Den Angehörigen gegenüberzutreten, das war ihr noch nie leichtgefallen. Zum Glück war Munch ihr genauer Gegensatz. Sie hatte es schon häufiger erlebt, wie der freundliche Teddybär in ihm zum Vorschein kam und das hier möglich machte. Etwas Ruhiges. Etwas Väterliches. Das den Trauernden das Gefühl gab, verstanden zu werden. Sie hatte oft gedacht, wenn Munch nicht so wenig religiös wäre, würde er einen guten Geistlichen abgeben.

»Ich habe zuerst nicht geglaubt, dass sie es ist«, murmelte Karoline Berg und starrte aus dem Fenster. »Sie sah sich überhaupt nicht ähnlich. Sie war doch so lebendig. Das, was Vivian war, war nicht mehr da, also konnte sie es ja gar nicht sein.«

»Ich verstehe«, sagte Munch ruhig und nickte. »Aber noch einmal, Frau Berg, wenn das zu viel für Sie wird, sagen Sie es. Wir gehen hier nach Ihrem Tempo vor.«

»Diese Perlenohrringe«, sagte nun Karoline Berg, ohne auf Munchs Bemerkung zu reagieren. »Das hätte sie doch nie gemacht. Sie hasste Löcher in den Ohren. Ich habe es versucht, alle Mädchen wollen das doch eigentlich, aber nein, sie nicht.«

Munch schaute zu Mia hinüber und hob kaum merklich die Augenbrauen.

»Diese Ohrringe waren Ihnen also neu?«

Karoline Berg nickte, ohne den Blick vom Fenster abzuwenden.

»Es tut mir wirklich leid, aber wir müssen das fragen«, sagte Munch. »Wissen Sie, wer Vivian das angetan haben kann? Hat sie je erwähnt, dass, na ja, dass etwas passiert war? Hatte sie Feinde?«

Vivians Mutter drehte sich zu Munch um. Ihr träger Blick schien noch immer nicht so ganz zu begreifen, wieso er dort war.

»Ich glaube nicht, dass sie und Sebastian ein Paar waren. Einfach nur Freunde, wenn ich das richtig verstanden habe. Vivian wollte doch nur tanzen, sie hat sich nie besonders für Jungs interessiert.«

Mia räusperte sich leise und versuchte, Munchs Blick einzufangen. Es war offensichtlich, dass Karoline Berg für dieses Gespräch noch nicht bereit war. Sie beantwortete ja nicht einmal die Fragen, die ihr gestellt wurden.

»Sebastian?«, fragte Munch vorsichtig. »Erinnern Sie sich auch an den Nachnamen?«

»Perlenohrringe? Nein, das passt nicht zu dir, Vivian. Wolltest du Oma ähneln? Du hast doch immer gesagt, das sehe nicht gut aus. Sondern sei zu albern.«

Karoline lachte leise, während ihre Augen halb zuglitten.

Mia konnte jetzt nur noch das Weiße sehen. Die arme Frau blieb einen Moment lang so liegen, ehe sie wieder zu erwachen schien und die beiden gewissermaßen ganz neu wahrnahm.

»Ach, tut mir leid«, murmelte sie und setzte sich im Bett auf.

Munch legte behutsam die Hand auf ihre.

»Das ist schon gut, Frau Berg. Aber wissen Sie, ich frage mich, ob wir besser später zurückkommen sollen, wenn Sie sich ein bisschen ausgeruht haben.«

Er schaute kurz zu Mia hinüber, die zustimmend nickte, und erhob sich.

»Wollen Sie schon gehen? Nein, nein. Ich möchte doch helfen, lassen Sie mich helfen. Sie darf nicht allein dort liegen, jemand muss ihr helfen. Vivian, Mama kommt jetzt.«

Karoline Berg versuchte, sich aufzusetzen, aber ihre Hände glitten nur ziellos über die Bettdecke.

»Das ist schon gut«, sagte Munch beruhigend und drückte auf den roten Knopf neben dem Bett.

»Wir haben nichts mit ihm zu tun!«, rief Karoline Berg plötzlich.

»Mit wem?«, fragte Munch.

»Vivian, das musst du mir versprechen. Er gehört nicht mehr zu unserer Familie.«

Ihr schmächtiger Körper bebte.

Die Tür öffnete sich, und zwei Krankenpflegerinnen kamen herein, die erste legte ihr die Hand auf die Stirn und nickte Munch zu.

»Ich glaube, Sie sollten jetzt gehen.«

»Natürlich«, sagte Munch und erhob sich.

»Frau Berg? Hören Sie mich?«

Die Tür ging wieder auf, diesmal betrat ein Arzt das Krankenzimmer.

Dann standen sie wieder auf dem Parkplatz, und Mia hatte Munch lange nicht mehr so wütend gesehen.

»Wer zum Teufel hat das autorisiert? Wir hätten niemals zu ihr gelassen werden dürfen!«

»Frag mich nicht«, sagte Mia und setzte sich in den Audi. »Was sollen wir davon halten?«

»Von diesem Sebastian?«

»Ich meine eigentlich das Letzte, was sie gesagt hat.«

»Ruf im Büro an«, sagte Munch und ließ den Motor an. »Gabriel. Der war bei der Wirtschaftskriminalität, aber er müsste wieder zurück sein.«

Mia nickte und zog das Telefon aus ihrer Lederjacke.

»Wohin jetzt?«

»Zur Ballettchefin der Oper«, sagte Munch und fuhr auf den Ullevålsveien.

»Okay«, sagte Mia und rief Gabriel Mørks Nummer auf.

• 9 •

Als Gabriel Mørk auf den Fahrstuhlknopf drückte, ging ihm auf, dass er dieses Prickeln im Körper lange nicht mehr gespürt hatte. An die Wirtschaftskriminalität ausgeliehen. Nicht schlecht, aber natürlich bei Weitem nicht mit diesem hier zu vergleichen.

Mariboes gate 13.

Die Einheit war wieder da.

Er lächelte seinem Spiegelbild in der Fahrstuhltür zu und

dachte daran, wie sehr sich sein Leben verändert hatte. In so kurzer Zeit. Auf den Kopf gestellt. Er war ein anderer geworden. Es war kein Jahr her, dass Holger Munch ihn aus seinem Hackerdasein vor den einsamen Rechnern heraus und zur Polizei geholt hatte. Jetzt wohnte er in einer neuen Wohnung in Torshov, stand morgens auf und ging zur Arbeit. Und vor allem hatte er eine kleine Tochter.

Emilie.

Unter Schock stand er wohl noch immer. Papa? Gabriel Mørk wusste nicht, wie er sich sein Leben eigentlich vorgestellt hatte, aber so jedenfalls nicht. Die Ruhe. Das Gefühl, eine Richtung zu haben. Etwas, das größer war als er selbst. Es kam vor, dass er nachts aufwachte, nur um aufzustehen und sie anzusehen. Die zarten kleinen Finger, die sich langsam krümmten. Die Hand auf dem kleinen Bauch, nur um zu spüren, dass sie atmete.

Was machst du?

Ich muss nur nachsehen.

Himmel, Gabriel, sie schläft, ihr geht es gut.

Ja, aber …

Er lächelte, als sich die Fahrstuhltüren öffneten.

Im vergangenen Herbst hatten sie an einem Fall gearbeitet, von dem auch Munchs Tochter Miriam betroffen gewesen war. Sie hatte zum Glück mit knapper Not überlebt, war blindlings in einen Abgrund gelaufen und hätte sich fast das Genick gebrochen. Munch hatte sich beurlauben lassen, um sich um sie zu kümmern, und die Einheit war in alle Winde zerstreut worden. Curry war zu den Drogen gegangen, Ylva zur Sitte, er selbst zur Wirtschaftskriminalität, Anette Goli und Ludvig Grønlie hatten den Betrieb wohl halbwegs am Laufen gehalten, Mia, nein, er wusste nicht, wo Mia gewesen war, aber er freute sich darauf, sie wiederzusehen.

Wieder da.

Endlich.

Er verließ den Fahrstuhl und begegnete einem bekannten Gesicht.

»Nein, aber, ist das nicht Papa Mørk?«

Der Kraftprotz Curry kam aus dem Aufenthaltsraum und klopfte ihm auf die Schulter.

»Ist es denn jetzt eine Mia geworden?«

»Was?«, fragte Gabriel.

»Lass den Jungen in Ruhe, Curry«, sagte Ludvig Grønlie. »Hallo, Gabriel, schön, dich zu sehen.«

»Ich frag doch nur«, lachte Curry. »Wir haben doch gewettet. Oder nicht?«

»Wie meinst du das?«

»Er zieht dich nur auf«, sagte Grønlie und verschwand weiter hinten im Gang.

»Ach?«

»Wir möchten wissen, ob es eine Mia geworden ist«, sagte Curry grinsend.

»Nein«, sagte Gabriel und begriff endlich, wovon die Rede war. »Emilie.«

»Verflixt, Geld verloren«, sagte Curry mit einem Augenzwinkern und klopfte ihm noch einmal auf die Schulter.

»Haha«, sagte Gabriel und ging in sein Büro.

Es war ein offenes Geheimnis, dass Gabriel Mørk für Mia Krüger schwärmte. Und ja, er hatte wirklich mit dem Gedanken gespielt, aber seine Freundin Tove hatte sich quergestellt. Sie hatte mehrmals angedeutet, es sei ja gut und schön, dass er jetzt mit so unglaublich tollen Leuten zusammenarbeiten konnte, aber war es wirklich nötig, dermaßen viel über diese Kollegin zu reden? Deshalb nein, es war nicht Mia geworden.

Emilie.

Er lächelte und schickte dem kleinen Mädchen einen warmen Gedanken. Er hatte sich gerade an seinen Schreibtisch gesetzt und sich am Rechner ins Netz eingeloggt, als sein Telefon klingelte.

»Ja?«

»Hallo, Mia hier. Kannst du für uns was überprüfen?«

»Natürlich, was denn?«

»Sind ihr Telefon und ihr Rechner schon wieder aus der Technik zurückgekommen?«

»Ich weiß nicht, aber ich kann nachsehen, wieso?«

»Sieht ganz danach aus, als könnte sie einen Freund gehabt haben, aber wir wissen nur den Vornamen.«

»Und der lautet?«

»Sebastian. Kannst du versuchen festzustellen, wer das ist?«

»Klar doch.«

Gabriel klemmte sich das Telefon zwischen Schulter und Ohr und ließ die Finger zur Tastatur wandern. Er holte sich Vivian Bergs Facebook-Seite.

»Ich habe hier einen Sebastian Falk. Sie sind auf Facebook befreundet, mal sehen ...«

»Was findest du über ihn? Ist er auch Tänzer?«

Jetzt hörte er Munch im Hintergrund brummen.

»Nein, sieht nicht so aus«, sagte Gabriel und überflog die Seite, auf der er gelandet war. »Er sieht eher wie so ein Extremsporttyp aus. Berufsangabe Outdoorcoach, was immer das sein mag.«

Ein junger Mann auf einem Berggipfel. In einer Kletterhalle. Drei Männer in einer Kneipe, jeder mit einem Bier. Ein Hubschrauber, unter dem eine Fracht befestigt war. Ein Kajak in den Stromschnellen. Gabriel Mørk hatte immer schon darüber gestaunt, wie viel die Leute in solchen Foren von ihrem Privatleben preisgaben.

»Bilder von, ja, wie soll ich sagen, Freiluftaktivitäten, ein Link zur Extremsportwoche von Voss, Bilder von Fallschirmabsprüngen, Bergsteigen, so was, da steht nichts über eine Beziehung, aber das muss ja nichts heißen.«

»Haben wir eine Adresse?«

Gabriel öffnete die Seite der Telefonauskunft.

»Finde nur einen Sebastian Falk, wenn das derselbe ist, dann wohnt er in Tøyen, hier steht die Nummer.«

»Gib sie Ludvig, der soll sich sofort darum kümmern, okay?«

»Natürlich.«

Es blieb für einen Moment still am Telefon. Gabriel konnte Munch im Hintergrund irgendetwas schwadronieren hören, konnte aber kein Wort verstehen.

»Dann brauche ich noch etwas anderes von dir. Das ist etwas vager, aber wir glauben, dass jemand aus der Familie in irgendetwas verwickelt gewesen sein kann.«

»In was denn?«

»Das wissen wir eben nicht. Kannst du nachsehen, ob wir irgendwas über jemanden von denen haben?«

»Klar doch«, sagte Gabriel.

»Schön«, sagte Mia. »Piepst du durch, wenn etwas auftaucht?«

»Klar. Ihr seid nicht auf dem Weg hierher?«

»Nein, wir fahren gerade zur Oper«, sagte Mia.

»Okay, ich melde mich, wenn …«, hob der junge Hacker an, aber Mia hatte bereits aufgelegt.

Gabriel zog die Jacke aus, nahm eine Cola aus seinem Rucksack und loggte sich ins Intranet ein.

Gabriel Mørk hatte bei der Einführung in seine Arbeit fast einen Schock erlitten, als er sah, wie viele Informationen der Staat über ganz normale Bürger speicherte. Vor etwas mehr als einem Jahr hatte er die Nächte mit dem Versuch verbracht, Hintertüren zu solchen Orten zu finden, aber jetzt saß er hier mit eigenem Zugang, nur einen Tastendruck entfernt, und anfangs war ihm das fast zu einfach vorgekommen.

Zehn verschiedene Datenbanken, zu denen auch DNA-Register, Fotosammlung und Fingerabdruckregister gehörten, außerdem Indicia, das Kriminalregister, in dem die Polizei ausgiebig Daten nicht nur von Personen speicherte, die sich eines Vergehens schuldig gemacht hatten, sondern auch über solche, denen das zugetraut wurde, samt Familienangehörigen, Freundeskreis und Kollegen.

Big data.

Big Brother is watching.

Die Mikrochips von seinen alten anarchistischen Hackerkollegen würden da sicher einen Schock erleiden, wenn sie wüssten, womit er sich jetzt beschäftigte, aber wenn er ganz ehrlich sein sollte, war ihm das inzwischen ziemlich egal. Anfangs, ja, da hatte er in einigen der IRC-Chatrooms, in denen er vorbeischaute, allerlei sarkastische Kommentare einstecken müssen.

Changed sides, have we?

Machte ihm das noch immer ein wenig zu schaffen?

Nein, verdammt noch mal.

Sechs Jahre alte Mädchen, die mit einem Schild um den Hals in einem Baum hingen. Ein Teenager nackt auf einem Bett aus Federn in einem Kreis aus Kerzen. Vivian Berg, zweiundzwanzig, gefunden in einem Bergsee, ermordet durch eine Injektion mit Frostschutzmittel direkt ins Herz.

Sollten sie doch meinen, was sie wollten.

Er war jetzt Polizist.

Gabriel merkte, dass er sogar ein bisschen stolz war, als er einen Schluck Cola trank und sich in die erste Datenbank einloggte.

• 10 •

Christiane Spidsøe war eine graziöse dunkelhaarige Frau von Mitte dreißig, und es war nicht zu übersehen, dass sie früher Tänzerin gewesen war. Sie bewegte sich wie eine Ballerina durch ihr Büro, schenkte Kaffee in die Tassen, mit hocherhobenem Kopf und einem Lächeln um den Mund, als gehöre das zu einer Vorstellung, aber egal wie sehr die schöne Frau versuchte, alles wie eine ganz normale Besprechung erscheinen zu lassen, konnte Mia doch deutlich sehen, wie tief dieser Mord sie getroffen hatte.

»Milch oder Zucker?«

Die Chefin beugte sich über den Tisch und zeigte auf eine Silberschale.

»Für mich nichts, danke«, sagte Munch.

»Was für eine Tragödie«, sagte Spidsøe und schaute kurz zu Mia hinüber.

»Wir möchten Ihnen unser Beileid aussprechen, das

muss ein Schock gewesen sein«, sagte Munch und knöpfte seinen Dufflecoat auf.

»Grauenhaft«, sagte Spidsøe und schüttelte den Kopf. »Wir können es gar nicht glauben. Noch immer nicht. Vivian. Sie war … war unser kleiner Sonnenstrahl.«

Sie lächelte kurz und hob die Kaffeetasse an den Mund. »Es klingt vielleicht dumm, aber das war sie wirklich. Vivian war nicht wie die anderen, nicht so ichbezogen, wenn Sie verstehen, was ich meine?«

»Eigentlich nicht«, sagte Munch und räusperte sich.

»Ach, Sie wissen schon«, sagte Spidsøe. »Ballettleute?«

»Noch immer nicht so ganz«, sagte Munch freundlich.

»Meine Schwester hat getanzt«, sagte Mia.

»Ach? Professionell?«

»Nein, nur als Kind. Schulvorstellungen und so etwas.«

»Wie schön.« Spidsøe nickte. »Tanz ist eine Kunstform, die leider in dem ganzen Gewimmel von literarischen Ausdrucksformen unterschätzt wird, aber wir geben uns alle Mühe. Die breite Masse und überhaupt.«

»Haben Sie sie gut gekannt?«, fragte Munch und räusperte sich wieder.

»Vivian? Teils, teils«, sagte Spidsøe und stellte ihre Kaffeetasse ab. »Als Ballettchefin trage ich die Verantwortung für an die sechzig Tänzerinnen und Tänzer, und außerdem für den Ballettmeister, Pädagogen, Verwaltungsangestellte, aber ich versuche, mich nach besten Kräften um alle persönlich zu kümmern.«

»Wann haben Sie sie zuletzt gesehen?«, fragte Mia.

»Am Mittwochnachmittag«, antwortete Spidsøe. »Wir haben gerade keine Vorstellung, deshalb hatten am Donnerstag und Freitag alle frei. Vivian war bei mir im

Büro, um zu fragen, ob sie auch am Montag freihaben könnte.«

»Ach?«

»Sie wollte offenbar verreisen.«

»Hat sie gesagt, wohin?«, fragte Munch gespannt.

Spidsøe streckte die Hand nach der Silberschale aus und ließ ein Stück Würfelzucker in ihre Kaffeetasse fallen.

»Ich glaube, es war eine Familienangelegenheit, tut mir leid, ich war mit etwas anderem beschäftigt. Wir haben unser Budget überzogen, deshalb war die letzte Zeit ein bisschen hektisch.«

»Aber Sie haben ihr freigegeben?«

Spidsøe nickte.

»Wenn wir Vorstellung haben, arbeiten alle hier rund um die Uhr, und deshalb finde ich es gut, wenn meine Leute sich freinehmen, wenn das möglich ist.«

»Aber Sie wissen wirklich nicht, wohin sie wollte?«

»Leider nein«, sagte Spidsøe.

Mia ließ ihren Blick zum Fenster wandern. Sie konnte draußen auf dem Wasser ein Segelboot ausmachen.

»Was für eine Tragödie. Haben Sie irgendeine Ahnung, ob …«

»Leider noch nicht«, sagte Munch.

»Hatte Vivian Löcher in den Ohren?«, fragte Mia.

»Wie meinen Sie das?«

Spidsøe sah sie verwirrt an.

»Sie wissen doch.«

Mia griff sich ans Ohrläppchen.

»Äh, nein, das weiß ich wirklich nicht. Warum fragen Sie?«

Mia sah es jetzt noch deutlicher. Dass das hier nur eine

Fassade war. Christiane Spidsøe hatte ein erwachsenes Gesicht aufgesetzt, um diesen Tag bewältigen zu können, aber eigentlich stand sie kurz vor dem Zusammenbruch. Die Untertasse klapperte, als Spidsøe sie mit zitternden Händen zurück auf den Tisch stellte.

»Sie müssen entschuldigen, ich ...«

Spidsøe versuchte zu lächeln, während eine Träne über ihre Wange lief. Sie wischte sie energisch weg und drückte den Rücken durch.

»Wir müssen Sie um Entschuldigung bitten«, sagte Munch. »Wir wissen, wie schwer das hier für Sie sein muss. Wir wissen es wirklich sehr zu schätzen, dass Sie sich die Zeit nehmen, um uns zu helfen.«

»Das ist doch selbstverständlich«, sagte Spidsøe, während eine zweite Träne der ersten folgte.

Mia wusste nicht, was sie sagen sollte.

So viel Trauer.

Sie wurde vom Telefon gerettet, das in der Tasche ihrer Lederjacke vibrierte.

Das Display zeigte den Namen Ludvig Grønlie.

»Ich muss dieses Gespräch eigentlich annehmen«, sagte Mia zu ihrer Entschuldigung und ging hinaus auf den Gang.

»Ja?«

»Ich habe ihn erreicht«, sagte Grønlie. »Sebastian Falk. Er ist in der Schweiz, Bergsteigerferien. Der arme Kerl, er wusste nicht einmal, dass sie vermisst wurde.«

»Wie hat er reagiert?«

»Totaler Schock«, murmelte Ludvig. »Er hat kein Wort herausgebracht. Musste auflegen und dann zurückrufen.«

»Hast du gefragt, ob sie ein Verhältnis hatten?«

»Ich hatte das Gefühl, dass sie eng befreundet waren, mehr aber auch nicht. Er wollte gleich das nächste Flugzeug nehmen.«

»Hast du ihm gesagt, er soll sich melden, wenn er hier ist?«

»Ja. Er möchte uns helfen, und ich habe ihn gebeten, mich anzurufen.«

»Schön, danke, Ludvig«, sagte Mia und legte auf.

Sie wollte schon ins Büro der Ballettchefin zurückkehren, als ihr Telefon noch einmal klingelte.

»Hallo«, sagte Gabriel Mørk. Und nach einer kurzen Pause: »Kann es sein, dass mit deinem Telefon irgendwas nicht stimmt?«

»Ich weiß auch nicht, irgendwas ist komisch mit dem Teil. Ich werde mir ein neues kaufen, sobald ich Zeit habe. Hast du etwas rausfinden können?«

»Allerdings«, sagte der Hacker, und nun hörte sie, wie aufgeregt er war. »Hat eine Weile gedauert, aber am Ende habe ich es entdeckt.«

»Was denn?«

»In Indicia gibt es einen Vermerk zu Karoline Berg, in Verbindung mit einem Mann namens Raymond Greger.«

»Die Polizei hat sich schon einmal für sie interessiert?«, fragte Mia überrascht.

»Nein, nicht für sie, für ihn. Aber das Seltsame ist, dass sonst nichts dasteht, nur der Name einer Polizeijuristin in Bodø.«

»Das Dossier bei Indicia war leer?«

»Ja, da stand nichts, nur diese Namen, aber ich habe dann die Polizeijuristin angerufen. Sehr interessant, würde ich sagen, hast du einen Moment Zeit?«

»Sicher, schieß los.«

»Es hat sich herausgestellt«, sagte nun Gabriel, »dass dieser Raymond Greger vor einigen Jahren in einem überaus bizarren Fall unter Verdacht stand.«

»Und in welcher Verbindung steht er zu Vivian?«

»Ja, Entschuldigung, er ist ihr Onkel.«

»Karoline Bergs Bruder?«

»Stiefbruder.«

»Und was war das für ein Verdacht?«

»Hier wird die Sache interessant«, meinte Gabriel. »Zu zwei unterschiedlichen Zeitpunkten sind in Bodø kleine Mädchen verschwunden, vor einigen Jahren. Sie sind wiederaufgetaucht, und beide erzählten die gleiche seltsame Geschichte.«

»Was denn?«

»Sie waren von einem Mann aufgelesen und zu einem Haus außerhalb der Stadt mitgenommen worden.«

»Missbrauch?«

»Äh, nein, nicht direkt, er hat mit ihnen gespielt.«

»Was verstehst du unter gespielt?«

»Sie haben mit Puppen gespielt, hatten Teegesellschaften, haben sich verkleidet ...«

»Hä ...?«

»Ich weiß, so was Bizarres habe ich ewig nicht mehr gehört.«

»Aber warum war das in der Datenbank nicht zu finden?«

»Also, hör zu«, sagte Gabriel eifrig. »Beide Mädchen haben Raymond Greger genannt, aber der Fall wurde ad acta gelegt.«

»Weil?«

»Ich habe das nicht ganz begriffen, irgendeine technische Frage, vielleicht kann Anette das besser erklären, er wurde jedenfalls freigesprochen und hat einen Anwalt dafür sorgen lassen, dass in unseren Registern nichts verzeichnet ist.«

»Seltsam. Hat sie gesagt, weshalb?«

»Vermutlich, damit er weiterhin seinen Beruf ausüben konnte. Er ist Lehrer.«

»Machst du Witze?«

»Nein.«

»In Bodø?«

»Nein, er hat die Stadt verlassen.«

»Wissen wir, wo er jetzt wohnt?«

»Klar doch«, sagte Gabriel triumphierend. »Ich habe ihn aufgespürt. Er arbeitet an der Schule von Hedrum. Das ist ganz in der Nähe von Larvik.«

»Verflucht.«

»Allerdings. Glaubst du, hier können wir etwas finden?«

»Unbedingt«, sagte Mia. »Verdammt gut, Gabriel.«

»Diese Polizeijuristin möchte gerne auf dem Laufenden gehalten werden.«

»Okay, sag Anette Bescheid.«

»Alles klar.«

»Verdammt gute Arbeit, Gabriel. Bis später.«

Mia steckte das Telefon in die Tasche und ging zurück ins Büro der Ballettchefin.

• 11 •

Rechtsanwalt Torvald Lorentzen saß in seiner Kanzlei in der Gabriels gate und fixierte nervös das Telefon vor sich. Er wartete auf den Anruf, der kommen musste. Etwas anderes konnte er sich nicht vorstellen. Sie würden ihn jetzt anrufen, das war fast garantiert. *Verdammt, wie hatte das passieren können?* Sein Auto, sein Mercedes, vor einer knappen Woche vor der Kanzlei gestohlen. Und jetzt war der Wagen in einem Mordfall wiederaufgetaucht?

Verdammt, er konnte sich das überhaupt nicht erklären.

Das Telefon lag noch immer stumm auf dem Tisch. Das tote schwarze, glänzende Objekt lachte ihn aus, so kam es ihm vor. Quälte ihn durch seine Geräuschlosigkeit. *Klingel endlich, verdammt noch mal. Du weißt, dass du bald klingeln wirst, warum lässt du mich warten?* Lorentzen lockerte seinen Schlipsknoten und stand auf. Er musterte einen Moment sein Spiegelbild im Fenster, als er zum Barschrank hinüberging. Sah er erschöpft aus? Er fühlte sich nicht erschöpft, oder doch, natürlich hatte ihm das alles zugesetzt, aber verdammt, mit diesem Mord hatte er doch gar nichts zu tun.

Oder vielleicht doch?

Stand das eine in einem Zusammenhang mit dem anderen?

Lorentzen öffnete den Barschrank und füllte eins der Kristallgläser aus dem Wandregal mit Whisky. Er merkte erst als er wieder hinter dem großen Mahagonischreibtisch saß, dass er zurückgerannt war. Das verdammte Telefon. Schön war es auch nicht. Nicht wie sein eigentliches Telefon, das er aus England hatte kommen lassen, ein vergoldetes iPhone, er wusste natürlich, dass er nicht protzen durfte, nicht zeigen, wie viel Geld er wirklich hatte, aber er konnte es nicht lassen. Etwas musste er sich doch gönnen, oder nicht? Nach allem, was er getan hatte. Scheiße, wussten die überhaupt, was er hier riskierte? Er merkte, dass er jetzt sauer wurde.

Verdammt aber auch, eine Leiche? Und es war keiner von diesen Junkies, für die sich niemand interessierte. Die Nachrichten waren voll davon gewesen. Eine junge Frau. Eine Balletttänzerin. Oben in einem See. Er hatte sich wirklich den Kopf zerbrochen, um einen Zusammenhang zu finden, aber er war ratlos. Es musste ein Zufall sein, anders konnte er sich das nicht erklären. Die Polizei hatte ihn im Laufe des Tages angerufen. Ein gewisser Grønlie.

»Spreche ich mit Torvald Lorentzen?«

»Ja?«

»Sind Sie der Halter eines grauen Mercedes Benz E 220 mit dem Kennzeichen DN 87178?«

»Ja.«

»Sie haben den Wagen als gestohlen gemeldet?«

»Ja, am vorigen Mittwoch.«

»Sicher?«

Natürlich war er sicher.

Der Wagen hatte vor dem Haus gestanden. Auf seinem privaten Parkplatz. Hier auf dem Hof hinter dem Tor hätte das eigentlich nicht möglich sein dürfen, aber trotzdem war der Wagen verschwunden.

»Rufen Sie uns an, wenn Ihnen irgendetwas einfällt, ja?«

Lorentzen legte den Schlips ab und merkte, dass er unter den Armen schweißnass war.

Wenn ihm noch etwas einfiel?

Was sollte das sein?

Hatten sie es entdeckt?

Sollte er in eine Falle gelockt werden?

Sollte er einfach nur …

Er zwang sich, nicht weiterzudenken, ließ sich im Sessel rückwärts sinken und musste fast ein wenig lachen.

Er war wichtig, das schon. Aber vorzutäuschen, eine Balletttänzerin sei tot in einem Bergsee gefunden worden und den ganzen Medienzirkus in Gang zu setzen, nur um ihn zu entlarven, nein, haha, natürlich nicht.

Reiß dich zusammen, Torvald.

Immer mit der Ruhe.

Vergiss nicht, was der Arzt gesagt hat.

Lorentzen nahm eine Schachtel aus einer Schublade und spülte zwei runde weiße Tabletten mit einem weiteren Schluck Whisky hinunter.

Die Polizei?

Warum hatte die Polizei angerufen?

Sie hatten doch einen Mann im System.

Sollte der ihn nicht vor solchen Zwischenfällen bewahren?

Lorentzen erhob sich wieder, noch immer den Blick auf das auf dem Tisch liegende Telefon gerichtet.

Ruf endlich an, verdammt noch mal.

Er leerte das Glas und füllte es wieder, versuchte diesmal, seinem Spiegelbild im Fenster auszuweichen, während seine Gedanken in dieselbe Richtung wanderten wie schon so oft in letzter Zeit. Nicht nur, weil das hier passiert war, nein, auch weil es vielleicht jetzt Zeit wurde.

Nimm das Geld und verschwinde.

Tauch unter.

Er wischte sich den Schweiß von der Stirn.

Warum nicht?

Er hatte doch genug.

Schon seit Langem.

Es war nur, dass er …

Er ließ sich wieder in den Sessel sinken und merkte, wie müde er wirklich war.

Sie würden ihn finden.

Egal wohin er ging, war es nicht so?

Sie waren überall.

Er hatte seine Seele an den Teufel verkauft.

Freiwillig.

Kein Ausweg, hatten sie das nicht gesagt?

Lorentzen schüttelte den Kopf und öffnete einen weiteren Knopf an seinem Hemd.

Verdammt, war das heiß hier drinnen.

Reiß dich jetzt zusammen, du Idiot.

Okay, er brauchte einen Plan.

Er stellte das Glas auf den Schreibtisch und fuhr den Rechner hoch. Gab den gewünschten Code ein und war drinnen. Die Summe, die auf dem Bildschirm erschien, war extrem. Ein normaler Bürger würde ungefähr hundert Jahre brauchen, um auch nur einen Bruchteil davon zusammenzubringen.

Genf.

Ein Plan begann nun, in seinem Kopf Gestalt anzunehmen, er spürte, wie sich seine Mundwinkel zu einem Lächeln kräuselten.

Die nächste Sendung.

Seine Finger huschten über die Tastatur, er schaute auf den Zeitplan und die Karte, die vor ihm auftauchten.

Er hatte Kontakte, natürlich hatte er die. Kontakte, von denen sie nichts wussten.

Dieses eine Ding noch durchziehen und dann ...

Lorentzen lächelte zufrieden, leerte den Whisky und wanderte durch das Zimmer, um sich Nachschub zu holen.

Er blieb mit dem Glas in der Hand stehen.

Ich steige aus.

Verschwinde.

Er nickte gelassen zum Fenster hinüber.

Es ist jetzt vorbei.

Er lächelte und hob sein Glas, um sich zuzuprosten, als der Gegenstand auf dem Tisch sich plötzlich rührte.

Das Telefon klingelt.

Das Glas verschwand zwischen seinen Händen, er hörte nicht einmal, wie es auf dem Boden auftraf.

Verdammt.

Torvald Lorentzen blieb Sekunden lang wie erstarrt stehen, dann nahm er endlich das Telefon vom Schreibtisch.

»Hallo?«

• 12 •

Der Regen trommelte auf die Motorhaube des schwarzen Audi. Ein triefnasser Munch kam über den Platz gelaufen und warf sich hinter das Lenkrad.

»Ich habe mir die Sache anders überlegt. Wir fahren nicht runter.«

»Warum nicht?«, fragte Mia kurz.

»Raymond Greger hat sich krankgemeldet. Und ich kann ihn telefonisch nicht erreichen. Er kann überall sein.«

Mia nahm eine Pastille aus der Tasche ihrer Lederjacke, während Tempo und Stärke des Regens sich steigerten. Er prasselte jetzt wie ein ganzes Sintflutorchester nieder, die Passanten suchten eilig Schutz.

»Ich habe einen Streifenwagen geschickt. Wenn sie ihn finden, können wir uns die Sache noch einmal überlegen, aber drei Stunden Fahrt umsonst muss ich jetzt nicht haben.«

»Die Polizei von Larvik?«

Munch nickte und zog die Zigarettenschachtel aus der Tasche seines nassen Dufflecoats.

»Was hältst du von Spidsøe?«

»Sie macht doch einen ehrlichen Eindruck, oder?«, fragte Mia.

Munch zuckte mit den Schultern.

»Ich hatte das Gefühl, dass sie uns nicht alles erzählt, aber ich weiß auch nicht so recht.«

Er gab sich Feuer und öffnete das Fenster einen Spaltbreit. Es regnete herein, und das Wasser mischte sich mit dem grauen Rauch, aber Mia sagte nichts.

»Wieso darf ein Kerl, der kleine Mädchen entführt, trotzdem noch als Lehrer arbeiten?«, fragte Munch verärgert und starrte aus dem Fenster.

»Wenn in unserem Register nichts gegen ihn vorliegt, dann kann niemand ihn daran hindern«, erwiderte Mia tonlos.

Munch schüttelte den Kopf.

»Dann stimmt mit unserem System etwas ganz und gar nicht«, murmelte er und zog wieder an der Zigarette, als Mias Telefon klingelte.

»Spreche ich mit Mia Krüger?«, fragte eine Männerstimme.

»Ja.«

»Hallo, hier ist Torfinn Nakken, ich rufe vom Bislett Hausmeisterservice an. Stimmt es, dass Sie am Sofies plass 3 wohnen?«

»Ja. Worum geht es?«

»Zweite Etage?«, fragte nun die tiefe Stimme.

»Von wo aus rufen Sie an, haben Sie gesagt?«

»Bislett Hausmeisterservice, wir sind für Ihr Haus zuständig. Entschuldigen Sie die Störung, aber bei uns im Büro ist eingebrochen worden, müssen Sie wissen, und uns fehlen etliche Zentralschlüssel. Haben Sie in Ihrer Wohnung irgendetwas bemerkt?«

Mia vertrieb den Rauch von Munchs Zigarette und öffnete das Fenster auf ihrer Seite ganz.

»Zum Beispiel?«, fragte sie.

»Na ja, ungebetene Gäste. Verschwundene Gegenstände, solche Dinge.«

»Nicht dass ich wüsste, nein.«

»Na gut«, sagte Nakken erleichtert. »Verdammt teuer, diese Schließanlagen, wir müssen im ganzen Haus die Schlösser auswechseln. Kostet über hunderttausend Kronen, das übernimmt natürlich die Versicherung, aber es bringt doch nichts, Zeit damit zu vergeuden, wenn keiner kapiert, wo diese Schlüssel passen, oder?«

Er lachte kurz.

»Tut mir leid, ich bin gerade beschäftigt«, sagte Mia und warf Munch, der offenbar eine Mitteilung erhalten hatte, einen Blick zu.

»Ja, natürlich. Entschuldigen Sie die Störung, aber ich

muss mich bei den Bewohnern erkundigen. Dann schreibe ich ALLES OK zu Krüger, Mia.«

»Tun Sie das«, sagte Mia.

»Schönen Tag noch.«

»Ihnen auch«, sagte Mia und legte auf.

»Anette«, sagte Munch.

»Ja?«

»Wir haben den Namen des Psychiaters.«

»Welcher Psychiater?«

»Hab ich das nicht gesagt? Tut mir leid. In ihrer Wohnung wurden Medikamente gefunden. Zwar sind das wohl von ihrem Hausarzt verschriebene Antidepressiva, aber die scheint dieser Mann hier empfohlen zu haben.«

Munch hielt ihr sein Telefon hin.

»Wolfgang Ritter?«

»Klingelt es irgendwo?«, fragte Munch, sichtlich zufrieden.

»Nein.«

»Wirklich nicht? Wolfgang Ritter? Schaust du keine Nachrichten?«

Mia schüttelte den Kopf und zog eine weitere Pastille aus der Tasche ihrer Lederjacke. Sie hatte ihren Fernseher schon vor langer Zeit abgeschafft und vermied die Zeitungen, so gut sie konnte. In ihrer Kindheit war das ganz anders gewesen, die ganze Familie hatte im Wohnzimmer in Åsgårdstrand versammelt vor den Fernsehnachrichten gesessen, aber jetzt konnte sie das nicht mehr ertragen. Früher hatten die Medien eine Art gesellschaftliche Verantwortung gezeigt. Hatten die Bevölkerung informiert. Jetzt regierte das Kapital. Angst und Promis Seite an Seite, in einem heulenden Wettlauf um Einschaltquoten und Likes im Internet. Sie mochte sich nicht einmal die Schlagzeilen der Zeitungen im Laden ansehen.

Welche Ursache hat der Konflikt zwischen Israel und Palästina?

Welcher Autor wurde von Ayatollah Khomeini mit einer Fatwa belegt?

Warum haben chinesische Studenten auf dem Platz des Himmlischen Friedens demonstriert?

Mama Eva Krüger. Lehrerin an der Åsgården-Schule, ihr war es besonders wichtig gewesen, dass die Mädchen gut in der Schule und informiert über das Weltgeschehen waren. Sigrid war natürlich die Bessere gewesen. In jeder Hinsicht. Mia hatte sich oft gefragt, ob das einer der Gründe sein könnte, ob diese ganze Perfektion am Ende zu viel gewesen war, aber richtig überzeugend fand sie das nicht. Mama und Papa. Eva und Kyrre. Er Farbenhändler. Ein kinderloses Paar, und die Adoption der Zwillinge war für sie ein Geschenk des Himmels gewesen. Mama konnte manchmal ein bisschen schroff sein, aber absolut nicht zu streng. Ein wenig zu oft zu Hause die Lehrerin, aber mehr auch nicht.

Markus Skog.

Er war schuld.

»Doktor LSD?«, fragte nun Munch.

»Wer?«

»Wolfgang Ritter. Der Chef von Blakstad? Der Psychiater, der sich dafür einsetzt, Patienten mit schweren Leiden mit Psychedelika zu behandeln?«

»Nie von gehört.«

»Erst vor einer Woche gab es doch ein ausführliches Porträt über ihn«, sagte Munch. »In *Brennpunkt*?«

»Hab ich nicht gesehen. Ist das nicht schon in den Siebzigerjahren versucht worden?«

»Das schon, aber damit wurde auch schnell wieder aufgehört, verdammt, bist du überhaupt bei der Sache?«

Munch drehte sich auf dem Sitz um und sah sie an.

»Sorry«, Mia blinzelte. »Ich bin hier.«

»Eine scheinbar gesunde und lebensfrohe junge Frau? Unser kleiner Sonnenstrahl? Nimmt Antidepressiva? Findest du das nicht ein bisschen seltsam?«

»Auf jeden Fall«, Mia nickte. »Haben wir ihn schon erreicht?«

»Wir brauchen erst eine richterliche Befugnis.«

»Schweigepflicht?«

»Anette kümmert sich darum, eine Formsache, dauert sicher nicht lange«, sagte Munch, als sein Telefon wieder klingelte.

»Ja?«

Sie hatte ihn erschossen.

Zwei Schüsse in die Brust.

Markus Skog.

»Und ihr wart bei ihm zu Hause?«

Nein, Schluss jetzt damit.

»Hat er Familie? Ruft mal in der Schule an und fragt, ob irgendwer von den Kollegen etwas weiß.«

Die Erinnerungen zu Hause in die Kartons gepackt.

»Postiert ein Auto vor seinem Haus. Und schreibt ihn zur Fahndung aus. Ja, er ist wichtig für uns. Hängt euch da rein, bitte. Haltet mich auf dem Laufenden. Schön, danke.«

Munch legte auf und runzelte die Stirn.

»Larvik?«

»Ja. Sie finden ihn nicht. Ist nicht zu Hause. Die Nachbarn haben ihn seit einer Woche nicht mehr gesehen.«

»Ach was.«

»Ein bisschen sehr komischer Zufall, findest du nicht?«, fragte Munch.

»Klar«, antwortete Mia. »Wir müssen sie noch mal befragen, oder?«

»Karoline Berg?«

»Ja?«

»Schreckliche Vorstellung, aber ich fürchte, ja.«

Munch seufzte und trommelte mit den Fingern auf das Lenkrad.

»Kommst du mit zur Rechtsmedizin?«

»Nein, ich will mit Halvorsen in der Technik sprechen. Komisch, dass sie nichts für uns haben, finde ich.«

»Okay, ich setze dich unterwegs ab«, sagte Munch und fuhr vom Parkplatz.

»Frag sie nach den Wunden am Mund«, sagte Mia, als sie bei der Kripo in der Brynsallé vorfuhren.

»Welche Wunden am Mund?«

»Vivian Berg hatte Wunden am Mund. Ich kann mich nicht erinnern, dass ich so was schon mal gesehen habe.«

»Aha.«

»Später heute Besprechung mit allen?«

»Gegen sieben, acht«, sagte Munch.

»Bis dann«, sagte Mia und stieg aus dem Auto.

• 13 •

Munch drückte auf die Klingel und musste ein wenig warten, ehe eine Stimme zu hören war. Die neue Rechtsmedizinerin, Lillian Lund. Er merkte, dass er ein wenig neugierig auf sie war.

»Ja?«

»Holger Munch hier.«

»Ach ja, hallo, schön. Komm rein. Ich bin in Raum 1. Ganz am Ende des Ganges. Geh einfach immer der Musik nach.«

Der Musik?

Munch begriff erst, was sie gemeint hatte, als er im Gebäude stand. Die Töne schwebten aus einem Raum weiter hinten im Gang auf ihn zu, ein Lichtblick in diesem ansonsten so düsteren Ort. Er musste ein wenig lächeln, als er hörte, was es war. Bach. Einer seiner absoluten Lieblinge. Und es war nicht irgendeine beliebige Aufnahme. Glenn Gould. Die Goldberg-Variationen. Er hatte die CD zu Hause. Glenn Gould, ein Genie zweifellos, aber auch ein Künstler am Rande des Wahnsinns. Munch musste an Mia denken, als er sich dem Raum näherte, aus dem die Musik kam.

»Hallo?«

Munch klopfte an die Tür und zog sie auf, als ihn ein junger Mann in weißer Plastikschürze, Mundschutz und Plastikhandschuhen aufhielt.

»Wer sind Sie?«

»Munch«, sagte Munch und zeigte seinen Dienstausweis. »Mordermittlung. Mariboes gate. Lillian Lund?«

Die Musik hier drinnen war lauter. Sanfte, schöne Klänge, ein Kontrast zu dem kühlen grauen Raum und nicht zuletzt zu der Leiche, die gleich hinter der Tür auf einem Tisch lag.

»Hallo, Munch«, sagte eine Frau, die plötzlich aus dem Hinterzimmer auftauchte und sich die Handschuhe auszog, um ihn zu begrüßen.

Sie trug einen Mundschutz, schob den aber nach unten.

»Lillian Lund«, sagte die Frau und lächelte ihn an.

Dunkle Haare. Klare blaue Augen. In seinem Alter, wenn er eine Schätzung abgeben sollte.

»Das ist nicht deine«, sagte sie und nickte der Toten auf dem Tisch zu. »Deine liegt in 2, ich muss hier nur eben fertig werden, dann komme ich.«

»Ich warte draußen auf dem Gang«, sagte Munch.

»Schön«, erwiderte Lillian Lund und drehte sich zu dem jungen Mann um, der Munch aufgehalten hatte. »Kannst du mir die Proben, die ich haben wollte, noch mal geben?«

»Noch mal?«

»Ich glaube, die sind kontaminiert, die Werte sind viel zu hoch.«

»Ja, ja, natürlich«, sagte der junge blonde Mann und schielte verstohlen zu Munch hinüber, ehe er dorthin verschwand, woher er gekommen war.

Munch ging hinaus auf den Gang, fand dort einen Sessel und spielte mit dem Gedanken, sich eine Zigarette anzustecken. In alten Zeiten wäre das kein Problem gewesen. Ernst Hugo Vik, mit dem er oft bei seinen Ermittlungen zu tun gehabt hatte, war ein Exzentriker und nicht zuletzt ein Kettenraucher gewesen, der sich nicht weiter um irgendwelche Regeln geschert hatte. Munch hatte deutlich das Gefühl, dass unter Lillian Lunds neuem Regime andere Vorschriften galten, deshalb verzichtete er.

Schon nach wenigen Minuten stand sie vor ihm.

»Puh, tut mir leid«, sagte sie lächelnd und ließ sich Munch gegenüber in den zweiten Sessel sinken. »Vier Leichen in ebenso vielen Tagen. Dein Mädel und drei Überdosen. Die Stadt scheint derzeit überschwemmt zu werden.«

»Ihr holt euch auch die Überdosen her?«, fragte Munch überrascht.

»Sicher, weshalb?«

»Nein, war mir nur neu.«

»Neue Chefin, neue Regeln«, sagte Lillian Lund freundlich. »Ich will alle sehen, findest du das nicht richtig?«

»Doch, doch, absolut«, sagte Munch und merkte, dass er diese neue Rechtsmedizinerin bereits leiden mochte.

Kompetent und resolut. Und dazu mit Glenn Gould im Lautsprecher.

»Willst du sie sehen? Oder stimmt es, was ich gehört habe, dass du nur die Fotos willst?«

»Wie meinst du das?«

»Stimmt das nicht?«, fragte Lund neugierig. »Dass du der Ermittler bist, der keine Leichen zu sehen braucht?«

»Ich glaube, du denkst an Mia Krüger«, sagte Munch belustigt.

»Ach, okay, tut mir leid.«

»Das muss es nicht. Was hast du bisher?«

Munch erhob sich.

»Was meinst du mit bisher?«, fragte Lund. »Die Schutzkleidung findest du übrigens dort im Schrank.«

Sich in Plastikweiß hüllen, um die Leiche sehen zu dürfen? Unter Vik war es wirklich ganz anders gewesen. Neue Zeiten im rechtsmedizinischen Institut waren angebrochen, das stand jedenfalls fest.

»Nein, ich meine, du hattest ja noch nicht viele Tage«, sagte Munch nun.

»Ach, das ist doch auch nur ein Mythos. Dass es so lange dauert. Manchmal kommt das vor, aber in diesem Fall gab es keinen Zweifel.«

Lund schob ihren Mundschutz wieder hoch und winkte ihn mit sich in den Untersuchungsraum. Sie zog das weiße Laken von der Leiche, die dort lag, und tippte mit dem Finger auf einen Punkt auf der Brust. Die Operationsschnitte waren so hastig zusammengenäht, dass Munch für einen Moment das Gefühl hatte, der Leichnam vor ihm sei nicht echt. Das hatte er noch nie leiden mögen, der Anblick einer Leiche war etwas, woran man sich niemals gewöhnte. Wenn er ein seltenes Mal eine dieser Fernsehserien sah, in denen die hartgesottenen Ermittler sich über Tote beugten, ohne eine Miene zu verziehen, wollte er am liebsten beim Sender anrufen und sich beschweren. Unseriös. Und absolut nicht realistisch.

»Da hast du den Einstich. Du hast doch den Bericht bekommen, den ich an die Kripo geschickt habe? Ethylenglykol?«

Munch nickte.

»Kann mich nicht erinnern, so etwas schon mal gesehen zu haben. Du?«

Munch gab keine Antwort. Er verstummte vor Respekt vor dem weißen, zerschnittenen Körper, der leblos vor ihm lag. Dreißig Jahre als Ermittler, aber daran konnte er sich einfach nicht gewöhnen. Den Tod. Ein Leben, das vorüber war. Reduziert zu einem Objekt auf einem Tisch in einem grauen Keller in Ullevål.

»Soll ich sie wieder zudecken?«, fragte Lund und schaute ihn wohlwollend an.

»Das geht schon«, würgte Munch hervor.

»Ich kann dich sehr gut verstehen«, sagte Lund und nickte. »Ich mache das ja die ganze Zeit, aber sogar mir fällt es schwer.«

»Was hast du gesagt?«, fragte Munch und setzte seine professionelle Maske wieder auf.

»Schon mal so was gesehen? Frostschutzmittel?«

»So nicht, nein, noch nie«, sagte Munch. »Wir hatten mehrere Fälle, da ist jemand damit vergiftet worden, aber immer oral, über einen längeren Zeitraum hinweg. Meistens geht es gut. Sie tragen Schäden davon, aber sie überleben. So einfach ist das nämlich nicht.«

»Ich weiß«, sagte Lund und biss sich auf die Lippe. »Ziemlich kaltblütig, findest du nicht?«

»Wie meinst du das?«

»Na ja, ich bin hier nicht die Ermittlerin. Aber ja, nicht jeder schafft es, so nah heranzukommen, einem Menschen eine Nadel ins Herz zu stechen und ...«

»Wir stehen noch ganz am Anfang«, sagte Munch.

»Verstehe«, erwiderte Lund und ging an dem weißen Leichnam entlang. »Keine Anzeichen für gewaltsame Penetration. Keine Spermaspuren. Der Mord scheint nicht sexuell motiviert gewesen zu sein, jedenfalls soweit ich das bisher beurteilen kann.«

Munch nickte.

»Fingernägel, Hände«, Lund zeigte darauf. »Seltsam

wenig. Keine Reste von irgendetwas. Als ob jemand sie gewaschen hätte.«

»Ach wirklich?«, fragte Munch interessiert.

»Ja«, sagte Lund und runzelte die Stirn. »An ihrem Körper ist fast nichts zu finden.«

»Sie lag doch im Wasser, als sie entdeckt wurde?«

»Das schon, ich weiß, aber dennoch, es müsste etwas zu finden sein. Keine Wunde. Kein blauer Fleck, keine Schramme, nirgendwo. Sie hätte doch ... ja, ein bisschen Widerstand leisten müssen, ich meine, so eine durchtrainierte Frau?«

»Wir haben eine Theorie, dass sie selbst zum Tatort gegangen ist«, sagte Munch leise.

»Ernsthaft?«

Lund musterte ihn überrascht.

»Ich weiß«, Munch nickte. »Aber weiter sind wir nicht gekommen.«

»Ihr habt niemanden im Auge?«

»Wir sehen uns einige an, aber wir haben noch keinen konkreten Verdächtigen, nein, leider nicht.«

»Das hier ist das Einzige, was ich noch nicht begriffen habe«, sagte Lund und ging ans andere Ende des Tisches.

»Was denn?«

»Siehst du ihren Mund?«

»Ja?«

»War mit Band zugeklebt. Zuerst ist mir das nicht aufgefallen, aber da war noch was, das ... siehst du, hier?«

Sie zeigte auf die Haut um die Mundwinkel.

»Das ist nicht normal.«

»Was denn?«

»Diese Blasen. Fast wie Brandblasen, siehst du?«

»Genau«, sagte Munch. »Mia hat mich gebeten, dich danach zu fragen.«

»Nach diesen Wunden am Mund?«

»Ja.«

»Gut beobachtet«, sagte Lund. »Die stammen nicht vom Klebeband. Ich weiß nicht, wodurch sie entstanden sein könnten, aber ich habe ein paar Proben ins Labor geschickt.«

»Wann können wir denn mit den Ergebnissen rechnen?«

»Das dürfte nicht so lange dauern, morgen im Laufe des Tages, würde ich sagen.«

»Schön«, sagte Munch.

Sie wurden plötzlich dadurch unterbrochen, dass der Assistent, ohne anzuklopfen, hereinkam. Aus irgendeinem Grund wich er diesmal Munchs Blick aus.

»Tut mir leid, stören zu müssen, aber wir kriegen Nachschub.«

»Überdosis?«, fragte Lund.

»Ja.«

»Verdammte Scheiße. Entschuldige den Ausdruck, aber was ist in dieser Stadt eigentlich los?«

Sie schüttelte gereizt den Kopf und ging auf die Tür zu. Munch folgte ihr hinaus auf den Gang.

»Tut mir leid, aber ich muss dich hier verlassen.«

Lillian Lund streifte Handschuhe und Mundschutz ab und reichte ihm die Hand.

»Dann erst mal Danke für die Hilfe«, sagte Munch.

»War mir ein Vergnügen. Ich rufe dich sofort an, wenn ich mehr weiß«, sagte die dunkelhaarige Rechtsmedizinerin und verschwand mit eiligen Schritten in Richtung der Musik.

• 14 •

Theo Halvorsen saß über sein Mikroskop gebeugt in seinem Labor, sprang aber auf, als er Mia hereinkommen sah.

»Mondkind«, der Kriminaltechniker strahlte. »Viel zu lange nicht mehr gesehen. Wo hast du denn gesteckt?«

»Leider nirgendwo«, Mia lächelte.

»Wieder beurlaubt? Wirklich?«, fragte Halvorsen und nahm die Brille ab.

»Wird das behauptet?«

»Kommt drauf an, wen du fragst«, sagte der Techniker lächelnd und zuckte mit den Schultern. »Die einen haben gesagt, du seist gefeuert worden. Die anderen, du wolltest auf Segeltörn gehen.«

»Letzteres stimmt, nur bin ich nicht weit gekommen. Du hast die Ballerina, nicht wahr?«

»Aber sicher doch«, Halvorsen seufzte. »Und einen ganzen Berg andere Arbeit, ich habe das Gefühl, dass die Zeit einfach nie reicht. Glaubst du, ich komme hier jemals wieder raus?«

Der Techniker breitete die Arme aus und schaute sich um. Das Labor war vom Boden bis zur Decke mit Kartons und Unterlagen vollgestellt. Der Raum schien keine Fenster zu haben und gab ihr das Gefühl, in einem Keller zu stehen, obwohl das Labor im dritten Stock lag. Sie wusste, dass Halvorsen darum gebeten hatte, die Fenster zu verdunkeln, damit er nicht abgelenkt würde.

Theo Halvorsen. Mia kannte den Techniker seit fast zehn Jahren und wusste, dass er zwar immer darüber klagte, wie viel er zu tun hatte, dass sie aber mit ihren Fragen lieber zu ihm ging als zu irgendjemandem sonst. Halvorsen war wie ein kleiner Einstein. Er war Mitte fünfzig, arbeitete ungern mit anderen zusammen, er wollte am liebsten alles selbst machen, seine Ergebnisse waren immer besser und korrekter als das, was aus dem zweiten Stock geliefert wurde.

»Nicht in der Hütte gewesen?«, fragte Mia und folgte ihm durch den Raum.

»Woher hätte ich denn die Zeit nehmen sollen?«, fragte Halvorsen und setzte die Brille wieder auf.

Er holte sich einen Hocker und zog einen kleinen Pappkarton aus einem Regal.

»Und wie geht es Britt?«

»Sie hat mich noch nicht verlassen, die Arme«, Halvorsen zwinkerte ihr zu und trug den Pappkarton zurück zum Mikroskop.

»Ist das für mich?«, fragte Mia und nickte zu dem Karton hinüber.

»Wie meinst du das?«

»Das da? Warum archivierst du frische Fälle so weit vom Schuss?«

»Mondkind«, seufzte Halvorsen und schüttelte kurz den Kopf. »Ich weiß, alle rennen für dich und lassen sich von deinem viktorianischen Charme blenden, ich aber nicht, hier geht alles nach Vorschrift.«

»Was ist das also?«

»Zähne«, sagte er und streifte blaue Plastikhandschuhe über. »Nicht alle Morde sind ein ästhetisches Vergnügen, weißt du, Liebe. Ausgeführt mit Intelligenz und Joie de Vivre, damit Hercule Poirot und die junge Krüger ihre kleinen Grauen einsetzen und in den Geschichtsbüchern landen können.«

Halvorsen öffnete den Karton.

»Ein junger Drogendealer, mit einer Brechstange hinter dem Manglerud Center erschlagen, und jetzt wollen sie wissen, ob es einen Zusammenhang zu einem anderen Gangster geben kann, der mit blutendem Mund im Sofienbergpark gefunden wurde. Appetitlich, nicht wahr?«

Halvorsen war wie gesagt dafür bekannt, dass er sich über alles beklagte, aber Mia mochte ihn trotzdem gern. Sie hatten bei mehreren Fällen auf der Stelle getreten, aber dann hatte Halvorsens unglaublich scharfer Blick die Beweise gefunden, die sie brauchten, und sie wusste, dass das Gejammer nur eine Fassade war, die er vorschob, wenn die Welt ihm zuwider war.

»Also nicht in der Hütte?«

»Doch, ab und zu«, sagte Halvorsen und hielt sein Auge wieder an das Mikroskop.

Sie wartete geduldig, bis die ausgebrochenen Zähne, die er untersucht hatte, wieder im Karton lagen und er am Laptop, der hinter ihm auf dem Tisch stand, die notwendigen Notizen gemacht hatte.

»Ja, und jetzt zu uns«, sagte Halvorsen und nahm die Brille wieder ab.

»Vivian Berg?«, fragte Mia und fischte noch eine Pastille aus ihrer Jackentasche.

Halvorsen rollte mit seinem Stuhl durch den Raum, holte einen Ordner und legte ihn vor Mia hin.

»Die haben wir doch schon?«, fragte Mia, nachdem sie ein wenig darin geblättert hatte.

»Ja«, sagte der Techniker. »Aber ich habe nicht mehr.«

»Das hat auch die Kripo bekommen, nicht wahr?«

Halvorsen nickte.

»Ja. Und denen habe ich dasselbe gesagt.«

»Was denn?«

»Dass das Blödsinn ist. Wie soll ich denn so etwas herausfinden?«

»Wie meinst du das?«, fragte Mia.

»Du hast das nicht gelesen?«

»Doch, oder ... Was steht denn da?«

Halvorsen seufzte.

»Das ist ein Zirkus, das steht da.«

»Zirkus?«

»Du hast das wirklich nicht gelesen? Warum mache ich mir dann überhaupt die Mühe, diese Frage stelle ich mir von früh bis spät.«

Halvorsen seufzte tief, rollte wieder los, holte ein Stück Papier und reichte es ihr.

»Erklär es mir«, sagte Mia, nachdem sie das Blatt überflogen hatte.

»Überfluss«, sagte Halvorsen. »Irgendwer will euch verarschen.«

»Wie meinst du ...?«

Halvorsen nickte wieder und zeigte auf die Liste, die er ihr gegeben hatte.

»DNA. Aus ganz Norwegen, an einem Ort. Wie soll ich meine Arbeit machen, wenn Auto und Tatort mehr Haut und Haare enthalten, als die Duschabflüsse im Frognerbad?«

»Das stammt aus dem Mercedes?«

»Und vom Svarttjønn«, antwortete der Techniker und sauste mit seiner Sitzgelegenheit zurück zum Laptop.

»Weil du es bist, Mondkind.«

Er schob ihr den Laptop zu und öffnete ein Dokument.

»Hier.«

Mia schaute auf den Bildschirm, begriff aber noch immer nicht.

»Was sehe ich hier?«

»Alles ist verdreckt«, bemängelte Halvorsen und zeigte darauf. »Einundsechzig Vorkommen von Haaren. Neunundvierzig von Haut. Acht von Exkrementen. Kein kollektiver DNA-Treffer dabei. Wenn das hier stimmt, waren über hundert Menschen am Tatort und gleichzeitig im Auto. Wie soll ich damit arbeiten, wie stellt ihr euch das vor?«

»Er hat den Tatort kontaminiert?«

»Das, Sherlock, können wir wohl mit Sicherheit sagen«, sagte Halvorsen und ließ die Brille an ihrer Schnur auf seine Brust fallen. »Die Frage ist eher, woher zum Teufel hat er das alles? Hat er Haut und Haare gesammelt? Exkremente? Wer tut so was, Mia? – Ach, übrigens«, fügte er dann hinzu und sprang auf.

Er verschwand hinten im Labor und kehrte mit einem Fotoapparat zurück.

»Hier siehst du, was passiert, wenn man zu viel zu tun hat.«

»Das ist die, die am Tatort gefunden wurde.«

»Jepp. Nikon E 300. Keine Fingerabdrücke natürlich, weder an der Kamera noch am Stativ, aber ...«

Halvorsen lächelte vielsagend und reichte ihr den Fotoapparat.

»Schau mal rein.«

Mia hielt die Kamera ins Licht und blickte hinein.

»Siehst du etwas?«

Sie brauchte einen Moment, aber dann entdeckte sie es plötzlich.

In die Linse geritzt.

»Verdammt«, murmelte sie. »Kann das stimmen?«

Sie sah es jetzt deutlich.

Eine Zahl.

»Verdammt«, sagte sie und schaute sicherheitshalber noch einmal nach.

»Ich finde, das sieht aus wie eine 4, aber du bist hier die Detektivin«, sagte Halvorsen und zuckte mit den Schultern.

Mias Herz schlug jetzt schneller unter ihrer Lederjacke.

Eine Zahl?

Sie hielt sich die Kamera wieder ans Auge.

Doch, da war sie.

Kein Zweifel.

»Ich habe ein Bild gemacht«, sagte er und erhob sich wieder.

»Hiermit?«

»Ja, schau her«, sagte Halvorsen.

Mia warf einen Blick auf das Foto, es konnte keinen Zweifel geben.

Vier.

Unbeholfen in die Linse geritzt.

»Kann ich das mitnehmen?«

»Natürlich.«

»Danke, Theo«, sagte Mia und steckte das Bild in die Tasche ihrer Lederjacke. »Echt.«

»Wäre ja noch schöner, Mondkind.«

»Sag Britt einen schönen Gruß.«

»Die wird mich bald verlassen, wenn sie noch einen Funken Verstand hat.«

»Halt mich auf dem Laufenden, wenn du noch etwas findest, ja?«

»Natürlich«, Halvorsen nickte. »Ruf an, wenn du etwas brauchst, okay?«

»Mach ich, Theo. Bis bald.«

»Immer ein Vergnügen, Mondkind«, sagte der Techniker und legte zwei Finger zum Gruß an die Stirn.

• 15 •

Wir haben wenig Zeit und viel zu besprechen, also wäre es nett, wenn wir das so effektiv wie möglich machen könnten«, sagte Munch, der vorn beim Bildschirm stand.

Gabriel Mørk stellte seine Cola weg und konnte sich gerade noch auf den Stuhl sinken lassen, ehe das Licht ausgeschaltet wurde.

»Siehst du mich an?«, fragte Curry.

»Wenn du dir deine Fragen bis zum Schluss merken könntest, wäre das nett, ja«, murmelte Munch und blätterte rasch durch die Unterlagen, die auf dem Tisch neben ihm lagen.

Leises Lachen in der Runde, aber es wurde gleich wieder still, als das erste Foto auf dem Bildschirm erschien.

»Vivian Berg, zweiundzwanzig«, sagte Munch und klickte rasch die erste Fotoserie durch. »Am Donnerstagnachmittag aus ihrer Wohnung am St. Hanshaugen verschwunden und am frühen Samstagmorgen im Svarttjønn gefunden.«

»Wissen wir das mit Sicherheit?«, fragte Curry.

»Was denn, Jon?«, seufzte Munch.

»Dass sie am Donnerstag aus ihrer Wohnung verschwunden ist?«

»Anette?«, fragte Munch und schaute hinüber zu Goli, die sich nun erhob.

»Wir haben zwei Zeugen aus ihrem Haus, die gesehen haben, wie Vivian Berg am Donnerstagnachmittag irgendwann zwischen fünf und Viertel nach fünf ihre Wohnung verlassen hat. Das Video, das wir eben bekommen haben, zeigt, dass das stimmen kann, aber …«

»Video?«, fragte Curry, der offenbar nicht ganz auf dem Laufenden war.

Sie hatten einen Überwachungsfilm aus einer Kioskkamera bekommen, der angeblich Vivian Berg beim Verlassen ihrer Wohnung zeigte.

»Was habe ich gesagt, die Fragen sollt ihr am Ende stellen«, wiederholte Munch.

»Aber …«, murmelte Curry.

»Falls jemand das noch nicht mitgekriegt haben sollte«, sagte Anette leicht gereizt, »haben wir bisher also drei Videos. Der Mercedes auf dem Weg zur E 18. Der Mercedes vor dem Sandvika Storsenter, und jetzt dieses letzte, das Vivian beim Verlassen ihrer Wohnung zeigt, vermutlich unterwegs zum Auto. – Der Rechtsmedizin zufolge hat Vivian weniger als vierundzwanzig Stunden im Wasser gelegen, als sie gefunden wurde«, fuhr sie dann fort. »Der letzte Film aus Sandvika belegt, dass das Auto am Donnerstagabend um kurz vor sieben an Sandvika vorbeigefahren ist, und das gibt uns einen Zeitraum von einem bis anderthalb Tagen.«

Sie schaute zu Munch hinüber, und der nickte.

»Entschuldigung«, sagte Ylva, »aber ein oder anderthalb Tage wofür?«

Die junge Isländerin war im vergangenen Herbst zum Team gestoßen, und wie immer wusste niemand so recht, wo Munch sie aufgegabelt hatte, aber jedenfalls hatte sie sich sofort zurechtgefunden. Gabriel war sehr froh darüber, nicht mehr das jüngste Mitglied zu sein. Die erfahrenen Ermittler hielten so viel für selbstverständlich, aber jetzt hatte er Ylva, die allerlei Fragen stellen konnte, und er stand nicht mehr da wie ein Dilettant.

»Vom letzten Mal, als sie gesehen wurde, bis zur Fundzeit«, erklärte Munch.

»Und die Fahrt von Sandvika zum Svarttjønn dauert wie lange?«

»Max zwei Stunden«, sagte Anette.

»Sie wurde im Auto gefangen gehalten?«, fragte Ylva. »Länger als vierundzwanzig Stunden?«

»Das sehen wir uns nachher noch an«, sagte Munch und nickte wieder Anette zu.

»Also«, fuhr Goli fort. »Vivian verschwindet am Donnerstagnachmittag. Der Kripo zufolge schien sie ihre Wohnung in aller Eile verlassen zu haben. Ihr Telefon lag noch da. Der Rechner stand aufgeklappt auf dem Küchentisch. Auf dem Herd stand Essen. Möglicherweise wollte sie sich gerade etwas kochen, zog sich dann aber an, ging hinaus auf den Gang, schloss die Tür ab und ging ruhig hinaus auf die Straße.«

»Was?«, fragte Curry, der sich doch nicht zurückhalten konnte. »Sie verlässt ihre Wohnung in aller Eile, nimmt nichts mit und geht dann ruhig hinaus?«

»Was wir außerdem in der Wohnung gefunden haben, sind die Medikamente«, sagte Goli ungerührt. »Wie ihr jetzt alle wisst, waren Antidepressiva und Beruhigungsmittel darunter. Vieles weist daraufhin, dass es Vivian nicht besonders gut ging. Wir haben mit ihrem Hausarzt und ihrem Psychiater gesprochen, und wir versuchen jetzt, Zugang zu ihrer Krankengeschichte zu bekommen.«

»Danke, Anette«, sagte Munch, als Goli sich setzte.

»Raymond Greger«, sagte Ludvig Grønlie und erhob sich. »Seltsamer Vogel, über den kann ich nur sehr wenig finden. Bodø war überaus vage, offenbar hatten Anwälte hier ihre Hand im Spiel und haben wohl allerlei Drohungen verbreitet. Jedenfalls, diesen Fall vor einigen Jahren, in den er verwickelt war, als zwei kleine Mädchen verschwunden sind, können wir wohl nicht gegen ihn verwenden oder sonst wie einsetzen. Und mehr haben wir nicht. Er ist achtundfünfzig. Unverheiratet. Keine Kinder. Arbeitet als Lehrer an der Grundschule Hedrum bei Larvik und ist derzeit krankgeschrieben, und zwar wegen …«

Grønlie nahm die Brille ab und suchte in seinen Unterlagen.

»Ja, das konnte ich auch nicht feststellen, aber jedenfalls suchen wir nach ihm. Die Polizei in Larvik beteiligt sich daran, und ich habe klargestellt, dass er höchste Priorität hat.«

»Sein Telefon?«, fragte Gabriel und öffnete damit zum ersten Mal den Mund.

»Laut Telenor ist es ausgeschaltet, und zwar schon seit Donnerstag«, sagte Grønlie und setzte sich wieder.

»War auf ihrem Telefon etwas zu finden?«, fragte nun Ylva.

»Nicht laut der Liste, die wir bekommen haben«, sagte Gabriel. »Sie hatte keinen Kontakt zu ihrem Onkel. Sie waren auch nicht auf Facebook befreundet. Wir haben keinen Grund zu der Annahme, dass sie etwas miteinander zu tun hatten.«

»Raymond Greger«, sagte Munch. »Der ist im Moment unsere absolute Nummer eins. Wie gesagt, Larvik sucht, und wir werden die Jagd über Nacht verschärfen, wenn wir ihn vorher nicht finden. Mia?«

»Zwei Dinge«, sagte Mia und trat vor den Bildschirm.

Sie nickte zu Munch hinüber. Ein neues Bild tauchte auf dem Schirm auf. Gabriel hatte es noch nie gesehen.

»Das ist in die Linse des Fotoapparates eingeritzt.«

»Was ist das?«, fragte Ylva und schob sich die Brille höher auf die Nase.

»Eine Ziffer. Die Zahl 4«, sagte Mia, nickte zu Munch hinüber, der klickte wieder, und diesmal konnten sie es noch deutlicher sehen.

»Ich dachte zuerst«, sagte Mia, »dass das mit der Kamera, also, dass er den Mord aufgenommen hatte. Dass das seine *Nummer* sei. Das Ganze visualisieren, es aufbewahren. Aber jetzt bin ich nicht mehr so sicher.«

»Wir wissen, dass es ein Er ist?«, schaltete Curry sich ein.

»Die Fußabdrücke um das Stativ sind Größe 43«, sagte Mia ruhig.

»Und wenn es eine Frau in Herrenschuhen war?«

»Dann wären die Abdrücke in der Mitte tiefer und am Rand flacher«, sagte Mia und nickte Munch abermals zu.

Neues Foto.

Diesmal das Blatt aus dem Buch.

»Achtet darauf, dass hier die Seitenzahl weggekratzt worden ist«, sagte jetzt Mia. »Er erzählt uns, dass diese Zahl keine Bedeutung hat.«

»Was …«, begann Ylva, aber Mia achtete nicht auf sie, und Munch drückte weiter.

»›Nun komme ich zu dem Furchtbaren.‹«, las Mia vor und nickte zum Bildschirm mit der Seite. »›Zu dem, woran ich mich kaum zu denken traue. Und woran ich doch in einem fort denken muss.‹ *Die Brüder Löwenherz.* Hier berichtet der jüngere Bruder, Karl Löwe, von dem Brand. Karl ist krank und braucht Hilfe, und der große Held, sein älterer Bruder Jonathan, opfert sich, damit der kleine Bruder leben kann. Danach wünschen alle, Karl wäre an seiner Stelle gestorben.«

Jetzt wurde es sehr still im Raum.

»Dann haben wir die Zahl 4«, fuhr Mia fort. »Das ist das eine. Und wir haben diese Seite, das ist das andere. Hier müssen wir anfangen.«

»Aber«, sagte Ylva wieder, wurde aber aufs Neue unterbrochen.

»Und dann müssen wir uns das hier ansehen«, sagte Mia. »Ich halte das für sehr wichtig. Das Überwachungsvideo, das jetzt kommt, zeigt Vivian beim Verlassen ihrer Wohnung, an diesem Donnerstag. Achtet vor allem darauf, wie sie geht, ja? Ich habe viele Leute vom Ballett gekannt. Sie sind geschmeidig, bewegen sich wie Katzen, haben Kontrolle über jeden einzelnen Muskel in ihrem Leib.«

»Wie meinst du das?«, fragte Curry.

»Das hier ist keine Tänzerin«, sagte Mia leise, nickte Munch zu, und der drückte auf die Fernbedienung.

»Das hier ist nicht die wirkliche Vivian Berg.«

• 16 •

Kurt Wang hatte noch nie so eine Stimme gehört. Auf Schallplatte natürlich schon, aber nicht live. Billie Holiday. Radka Toneff. Amy Winehouse, vielleicht. Als die kleine lächelnde Frau mit den langen roten Haaren ans Mikrofon trat und ihre weiche Stimme sich in dem großen Wohnzimmer ausbreitete, das auch als Übungsraum diente, schien die Zeit stehen zu bleiben. Als ob die Wolken verschwänden. Als ob der kalte Winter zum Sommer würde. Als ob die Welt draußen nicht existierte. Kurt wusste nicht einmal, ob er in die Stimme verliebt war oder in die Frau.

Sie. Sie. Sie. Natürlich in sie. Er konnte nicht schlafen. Er konnte nicht atmen. Er konnte fast nicht das Saxofon an den Mund heben.

Das Nina Wilkins Quartett.

Sie hatten sich beim Jazzstudium in Trondheim kennengelernt. An der besten Schmiede des Landes für junge Musiker von seinem Kaliber. Gleich nach der ersten Runde war er dort angenommen worden. Wie viele Saxofonisten hatten das schon versucht? Viele. Sehr viele. Und wer war sofort aufgenommen worden? Hatte alle drei Prüfungen bestanden, leicht, einfach, fast zu stehenden Ovationen? Er. Kurt Wang. Der schlaksige, schüchterne Junge aus Manglerud in Oslo, wo Jungs nur Jungs waren, wenn sie Hockey spielten, verdammt, er müsste eigentlich vor Selbstvertrauen strotzen. Und sich nicht weiter um eine halbschwedische Jazzsängerin scheren, von denen gab es oben in Trondheim doch jede Menge, charmante, überaus begabte Mädchen, die sangen, aber nein. Kaum hatte Nina

Wilkins zum ersten Mal den Mund aufgemacht, da waren seine Knie zu Gelee geworden, und seither fühlte er sich wie ein kleiner Hund. Nein, nicht wie ein Hund, großer Gott, er war doch sein eigener Herr, nur eben ein bisschen schwach. Unfähig zu klarem Denken.

Sie hatte vorgeschlagen, dass sie nach Oslo umziehen sollten, die ganze Band, und er hatte genickt und Ja gesagt, natürlich.

Obwohl er sich da oben sehr wohlgefühlt hatte. Die Wohnung in Møllenberg. Die Cafés. Ni Muser. Antikvariatet. Ramp. Trondheim. Eine unglaublich schöne Stadt. Mit einer wahnsinnig inspirierenden Jazz-Szene.

Sie hatte vorgeschlagen, Mulle durch einen anderen Schlagzeuger zu ersetzen, einen Portugiesen, dessen Namen er nie zuvor gehört hatte. Ja, ja, natürlich, Nina, wenn du meinst.

Obwohl er und Mulle immer zusammen gespielt hatten, sie waren wie Zwillinge, improvisierten gemeinsam, als wären sie zwei Köpfe auf einem Körper.

Sie hatte ihm vorgeschlagen, mehr Sopransaxofon zu spielen, das Tenorsaxofon erst einmal ruhen zu lassen, eine Oktave höherzugehen, brüchiger, fieberhafter, wie John Coltrane gegen Ende seiner Miles-Davis-Periode. Natürlich. Unbedingt, Nina. Natürlich könnte er Sopran spielen, eigentlich hatte er das schon die ganze Zeit vorgehabt, oder etwa nicht?

Nein, das hatte seine Mutter sich so gedacht. Jan Garbarek auf Vinyl im Wohnzimmer da oben in Manglerud, ihm hatte immer die Fülle des Tenorsaxofons besser gefallen.

Nein, verdammt, jetzt musste er sich zusammenreißen.

So ging das nicht mehr weiter. Nina Wilkins Quartett. Nina. Nina. Nina. Ihre Stimme füllte seinen Kopf, egal wo er sich aufhielt.

Jedenfalls seit der Portugiese nach Oslo gekommen war. Der neue Schlagzeuger. Gut genug, das schon, das war nicht das Problem. Feine Technik. Weich. Musik im ganzen Körper, aber besser als Mulle? Nein, das fand er nicht. Verdammt, war er blöd gewesen. Er hätte es kommen sehen müssen, schon auf meilenweite Entfernung. Nina und der Portugiese. Eng umschlungen auf dem Sofa. Heiße Küsse beim Üben. Hand in Hand über die Straße auf dem Weg zum Blå.

Er hätte aussteigen müssen. Sagen, jetzt reiche es. Natürlich hätte er das. Wenn er Manns genug gewesen wäre. Aber verdammt, wie hätte er das schaffen sollen?

Diese Stimme.

Herrgott, was für eine Stimme.

Wie Honig und Sandpapier.

Wie die Lösung eines Geheimnisses.

Immer, wenn sie den Mund öffnete.

Und deshalb war er einfach geblieben.

Idiot.

Nina Wilkins Quartett.

Zum Glück hatten sie einen Durchbruch erzielt. Beim Vossajazz im vergangenen Jahr. Sie hatten auf einer der kleinsten Bühnen gespielt, aber sie hatten die besten Kritiken von allen eingeheimst. Die Freaks waren total aus dem Häuschen gewesen. Dann Kongsbergjazz. Wieder dasselbe. Volles Haus. Die Leute hatten sich um die Eintrittskarten gerissen. Sie hatten nur zwei Sets spielen sollen, aber das Publikum hatte sie nicht von der Bühne gelassen. Totale

Ekstase. Er hatte Blut gespuckt, seine Lippen waren viele Tage lang gefühllos gewesen, aber das war es wert gewesen. Natürlich. Und jetzt würden sie in Molde spielen. Dem Nonplusultra. Und nicht in einem dieser kleinen Clubs, nicht doch, sondern im Dom von Molde. Wenn seine Mutter noch am Leben wäre, wäre sie jetzt unbeschreiblich stolz.

»Ich hab heute nicht das richtige Gefühl«, murmelte Nina und ging zum Mikrofon.

Sie griff sich an den Hals, schaute verstohlen zum Schlagzeug hinüber und erntete ein verständnisvolles Nicken.

Wieder.

Das kam jetzt immer häufiger vor, und es gefiel ihm nicht.

Billie Holiday hatte es gemacht.

Charlie Parker.

Coltrane.

Miles.

Was zum Teufel war das für ein Argument?

»Wir spritzen doch nicht, Kurt, was ist denn los mit dir, zum Teufel?«

Geringe Dosis hin oder her.

Spritze oder Pfeife.

Ja, er war verliebt.

Ja, sie hatte eine Stimme wie ein Engel.

Aber Heroin?

Nein.

Er hielt es nicht einmal mehr im Zimmer aus. Ging immer auf die Straße, wenn sie loslegten. Kam zurück zu diesen schwimmenden Blicken, diesem Lächeln, das sich an einem ganz anderen Ort befand. Sie spielten auch nicht besser, selbst wenn sie das glaubten. Sie fühlten sich einfach nur besser, das war alles, das Heroin hatte absolut nichts mit der Musik zu tun, die dabei herauskam. Ihre Stimme gefiel ihm viel besser, wenn sie clean war. Und der Portugiese? Nein, er wollte gar nicht erst anfangen. Immer einen halben Takt im Rückstand. Oder ein Viertel zu früh.

Nein, er hielt das nicht mehr aus.

Nach Molde.

Bis hierher und nicht weiter.

Er hatte andere Projekte.

Viele sogar.

Er war ja immerhin Kurt Wang.

Vor dem Spiegel draußen auf dem Gang, nachdem Nina und der Portugiese sich in die Küche geschlichen hatten, wieder Hand in Hand, ihr Mund kichernd an seiner Wange. Er schaute sich an, schüttelte den Kopf und wickelte sich den Schal um den Hals. Scheißspiel. Abends auch noch saukalt draußen, aber diesen Geruch konnte er nicht ertragen. Verbranntes Heroin auf Silberpapier. Nein, verdammt, er hätte sich fast übergeben, als der Portugiese zum ersten Mal das Feuerzeug an den braunen Klumpen in der Folie gehalten hatte.

Verdammt.

Er steckte sich eine Zigarette an und merkte, dass sein Entschluss jetzt feststand. Das hier ertrug er nicht länger. Verdammt. Nein. Sollte die Stimme doch machen, was sie wollte. Die Verliebtheit auch. Die würde vorübergehen, oder vielleicht nicht? Fünf Jahre jetzt? Es musste doch wohl bald aufhören? Diesen Übungstermin beenden, dann würde er Mulle anrufen. Und wieder mit dem Trio loslegen.

Wenn Mulle ans Telefon ging, natürlich nur. Vier Monate ohne ein Wort. Verständlich, natürlich.

Nina. Nina. Nina.

Sein Kumpel war förmlich mit Schaum vor dem Mund aus dem Übungsraum gestürzt.

Verdammt, war das kalt. Und dunkel. Sollte jetzt nicht eigentlich Frühling sein? Kurt Wang zog sich den Pullover weiter über die Finger und warf die Zigarette auf den Asphalt, als plötzlich eine Gestalt vor ihm auftauchte.

»Entschuldigung? Bist du … Kurt Wang?«

Ein junger Typ in seinem Alter stand vor ihm, das Gesicht unter einer großen Kapuze versteckt, Parka.

»Ja?«, fragte Kurt und fischte das Zigarettenpäckchen aus der Tasche, um sich noch eine anzuzünden.

Woher wusste dieser Typ seinen Namen?

Ein Fan?

Er lächelte und merkte, dass ihn das wirklich ein bisschen wärmte, auch wenn er längst beschlossen hatte, auf solche Dinge nichts zu geben.

Die Musik war wichtiger als alles andere.

»Wo ist dein Saxofon?«, fragte der Mann unter der Kapuze und sah ihn neugierig an.

»Wie meinst du das?«, fragte Kurt.

Ein Fan, einwandfrei. Es war natürlich albern, aber er merkte, dass es gerade jetzt guttat. Erkannt zu werden. Auf der Straße. Dann hatte er jedenfalls etwas richtig gemacht. Nein, verdammt, sein Entschluss stand fest, das spürte er.

Genug ist genug.

»Das ist da oben, im Übungsraum«, sagte Kurt, noch immer lächelnd. »Ich weiß nicht, willst du ein Autogramm, oder was? Sorry, ich bin wirklich in Eile, also wenn …«

»Alles klar, ich habe eins, das wir nehmen können«, sagten die Augen unter der Kapuze.

»Wie meinst du das?«

Weiter kam er nicht.

Kurt spürte plötzlich etwas in seinem Gesicht.

»Nimm es nicht persönlich«, sagte die Stimme, die in Sekundenschnelle meilenweit weg wirkte.

Aber verdammt ...

Kurt konnte seine Zigarette jetzt deutlich sehen, aber die war nicht mehr in seiner Hand.

Sie hatte Flügel bekommen und war unterwegs in den dritten Stock. Noch immer rauchend klopfte sie ans Fenster und wurde in die Küche gelassen, wo sie sich mit dem Silberpapier vermischte und zu einer Pfeife aus Origami wurde, die aussah wie ein Kolibri auf einem Baum voller Honig und Sandpapier, ehe er anfing, aus voller Kehle zu singen.

Mit Lippen, die Portugiesisch sprachen.

• Teil II •

• 17 •

Munch wurde vom Telefon geweckt und wusste im ersten Moment nicht, wo er sich befand. Er glaubte, wieder in dem alten Haus in Røa zu sein, begriff aber rasch, dass das nur ein Traum gewesen war. Er war in seiner Wohnung vollständig angezogen auf dem Sofa eingeschlafen. Im Büro war es spät geworden, er hatte einfach keine Kraft mehr gehabt, ins Bett zu gehen. Die Uhr an der Wand in der Kochnische zeigte Viertel nach sieben. Wie viele Stunden Schlaf ergab das? Drei? Das Telefon hörte auf zu klingeln und fing wieder an. Auf dem Display stand Anette Goli. Munch setzte sich auf, noch immer im Halbschlaf, und drückte auf den grünen Hörer.

»Bist du wach?«

»Halbwegs«, krächzte Munch.

Er streckte die Hand nach der Zigarettenschachtel auf dem Tisch aus, aber dann fiel ihm ein, was er sich fest vorgenommen hatte.

Möglichst nicht vor dem Frühstück rauchen.

Aufzuhören, das hatte er aufgegeben, aber es war doch möglich, den Konsum ein bisschen einzuschränken.

»Ich habe mit Wolfgang Ritter gesprochen. Er kann euch heute empfangen, am besten so früh wie möglich.«

Anette Goli klang, als sei sie schon lange wach.

»Okay«, sagte Munch und rieb sich den Schlaf aus den Augen.

»Mia habe ich schon angerufen, die ist bereit. Und übrigens hat Mikkelson geantwortet. Wir kriegen so viele Teams, wie wir wollen. Er scheint komischerweise irgendwie darauf versessen zu sein, uns alles zu geben.«

»Super«, sagte Munch und erwachte jetzt richtig zum Leben. »Stell für Curry die nötigen Leute ab, um ihr Haus zu durchsuchen. Sie sollen Klinken putzen. Ich weiß, dass die Kripo schon da war, aber ich will, dass wir noch mal mit allen reden, okay?«

»Wird gemacht«, sagte Goli. »Und ja, Lillian Lund will mit dir sprechen, rufst du sie an?«

»Okay. Bist du im Büro?«

»Ja, ich hab es heute Nacht nicht nach Hause geschafft.«

»Ich komme nachher runter«, sagte Munch und legte auf.

Dann streckte er die Arme zur Decke. Das Sofa war viel zu hart. Er war völlig verspannt und nicht gerade durchtrainiert. Er musste dringend ins Bett, das hier war ein typischer Anfängerfehler. Neuer Fall, rund um die Uhr arbeiten, vergessen zu schlafen, vergessen zu essen. Er müsste es besser wissen, diese Fälle waren selten ein Sprint, meistens waren sie ein Marathon.

Er nahm sich Zeit für eine Dusche und hatte gerade frische Kleider angezogen, als sein Telefon wieder klingelte. Überrascht sah Munch, wer da anrief.

Miriam?

Und schon spürte er ihn wieder, diesen Stich väterlicher Besorgnis. Diese kleine finstere Angst irgendwo tief in seinem Inneren, die nie ganz verschwinden wollte.

So früh?

War etwas passiert?

»Hallo, Miriam«, sagte Munch mit einem Lächeln. »So früh schon auf? Wie geht es dir?«

Er wartete geduldig auf ihre Antwort. Er wusste, dass sie Zeit brauchte, um die Wörter zu bilden, sie in der richtigen Reihenfolge aus dem Mund zu schieben.

»M-mir geht's g-gut, Papa. U-und dir?«

»Mir geht's sehr gut«, sagte Munch und griff nun doch nach seinen Zigaretten, um sich daran festzuhalten.

Er war so stolz auf sie, und es tat weh, sie so zu hören. Sie kämpfte so tapfer, typisch Miriam, dieses hartnäckige Mädchen, natürlich wollte sie nicht zugeben, wie schwer das war. Und nicht zuletzt tat es gut zu hören, dass sie wieder *Papa* sagte. So viele Jahre hatte es zwischen ihnen böses Blut gegeben, sie hatte kaum mit ihm geredet. Der Hass hatte aus ihren Augen gelodert, wenn sie einander ein seltenes Mal begegnet waren. Es war so schlimm gewesen, dass sie schon fast beschlossen hatte, ihm den Kontakt zu seiner Enkelin zu verbieten. Diese Zeit war jetzt vorbei, Gott sei Dank. Nichts hätte ihn glücklicher machen können. Aber zu hören, dass sie so zu kämpfen hatte? Er musste sich zusammenreißen.

»Hattest du gestern Training?«

»Die K-krankengymn-nastin war hier. G-ging alles gut, fand ich. B-bisschen schwer für die A-arme, aber … die B-beine sind v-viel stärker geworden.«

»Wie schön«, sagte Munch. »Wirklich wunderbar, Miriam. Das höre ich so gern. Ist Marion bei dir?«

»S-sie schläft«, stotterte seine Tochter.

Das Sprechen fiel ihr immer noch schwer. Eigentlich

fand er, sie solle ins Bett gehen, um sich auszuruhen, aber sie schien etwas auf dem Herzen zu haben, deshalb ließ er sie weiterreden.

»S-sie hat gesagt, du w-willst ein Pf-ferd kaufen?«

»Ja, das habe ich versprochen, nur so eins für ihre Puppe«, sagte Munch eilig.

»D-du d-darfst sie nicht so verwöhnen, k-klar? Ich v-versuche, sie so zu erz-ziehen, dass sie w-weniger ... weniger ...«

»Tut mir leid«, unterbrach Munch sie, damit sie nicht unnötig Kräfte verbrauchte.

»Ja ... ja, das ist schon wichtig ...«

»Natürlich, Miriam, ich werde mich zusammenreißen, versprochen. Es ist nur, na ja, du weißt doch, ich kann einfach nicht Nein sagen.«

Miriam lachte leise. Das wärmte. Munch lächelte und gab sich Feuer.

»O ... okay«, sagte seine Tochter. »Aber ich r-rufe nicht deshalb an.«

»Nein?«

Munch bekam noch einen Anruf. Ludvig Grønlie. Er wies den Anruf ab, ohne das gerade laufende Gespräch zu unterbrechen. Holger Munch hatte sich erst ein Smartphone angeschafft, als er dazu gezwungen worden war.

»Ich ... ich will heiraten«, sagte Miriam ruhig.

»Was hast du gesagt?«

»Ich werde heiraten«, sagte Miriam jetzt deutlicher. »Im Sommer.«

»Ach wirklich?«, sagte Munch. »Ist das so ...«

Miriam war mit einem jungen Arzt aus Sandefjord verlobt gewesen, dem Vater von Marion. Von außen betrachtet hatte es wie eine gute Beziehung gewirkt, aber mehr konnte Munch dazu nicht sagen, er hatte nie viel mit dem Mann zu tun gehabt. Jetzt hatten sich die beiden getrennt und Marion wohnte eine Woche hier und eine Woche dort. Munch hatte sich eigentlich auf die Hinterbeine gestellt, wollte nicht, dass die Kleine zwei Zuhause hatte, aber seine Enkelin schien nichts dagegen zu haben.

»Ach, Opa, alle haben heute doch zwei Häuser, weißt du das nicht?«

Eine altkluge Sechsjährige natürlich, genau wie damals ihre Mutter.

»Nein, das wusste ich nicht, Marion.«

»Das ist jetzt ganz üblich, Opa, und dann hat man auch zwei Geburtstage und kriegt doppelt so viele Weihnachtsgeschenke, und das hat der König so bestimmt.«

»Ach, das ist aber nett vom König.«

»Ja, nicht wahr? Und der wohnt im Schloss, und wenn die Flagge oben weht, dann können alle sehen, dass er zu Hause ist und nicht in seinem Ferienhaus.«

»Ach so? Das ist ja raffiniert.«

»Ja, der König ist schlau. Er hat keine Arbeit, er winkt den Leuten nur vom Balkon herunter zu. Krieg ich ein Pferd, Opa?«

»Ein Pferd? Wo willst du das denn unterbringen?«

»Nicht für mich, Opa. Für Barbie, die kann doch keine Reitkleider anziehen, wenn sie kein Pferd hat, oder? Das ist doch ganz klar.«

»Nein, natürlich, das geht nicht.«

»Ich b-bitte nicht um Erlaubnis, Papa. Ich wollte nur Bescheid sagen, okay?«

Lebensgefährlich verletzt oder nicht. Seine Tochter war

noch immer die Alte. Niemand sollte ihr sagen, was sie zu tun hatte.

»Klar«, brachte Munch mühsam heraus. »Aber wer ist denn …«

»D-deshalb wollte ich doch Bescheid sagen. D-du musst ihn kennenlernen. Er heißt Ziggy, und er macht mich sehr glücklich«, sagte Miriam.

Munch konnte hören, dass die Tochter fast keine Luft mehr hatte.

»Meinen Glückwunsch, Miriam, ich freue mich schon.«

»Wirklich?«

»Natürlich. Wirst du ein weißes Brautkleid tragen? Darf ich dich zum Altar führen?«

Seine Tochter kicherte.

»D-das werden w-wir noch sehen. Wir … w-wir haben gedacht, wir könnten das zu Hause im G-garten machen.«

»Ich führe dich, egal wo es sein wird, Miriam.«

Am anderen Ende der Leitung wurde es jetzt still.

»D-danke, Papa. Das freut mich sehr«, sagte seine Tochter schließlich.

»Ruh dich jetzt aus, okay?«

»Gut.«

»Ich freu mich darauf, diesen Ziggy kennenzulernen. Ich komme bei euch vorbei, so schnell ich kann. Im Moment ist alles ziemlich hektisch, aber in ein paar Tagen, ja?«

»Danke.«

»Ruh dich jetzt aus, und bis bald.«

»Okay, Papa. B-bis dann.«

»Bis dann, Miriam.«

Munch hatte kaum aufgelegt, als das Telefon schon wieder klingelte.

»Bist du zu Hause?«

»Ja.«

»Fahren wir zusammen?«

»Gern«, sagte Munch. »Holst du mich ab?«

»Zehn Minuten«, sagte Mia und legte auf.

• 18 •

Samantha Berg war sechsunddreißig Jahre alt und sie hatte von ihrer eigenen Hochzeit geträumt. Es war alles so fantastisch gewesen, so unvorstellbar schön, dass sie, als sie aufwachte und entdeckte, dass sie zu Hause war und noch immer allein, mit dem Gedanken gespielt hatte, noch eine Schlaftablette zu nehmen. Die Augen zu schließen. Sich wieder unter der warmen Decke zu verkriechen. *Und noch weiter fort. Bis zum weißen Strand.*

Himmel, das war alles so perfekt gewesen. Genau so, wie sie es sich vorgestellt hatte. Barfuß im Sand. Das weiße Kleid. Der im Wind flatternde Schleier. Ein Bogen aus Blumen, wie in Hollywoodfilmen. Und darunter hatte er gestanden. *Der Prinz.* Samantha war nicht ganz sicher, wer es diesmal gewesen war, aber er hatte ein bisschen an Brad Pitt erinnert. Viel jünger, natürlich, ungeheuer gut angezogen, mit blauen Augen, die nur so funkelten. Mit dem Ring in der Hand hatte er auf sie gewartet. Ach, wie die anderen sie angestarrt hatten, die vielen Gäste, mit bewundernden, neidischen Blicken. Seine Familie und seine Freunde auf der einen Seite. Ihre Familie und ihre Freunde auf der anderen. Laila Bekkevåg war auch dabei gewesen, ihre alte Schulfreundin, die auf Facebook immer ihr perfektes Familienleben ausbreitete und es Samantha unter die Nase rieb, wenn sie sich trafen.

»Bist du noch immer allein, Samantha? Nein, du Arme, das muss doch schrecklich sein, so sehr, wie du dir immer Mann und Kinder gewünscht hast. Ja, ja, du hast ja immerhin deine Katze.«

Die anderen aus ihrer Freundinnenclique waren nicht ganz so schlimm, aber sie konnte es auch in ihren Augen sehen.

Mitleid. Sie tat ihnen leid.

Ach, warum konnte sie nicht bald an die Reihe kommen? Sie verlangte doch gar nicht so viel vom Leben?

Der Pastor war ein älterer Mann gewesen, der ein wenig an ihren Großvater erinnert hatte, mit sonorer Stimme, langem weißem Bart und einem Lächeln, das bis in die Ewigkeit reichte.

Samantha, willst du den Mann an deiner Seite zum Ehemann nehmen? Willst du ihn für immer und ewig lieben, in guten wie in schlechten Tagen, bis dass der Tod euch scheidet?

Sie hätte es am liebsten laut gerufen. Ja, ja, ja! Aber sie hatte sich natürlich zusammengenommen, war nur ein wenig errötet und hatte es behutsam gesagt, *Ja,* wie sich das für eine junge Dame gehörte. Hatte verführerisch geblinzelt, als er ihr den Diamantring auf den schmalen Finger geschoben hatte. Hatte die Augen geschlossen, als er sich in der kühlen Sommerluft vorbeugte, um sie zu küssen. Ach, es war so schön gewesen. Die Wärme in ihrem Körper, als sie seine starken Arme um sich spürte, seine Lippen auf ihren.

Die Kälte der Badezimmerfliesen, als sie das Medizinschränkchen öffnete, um die weiße Schachtel mit den Schlaftabletten herauszunehmen, eiskalt unter ihren Füßen, das hatte sie geweckt, sie würde nicht in ihren Traum zurückfinden, sosehr sie es auch versuchte, deshalb hatte sie die Dose einfach zurückgestellt und war in die Küche gewandert, um sich erst mal Frühstück zu machen.

War sie langweilig?

Gab es deshalb keinen, der sie wollte?

Sie tat jeden einzelnen Tag dasselbe, das schon, aber war das so schrecklich? Sie fand ihre Gewohnheiten gut. Es war einfacher so. Durch die Tage zu kommen, wenn sie einen Plan hatte. Um halb acht aufstehen, wenn der Wecker klingelte. In die Küche gehen und das Radio einschalten. Frühstück machen, meistens eine Scheibe Knäckebrot für sie selbst und eine Dose Thunfisch für die Katze Rebekka. Danach duschte sie, und wenn sie sich sorgfältig am ganzen Körper abgetrocknet hatte, ging sie ins Schlafzimmer, um sich anzuziehen. Nichts zu Auffälliges, aber dennoch präsentabel. Sie sollte Kleider verkaufen, nicht heiraten, also musste sie in den Hintergrund treten. Nicht so wirken, als ob sie mit den Kundinnen konkurrieren wollte, und trotzdem Geschmack und Eleganz zeigen. Das war nicht einfach, natürlich, sie hatte ja nicht viel Geld, aber irgendwie ging es. Jetzt hatten sie sich schon länger nicht mehr über ihre Kleidung beklagt, und das nahm sie als gutes Zeichen.

Brudekjolen AS in der Prinsens gate.

Dort arbeitete sie.

Sie hatte die Freundinnen bei ihrem letzten Treffen darüber tuscheln hören. Laila Bekkevåg leicht vorgebeugt mit ihrem gemeinen Grinsen, als Samantha mit den Getränken vom Tresen zurückkam.

»Sie arbeitet in einem Brautsalon und kriegt keinen Mann ab, ist das nicht Ironie des Schicksals?«

»Stimmt es, dass er sitzt?«

»Wer denn?«

»Der, mit dem sie so gut wie verlobt war?«

»Himmel, die hat aber auch ein Pech.«

Samantha Berg verließ die U-Bahn an der Station Jernbanetorget und überlegte, ob sie ihr Profil auf Møteplassen wieder aktivieren sollte. Tinder hatte sie auch probiert, aber das war *echt* nichts für sie. Sie hatte nicht viele Kontakte bekommen, und die, die es gegeben hatte, waren, um es einfach zu sagen, nur auf das eine aus gewesen.

Pech.

Vielleicht hatte sie nur Pech gehabt?

Samantha steckte den Schlüssel ins Türschloss und schaltete die Alarmanlage aus. Eine Welt von Brautkleidern. Sie merkte es jetzt, sie liebte ihre Arbeit, so war das. Egal, was ihre Freundinnen sagten. Sie war gern den ganzen Tag lang in den eleganten Räumen unterwegs, umgeben von all den schönen Kleidern. Und da musste sie sich eben damit abfinden, dass sie noch nicht an die Reihe gekommen war. Es würde schon noch passieren, das auf jeden Fall. Sie musste nur Geduld haben.

Vielleicht sollte sie diesmal neue Bilder von sich posten? Sie hatte im Frognerpark einige gemacht, als sie eines Tages mit Rebekka dort gewesen war, Bilder, auf denen nicht ihr ganzer Körper zu sehen war, die waren eigentlich sehr gut gelungen. Sie durfte nicht aufgeben. *Wer aufgibt, hat verloren. Das Beste an einem Regentag ist das Wissen, dass immer die Sonne hinter den Wolken scheint.* Und so war es doch auch.

Sie lächelte vor sich hin, hängte im Hinterzimmer ihren Mantel auf und war gerade auf dem Rückweg in den Laden, als die Türglocke ertönte. Die erste Kundin des Tages. Eine junge Frau mit blonden Haaren unter einer grünen Schirmmütze kam auf sie zu. Noch eine angehende Braut. Samantha freute sich schon bei der bloßen Vorstellung.

»Hallo, was kann ich für Sie tun?«

Die junge Frau sah sie unter dem Mützenschirm nervös an.

»Ich hätte gern ein, also, ein Brautkleid?«

»Dann sind Sie hier genau richtig. Denken Sie an etwas Besonderes?«

Die junge Frau blieb ein wenig unschlüssig vor ihr stehen.

So war es immer.

So unglaublich viele Wahlmöglichkeiten. Natürlich war das schwer, sie hätte auch Probleme damit.

»Für um die zehntausend?«, fragte die junge Kundin.

Samantha lächelte wieder. Es war nicht üblich, mit dem Preis anzufangen, aber sie konnte das natürlich verstehen. Sie hatte genug gesenkte Köpfe und enttäuschte Gesichter auf dem Rückweg in die Umkleidekabine gesehen, nachdem die Kundin gehört hatte, was das Traumkleid, in das sie sich soeben verliebt hatte, kostete.

»Damit kommen wir schon ziemlich weit. Haben Sie an einen bestimmten Schnitt gedacht? Klassisch? Eher modern? Wir haben einige neue Stücke von Rosa Clara hereinbekommen, die ich persönlich einfach fantastisch finde. Traditionell, aber zugleich ungewöhnlich, sehr klare Linien. Ich hab ja immer schon gesagt, und dazu stehe ich wirklich, dass die schönsten Brautkleider aus Spanien kommen. Könnten Sie sich auch so etwas vorstellen?«

Samantha führte die junge Frau in die Rosa-Clara-Abteilung und nahm ein Kleid aus dem Gestell.

»Das gefällt mir persönlich sehr. Es ist so …«

»Ja, das ist gut. Das nehme ich.«

Die junge Frau mit der grünen Schirmmütze nickte kurz, blieb stehen und schaute aus dem Fenster.

Was war nur mit ihren Haaren?

Die sahen so seltsam aus?

»Wie soll ich das verstehen? Wollen Sie es nicht anprobieren?«

»Nein, das ist nicht nötig.«

War das eine Perücke?

»Sind Sie sicher? Ich meine, es ist doch nicht unwichtig, dass …«

»Ich nehme dieses Kleid«, sagte die junge Frau. »Wie viel?«

»Es kostet achttausendvierhundert, und wir nehmen sechzehnhundert für die Schneiderei. Das hört sich vielleicht nach viel an, aber es ist doch wichtig, dass es an dem großen Tag genau richtig sitzt, finden Sie nicht?«

»Das nehme ich.«

»Na gut«, sagte Samantha mühsam. »Es sieht ja auch aus, als ob es Ihnen passt. Das Beste wäre natürlich, es anzuprobieren, die Umkleiden sind da hinten, ich bin gern behilflich.«

»Wie viel, haben Sie gesagt?«

Die junge Frau mit der Perücke stand schon an der Kasse.

»Achttausendvierhundert. Aber wie gesagt …«

»Nehmen Sie Cash?«

»Wie meinen Sie das?«

»Bargeld?«

Die Frau sah ihr jetzt ins Gesicht. Samantha hatte hier im Laden schon viele Blicke gesehen. Blicke, die vor Freude und Erwartung funkelten, doch diesen Blick sah sie zum ersten Mal.

Die junge Frau wirkte fast ängstlich.

»Soll ich das einfach, na ja, einfach so in eine Tüte stecken?«

»Ja, schön«, sagte die Kundin und schob die Hand in die Tasche.

Sie zog einen mit Banknoten gefüllten Briefumschlag hervor. Zählte das Geld mit zitternden Fingern ab und legte es auf den Tisch.

»Soll ich einen Namen auf die Rechnung schreiben?«

»Nein«, sagte die junge Frau.

»Ich meine, um …«

»Ist schon in Ordnung«, sagte die junge Frau und nahm die große weiße Tüte entgegen.

»Sie können gern zurückkommen, wenn etwas sein sollte. Wir ändern oder kürzen gern, wie gesagt.«

Sie verstummte, denn sie sprach nur mit sich selbst. Die junge Frau mit der grünen Schirmmütze hatte den Laden bereits verlassen.

Samantha schüttelte den Kopf, ging ins Hinterzimmer und holte sich eine Tasse Kaffee.

Sollte sie es tun? Jetzt?

Ein neues Profil anlegen?

Sie durfte das ja eigentlich nicht, in der Hinsicht waren sie streng, während der Öffnungszeiten keine privaten Telefongespräche oder Mails, aber sie hatte schließlich gerade ein Kleid verkauft.

Schon um Viertel nach zehn?

Ein Rosa Clara? Weniger als eine Stunde nach Öffnungszeit?

Verflixt, was konnte das schon für eine Rolle spielen?

Samantha zog ihr Telefon aus der Handtasche, ging zurück zum Tresen, lächelte und überlegte, wie sie sich diesmal präsentieren sollte.

• 19 •

Die Psychiatrische Klinik Blakstad. Dieses gelbe Monument, das eine halbe Fahrstunde von der Stadt entfernt lag. Die Bäume und der Park, der das Klinikgebäude umgab. Der große See. Mia hatte einmal vor langer Zeit, in ihrem früheren Leben, im Lorry gesessen und einem Gespräch am Nebentisch zugehört.

»Warum kriegen immer die Irren die schönste Aussicht? Ich meine, egal wo du hier im Land hinfährst, es ist überall dasselbe. Bergen. Trondheim. Hier in der Stadt. Beste Immobilienlage. Denen ist das ja wohl scheißegal. Die sind doch verrückt. Eingesperrt. Ist doch schnurz, wo die sind. Stell dir bloß vor, was wir mit den Grundstücken machen könnten.«

Mia stieg aus dem Auto, und als sie hinter Munch her auf das große Gebäude zuging, konnte sie den Gedanken nicht loswerden, dass die Gäste am Nebentisch recht gehabt hatten. Die Klinik Blakstad hatte wirklich eine königliche Lage.

»Hier Oberarzt und dann noch eine Privatpraxis in Oslo?«, fragte Munch und warf seine Kippe weg.

Mia suchte in ihrer Tasche nach einer Pastille.

»Ist doch nicht ungewöhnlich?«

»Vielleicht nicht«, murmelte Munch.

»Sie war hier Patientin?«, fragte Mia.

»Wenn ich das richtig verstanden habe, dann nicht«, sagte Munch. »Sie war in seiner Privatpraxis. Was glaubst du, was so einer wohl verdient?«

»Wie meinst du das?«

»Der wird doch vom Staat bezahlt. Als Klinikleiter hier. Und dann hat er noch eine Privatpraxis. Ist das erlaubt? Ich meine, offenbar ja, aber …«

Er schüttelte den Kopf und zog eine neue Zigarette aus seiner Manteltasche. Überlegte sich die Sache anders und stopfte sie zurück in die Schachtel. Ein Pfleger mit einem straffen Pferdeschwanz und einem Ausweis um den Hals öffnete ihnen die Tür.

Mia hatte sich einen klassischen deutschen, hochgewachsenen Psychiater mit Schlips, Brille, Tweedjacke und Pfeife vorgestellt, aber Wolfgang Ritter machte seinem Namen überhaupt keine Ehre. Der Mann auf der anderen Seite war klapperdürr, hatte etwas Feminines an sich und sprach so leise, dass Mia näher rücken musste, um überhaupt etwas zu verstehen. Der Psychiater trug einen braunen Polopullover, der dreißig Jahre alt sein konnte, und seine übrige Kleidung und überhaupt der Raum sagten ihr, dass dieser Mann sich mehr für geistige Dinge interessierte als dafür, wie es in seiner Umgebung aussah. Eine rosa Lavalampe blubberte auf der einen Fensterbank, und die Wanduhr sah aus wie aus den Siebzigerjahren entsprungen, sie war eigentlich das Einzige, was sie mit Dr. LSD assoziieren konnte, wenn er so also genannt wurde.

»Tragisch, wirklich tragisch«, sagte Ritter leise. »Vivian war eine Prinzessin. Wirklich einzigartig.«

»Mein Beileid«, sagte Munch.

»Mama tief in Trauer, nehme ich an?«, sagte Ritter und schob seine Stahlbrille höher auf seine Nase.

Eine seltsame Frage, aber Mia ging nicht darauf ein.

»Tut mir leid, wenn ich gleich zur Sache komme, aber wir haben viel zu tun«, sagte sie. »Welche Diagnose hatte Vivian eigentlich?«

»Diagnose, Krankheit, Normalität, was ist im Grunde was?«, fragte Ritter und ließ sich zurücksinken. »In erster Linie sind wir doch wohl Menschen, oder etwa nicht? Einige haben natürlich mehr Handgepäck bei sich, aber brauchen wir dafür ein Etikett?«

Munch warf Mia einen kurzen Seitenblick zu, und sie verstand genau, was er meinte. Ritter schien auf einem anderen Planeten zu leben als die meisten anderen.

»Zeldox und Zoloft«, sagte Munch und zog einen Zettel aus der Tasche. »Für irgendwas muss das ja wohl gut sein. Haben Sie das empfohlen?«

Munch schob den Zettel über den chaotischen Schreibtisch. Ritter griff sich seine Brille und warf einen raschen Blick auf den Zettel, dann zuckte er kurz mit den Schultern.

»Wir brauchen alle ein bisschen Hilfe, nicht? Ein Diabetiker braucht Insulin. Ein Kind nimmt Fluortabletten, die Natur hat uns das nicht mitgegeben, oder?«

»Ich glaube, Sie haben das falsch verstanden«, sagte Mia. »Es geht uns hier nicht um irgendeine Schublade. Wir versuchen nur, uns ein Bild davon zu machen, wer Vivian war. Eine zweiundzwanzig Jahre alte junge Frau nimmt starke Medikamente doch nicht zum Spaß, oder?«

Wolfgang Ritter schwieg einen Moment lang und musterte Mia und Munch durch seine Brillengläser.

»Vivian Berg hatte das, was wir eine dissoziative Identitätsstörung nennen«, sagte er schließlich. »Verursacht durch eine Mutter, die sich nicht um sie kümmern konnte. Es fing schon an, als sie noch klein war, der Drang der Seele, in einem anderen Bewusstsein zu verschwinden, weil sie mit der Realität um sie herum nicht fertigwurde. Haben Sie das gemeint? Wollten Sie das hören?«

Er schüttelte fast unmerklich den Kopf und musterte Mia herablassend.

Ich verstehe mein Handwerk, wenn Sie danach fragen wollten.

»Dissoziativ …?«, fragte Munch.

»Identitätsstörung«, sagte Ritter. »Das wird oft mit Schizophrenie verwechselt, und das führt dazu, dass viele Patienten nicht richtig behandelt werden, was hier natürlich nicht der Fall war. Ich gehe schon davon aus, dass ich weiß, was ich tue. Sie war ganz klar auf dem Weg der Besserung, Vivian, meine ich. Es ging ihr von Mal zu Mal besser, wenn sie herkam. Tragisch, natürlich, dass sie es nicht mehr erleben durfte, ganz gesund zu werden.«

»Sie wurde hier behandelt?«, fragte Munch.

»Nicht in Blakstad, nein. Sie war meine Privatpatientin.«

»Mehrere Persönlichkeiten?«, fragte Mia neugierig.

»Ja, deshalb werden die Diagnosen oft verwechselt«, Ritter nickte. »Beide Krankheiten weisen starke Ähnlichkeiten auf. Oft können dieselben Symptome auftreten. Reduzierte Impulskontrolle, gefühlsmäßige Labilität, Selbstverletzung, Derealisation.«

»Derea…?«

»Verlust der realitätstestenden Fähigkeiten«, sagte Ritter lächelnd.

Munch schaute kurz zu Mia hinüber.

»Sie hatte Probleme damit zu erkennen, was um sie herum real war?«

»Richtig«, Ritter nickte. »Was natürlich zu Anpassungsschwierigkeiten in der realen Welt führt. Im Beruf, im Freundeskreis, in der Familie.«

»Sie hielt sich also für eine andere?«, fragte Mia.

Ritter nickte.

»Für wen?«

Ritter zögerte mit der Antwort.

»Hören Sie, ich weiß, dass Sie Zugang zu Vivians Unterlagen haben, aber es kommt mir doch ...«

Er nahm die Brille ab.

»Es kommt mir nicht richtig vor, verstehen Sie?«

»Es wäre Ihnen also lieber, wir schicken jemanden, der sich die Informationen aus Ihrem Rechner holt?«

Mia bereute ihren recht schroffen Ton sofort, aber sie war müde und wusste, dass sie für so etwas eigentlich keine Zeit hatten.

»Natürlich nicht«, sagte Ritter. »Aber dennoch ...«

»Ist schon klar«, sagte Munch. »Aber es wäre uns eine große Hilfe, wenn Sie ...«

»Ein Erwachsener«, sagte Ritter leise.

»Ein was?«

»Vivian hielt sich ab und zu für einen erwachsenen Mann.«

»Wieso für einen Mann?«, fragte Munch.

»Ja, gute Frage«, erwiderte Ritter und zuckte mit den Schultern.

Es entstand eine Pause.

»Sie brauchte jemanden, den sie für stärker hielt als sich selbst«, sagte Mia schließlich.

Sie merkte, dass Ritter reagierte, eine solche Bemerkung hatte er nicht erwartet.

»Das ist eine mögliche Theorie«, sagte der Psychiater und kaute an einem Brillenbügel. »Dissoziative Phänomene entstehen vermutlich als Abwehrreaktion, entweder während oder meistens nach traumatischen Erlebnissen. Als wichtigster ätiologischer Faktor gelten andauernde sexuelle oder physische Übergriffe. Je früher im Leben, desto ausgeprägter werden die Symptome.«

»Vivian war also missbraucht worden?«, fragte Munch.

»Nein, das habe ich nicht gesagt«, murmelte Ritter.

»Weshalb hatte sie dann diese …«

Munch drehte sich zu Mia um.

»Dissoziative Identitätsstörung«, sagte Mia langsam.

Ritter hatte sie zum Wettpissen herausgefordert, und sie wäre gern nicht kindisch genug gewesen, um darauf einzugehen, aber etwas an seinem selbstzufriedenen Blick machte ihr das unmöglich.

»Sie wurde nicht missbraucht. Sie hat das per Assoziation bekommen«, sagte sie.

»Wie meinst du das?«, fragte Munch.

»Raymond Greger«, antwortete Mia. »Ich vermute, dass Karoline Berg von ihrem Halbbruder so etwas angetan wurde und dass sie ihre Tochter in ihre Trauer einbezogen hat. Das passiert oft, stimmt's, *Herr Doktor?* Alleinstehende Mutter mit Tochter. Probleme mit den Rollen? Die, die sich um dich kümmern soll, macht ihre Arbeit nicht?«

Wenn Ritter beeindruckt war, dann zeigte er es nicht, aber sein Tonfall war jetzt ein anderer.

»Vivian Berg wurde nicht missbraucht, nein«, sagte er mühsam. »Aber sie war in einem unsicheren Milieu aufgewachsen, wo es ihr so vorkam. Das passiert häufiger als angenommen. Ein kleines Kind bewundert seine Eltern auf eine Weise, die sie eigentlich nicht verdienen. Ein zerbrechliches kleines Gemüt kann, wenn man nicht darauf aufpasst, schnell nach einem Ort suchen, an dem es sich geborgen fühlt. Ich sage es immer so, dass ich deshalb an keinen Gott glaube. Wenn es einen gäbe, hätte er doch vermutlich ein Menschengeschlecht geschaffen, das keine zwanzig Jahre braucht, um allein zurechtzukommen, und das so leicht verletzlich ist, meinen Sie nicht? Die Menschheit? Schwache Tiere.«

»Man versteckt sich also in seinem eigenen Kopf?«, fragte Munch.

»Versteckt sich. Verschwindet. Sucht Hilfe«, sagte Ritter lächelnd.

»Aber«, sagte Munch. »Wenn sie ernsthaft krank war, warum wurde sie nicht zur Behandlung in die Klinik eingewiesen?«

»Wir haben natürlich darüber gesprochen«, sagte Ritter. »Aber das Ballett war wichtig für sie. Solange sie oft genug zu mir kam, konnten wir die Sache in Schach halten.«

»Sie war auf dem Weg der Besserung?«

»Eindeutig. Die Tabletten haben geholfen, aber das Wichtigste war natürlich die Distanz.«

»Die Distanz?«, fragte Munch und begriff die Antwort mitten in seiner Frage. »Zur Mutter.«

»Ja«, Ritter nickte. »Physische Distanz zum Problem ist natürlich nicht alles, aber wichtiger, als man glaubt.«

»Hat sie das gewusst?«, fragte Mia.

»Wie meinen Sie das?«

»War Vivian sich über ihre Krankheit im Klaren, als sie zu Ihnen gekommen ist?«

»Teilweise«, sagte Ritter. »Eigentlich wollte sie nur die Linderung ihrer Symptome, so fängt es meistens an.«

»Welche waren das?«

»Essstörungen vor allem, aber das ist in ihrem Beruf ja üblich, deshalb bin ich nicht gleich darauf gekommen, wovon hier wirklich die Rede war.«

Mia hörte aus seiner Stimme einen gewissen Stolz heraus.

»Behandeln Sie viele Patienten mit solchen Problemen?«

»Ich darf leider nicht über andere Patienten sprechen«, sagte Ritter und lächelte, wieder mit diesem leicht herablassenden Blick.

»Das war nicht konkret gemeint, sondern nur ...«, sagte Mia.

»Wie gesagt. Die Vollmacht, die Sie vorgelegt haben, gilt nur für Vivians Krankengeschichte.«

»Hat sie viel von ihrer Mutter erzählt?«, fragte Munch.

»Anfangs nicht. Aber nach und nach natürlich schon. Wir mussten darüber sprechen. Es war allerdings schwer für sie. Sie liebte ihre Mutter mehr als alles andere auf der Welt. Und dann ist es schon schwierig, nicht wahr? Zu begreifen, dass gerade diese Person dich am meisten verletzt hat.«

»Hat sie jemals Raymond Greger erwähnt?«

»Ja, mehrmals. Sie wusste ja alles, was ihre Mutter erzählt hatte. Mord wurde erwähnt, sie war wütend, verzweifelt.«

»Mord?«

»Selbstverständlich. Das empfehle ich allen meinen Patienten.«

»Wie meinen Sie das?«, fragte Munch und warf Mia einen kurzen Blick zu.

»Nicht im wörtlichen Sinn natürlich«, sagte Ritter lächelnd und nahm die Brille wieder ab. »Aber es ist ein wichtiger Teil der Therapie.«

»Mord?«

Ritter lachte auf.

»Eine feine Methode, uns von dem Tier zu befreien, dessen wir in unserem Inneren nicht habhaft werden. Ich hatte schon große Erfolge mit dieser Methode, wenn ich das selbst sagen darf.«

»Und wie geht das vor sich, wenn ich fragen darf?«, fragte Munch neugierig.

»So ein Mord?« Wieder lächelte Ritter. »Na ja, auf unterschiedliche Weise. Manchmal machen wir Rollenspiele. Manche Patienten schreiben alles auf. Einige zeichnen es. Es kommt immer darauf an, was für den Einzelnen richtig ist.«

»Und was hat Vivian gemacht?«, fragte Mia.

Ritter schwieg für einen Moment.

»Wissen Sie, so weit sind wir nicht gekommen, aber es kündigte sich an. Sie hatte einen Tanz geplant.«

»Einen Mord … tanz?«, fragte Munch und rümpfte die Nase.

»Sie haben sie niemals tanzen sehen, oder?«, fragte Ritter.

»Nein«, sagte Munch.

»Sie vielleicht?«, fragte Mia.

»O ja, mehrmals. Sie war, nun, wie soll ich sagen, etwas ganz Eigenes. Erhaben. Wirklich ein Verlust für die Welt, dass sie nicht mehr unter uns ist. Sie hätte es so weit bringen können. Sie auf der Bühne zu sehen war, nein, das war einfach unbeschreiblich.«

Munch warf Mia wieder einen Blick zu, und sie verstand sofort, was er meinte.

Das Telefon, das auf dem Tisch lag, vibrierte schon seit einer ganzen Weile. Ritter setzte seine Brille auf und schaute diesmal auf das Display.

»Es tut mir leid, aber wir müssen jetzt eigentlich zum Ende kommen. Einige von meinen Patienten können nicht zu lange warten, wenn Sie verstehen.«

»Dann erst mal vielen Dank«, sagte Munch und erhob sich. »Sie schicken alles, was Sie schriftlich haben?«

»Darum kümmert sich meine Sekretärin«, sagte Ritter und reichte beiden die Hand. »Rufen Sie sie an, wenn noch etwas sein sollte.«

»Was meinst du?«, fragte Munch, als sie wieder auf dem Parkplatz standen.

»Alles ergibt jetzt etwas mehr Sinn, findest du nicht?«, fragte Mia und fand wieder eine Pastille in ihrer Jacke.

Munch steckte sich eine Zigarette an, während der Regen auf sie herabströmte, in diesem Frühling in Oslo, der einfach nicht richtig kommen wollte.

»Raymond Greger?«

»Wir müssen ihn finden«, sagte Mia verdrossen.

»Genau. Ich rufe Larvik an und sag ihnen, sie sollen noch mehr Leute schicken. Hast du Hunger?«

»Etwas zu essen wäre nicht schlecht.«

»In Ordnung. Mit nüchternem Magen kann ich nicht gut denken. Burger?«

»Etwas Gesünderes vielleicht?«

»Er hat sie tanzen sehen …«

»Ich weiß«, sagte Mia.

»Hattest du das gleiche Gefühl wie ich?«

»Ja. Verpassen wir ihm einen Schatten?«

»Lass uns erst mal überlegen«, sagte Munch und ging vor ihr her zum Auto. Dann klingelte sein Telefon.

Sie konnte es ihm ansehen, ehe er aufgelegt hatte.

»Wo?«

»Ein Hotel in Gamlebyen.«

»Verbindung zu unserem Fall?«, fragte Mia und riss die Autotür auf.

Munch gab keine Antwort. Nickte nur düster und ließ sich hinter das Lenkrad fallen.

• 20 •

Das Hotel Lundgren lag am Ende einer Seitenstraße von Gamlebyen in unmittelbarer Nähe der Eisenbahnlinie. Es konnte eigentlich nicht als Hotel bezeichnet werden, denn nur das O in dem alten Neonschild leuchtete noch, und der handgeschriebene Zettel an der Tür, NUR BARZAHLUNG, sagte wohl genug darüber, wer in dieser heruntergekommenen Herberge ein- und ausging. Polizeistreifen hatten die enge Straße abgesperrt, und Mia konnte sehen, dass die Medien bereits anrückten. Ein Gewimmel von emsigen Ameisen drängte sich hinter der Absperrung zusammen, während sie auf die verrostete Tür zugingen und in der schäbigen Rezeption von einer leicht gestressten Anette Goli empfangen wurden.

»Wissen wir, wer es ist?«, fragte Munch und knöpfte seine Jacke auf.

»In seinem Ausweis steht Kurt Wang«, sagte Anette. »Er war angeblich Jazzmusiker, aber das überprüfen wir gerade.«

»Wer hat ihn gefunden?«, fragte Mia.

»Der Rezeptionist«, sagte Anette und deutete mit dem Kinn in Richtung Hinterzimmer, wo sie die Silhouette eines älteren Mannes ausmachen konnten, der in den zitternden Fingern eine Kaffeetasse hielt.

»Viele Gäste?«

»Nein«, sagte Goli. »Ein Junkie in Zimmer drei und eine Bosnierin, die abstreitet, Prostituierte zu sein, in Zimmer fünf.«

»Sie sind noch immer hier?«, fragte Munch.

»Wir halten beide bis auf Weiteres in ihren Zimmern fest«, sagte Anette.

»Wie viele Zimmer?«

»Zehn. Unser Mann war in der Neun«, sagte Anette und ging vor ihnen her durch den Gang.

Sie stießen auf einen Kriminaltechniker, der nickte und ihnen blaue Plastikhandschuhe reichte.

»Die Sohlen?«, fragte Munch und zeigte auf seine Schuhe.

»Spielt keine Rolle«, murmelte der Techniker und ließ sie vorbei.

Sie begriffen, was er gemeint hatte, als sie in die Tür traten. Der Boden hatte längst bessere Tage gesehen, ein weiterer Fußabdruck in dem halb verfaulten Teppich würde kaum etwas ändern.

»Gebt ihr uns einen Moment?«, fragte Anette.

Die drei Kriminaltechniker verließen das Zimmer.

»Verdammt«, sagte Munch, als er über die Schwelle getreten war und den Toten auf dem Bett sah.

»Das gleiche Modell«, sagte Goli und nickte zu der Kamera auf ihrem Stativ hinüber. »Eine Nikon E 300. Glaubst du, das ist von Bedeutung?«

Diese Frage galt Mia, aber die hatte nicht zugehört. Sie war schon lange an keinem Tatort mehr gewesen. Sie hatte fast vergessen, was das für ein Gefühl war. In den letzten Jahren hatte sie sich hinter den Fotos versteckt, hatte sie als Schutzschild genutzt. Diesmal war es anders. Sie spürte, wie sie sich wieder anschlich.

Die Finsternis.

»Das Telefon auf dem Tisch da«, sagte Anette gleichsam in der Ferne. »Sein eigenes, programmiert via Spotify auf immer dasselbe Stück, das hat den Rezeptionisten dann aktiviert. Hellhörig hier, offenbar.«

»Was für ein Stück?«

Das war jetzt Munch, ebenso weit weg, irgendwo draußen im Nebel.

»John Coltrane. *My Favorite Things.*«

Mia riss sich zusammen. Zog eine Pastille aus ihrer Jackentasche und nutzte sie wie immer als Ablenkungsmanöver. Ein Trick, den sie von einem Psychologen gelernt hatte. *Salzgeschmack auf der Zunge. Beschützt dich. Bedeutet etwas Gutes. Merkst du das, Mia? Schaffst du das?*

»Bedeutet das etwas?«, fragte Anette.

»Natürlich«, sagte Mia mühsam. »Alles, was er tut, hat etwas zu bedeuten. Er überlässt nichts dem Zufall.«

»Die Schrift an der Wand da ist also neu?«

Goli zeigte auf die wenigen Worte, die mit schwarzem Filzstift auf die geblümte Tapete über dem Bett geschrieben worden waren.

WATCH WHAT I CAN DO.

Seht, was ich kann.

»Zweifellos«, sagte Mia und riss sich zusammen.

Sie hatte bewusst nicht zum Bett hinübergesehen, sie hatte Angst, welche Wirkung das auf sie haben würde, aber nun ließ sie ihren Blick auf dem leblosen Körper ruhen.

Ein junger Mann.

Mitte zwanzig.

Neben ihm ein Saxofon.

Die Schuhe noch immer an den Füßen.

Die Jacke angezogen.

Die Augen offen.

Entsetzen im Blick.

Die Finger gekrümmt.

Als ob er vergeblich versucht hätte, sich zu wehren.

»Was will uns der Täter damit sagen?«, fragte Anette. »Die Schrift?«

»Das ist aus Bambi«, sagte Mia und ging zu dem Fotoapparat, der auf einem Dreifuß stand und auf den jungen Mann auf dem Bett gerichtet war.

»Woher?«, fragte Munch unsicher.

»Bambi«, sagte Mia und hielt das Auge an die Linse. »Das sagt das Kaninchen. Das auf dem Eis ausrutscht.«

»Aber das kann doch wohl ...«

Wieder wurde Munchs Stimme ganz leise.

Sie hatte das Gefühl schon oben in der Technik kommen spüren, aber sie hatte es verdrängen können. Eine in die Linse eingeritzte Zahl. Das konnte schließlich auch Zufall sein. Vielleicht war sie vorher schon da gewesen. Eine alte gebrauchte Linse? Aber vielleicht hatte das gar nichts zu bedeuten.

Mia wühlte nach einer neuen Pastille, und dabei fanden ihre Augen das, was sie gesucht hatte, was sie aber lieber nicht sehen wollte.

Eine neue Zahl.

Sieben.

»Die gleichen Wunden am Mund«, sagte Munch wie durch Watte und zeigte mit einem blauen Finger darauf. »Haben wir uns schon die Brust angesehen? Gibt es da einen Einstich?«

»Ich dachte, wir warten auf die Rechtsmedizin«, sagte Anette, ebenfalls im Nebel. »Sie sind unterwegs. Hab eben mit Lund gesprochen.«

»Eine neue Zahl«, murmelte Mia und riss sich zusammen.

Die beiden anderen sahen sie an.

»In der Linse?«, fragte Munch und ging durch das Zimmer.

Mia nickte.

»Verdammt«, sagte Munch hinter dem Fotoapparat. »Sieben und vier. Was zum Teufel soll das bedeuten? Was meinst du, Mia?«

Der Fußboden fing jetzt an, sich zu bewegen, er vermischte sich mit den verschossenen Blumen der Tapete, und ihr wurde schwindlig davon.

»Unsicher«, sagte Mia und biss sich in die Lippe.

»Geht's dir nicht gut?«

»Was?«

Beide sahen sie jetzt an. Unwirkliche Blicke irgendwo draußen im Dunst.

»Ich muss nachdenken«, sagte Mia und ging zur Tür. »Übernehmt ihr den Rezeptionisten?«

»Was? Ja, ja, natürlich. Gehst du?«

»Muss mich nur ein bisschen sortieren«, murmelte Mia und streifte die Handschuhe ab.

»Tu, was du nicht lassen kannst«, sagte Munch.

Er runzelte die Stirn und trat wieder an das Bett mit der Leiche.

»Das Telefon hat immer wieder dieses Stück gespielt?«

»Ja.« Goli nickte.

»Ich rufe an«, murmelte Mia und suchte sich den Weg an die frische Luft.

• 21 •

Wie machen wir das?«, fragte Anette, als Mia das Zimmer verlassen hatte.

»Denkst du an die Presse?«, fragte Munch.

Ein Kriminaltechniker schaute herein, aber Munch bat ihn zu warten.

»Ja«, meinte Goli. »Ein Opfer ist das eine. Zwei sind etwas ganz anderes. Irgendwas müssen wir sagen, glaube ich.«

»Setz eine Pressekonferenz an«, sagte Munch und seufzte. »Aber wir sagen nichts über einen möglichen Zusammenhang. Noch nicht. Aus Rücksicht auf den Stand der Ermittlungen, bla, bla, du kennst das ja.«

»Und Mikkelson?«, fragte Anette.

»Hat er sich heute schon gemeldet?«

»Rat mal«, sagte Anette seufzend, als das Telefon in ihrer Tasche wieder vibrierte. »Das Übliche. Ob wir glauben, dass es ein Serienmörder ist. Ist Munch schon wieder einsatzbereit? Ist Mia mental gesehen anwesend?«

»Schon wieder? Damit muss er jetzt aber auch mal aufhören.«

»Du weißt, dass sie in einer Klinik war?«, fragte Anette leise. »Auf Entzug?«

»Ich weiß, dass es ihr besser geht und dass sie verdammt gesund aussieht, ja. Was meinst du mit Entzug?«

»Die Vitkoff-Klinik unten in Jæren«, antwortete Anette. »Sie ist gleich nach Neujahr aufgenommen worden und einen Monat dort geblieben.«

Munch ärgerte sich. Immer dasselbe. Mikkelson. Wenn Mia die Fälle für ihn löste und ihn in den Medien als Held dastehen ließ, nein, dann gab es nie irgendwelche Fragen. *Und er?* War er jetzt auch schon unfähig, seine Arbeit zu tun?

»Ich weiß nicht«, sagte jetzt Anette. »Du hast sie doch eben gesehen. Vielleicht ist sie nicht ganz auf der Höhe.«

»Mia kommt zurecht«, brummte Munch und hatte wahnsinnige Lust auf eine Zigarette.

»Und du?«, fragte Anette freundlich.

»Ich? Was soll mit mir sein?«

»Alle würden verstehen, wenn es dir zu viel wäre, Holger. Zwei Morde in so kurzer Zeit. Und das mit Miriam ist doch auch noch nicht lange her.«

»Und für welche Seite kickst du?«

»Deine, natürlich, Holger, ich wollte nur ...«

»Mir geht es gut. Mia ist voll einsatzfähig. Du kannst Mikkelson sagen, er soll die Klappe halten, wenn er nichts Konstruktives beitragen kann. Wir haben hier unseren Job zu machen. Organisierst du die Pressekonferenz?«

»Natürlich, Holger.«

Ein ungeduldiger Kriminaltechniker schaute abermals durch die Tür und diesmal winkte Munch ihn herein. Er befreite sich von seiner Irritation durch eine Zigarette unter dem blinkenden Neon-O auf der Straße und ging dann in das Zimmer hinter der Rezeption.

»Wie lange muss ich denn hier sitzen?«, fragte der ältere Mann.

Der Anblick des toten jungen Mannes in Zimmer 9 war ihm sehr nahegegangen.

»Holger Munch, Mordermittlung«, sagte Munch und reichte ihm die Hand.

»Jim«, murmelte der ältere Mann. »Myhre. Jim Myhre. Es tut mir leid.«

Ein grauer schmaler Pferdeschwanz, runde Brille. Munch hatte diesen Blick schon oft gesehen, sehr oft. Die leichte Nervosität bei Autoritätspersonen. Kein Wunder. Wenn das hier der Besitzer und Betreiber des Hotels Lundgren war, hatte er im Laufe der Jahre vermutlich häufiger mit der Polizei zu tun gehabt.

»Kein Problem, Jim«, sagte Munch. »Ich sehe, Sie sind müde. Hatten Sie die ganze Nacht Dienst?«

»Wie soll man denn sonst Geld verdienen? Verdammt, ich kann doch niemanden einstellen. Komme gerade so über die Runden.«

»Alles klar«, Munch nickte. »Sie haben ihn also aufgenommen? Kurt Wang?«

»Wen?«, fragte Myhre.

»Den Mann in Nummer neun. Ihr notiert die Namen der Gäste nicht?«

»Nur Barzahlung«, murmelte Myhre und rieb sich die Augen. »Mir egal, wie sie heißen, Hauptsache sie blechen.«

»Wann ist er gekommen?«

Myhre zögerte kurz.

»Spät. Vielleicht so gegen elf.«

»Und er war allein?«

»Ja.«

»Er wurde nicht verfolgt?«

»Nein«, sagte Myhre und stellte zitternd die Kaffeetasse auf den Tisch.

»Und was für einen Eindruck hat er auf Sie gemacht?«

»Wie meinen Sie das?«

»Na, wie war er, was hat er gefragt? He, krieg ich hier ein Zimmer?«

»Ach so«, sagte Myhre und hüstelte. »Ich weiß nicht. Er kam rein. Mit dem Geld in der Hand. Weiß nicht mehr so genau, was er gesagt hat.«

»Versuchen Sie, sich zu erinnern«, sagte Munch.

»Ich brauche ein Zimmer oder so ähnlich. Ich meine, nichts Ungewöhnliches. Abgesehen davon, dass er aussah wie auf einem Trip, aber daran sind wir hier gewöhnt. Ist nicht gerade das Grand Hotel, das weiß ich ja, wir müssen eben nehmen, was wir kriegen können.«

»Auf einem Trip?«

»Solche Pupillen«, sagte Myhre und machte den Versuch, die Kaffeetasse vom Tisch zu heben, was ihm aber nicht so ganz gelang. »Ganz schön high, wenn Sie mich fragen, aber wie gesagt, wir dürfen hier nicht wählerisch sein.«

»Und das Saxofon?«

»Wie meinen Sie das?«

»Hatte er das in einem Koffer, oder was?«

»Welches Saxofon? Er hatte nichts bei sich.«

»Keinen Rucksack, keine Tasche, nichts?«

Myhre schüttelte den Kopf.

»Nix. Nur Geld in der Hand.«

»Was ist dann passiert? Warum sind Sie zu ihm aufs Zimmer raufgegangen?«

»Mach ich sonst nie, aber verdammt, immer dasselbe Stück, die ganze Nacht? Ist doch so hellhörig hier. Die ganze Zeit dieses Getute, bin glatt verrückt davon geworden.«

»Sie sind also einfach reingegangen?«

»Nein, hab natürlich angeklopft, mehrmals. Und am Ende, na ja, die Tür ging einfach so auf.«

Myhre schaltete für einen Moment ab, konnte mit Mühe die Kaffeetasse wieder zum Mund bugsieren. Der Anblick im Bett war für ihn ein Schock gewesen.

»Und er hat nicht mit den anderen Gästen gesprochen? Und auch sonst ging hier niemand ein oder aus?«

»Nein«, sagte Myhre. »Oder doch ...«

Er kratzte sich am Kopf.

»Mit wem?«

»Hab zuerst nicht darauf reagiert, aber wenn ich mir das jetzt so überlege ...«

»Was denn?«, fragte Munch ungeduldig.

»Der von der Gebäudereinigung.«

»Ja?«

»Wir haben eine Abmachung mit ein paar Vietnamesen«, murmelte Myhre. »Und die schicken normalerweise jedenfalls keine weißen jungen Männer, wenn Sie verstehen? Wir kriegen das fast gratis, die besorgen billige Arbeitskräfte, so läuft das eben«, sagte Myhre und rümpfte die Nase.

»Aber diesmal war es ein junger Mann? Ein ethnischer Norweger?«

»Ein Bleichgesicht, ja«, sagte Myhre und nickte. »Hab eigentlich nicht weiter drüber nachgedacht, alle brauchen doch Arbeit, egal wie sie aussehen, wissen Sie, das ist doch egal.«

»Und dieser Mann hat mit Kurt Wang gesprochen?«

»Ja, ich hab sie auf dem Gang gesehen. Sie haben geredet, das war alles.«

»Ist das eine Reinigungsfirma?«

»Ja, ich bin sehr zufrieden, sie arbeiten ordentlich und sind günstig. Lasse manchmal Leute von denen hier wohnen, so ein Deal. Sie sind doch nicht vom Finanzamt?«

»Nein«, sagte Munch. »Gibt's dazu auch einen Namen?«

»Sicher«, sagte Myhre und stellte die Tasse wieder weg. Er erhob sich, ging zu einer überfüllten Pinnwand hinter dem Tisch und kam mit einer Visitenkarte zurück.

»Gebäudereinigung und Wäscherei Sagene?«

Myhre nickte.

»Eine vietnamesische Familie. Sehr gute Leute. Wir, ja, wie gesagt, wir helfen ab und zu mit Unterkunft.«

Er blieb stehen und wandte sich ab.

»Ob Sie illegale Einwanderer unterbringen, ist mir vollkommen egal«, sagte Munch.

»Nein, nein, wir …«

»Wie gesagt, für mich spielt das keine Rolle. Aber diesen jungen Mann hatten Sie noch nie gesehen?«

»Nein.«

»Und er kam von dieser Firma?«

»Ja, ja«, Myhre nickte. »Hatte die ganze Ausrüstung bei sich. Hat allerdings verdammt schlechte Arbeit geleistet.«

»Wie meinen Sie das?«

»Verdammt, der hat nicht mal geputzt. Hatte irgendeine Entschuldigung, er müsste noch was holen, doch dann hat er sich nicht wieder blicken lassen.«

»Aber er hat mit Wang gesprochen? Dem Mann von Zimmer 9?«

»Ganz genau«, sagte Myhre und blinzelte. »Kann ich jetzt gehen? Bin seit gestern Abend auf den Beinen.«

»Sie müssen schon noch mit auf die Wache kommen«, sagte Munch und erhob sich.

»Jetzt gleich?«, fragte Myhre und seufzte.

»Ja«, sagte Munch und ging zurück zur Rezeption.

Anette Goli war gerade mit einem Telefongespräch fertig und kam ihm entgegen.

»Lass den Herrn zur Wache bringen. Befragung, ganz offiziell, okay?«

»Okay«, sagte Goli und winkte einen Streifenpolizisten zu sich. »Fährst du weiter?«

»Sagene«, sagte Munch und steckte die Visitenkarte in die Tasche seines Dufflecoats.

»Nachher im Büro?«

»Ja«, sagte Munch.

»Gut«, sagte Goli, und wieder klingelte ihr Telefon.

• 22 •

Die Firma *Gebäudereinigung und Wäscherei Sagene* lag, was wenig überraschen konnte, im Stadtteil Sagene, bei der Kirche, in einer Gegend, die Munch von früher gut kannte. Sie hatten vor langer Zeit hier gewohnt, Marianne und er. Eine Wohnung von vierzig Quadratmetern mit einem winzigen Schlafzimmer, Waschgelegenheit in der Küche. Er hatte gerade als Ermittler angefangen, sie besuchte noch das Lehrerseminar. Sie hatten kaum Geld, aber es war ein sehr schönes Leben gewesen. Munch verspürte einen kleinen Stich bitterer Nostalgie und erlaubte sich ein eiliges Lächeln, als er die Kippe wegwarf und durch die Glastür trat.

Gebäudereinigung und Wäscherei. Ein kleiner Tresen, dahinter hingen Kleider in einer Reihe. Eine freundliche ältere Dame erhob sich, als er hereinkam.

»Willkommen, Reinigung?«, fragte die Vietnamesin und zog hinter ihrem Ohr einen Kugelschreiber hervor. »Angebot heute, für Hemd, drei für eins und gratis für eins, wenn Anzug dabei, und noch eins, wenn beide für Anzug?«

»Ich bin von der Polizei«, sagte Munch und zeigte ihr seinen Dienstausweis. »Sind Sie die Inhaberin?«

Die Frau setzte die Brille auf, die ihr an einer Schnur um den Hals baumelte, und sah ihn fragend an.

»Ärger?«

»Nein, nein«, sagte Munch mit einem kurzen Lächeln. »Alles in Ordnung, ich habe nur ein paar Fragen zu einem Ihrer Angestellten. Sind Sie dafür zuständig?«

»Kleine Sekunde warten«, sagte die Vietnamesin und verschwand hinter den Kleiderreihen.

Sie tauchte wieder auf, dicht gefolgt von einem jüngeren, gut angezogenen Mann von Mitte zwanzig.

»Dinh Nguyen«, sagte der Mann höflich und reichte ihm die Hand. »Womit kann ich Ihnen behilflich sein?«

»Sie sind der Chef?«

»Geschäftsführer.«

Kakihose mit Bügelfalte. Weißes Hemd unter schwarzem Pullover. Schöne gepflegte Hände, goldene Uhr am Handgelenk. Munch fand, dass er eher in einen Kleiderkatalog gehört hätte als hinter den Tresen einer Wäscherei und Reinigung. Dieser Laden schien wirklich gut zu laufen.

»Ich brauche ein paar Informationen über einen Ihrer Angestellten«, sagte Munch.

»Ach ja?«, fragte Nguyen neugierig. »Über wen denn?«

»Er hat gestern Abend im Hotel Lundgren geputzt. Ein ethnischer Norweger?«

»Lundgren? Da hatten wir gestern niemanden, soviel ich weiß. Ethnischer Norweger? Meinen Sie einen Weißen?«

»Er ist vermutlich weiß, ja, haben Sie einen Angestellten, auf den diese Beschreibung passt?«

»Nein, leider nicht, wir sind ein Familienbetrieb, unsere Angestellten sind fast alle Onkel, Tanten, Vettern und Cousinen«, sagte Nguyen und deutete ein Lächeln an.

»Niemand von außen also?«

»Nein, wir …«

Der junge Mann wurde von der älteren Frau unterbrochen. Es folgte ein kurzer Wortwechsel zwischen den beiden, in einer Sprache, die Munch für Vietnamesisch hielt.

»Ach, natürlich«, sagte Nguyen und drehte sich zu Munch um. »Tut mir leid, es kann einer von den Tagelöhnern gewesen sein.«

»Tagelöhnern?«

»Wir versuchen zu helfen, so gut wir können«, sagte der Vietnamese und nickte in Richtung der Stuhlreihe am Fenster. »Wir können nicht viele fest anstellen, aber manchmal kommen Leute vorbei, nur um zu sehen, ob wir gerade eine Aushilfe brauchen.«

»Und das kommt vor?«

»Ja, natürlich.«

»Sie betreiben also die Reinigung, Wäscherei und Gebäudereinigung?«

Nguyen nickte.

»Und diese Aushilfen, wie läuft das ab?«

»Sie kommen rein, setzen sich dorthin, warten, und wenn wir einen Auftrag und nicht genug Leute haben, bekommen sie den.«

»Das sind dann Putzjobs?«

»Ja, in der Wäscherei sind wir genug.«

Die ältere Frau sagte wieder etwas, wurde diesmal aber von Nguyen ignoriert.

»Und wer sind diese Tagelöhner?«

Nguyen zögerte ein wenig mit der Antwort. Munch wusste natürlich weshalb. Wie der Mann unten im Hotel hatte auch dieser hier Angst, Munch wäre von der Gewerbeaufsicht oder vom Finanzamt.

»Wie gesagt …«

»Hören Sie«, sagte Munch und kratzte sich am Bart. »Wer die sind, ist mir egal. Ob sie eine Aufenthaltsgenehmigung haben, ob sie Steuern zahlen. Ob das alles seine Richtigkeit hat, sollen andere untersuchen.«

Nguyen musterte ihn unter seinem gepflegten Schopf und gab sich schließlich geschlagen.

»Zuwanderer, das sind sie. Es ist schwer, in Norwegen Arbeit zu finden. Ich meine, schlimm genug für die, die hier geboren sind. Wie gesagt, wir versuchen nur zu helfen.«

Munch hob abwehrend eine Hand.

»Ich muss nur wissen, ob jemand auf die Beschreibung von eben passt.«

»Ich glaube, ich weiß, wen Sie meinen«, sagte Nguyen endlich.

»Ja?«

Nguyen nickte.

»Wir haben meistens keine, wie haben Sie das genannt, ethnische Norweger? Von denen schauen nicht viele hier vorbei. Es sind vor allem Afghanen, Somalier, Polen. Aber ja, einer war hier.«

Die Frau wollte wieder etwas sagen, aber Nguyen winkte verärgert ab.

»Was sagt sie?«, fragte Munch.

»Sie sagt, sie weiß, wer er ist, und dass er hier nicht mehr willkommen ist.«

»Ärger, pfui, pfui«, sagte die ältere Frau und wedelte mit ihrem gekrümmten Zeigefinger.

»Mama, ich mach das«, sagte Nguyen seufzend.

»Von wem reden wir hier?«

»Sie haben gesagt, Mitte zwanzig? Weiß? Wir hatten so einen, ja, aber jetzt habe ich ihn schon länger nicht mehr gesehen.«

»Weshalb nicht?«

»Wir hatten ein paar Meinungsverschiedenheiten.«

»Worum ging es?«

»Erstens haben die Aushilfen nichts in meinem Büro zu suchen. Und wir drängen immer darauf, dass sie zur Meldebehörde gehen. Mit Schwarzarbeit will ich nichts zu tun haben. Wenn sie die steuerfreie Grenze überschreiten mit ihren Arbeitsstunden, müssen sie mir ihre Lohnsteuerkarte zeigen.«

»Und dieser Mann hat das nicht gemacht?«

»Karl«, sagte die ältere Frau und schüttelte den Kopf.

»Sie haben seine Daten?«

»Nur Name, Adresse, Telefon«, sagte Dinh Nguyen. »Die Lohnsteuerkarte haben wir nie gesehen.«

»Schuldet Geld«, sagte die Frau.

»Mama, ich mach das.«

»Uns betrogen, Tausende.«

»Er schuldet Ihnen Geld?«

Nguyen seufzte.

»Wie gesagt: Ich will da nicht mit reingezogen werden, wenn jemand schwarzarbeitet. Das ist nicht gut für uns. Wir bezahlen also keinen Lohn, wenn sie nicht beweisen können, dass sie Steuern abführen.«

»Zu lieb. Dumm im Kopf«, sagte die ältere Frau und nahm die Brille wieder ab.

»Sie haben ihn trotzdem bezahlt?«

Nguyen nickte.

»Er hatte versprochen, alle Papiere vorbeizubringen, aber das hat er nie getan.«

»Und wie lange ist das jetzt her?«

»Wie lange kann es her sein, drei Wochen?«

»Und seither haben Sie ihn nicht gesehen?«

»Nein.«

»Und Sie haben gestern niemanden ins Hotel Lundgren geschickt?«

Der Vietnamese schüttelte den Kopf.

»Nein, haben wir nicht.«

»Sie haben gesagt, Sie hätten seine Daten?«

»Moment«, sagte Nguyen und verschwand im Hinterzimmer.

»Dumm im Kopf«, sagte die ältere Frau, die jetzt wieder auf ihrem Stuhl hinter dem Tresen saß und zu ihrem Strickzeug gegriffen hatte.

»Hier«, sagte Nguyen und legte einen Zettel auf den Tresen.

»Karl Øverland?«

Der Vietnamese nickte.

»Und das ist seine Adresse?«

»Ja, aber die Telefonnummer stimmt nicht, das habe ich ausprobiert.«

Die ältere Frau schüttelte abermals den Kopf und sagte etwas auf Vietnamesisch, das nach Nguyens Miene zu urteilen nicht gerade ein Kompliment für den adretten Sohn war.

»Würden Sie ihn wiedererkennen?«

»Wie meinen Sie das?«

»Wenn ich einen Zeichner schicke, können Sie diesen Karl dann beschreiben?«

»Natürlich«, antwortete Nguyen. »Da bin ich mir ganz sicher. Ich freue mich, wenn ich helfen kann. Darf ich fragen, warum Sie ihn suchen?«

»Das dürfen Sie leider nicht. Aber vielen Dank hierfür.« Er hob den Zettel hoch und steckte ihn in die Manteltasche.

»Wir melden uns. Erst mal vielen Dank«, sagte Munch und nickte der strickenden Frau zum Abschied zu, dann ging er hinaus in die heller werdende Frühlingssonne.

• 23 •

Mia stand vor ihrem Haus und merkte, dass die frische Luft geholfen hatte. Die Finsternis hatte sich für einen Moment um sie zusammengeballt, hatte sich aber nicht festgesetzt. Zum Glück. Es war nur eine Andeutung gewesen. Von ihrer Seele. Davon, was passieren würde, wenn sie nicht vorsichtig war. Verdammt. Deshalb hatte sie sich doch zu diesem Urlaub entschlossen. Um ein wenig auszuspannen. *Setz dich in der nächsten Zeit nicht unnötig unter Druck*. Hatte sie das nicht gesagt? Die Therapeutin unten in Jæren? Dreißig Tage in der Entzugsklinik, danach hatte sie sich wie ein neuer Mensch gefühlt. Zu spät, jetzt daran zu denken. Der Fall war ihr bereits unter die Haut gekrochen. *Nur ein bisschen vorsichtig sein*. Sie dachte daran, dass sie noch auf den Virgin Islands Bescheid sagen musste, Viktor sagen, dass sie das Boot doch verpassen würde. Sie steckte den Schlüssel ins Türschloss und hatte kaum aufgemacht, als ihr Blick auf ein älteres Gesicht fiel, eine Nachbarin.

Wie hieß die doch noch gleich? Fredriksen?

Die alte Frau stand hinten im Gang bei den Briefkästen und drohte mit der Faust. Den Stock in der einen Hand, die Perücke verrutscht. Der Geruch von starkem Parfüm, übelkeiterregend. Viel zu stark geschminkte Augen. Ein roter runzliger Lippenstiftmund, offen und kreischend, so laut, dass Mia sich sofort zurück auf die Straße wünschte.

»Jetzt müssen die endlich raus! Wir brauchen Unterschriften! Sind Sie nicht die Polizistin aus dem Zweiten?

Das geht doch nicht. Haben Sie die Mülltonnen im Hinterhof gesehen? Wissen Sie, wie es im Gang stinkt?«

Mia schüttelte kurz den Kopf und lief die Treppe hoch, nur, um vor ihrer Tür im Zweiten auf ein weiteres erwartungsvolles Gesicht zu stoßen.

»Hallo, Mia, wie geht's? Alles klar für die Reise? Meine Schwester freut sich wirklich über die Wohnung. Sie findet die total super.«

Der Nachbar hob den Daumen und grinste von einem Ohr zum anderen.

Verdammt, das hatte sie vergessen!

»Tut mir leid, es ist etwas dazwischengekommen, ich werde wohl doch nicht fahren.«

»Ach«, sagte der blonde Mann mit enttäuschtem Blick.

»Leider«, fügte Mia hinzu und öffnete die Tür.

Der Nachbar wollte noch mehr sagen, merkte aber plötzlich, dass weiter unten im Treppenhaus etwas los war.

»Was zum Teufel? Ist das wieder Frau Vigen?«

Er seufzte und schüttelte genervt den Kopf.

»Sie hat es sich in den Kopf gesetzt, dass die Iraner aus dem Dritten weg sollen. Ist das nicht typisch? So weit ist es gekommen. Scheißrassisten überall. Nein, jetzt hören Sie aber auf, Frau Vigen.«

Der junge Mann lief die Treppe hinunter. Mia dankte im Stillen dafür, dass es auf der Welt noch immer anständige Menschen gab, und schloss ihre Wohnungstür auf.

Hinter der Tür blieb sie unschlüssig stehen. *Nein, das ging nicht. Hier konnte sie nicht denken.* Sie wartete auf dem Gang, bis es unten endlich still geworden war, ehe sie sich vorsichtig die Treppe hinunter und quer über die Straße ins Lorry schlich.

»Hallo«, sagte ein bekanntes Gesicht erfreut und gleichzeitig überrascht über das Wiedersehen. »Das Übliche?«

Die urige Kneipe unten im Hegdehaugsveien war mal ihr zweites Zuhause gewesen, aber das war jetzt lange her.

Vier Monate nüchtern.

»Nein, ich hätte gern eine Tasse Tee und ein Mineralwasser«, sagte Mia und zog ihr Notizbuch aus der Tasche.

»Natürlich.« Der freundliche Kellner zwinkerte ihr zu und verschwand so leise, wie er gekommen war.

Mia konnte sich fast nicht erinnern, wann sie das hier zuletzt getan hatte. Sich in die Materie zu vertiefen, ohne Alkohol oder Tabletten zu Hilfe zu nehmen. Sie musste jedenfalls einen Versuch wagen. Sie starrte die leeren Blätter vor sich an, bis das Stimmengewirr aus dem gemütlichen Lokal ihr endlich die benötigte Ruhe gab. Sie berührte das Papier mit dem Kugelschreiber, versank in Gedanken, und langsam verschwand die Welt um sie herum.

Vivian Berg. Zweiundzwanzig. Balletttänzerin. Bergsee weit entfernt von der Stadt. Zerfetzte Ballettschuhe. War sie selbst gegangen? Ja? Freiwillig? Zweifelhaft. Das Video. Drogen? Hypnotisiert? Etwas, das ich nicht sehe?

Kurt Wang? Jazzmusiker. Mitte zwanzig. Spielt das Alter eine Rolle? *Watch what I can do*. Bambi auf dem Eis?

Bergsee?

Eis?

Die Zahl 4.

Die Zahl 7.

Mia streckte unbewusst die Hand nach der Teetasse aus.

4-7.

7-4.

47?74?

Die Brüder Löwenherz.

Irgendwo brennt es.

Es brennt …

Zu Hause?

Nummer 47? Nummer 74?

Fast wie in Trance streckte sie die Hand nach dem Telefon aus und rief Grønlie an.

»Ja, Grønlie?«

»Hallo, hier ist Mia, nur ganz kurz. Kannst du mal nachsehen, ob wir etwas über einen Brand haben?«

»Was denn für einen Brand?«

»'tschuldigung. Ich meine, ob eine Familie bei einem Brand umgekommen ist, kannst du mal nachsehen, ob du da einen Treffer landest?«

»Klar«, sagte Grønlie.

»Danke«, sagte Mia und legte rasch auf, sie wollte ihren Schwung nicht verlieren.

Frau, zweiundzwanzig.

Mann, vielleicht fünfundzwanzig.

Große Schwester?

Kleiner Bruder?

Familientragödie.

Das brennende Haus.

Wer hat überlebt?

Schuld.

War es deine Schuld?

Frostschutzmittel im Herzen. Eine Spritze.

Kälte.

Eis.

Brand.

Hitze.

Eis und Feuer?

Der Kugelschreiber flog nur so über die Seiten. Sie merkte nicht einmal, dass ihr Mund sich zu einem Lächeln verzogen hatte.

Eis und Feuer? Darum geht es hier. Sind sie verbrannt? War das deine Schuld? Bist du traurig? Willst du ihnen helfen? Es kälter machen? Es wiedergutmachen?

Willst du, dass wir das sehen?

So ist das doch, oder?

Dass du traurig bist.

Bist du traurig?

Bereust du?

Sollen wir dir helfen?

Dich finden?

»Entschuldigung, Mia Krüger?«

Mia fuhr so heftig zusammen, dass ihr fast der Kugelschreiber aus der Hand gefallen wäre. Sie war so in ihre Gedanken versunken, dass sie sich einen Ruck geben musste, um in die Wirklichkeit zurückzufinden.

»Äh, ja …?«

»Entschuldigung, dass ich störe, aber hättest du zwei Minuten?«

Schwarzer Mantel, weißes Hemd, Handschuhe, Seitenscheitel. Die Augen, die sie ansahen, kamen ihr bekannt vor, aber sie konnte das Gesicht nirgends unterbringen.

»Und wer …?«, fragte Mia.

»Abermals, entschuldige bitte«, sagte der elegante Mann. »Es dauert nicht lange, aber es ist nicht unwichtig, darf ich mich setzen?«

Er wartete ihre Antwort nicht ab, sondern zog den Stuhl ihr gegenüber vom Tisch und nahm Platz.

»Ich bin beschäftigt«, begann Mia.

»Es dauert nicht lange. Aber wir sind jetzt an einem Punkt, dass ich ein paar Worte mit dir wechseln muss.«

Das Aussehen.

Der Blick.

Mia erkannte einen Polizisten sonst auf hundert Meter Entfernung, aber diesen hier hatte sie noch nie gesehen.

»Wold«, sagte der Mann und streckte die Hand über den Tisch. »Sondereinheit.«

Ihre Irritation schlug in Neugier um, als Wold höflich einen Kellner wegwinkte und seinen Blick wieder auf Mia richtete.

»Ich sehe, dass du zu tun hast, und mir ist natürlich klar, weshalb. Zwei Leichen innerhalb weniger Tage. Ich muss auch gleich weiter, aber ich muss wirklich mit dir reden. Ich hoffe, das ist in Ordnung.«

»Ich habe das Gefühl, dass ich keine Wahl habe«, sagte Mia und streckte die Hand nach der Teetasse aus.

»Es tut mir leid, wenn das so wirkt«, sagte Wold und schaute sich verstohlen um. »Aber wir haben etwas, worüber wir mit dir sprechen müssen.«

»Wer ist wir? Die Sondereinheit? Habe ich wieder was falsch gemacht?«

Wold grinste.

»Nein, nein, absolut nicht, Mia. Es geht nicht um dich.« Er beugte sich über den Tisch zu ihr vor.

»Diese laufende Ermittlung, kann ich dich dazu etwas fragen?«

»Die Antwort ist natürlich Nein«, sagte Mia trocken. »Ich darf dir nichts über eine laufende Ermittlung verraten.«

»Ich könnte ja auch direkt zu Munch oder sogar zu Mikkelson gehen.«

»Warum tust du es dann nicht?«

Wold zögerte einen Moment.

»Du weißt, womit wir uns beschäftigen, nicht wahr?«

»Ihr ermittelt in internen polizeilichen Angelegenheiten«, sagte Mia seufzend. »Ist das hier ein Quiz?«

In seiner Manteltasche vibrierte es, aber er zückte sein Telefon nicht.

»Okay, Mia, es geht um Torvald Lorentzen.«

Torvald Lorentzen?

Sie brauchte einige Sekunden, um den Namen einzuordnen. Der Anwalt, der Besitzer des Mercedes, in dem Vivian transportiert worden war.

»Was ist mit ihm?«, fragte Mia neugierig.

»Wir müssen wissen, ob er in euren Ermittlungen eine wichtige Rolle spielt. Konzentriert ihr euch auf ihn?«

»Wie meinst du das?«, fragte Mia.

»Hat Lorentzen etwas mit der Sache zu tun? Mehr wollen wir gar nicht wissen. Eine kurze Antwort reicht mir, dann lasse ich dich in Ruhe.«

Wold deutete ein Lächeln an und ließ sich auf seinem Stuhl zurücksinken. Mia überlegte. Die Sondereinheit. Wenn er etwas über den Fall wissen wollte, brauchte er nur kurz unten in Grønland anzurufen, anstatt hier Zeit zu verschwenden. Sie wollte sich wieder in ihre Materie vertiefen. Sie hatte eine heiße Spur. Das spürte sie.

»Nein, Lorentzen ist für uns uninteressant«, sagte sie und griff wieder zum Kugelschreiber.

»Du bist gar nicht neugierig?«, fragte Wold und machte keine Anstalten, sich zu erheben.

»Doch«, seufzte Mia. »Aber ich habe zu tun. Sind wir fertig?«

Wold sah verlegen aus.

»Entschuldige, Mia, ich hätte das hier anders angehen müssen. Kann ich …«

Er schien den Mantel ausziehen zu wollen.

»Hör mal«, sagte Mia, aber er ließ sie nicht ausreden.

»Ich will offen sein, ich brauche deine Hilfe«, sagte Wold endlich. »Wir stecken fest. Und wir brauchen Unterstützung. Wir haben viel darüber diskutiert, mit wem wir sprechen sollen, und die Wahl ist auf dich gefallen. So einfach ist das.«

»Und wer ist wir?«, fragte Mia und legte widerwillig den Kugelschreiber aus der Hand.

Wold überlegte kurz.

»Bleibt das unter uns?«

»Du bist zu mir gekommen«, sagte Mia gereizt. »Ich habe nicht darum gebeten.«

»Natürlich«, sagte Wold und hielt Ausschau nach einer Bedienung. »Ich brauche einen Kaffee. Möchtest du noch etwas?«

»Nein, danke.«

»Wie gesagt«, sagte Wold, nachdem die Bedienung die Bestellung aufgenommen hatte. »Wir haben hin und her diskutiert, das Thema ist ein wenig brisant, wenn du verstehst, was ich meine, aber jedenfalls ist die Wahl auf dich gefallen.«

»Welch Ehre«, sagte Mia und trank einen Schluck Mineralwasser. »Aber wer ist denn jetzt wir?«

»Lass mich zuerst erzählen, wer Torvald Lorentzen ist, wenn dir das recht ist.«

»Okay«, seufzte Mia.

»Heroin«, sagte Wold und hob die Tasse an den Mund. »Import. Vertrieb. Und Geldwäsche.«

»Ach was«, sagte Mia und merkte, dass sie jetzt nicht mehr ganz so sehr auf der Hut war.

»Bis jetzt haben wir nur einzelne Puzzleteile«, sagte nun Wold, »aber für uns ist es wichtig, dass er jetzt nicht angerührt wird, das könnte unsere ganze Arbeit ruinieren.«

»Wir kümmern uns nicht um ihn«, sagte Mia. »Dass sein Auto gestohlen wurde, ist Zufall. Könnte auch jedes andere gewesen sein.«

»Gut«, Wold nickte. »Schön. Aber das ist natürlich nicht alles.«

»Nein, das hast du schon gesagt. Warum ich? Womit kann ich euch helfen?«

Wold schien seine Worte sorgfältig abzuwägen, ehe er endlich antwortete.

»Wir haben Grund zu der Annahme, dass einer von uns in die Sache verwickelt ist.«

»Einer von uns?«

»Ja.« Wold schaute sich wieder im Lokal um und beugte sich etwas weiter vor. »Wir glauben, dass jemand von der Polizei in Lorentzens Netzwerk eine zentrale Rolle spielt.«

»Und ihr habt mich im Verdacht?«, fragte Mia.

Wold lachte kurz.

»Nein, absolut nicht. Aber wir glauben, dass du uns vielleicht helfen kannst. Weil du ihn kennst.«

»Was?«, fragte Mia. »Ihr wisst, wer das ist?«

»Wir vermuten es«, sagte Wold. »Aber wir brauchen Beweise.«

»Und die soll ich besorgen?«

»Das haben wir uns so gedacht. Könntest du damit leben?«

Wold trank noch einen Schluck Kaffee.

»Wie meinst du das? Ich soll einen Kollegen denunzieren?«

»Denunzieren ist ein starkes Wort, ich würde das nicht so ausdrücken. Aber ja, eigentlich schon. Wie gesagt, wir stecken fest. Wir brauchen Hilfe.«

»Dieser Lorentzen hat also mit der Einfuhr von Heroin zu tun, und ihr glaubt, er bekommt Hilfe von innen, also aus unserem Team? Aus der Mariboes gate 13?«

»Ja.«

»Verflucht«, sagte Mia und schüttelte den Kopf. »Das glaube ich nicht.«

»Anfangs ging mir das auch so«, sagte Wold und zuckte mit den Schultern.

»Munch ist ja dafür bekannt, dass er sich die Besten aussucht, aber jeder kann sich mal irren, nicht wahr?«

»Ich glaub's einfach nicht«, sagte Mia entschlossen. »Alles bei uns ist total transparent. Wir sind fast wie eine Familie. Hast du je einen Vater in den Arm genommen, der gerade vom Tod seiner sechs Jahre alten Tochter erfahren hat?«

»Nein, das habe ich nicht.«

»Das macht etwas mit einem Team, verstehst du?«, sagte Mia, jetzt verärgert.

»Volles Verständnis«, sagte Wold. »Absolut. Ich weiß, was ihr da unten macht, und ich kann dir sagen, alle reden mit dem größten Respekt von euch, aber trotzdem.«

»Es ist niemand von uns«, sagte Mia barsch und streckte

wieder die Hand nach der Teetasse aus, aber die war jetzt leer.

Nein, das war Blödsinn.

Heroin.

Jemand aus dem Team?

Nix da.

»Curry«, sagte Wold so plötzlich, als ob jemand die Nadel auf eine LP aufgesetzt hätte.

»Was?«

»Wir glauben, dass es Jon Larsen ist«, sagte Wold mit ernster Miene.

»Völlig ausgeschlossen«, sagte Mia und konnte sich ein kleines Lachen nicht verkneifen. »Curry? Nein, da irrt ihr euch. Jon kann eigen sein, aber er würde nie im Leben …«

»Wir sind ziemlich sicher, dass es jemand von der Drogenfahndung ist«, fiel Wold ihr ins Wort.

»Curry ist nicht bei der Droge«, sagte Mia.

»Larsen hat mehrmals bei der Droge ausgeholfen«, sagte Wold ungerührt. »Außerdem gibt es Dinge in seinem Privatleben, die andeuten, dass er ein bisschen neben der Spur ist.«

»Hör mal«, sagte Mia.

»Wenn ich ausreden dürfte?«, fragte Wold. »Jon Larsen wurde vor einiger Zeit von seiner Verlobten sitzen gelassen, korrekt? Und in dieser Beziehung gehörte alles ihr. Die Wohnung, in der sie gelebt haben? Gehörte ihr. Er hat nichts.«

»Nein, aber …«

»Er wohnt zur Untermiete, er hat kein Geld und ist bis über beide Ohren verschuldet. Säuft und hat eine lockere Beziehung zu einer Einundzwanzigjährigen, Luna Nyvik, eine Thekenkraft, die der Polizei schon früher wegen Drogenimports aufgefallen ist. So machen sie es. Junge Menschen, die es nicht besser wissen. Setzen sie als Muli ein. Auf diese Weise bringen sie das Zeug ins Land.«

»Es ist nicht Curry«, erklärte Mia wieder. »Du kennst ihn nicht, sonst würdest du dasselbe sagen.«

Wold hob die Hand und unterbrach sie abermals.

»Wirst du uns helfen? Zumindest, um diesen Verdacht zu entkräften?«

Wieder vibrierte das Telefon in seiner Manteltasche. Diesmal warf er einen Blick auf das Display und stand auf.

»Tut mir leid, aber es ist etwas passiert«, sagte Wold. »Kannst du dir die Sache wenigstens überlegen?«

»Ich denke, ihr irrt euch«, sagte Mia.

»Hier ist meine Nummer«, sagte Wold und reichte ihr seine Visitenkarte. »Ich rufe dich morgen an.«

Wold lächelte kurz, drückte ihr kräftig die Hand, dann bewegte er sich durch die geschäftige Kneipe und verschwand. Mia hob wieder den Kugelschreiber und versuchte, sich abermals in ihr Material zu vertiefen, aber der passende Moment war vorbei.

Verdammt.

Curry?

Nein.

Unmöglich.

Sie wollte sich gerade noch einen Tee bestellen, als ihr Telefon klingelte.

»Hallo, Holger, was ist los?«

Munch klang seltsam.

»Ich habe etwas, das musst du dir ansehen«, sagte er leise.

»Was denn?«

Plötzliches Lachen irgendwo in der Kneipe. Mia konnte kaum hören, was Munch sagte.

»Das musst du dir schon selbst ansehen. Adresse kommt gleich.«

»Okay«, sagte Mia, verstaute ihr Notizbuch eilig in ihrer Tasche und lief los, um ein Taxi anzuhalten.

• 24 •

Mia bezahlte das Taxi und entdeckte Munch vor einem Sonnenstudio, mit einer Zigarette im Mundwinkel und düsterem Blick.

»Was ist los?«

Munch schüttelte nur den Kopf.

»Du weißt doch, die Kontaminierung der Tatorte. Der Rezeptionist im Lundgren hat gesagt, Kurt Wang habe mit einem jungen Mann gesprochen, ehe er in seinem Zimmer verschwunden ist. Mit einem Mann von einer Reinigungsfirma.«

»Gestern Abend?«

»Ja.«

»Reinigungsfirma«, sagte Mia und nahm eine Pastille aus ihrer Tasche. »Dass wir nicht schon eher daran gedacht haben. Haare, Fingernägel, Exkremente? Daher hat er das also. Das ist doch grandios, Holger.«

Natürlich.

Sie spürte ein leichtes Kribbeln und sah voller Tatendrang zu Munch auf, der nicht ganz so begeistert aussah.

»Und?«, fragte Mia.

»Ich habe die Firma aufgesucht.«

»Und?«

»Die hatten gestern im Lundgren keinen Auftrag.«

»Aber sie wussten, wer er ist?«

Munch zog an seiner Zigarette und nickte langsam.

»Karl Øverland. Die Adresse hab ich, aber die Telefonnummer, die sie hatten, existiert nicht mehr.«

»Genial, Holger. Aber worauf warten wir dann noch? Was wolltest du mir zeigen?«

»Bergensgate 41«, murmelte Munch.

»Was?«

»Die Adresse, die er angegeben hat.«

Mia wurde ungeduldig. »Wir haben eine Adresse, also worauf warten wir noch? Was wolltest du mir denn zeigen?«

»Das«, sagte Munch leise.

Er schnippte die Zigarette auf den Boden, schob die Hände in die Taschen seines Dufflecoats und ging vor ihr her um die Ecke des Wohnblocks.

Bergensgate.

Etwas im Hinterkopf.

Was war da noch …?

Munch blieb am Bordstein stehen und nickte zur anderen Straßenseite hinüber.

Und nun sah sie es.

Das kleine rostrote Fabrikgebäude.

Aber …

»Was zum Teufel, Holger?«

Munch drehte sich zu ihr um und nickte.

»Verstehst du jetzt?«

»Er hat … diese Adresse angegeben?«

Mia spürte, wie Übelkeit in ihr aufstieg.

»Verdammt, Holger. Du bist sicher?«

Munch nickte mit geschlossenem Mund.

»Aber das … das kann doch nicht stimmen!«

»Hätten wir das begreifen müssen?«, murmelte Munch. »Die Fotos? Die Kamera vor der Leiche? Hätten wir den Zusammenhang sehen müssen?«

»Zum Teufel«, murmelte Mia und zwang sich, noch einmal hinzusehen, obwohl alles in ihr sich dagegen wehrte.

Das alte Fabrikgebäude in Bjølsen.

Dort hatte er sie gefangen gehalten.

In seiner Werkstatt.

Das viele Werkzeug.

Hatte sie wach gehalten.

Gerade wach genug.

»Klaus Heming«, murmelte Munch und zog eine neue Zigarette aus seiner Manteltasche.

Sie blieb zwischen seinen Lippen und wurde nicht angezündet.

»Dasselbe Haus?«, fragte Mia. »Das ist nicht möglich …«

Vor acht Jahren.

Klaus Heming.

Der Postbote.

Fotos der Opfer.

Aus der Werkstatt.

An die Familien geschickt.

Als ob es nicht gereicht hätte, sie zu verlieren.

Der Postbote.

Acht Jahre her, aber sie konnte noch immer nicht ihren Briefkasten öffnen, ohne für einen Moment eine unerklärliche Übelkeit zu verspüren.

Verdammt.

»Bergensgate, Bjølsen«, sagte Munch und gab sich endlich Feuer. »Ich kapier einfach nicht, warum ich das nicht sofort gesehen habe.«

»Aber er ist doch tot, oder?«

Munch sah sie an und nickte.

»Als ich zuletzt nachgesehen habe, ja.«

»Also was ...?«, fragte Mia und warf noch einen widerwilligen Blick auf die andere Straßenseite.

»Trittbrettfahrer?«, fragte Munch und zuckte mit den Schultern.

»Nein, glaubst du?«, fragte Mia. »Heming hat uns nie etwas verraten, oder? Zahlen, Auskünfte. Dieser Arsch war nur ...«

»Nur ein Gedanke«, fiel Munch ihr ins Wort. »Irgendein Motiv muss es doch geben, meinst du nicht?«

»Wie hieß der Typ?«, fragte Mia. »Der von der Reinigungsfirma.«

»Karl Øverland«, sagte Munch.

»Und?«

»Und was?«

Munch sah sie irritiert an.

Der Fall hätte sie allesamt fast kaputtgemacht.

Holger war damals mitten in seiner Familientherapie gewesen. Zwei Jahre nach der Trennung, und er hatte Marianne angefleht, ihm noch eine Chance zu geben. Am Ende hatte sie nachgegeben. Na gut. Ein Versuch. Miriam zuliebe. Nur um einen Munch zu erleben, der sich nicht änderte.

Klaus Heming.

Der Briefträger.

Mit eigener Werkstatt.

Und eigenem Werkzeug.

Fuck.

»Was machen wir?«, murmelte Mia.

»Ich habe Ludvig gebeten, alle Karl Øverlands unter die Lupe zu nehmen, die er finden kann«, sagte Munch und runzelte die Stirn. »Wir treffen uns jetzt alle im Büro, dann können wir ...«

Er blieb mit düsterem Blick stehen.

»Lagebesprechung?«

»Damit fangen wir an.«

»Hast du ein Auto?«

»Das steht unten an der Straße«, murmelte Munch und schüttelte langsam den Kopf, dann zog er seinen beigen Mantel fester um sich und schnippte die halb gerauchte Zigarette in hohem Bogen zu dem rostroten Gebäude hinüber.

• 25 •

Curry führte gerade das Whiskyglas zum Mund, als sein Telefon klingelte. Er hörte es nicht, es war lautlos gestellt, es vibrierte vor ihm auf dem Tisch wie eine wütende Biene. Er konnte seine Hand sehen, wie sie sich durch die Luft bewegte, um auf den Knopf mit dem grünen Hörer zu drücken, begriff zum Glück rechtzeitig, dass er dieses Gespräch nicht annehmen durfte. Es war erst fünf, und er war schon betrunken. *Scheiße.* Er hatte doch nur kurz vorbeischauen wollen. Luna Guten Tag sagen. Einen klaren Kopf kriegen. Sehen, ob er in seinen Notizen etwas finden könnte. Wie Mia das machte. Ausreden, natürlich nur. Er hatte verdammte Lust auf einen Drink gehabt. Und dann war es einer zu viel geworden.

Endlich verstummte das Telefon. Jetzt SMS. Erst eine. Dann noch zwei. Er hielt das Telefon ins trübe Licht und konnte nur mit Mühe lesen. Anette Goli. Munch. Offenbar war etwas passiert. Alle wurden ins Büro bestellt. *Scheiße.* Nein, das ging einfach nicht. Jetzt nicht. Er konnte sich so nicht sehen lassen. Er leerte den Whisky und winkte Luna an den Tisch.

»Noch einen«, murmelte er und tippte auf den Rand des Glases.

Die junge Frau sah ihn skeptisch an.

»Bist du sicher, Jon?«

»Wie meinst du das?«, murmelte er und hörte selbst, dass er nuschelte.

»Alles in Ordnung bei dir?«

Sie strich ihm kurz über die Haare.

»Ja, ja. Nur noch einen.«

Jemand ließ eine Münze in die betagte Musicbox hinten im Lokal fallen, und ein altes Countrystück schmiegte sich an die braunen Wände. Drüben am Billardtisch knallten die Kugeln. Es war eine der ältesten Kneipen von Oslo, so heruntergekommen, dass nicht einmal die Hipster herkommen mochten. Seemannstätowierungen, Bikerjacken. Einsame Seelen, jede in ihrer Ecke, murmelnde Lippen, gesenkt über verdreckte Biergläser. Zwei Männer in Sportjacken saßen am Tresen und sahen aus, als ob sie sich verirrt hätten. Sie hatten ihn verstohlen gemustert, zuerst hatte er nicht begriffen, weshalb. Einen Moment der Paranoia, *Scheiße, waren das Bullen? Spionierten die ihm etwa hinterher?* Aber auf halber Höhe von Whiskyglas Nummer 3 war es ihm aufgegangen. Er bot einen erbärmlichen Anblick. Ihre Blicke hatten von Mitleid erzählt. Noch ein Alki mit zitternden Händen.

Scheiße.

Wann war es eigentlich so weit gekommen? Er hatte doch immer alles im Griff gehabt. Ein Glas ab und zu, ja, aber nie so wie jetzt. Wie ein trockener Schwamm! Wie ein Baum, der ewig kein Wasser bekommen hat. Er hatte vor einigen Tagen eine Anzeige in *Verdens Gang* gelesen, die sein Interesse geweckt hatte. Behandlungszentrum Solli. *Kennen Sie Menschen, die Hilfe brauchen?* Er verdrängte diesen Gedanken, als Luna mit dem Whisky und außerdem einem Bier zurückkam.

»Soll ich Katrine anrufen? Sie bitten, meine Schicht zu übernehmen?«

Sie kam näher, strich mit warmen Fingern über seine Wange.

»Warum das?«

Er versuchte zu fokussieren, konnte ihren Blick aber nicht finden.

»Damit wir nach Hause gehen können. Willst du das?«

Curry setzte sich aufrechter hin und winkte ab.

»Nein, nein, das geht schon, ich muss nur …«

Eine von den Sportjacken am Tresen schaute wieder zu ihnen herüber.

»Sicher?«

»Du hast Kundschaft«, nuschelte er und versuchte ein Lächeln.

»Aber ich kann das machen, sag einfach Bescheid, ja?«

»Es geht schon«, sagte er, aber sie stand schon wieder am Tresen.

Er griff nach dem Glas und merkte, dass das Zittern verflogen war. Ihm wurde jetzt wärmer, als der Stärkungstrunk durch die Kehle rann und sich in seinem Magen ablagerte.

Nichts gegessen.

Natürlich.

Deshalb.

Er konnte Alkohol vertragen, das war nicht das Problem, er hatte nur nichts gegessen.

Behandlung, also echt.

Er lachte ein wenig und leerte das halbe Glas, während das Countrystück ausklang und durch ein neues ersetzt wurde.

Nur ein bisschen zu früh.

Und ohne Essen.

Die Sportjacke warf ihm schon wieder einen Blick zu, und Curry hätte am liebsten eine Grimasse geschnitten, dem Typen gesagt, er soll sich zum Teufel scheren, tat es aber nicht. Stattdessen schaute er zum Fenster hinüber und entdeckte plötzlich ein Gesicht, bei dessen Anblick sich sein Magen zusammenkrampfte.

Allan Dahl.

O verdammt.

Der Scheißklatschvetter von der Droge. Lagebesprechung im Büro, und er schaute tief ins Glas. Es würde nicht lange dauern, bis Munch davon Wind bekam. Curry duckte sich in seiner Nische, als der Fahnder die Straße überquerte, und zum Glück kam der Kollege nicht herein. Ein Auto wartete vor dem Haus. Allan Dahl stieg ein, und dann war er verschwunden.

Der Fahrer?

Hatte er das Gesicht nicht schon mal irgendwo gesehen?

Er suchte in seiner Erinnerung, aber die funktionierte nicht mehr.

Das konnte jetzt auch egal sein.

Der Fernseher hinter dem Tresen. Nachrichten rund um die Uhr. Die Ballerina aus dem Bergsee. Der junge Mann in der Pension. Sie sprachen über nichts anderes. Zwei ernste Gesichter im Studio, dann für einen Moment Anette Goli. Er erkannte sie nicht sofort, sie trug ihre Uniform. Wiederholung einer früheren Sendung. Pressekonferenz. Blitzlichtgewitter der Kameras, eifrige Mikrofone in der Luft. Schwenk. Wieder die Studiogesichter, dann rascher Wechsel zu etwas, das live zu sein schien. Er fuhr zusammen, als er sah, wo es war.

Teufel auch.

Er erhob sich und torkelte zum Tresen hinüber.

»Dreh lauter.«

»Was?«

Die Sportjacken sahen ihn missvergnügt an, aber darauf konnte er jetzt keine Rücksicht nehmen.

»Lauter«, murmelte er noch einmal und zeigte auf die Fernbedienung.

Endlich begriff Luna, was er wollte.

»Wir stehen jetzt vor der Schule von Hedrum bei Larvik«, sagte eine Reporterin mit dem Logo des Senders TV2 auf der Jacke. »Wo der mutmaßliche Hauptverdächtige arbeitet.«

Sie tickte jetzt über den Bildschirm, weiße Schrift auf rotem Grund.

Raymond Greger.

Verdammt.

Scheißortspolizei.

Jemand hatte geredet.

Munch würde aus der Haut fahren.

»Was ist los?«, fragte Luna besorgt, als sein Telefon wieder klingelte, irgendwo in weiter Ferne.

»Ich muss ins Büro«, murmelte er und setzte sich auf einen Barhocker, aber es gab dort keinen Barhocker.

Er sah den Boden kommen, versuchte, sich abzustützen, aber seine Arme wollten ihm nicht helfen.

»Hast du dir weggetan?«

Das schöne Gesicht, jetzt über ihm, die Sportjacken waren ebenfalls aufgesprungen.

»Ich muss ins Büro«, nuschelte er und versuchte, auf die Beine zu kommen, aber auch seine Beine funktionierten nicht mehr.

»Ich rufe Katrine an.«

Ein grauer Schatten. Eine flüsternde Stimme. Vom Meeresboden her.

Ehe die Countrymusik plötzlich verschwand und ihn allein auf dem kalten Boden liegen ließ.

• 26 •

Gemeindepfarrer Paul Malley saß im St. Olavsdom im Beichtstuhl und überlegte, ob das vielleicht doch keine so gute Idee gewesen war. Die Morgenmesse war zu Ende, und den Messebesuchern schien es vor allem darum zu gehen, zu ihrer Arbeit zu kommen. In dem großen Kirchenschiff war es ganz still. Der Klang von Nichts schlug ihm aus diesem schönen spirituellen Raum entgegen, der ihm so viel bedeutete, dem St. Olavsdom. Für ihn gab es keinen Zweifel, dass das hier die mit Abstand schönste Kirche im ganzen Land war. Hier war er vor fünf Jahren zum Diakon und schon sechs Monate später zum Priester geweiht worden. Nach einer kurzen Periode als Pfarrverweser in Lillehammer war er zurückberufen worden, und jetzt war er Gemeindepfarrer und Rektor der Domgemeinde. Paul Malley hätte nicht zufriedener mit dem Weg sein können, den Gott für ihn ausgesucht hatte. Historisch gesehen hatte sich die katholische Gemeinde in Norwegen nicht mit der lutherischen Staatskirche messen können, aber in den vergangenen zehn Jahren hatte sich eine Veränderung angebahnt. Das lag natürlich zum großen Teil an der Zuwanderung, sie hatten jetzt jede Woche Messen auf Polnisch und Vietnamesisch, doch auch die norwegische Gemeindeschar war beträchtlich gewachsen. Jetzt lasen er und die Kapläne an jedem Werktag nicht weniger als drei Messen, um acht, elf und achtzehn Uhr. Morgenmesse, Mittagsmesse und Feierabendmesse. So konnten seine Jünger selbst entscheiden, wann sich ein Besuch bei dem Herrn in ihren geschäftigen Arbeitstag einfügen ließ.

Jünger, nein, das war natürlich nicht richtig. Paul Malley schmunzelte ein wenig. Nur Jesus hatte Jünger gehabt, aber manchmal kam es ihm eben so vor. Es passierte jetzt nicht mehr oft, dass er ein Gesicht nicht erkannte, und wenn er ein neues sah, sorgte er immer dafür, sich mit diesem Menschen bekannt zu machen. Er war schließlich einer von Gottes Auserwählten, das Tor zum Herrn, es war wichtig, dass er sein Amt mit Nähe ausübte, nicht mit Distanz. Vor einer Woche hatte er eine Änderung des täglichen Ablaufs vorgeschlagen.

Nicht bei den Messen, die funktionierten hervorragend, aber bei den Beichtgelegenheiten. Nach der alten Ordnung waren die Beichtstühle nur eine halbe Stunde pro Tag geöffnet gewesen, von 17.15 bis 17.45. Es hatte keinen gewaltigen Ansturm gegeben, und er hatte das Gefühl gehabt, dass die Uhrzeit eben nicht passte. Die Sünden am Nachmittag bekennen? Das kam ihm irgendwie nicht richtig vor. Nach einem langen Arbeitstag, er konnte das eigentlich gut verstehen. Dann wollte man doch nur nach Hause zur Familie kommen, das Essen auf dem Tisch stehen haben und den Herrn vielleicht zu Hause anbeten. Da hatte er die Idee gehabt: Warum keine Beichtgelegenheit nach der Morgenmesse? Die Nacht war schließlich die Zeit der Finsternis, wenn die Seele einsam war. War das Bedürfnis, die Sünden zu bekennen, deshalb nicht morgens am größten?

Er wollte nicht aufgeben, war aber kurz davor, als er hier allein in der Stille saß und merkte, dass er langsam hungrig wurde. Er hob seine Soutane und band seinen Schuh zu. Nahm den Geruch von frisch gebohnertem Boden und Tannenzweigen wahr. War da heute nicht auch ein Hauch von Zitrone dabei? Er musste über diesen wunderbaren Duft lächeln, aber er war natürlich doch ein wenig enttäuscht ob seines Irrtums. Beichte am Morgen? Offenbar hatte niemand die Zeit oder das Bedürfnis. Er beschloss, sich noch einige Minuten zu geben. Er hatte sich geirrt, es war an der Zeit, sich das einzugestehen. Paul Malley seufzte und wollte sich erheben, doch dann hörte er plötzlich Schritte im Kircheninneren hallen.

Kam da jemand …?

Wollte die Mutter Gottes ihm Gnade erweisen?

Er setzte sich rasch wieder und bekreuzigte sich.

Bis zum Beichtstuhl, dann verstummten die Schritte. Paul Malley lächelte glücklich, als jemand die Tür öffnete und eine Gestalt in die Nische glitt.

Er wartete einige Sekunden, bis der Neuankömmling zur Ruhe gekommen war, dann öffnete er die Klappe.

»Gegrüßet seist du, Maria, voll der Gnade. Der Herr ist mit dir, du bist gebenedeit unter den Frauen, und gebenedeit ist die Frucht deines Leibes, Jesus. Heilige Maria, Mutter Gottes, bitte für uns Sünder, jetzt und in der Stunde unseres Todes. Amen.«

Er bekreuzigte sich ein weiteres Mal, als er die Person einstimmen hörte. »Amen.«

Die Stimme klang zaghaft. Ein junger Mann. Er konnte ihn hinter dem Gitter erahnen, aber natürlich nicht sehen. Nähe, aber doch genug Distanz, um ein Geständnis zu ermöglichen.

»Vater, vergib mir, denn ich habe gesündigt. Es ist … es ist meine erste Beichte.«

Die erste Beichte?

Malley spürte, wie sein Herz unter seiner Soutane loshämmerte, nichts war so schön wie ein neues Schaf in der Herde.

»Ich habe, ich weiß nicht recht«, sagte der junge Mann und konnte offenbar die Tür zu seiner Seele nur mit Mühe finden.

»Lass dir ruhig Zeit, mein Sohn«, sagte Malley ruhig. »Hier gibt es nur dich und den Herrn, Er verurteilt niemanden, und Er wird dich hören, egal, was du erzählen möchtest.«

»Danke«, murmelte der Fremde und verstummte wieder für einen Moment, dann schien er tief Atem zu holen. »Ich weiß nicht, ob es eine Sünde ist, und es geht nicht um mich, sondern um etwas, bei dem ich vielleicht zum Zeugen geworden bin.«

»Ah so«, sagte Malley ruhig. »Darf ich fragen, um wen es geht?«

»Um meinen Bruder«, sagte die Stimme nach einer Pause.

Der junge Mann redete jetzt so leise, dass Malley sich zu dem Gitter vorbeugen musste.

»Dein Bruder? Meinst du deinen leiblichen Bruder oder einen Glaubensbruder?«

»Nein, nein. Er ist mein Bruder. Mein großer Bruder. Wir wohnen zusammen. Nur wir sind noch da. Unsere Eltern sind tot.«

»Das tut mir leid«, sagte Malley freundlich. »Und was hast du beobachtet? Ist es etwas, das du mit dem Herrn teilen möchtest?«

Hinter dem Gitter wurde es wieder still.

»Darf ich eine Frage stellen?«, fragte der junge Mann dann leise.

»Natürlich, mein Sohn.«

»Ich weiß nicht einmal, warum ich hier bin. Ich brauchte nur jemanden, mit dem ich reden kann. Vielleicht sollte ich mir einen Psychologen oder so etwas suchen, ich will niemandem den Platz wegnehmen oder so ...«

Malley unterbrach niemals ein Beichtkind, aber jetzt hielt er es doch für angebracht.

»Mein Sohn. Ob groß oder klein, das spielt keine Rolle. Du bist willkommen. Du brauchst dich nicht zu schämen oder schuldig zu fühlen, hier drinnen bist du rein, und ich höre gern zu.«

»Danke«, sagte der junge Mann und wirkte erleichtert.

»Dein Bruder also? Und was hast du gesehen?«

»Ich habe Angst um ihn«, sagte der Fremde.

»Weshalb denn Angst?«

»Er ist nicht mehr er selbst. Ich habe Angst, dass er … etwas tut.«

»Was könnte er denn tun?«

Malley wurde jetzt neugierig.

»Er spricht nicht mehr mit mir. Er verschwindet mitten in der Nacht. Er schließt seine Tür ab, wenn er nach Hause kommt. Will mich nicht in sein Zimmer lassen. Ich glaube, er versteckt darin etwas.«

»Darf ich fragen, wie alt er ist?«

»Achtundzwanzig.«

»Und was ist er von Beruf?«

»Nein, er hat keinen Beruf. Sie müssen wissen, er ist schon lange krank.«

Der Fremde verstummte wieder. Malley konnte hören, dass er auf der hölzernen Bank hin und her rutschte.

»Krank? Was fehlt ihm denn?«

»Ich weiß nicht, ob ich das alles sagen darf, Hochwürden. Ich habe das Gefühl, ihn im Stich zu lassen. Dass ich …«

»Es geht hier um dich und den Herrn«, sagte Malley gelassen. »Du lässt niemanden im Stich. Der Herr ist unser aller Vater.«

»Nein, das geht nicht. Das hier war falsch. Ich habe zu große Angst.«

Malley machte sich langsam Sorgen.

»Wovor hast du Angst, mein Sohn?«

»Er ist gefährlich.«

»Wie meinst du …?«

»Mein Bruder. Er ist gefährlich.«

»Hast du Angst, er könnte … dir etwas antun?«

Wieder entstand eine Pause. Malley glaubte, leises Weinen hören zu können.

»Mein Sohn, hör mir zu.«

»Nein«, sagte der junge Mann und stand auf. »Ich traue mich nicht. Es tut zu weh. Bitte entschuldigen Sie die Störung, Hochwürden.«

Die Hand drehte den Türknauf, und Malley fasste schnell einen Entschluss.

»Mein Sohn«, sagte er bestimmt. »Ich habe einen Vorschlag, willst du den hören?«

Das wirkte.

Der Fremde kniete sich umständlich wieder nieder.

»Ich finde, du gehst jetzt nach Hause, aber vorher treffen du und ich und der Herr eine Abmachung.«

»Ja?«, fragte die traurige Stimme.

»Kein Zweifel, du trägst eine schwere Last. Ich kann verstehen, dass das hart für dich ist. Aber jetzt bist du hier gewesen, und ich weiß, wer du bist. Geh nach Hause und lass dir alles durch den Kopf gehen, und wenn du das Gefühl hast, dass es richtig ist, kommst du zurück. Morgen, in einigen Tagen, das spielt keine Rolle, aber ich will, dass wir einander eins versprechen, nämlich, dass wir uns wiedersehen. Können wir das abmachen?«

Es dauerte. Malley konnte förmlich hören, wie sehr der junge Mann hinter dem Gitter litt, wie hin- und hergerissen er war, aber am Ende öffnete er den Mund.

»Okay, Hochwürden. Ich komme zurück. Sind Sie dann hier?«

»Natürlich«, sagte Malley voller Wärme. »Ich bin jeden Morgen für dich hier, das verspreche ich dir. Du kommst wieder zu mir, wenn du willst.«

»Danke«, sagte der junge Mann erleichtert. »Das weiß ich wirklich zu schätzen. Tausend Dank.«

»Dann sehen wir uns wieder«, sagte Malley.

»Das tun wir, Hochwürden, tausend Dank.«

Malley lächelte, als die Schritte im Kirchenschiff verhallten.

Sie war also doch gut gewesen.

Die Idee mit der morgendlichen Beichtgelegenheit.

Er sandte der Mutter Gottes noch einen Gedanken von Herzen, dann verließ er den Beichtstuhl, faltete die Hände vor der Brust und ging mit langsamen Schritten zur Sakristei.

• 27 •

Gabriel Mørk war auf dem Sofa im Aufenthaltsraum eingeschlafen und wurde von Ludvig Grønlie geweckt, der sich einen Kaffee holen wollte.

»Ist was?«

»Die Kripo ist hier. Munch erklärt gerade die Lage. Glaub nicht, dass du dabei sein musst. Ist ungefähr dasselbe, was wir vorhin schon besprochen haben.«

»Doch, ich komme«, sagte Gabriel und unterdrückte ein Gähnen.

Er hatte so seltsam geträumt. Er war Briefträger gewesen. Auf einem Segelboot. Unterwegs mit einem großen Brief. Auf dem Brief stand »Tove und Emilie«. Er sah die Insel in weiter Ferne, aber egal, was er auch versuchte, um das Boot auf den richtigen Kurs zu lenken, er kam nicht näher. Sondern entfernte sich immer weiter. Sah für einen Moment die traurigen Gesichter. Den Brief, der immer größer wurde, bis er von ihm am Ende in die Fluten gezogen wurde.

Ein kleiner Hinweis, vielleicht?

Seine Mutter hatte Träume immer wichtig genommen. Sie war überzeugt, dass sie mehr bedeuteten, als wir oft glauben. Welche Bilder welche Beziehung zur Wirklichkeit haben, das alles. Sie war in den letzten Jahren noch mehr so geworden. New Age. Gabriel war nie auf diesem Trip gewesen, eigentlich hatte er nur genickt und Ja und Amen gesagt, wenn seine Mutter sich darüber ausließ, was sie in der Nacht erlebt hatte, aber nun hatte er das Gefühl, dass sein Kopf versuchte, ihm etwas mitzuteilen.

Er hatte in den letzten Tagen so viel gearbeitet, dass er kaum die Mitteilungen von zu Hause beantwortet hatte. *Bloß nicht so wie Munch werden.* Das hatte er natürlich gedacht, als Golis Anruf kam.

Die Wirtschaftskriminalität war ein ruhiger Job gewesen. Von neun bis vier. Ein Bürojob. Sie hatten zusammen gefrühstückt, zu Abend gegessen, sich jeden Abend aneinandergeschmiegt.

Jetzt?

Eher nicht.

Gabriel rieb sich den Schlaf aus den Augen und merkte, dass er unter dem Kragen ganz feucht war.

Postbote.

Die Wirklichkeit im Unterbewusstsein.

Er war damals noch jung gewesen, konnte sich aber gut daran erinnern.

Klaus Heming.

Der seine Opfer gefangen gehalten hatte, er hatte mit ihnen gespielt wie mit Puppen, und danach hatte er Fotos an die Familien der Opfer geschickt.

Ein nationaler Schock, niemand hatte glauben mögen, dass es stimmte, vor den Fernsehschirmen hatte ein kollektives Leugnen stattgefunden, während an ihnen die Details dieses grauenhaften Falles vorüberzogen.

Naives Norwegen.

Mitten in Oslo.

Nein, es konnte nicht stimmen.

Es musste ein Fall aus den USA sein.

Aus der Welt dort draußen.

Es war keiner von uns. Keiner von hier.

Seine Mutter war in etwas versunken gewesen, das, wie ihm später aufging, eine Art Depression gewesen sein musste. Das hatte auch für die Nachbarn gegolten. Düstere Gesichter im Treppenhaus, gesenkte Köpfe, wenn sie es überhaupt wagten, ihre Briefkästen zu öffnen, ehe sie rasch wieder hinter verschlossenen Türen verschwanden.

Es war vorübergegangen, und mit der Zeit waren auch die Erinnerungen verblasst.

Der Alltag war langsam zurückgekehrt.

Typisch norwegisch.

Wir vergeben. Wir glauben lieber an das Gute.

Aber die Finsternis war jetzt wieder da. Er hatte es bei allen im Team gesehen, in dieser ganzen Nacht, sogar Munch, der eigentlich ein jovialer Teddybär war, war mit finsterstem Blick und gerunzelter Stirn auf und ab getigert.

Zu Hause anrufen.

Gabriel unterdrückte ein weiteres Gähnen, nahm eine

Cola aus dem kleinen Kühlschrank und reckte seine steifen Glieder, als er über den Gang eilte.

Munch stand schon neben dem Bildschirm, als Gabriel den Besprechungsraum betrat.

»Gabriel Mørk«, sagte Munch. »Technik, Datenbanken, soziale Medien.«

Gabriel erwiderte das Nicken der drei Kollegen, die er noch nie gesehen hatte, und suchte sich einen Platz hinten im Raum, neben Mia.

Kripo. Taktische Ermittlung. Zwei Männer und eine Frau. Die ganze Nacht hindurch war in den Gängen Gemurmel zu hören gewesen, außerdem ein kurzer lautstarker Meinungsaustausch zwischen Anette und Munch, aber jetzt schien Munch es in Ordnung zu finden, dass die drei hier waren, obwohl Mikkelson das alles in die Wege geleitet hatte.

Noch mehr Unterstützung? Warum nicht.

Gabriel hatte das Problem nicht begriffen.

Der Kampf darum, wer *top dog* war?

Er hätte fast den Mund aufgemacht, besann sich aber.

»Sagst du etwas über den Namen, Mia?«, fragte Munch und sah Mia Krüger an, die sitzen blieb.

»Karl Øverland«, sagte Mia und nickte. »Ich habe das nicht gleich gecheckt, tut mir leid, aber denkt euch das ›rland‹ weg und macht aus dem einen L zwei.«

Die drei von der Kripo, neugierig jetzt, schauten sie an.

»Karl Øve …«, sagte die Frau ein wenig verwirrt.

»Karl Løve«, sagte Mia und wirkte trotz ihres düsteren Blickes seltsam wach. »Mein Fehler, tut mir leid, das hätte ich sofort sehen müssen.«

»Okay«, sagte der eine Kripomann.

Blonde Haare. Schnurrbart.

Absolut unscheinbares Aussehen, wie es typisch war für sie.

»Wieder ein Hinweis auf die *Brüder Löwenherz?*«, fragte sein Kollege.

Dunkle Haare. Bart. Genauso unscheinbar.

So bekamen sie vielleicht den Job. Aufgrund der Fähigkeit, sich unbemerkt unter jede beliebige Ansammlung von Menschen zu mischen.

»Ja«, Mia nickte. »Jonathan und Karl Løve. Wir waren anfangs ein bisschen unsicher, aber jetzt gibt es kaum noch Zweifel. Dass er bewusst vorgeht, mit uns spielt.«

»Wer war noch mal Karl?«, fragte die Frau.

»Der jüngere Bruder, der überlebt«, sagte Mia. »Jonathan rettet ihn. Kommt aber dabei um. Der kleine Karl überlebt mit dem Gefühl, dass die Welt um ihn herum es lieber hätte, wenn er gestorben wäre und nicht sein Bruder.«

»Karl Øverland gibt es also gar nicht?«, fragte der Dunkelhaarige, diesmal an Munch gewandt.

»In Oslo nicht«, antwortete Ludvig Grønlie und schaute in seine Notizen. »Wir haben einen in Stavanger, aber, wie gesagt, unseres Wissens keinen hier in der Stadt.«

»Was ist mit Raymond Greger?«, fragte die Frau, jetzt an Munch gerichtet.

»Wir suchen noch«, sagte Munch seufzend. »Es ist natürlich ungeheuer unangenehm, dass irgendein Idiot da unten in Larvik den Namen an die Presse durchsickern lassen hat, aber na gut. Vielleicht macht uns das alles leichter. Je mehr davon wissen, je mehr Augen halten Ausschau, so müssen wir das sehen.«

»Aber wir verfolgen die Theorie, dass das alles etwas mit Klaus Heming zu tun hat?«

Das war jetzt der Dunkelhaarige gewesen.

»Unklar«, sagte Munch und fuhr sich mit der Hand durch den Bart.

Er sah wieder Mia an.

»Der Fotoapparat ist auf die Leichen gerichtet«, sagte sie. »Øverland hat die Adresse in der Bergensgate genannt. Ich habe darüber nachgedacht, und ich glaube, wir können das so oder so sehen.«

Stille im Raum jetzt, während alle darauf warteten, was sie zu sagen hatte.

»Entweder lebt Klaus Heming noch«, sagte Mia.

»Unmöglich«, widersprach Munch. »Ich habe den Bericht selbst gesehen.«

»Oder er will uns sagen, dass er sich vergleicht.«

»Vergleicht?«, fragte der blonde Schnurrbart.

»Ja, er will wahrgenommen werden, ernst genommen.«

Wieder Schweigen im Raum, während sie Mias Worte sacken ließen.

»Heming hatte keine Hinterbliebenen, oder?«

Diesmal die Frau.

»Nein«, sagte Munch. »Keine Frau, Lebensgefährtin, Kinder, nicht mal Geschwister.«

»Und wir wissen mit Sicherheit, dass er nicht mehr lebt?«

Die Frage des blonden Schnurrbarts erwischte sie eiskalt.

Gabriel zumindest.

Klaus Heming.

Am Leben?

Nein, das …

Ganz Norwegen hatte damals, als die Nachricht gekommen war, erleichtert aufgeatmet. Klaus Heming hatte sich das Leben genommen. Hatte sich in der geschlossenen Abteilung an seinen Schnürsenkeln erhängt.

Gerechtigkeit. So hatten sie es empfunden.

»Den norwegischen Behörden und allen zufolge, mit denen ich gesprochen habe, ist Klaus Heming tot und für alle Ewigkeit auf dem Vår-Frelsers-Friedhof begraben«, sagte Munch.

»Aber …«, setzte der Dunkelhaarige an.

»Wir halten uns an unsere Theorie«, fiel Munch ihm schroff ins Wort. »Er benutzt Heming, um uns etwas mitzuteilen. Um uns zu zeigen, wie ernst es ihm ist.«

»Schon, aber …«, sagte nun der Blonde.

Munch ignorierte ihn und blätterte in seinen Notizen. Er fuhr sich mit der Hand über die Stirn, sah plötzlich erschöpft aus.

»Die Reinigungsfirma«, sagte Mia hilfsbereit.

»Ja, richtig«, sagte Munch. »Der geheimnisvolle Karl Øverland war dort ein sogenannter Tagelöhner. Wenn das hier eskaliert und wir weitere Opfer finden, hat er sie möglicherweise an solchen Arbeitsplätzen ausgesucht. Oder …«

Mia überlegte. »Vielleicht sucht er sich dort nicht seine Opfer, nutzt die Arbeitsplätze aber trotzdem, in gewisser Weise.«

»Der Bergsee?«, fragte der Dunkelhaarige ein wenig skeptisch.

»Wir hatten eher an die Oper gedacht«, sagte Mia. »Putzen die in der Oper? Das haben wir noch nicht überprüft, oder, Holger?«

»Jetzt tun wir das jedenfalls«, murmelte Munch und rieb sich die Augen.

»Wir wissen, dass das Hotel Lundgren zur Kundschaft gehörte. Für wen könnten sie außerdem noch arbeiten? Können wir möglicherweise weitere Opfer verhindern?«

Mia schaute den Dunkelhaarigen an, und der nickte.

»Ich finde das überzeugend, absolut.«

»Gut«, sagte Munch und ließ seinen Blick durch den Raum schweifen. »Ludvig?«

»Phantombild von Karl Øverland, aus dem Hotel Lundgren und von der Reinigungsfirma.«

»Schön, Ylva?«

Munch sah sich um, aber Ylva war nicht da.

»Sie schläft«, sagte Anette. »Aber ich habe sie auf alle Kameras angesetzt, da müssen wir doch verdammt noch mal bald etwas finden, er kann ja schließlich kein Gespenst sein.«

»Gut«, sagte Munch. »Gabriel?«

»Kurt Wangs Telefon und Computer, alles mit Vivian Berg vergleichen, soziale Medien.«

Munch wurde von der Müdigkeit übermannt und konnte kaum noch zuhören.

»Ja, okay. Jon?«

Wieder Schweigen.

»Curry lässt seit einer Weile nichts von sich hören«, sagte Anette. »Ich weiß nicht, wo er steckt. Ich versuche es wieder.«

»Tu das, ich muss kurz eine rauchen. Anette ist Ansprechpartnerin, alles, was wir finden, läuft über sie, in Ordnung?«

Kurzes Nicken in der Runde, als alle aufstanden.

Gabriel ging in sein Büro und wollte gerade die Tür hinter sich schließen, als Mia hinter ihm ins Zimmer schlüpfte.

»Du musst etwas für mich tun.«

»Natürlich. Was denn?«

»Der Psychiater, Ritter. Ich brauche Zugang zu seinem Archiv.«

»Wie meinst du das?«

Mia senkte die Stimme und schaute sich kurz um.

»Ich meine die anderen Patienten. Ich hätte gern Zugang zu seiner Patientenkartei. Schaffst du das?«

»Du meinst, ich soll mich in sein System hacken?«

»Ja?«

»Ich weiß nicht«, sagte Gabriel, während Munch mit einer Zigarette im Mundwinkel an ihnen vorüberschlurfte. »Mich in die Klinik Blakstad hacken? Hallo? Ich glaube, das würde so ungefähr alle Vorschriften brechen, die der Datenschutz jemals aufgestellt hat, außerdem würde ich vermutlich meinen Job verlieren und für zehn Jahre einfahren, falls Munch mich nicht vorher umbringt. Können wir nicht einfach einen Antrag stellen?«

»Denkst du denn, sie würden uns Zugang gewähren?«, fragte Mia.

»Nein«, sagte Gabriel.

»Es geht doch nicht um Blakstad, darum würde ich dich nicht bitten.«

»Nicht? Worum geht es denn dann?«

»Er hat eine Privatpraxis oben beim Ullevål-Stadion. Da sind nur seine Patienten aufgeführt, nur sein kleines Privatarchiv.«

Mia lächelte und legte den Kopf schief.

»Na gut, aber, Mia …«

»Danke.« Mia zwinkerte ihm zu und streichelte kurz seinen Arm.

»Rufst du mich an, wenn du es hast?«

»Sicher, aber verdammt noch mal«, begann Gabriel, doch Mia hatte schon ihr Telefon aus der Jackentasche gezogen und sich zum Gehen gewandt.

• 28 •

Ellen Iversen saß in ihrem Wagen vor der Grundschule Morellbakken und bereute, so viele Gäste eingeladen zu haben. Vierzig Jahre? War das denn ein Grund zum Feiern? Sie warf einen kurzen Blick in den Rückspiegel. Sie fühlte sich ausgelaugt. Sie sah auch erschöpft aus, Tränensäcke unter den Augen, die Haut war fahl, die Augen waren rot gerändert. Sie sah aus, als ob sie eine Woche lang nicht geschlafen hätte. *Verdammt, warum hatte sie sich gerade jetzt darauf eingelassen? Sie war doch glücklich, oder nicht?*

Sie hatte ihn im Laden kennengelernt. Einen Lehrer aus der Schule. Sie hatte sich nichts dabei gedacht, ein ganz normaler Tag, ein ganz normaler Kunde.

»Womit kann ich Ihnen behilflich sein?«

»Ich bin auf der Suche nach Küchenstühlen.«

»Denken Sie an etwas Besonderes?«

»Vielleicht Arne Jacobsen, hätten Sie da etwas?«

»Aber sicher.«

»Übrigens, was ist das für ein Stuhl im Fenster?«

»Den habe ich selbst entworfen.«

»Wirklich?«

Schmeichelei. War es so einfach? Ihr Stuhl hatte ihm gefallen. Und ihr Wohnzimmertisch. Auch die Lampen. Er hatte fast ihre gesamte Kollektion gekauft. Von einem Lehrergehalt? Das war ihr erster Gedanke gewesen, sie musste es zugeben, ihre Möbel waren alles andere als günstig. Aber dann hatte er erzählt, dass seine Mutter gestorben war, dass er geerbt hatte, und sie hatte ein schlechtes Gewissen gehabt, weil sie so voreingenommen war.

Großer Gott, jetzt reiß dich aber zusammen.

Das reicht jetzt.

Das kann kein gutes Ende nehmen.

Ellen Iversen warf einen Blick auf die Uhr in ihrem Telefon und merkte, dass sie sich jetzt ärgerte. Zwanzig vor zwei? Der Zahnarzttermin war in zwanzig Minuten, und die Fahrt dauerte mindestens eine Viertelstunde. Sie hatten doch halb zwei abgemacht? Sie griff nach ihrem iPhone und versuchte, ihn anzurufen. Noch immer keine Antwort. Wie viele SMS hatte sie geschickt? Fünfzig? Irgendeine Antwort? Nein.

Die heutige Jugend.

Ihr Sohn, Ruben, war gerade vierzehn geworden, er hatte sich das neueste, viel zu teure Telefon erbettelt, aber schaffte er es zu antworten, wenn sie anrief? Nein. Konnte er es immer rechtzeitig laden, damit sie ihn erreichen konnte? Nein. Konnte er die Rechnung selbst bezahlen, wie sie abgemacht hatten? Nein. Konnte er wenigstens sein Zimmer aufräumen, zu Hause mit anfassen, den Müll rausbringen, *irgendetwas* tun, damit sie sich nicht nur blöd vorkam, wenn sie ihm Geld gab? Nein.

Sie schüttelte den Kopf und rief ihn noch einmal an, wieder ohne Erfolg.

Teenager.

Warum schaffte er es nicht, zum Zahnarzt zu gehen?

»Wie war es heute beim Zahnarzt, Ruben?«

»Beim Zahnarzt?«

Das gleiche Gespräch zwei Wochen später.

»Wie war es heute beim Zahnarzt, Ruben?«

»Äh, wie meinst du das?«

Ich nehme mir frei.

Ich hole dich von der Schule ab.

Wir treffen uns um halb zwei.

Hast du verstanden?

Brauchst du das schriftlich?

Ellen Iversen seufzte und zog ihren Lippenstift aus der Tasche. War das ein graues Haar, was sie da im Spiegel sah? Noch eins? Musste sie wieder zum Friseur? Sie war doch gerade erst dort gewesen. Ihr war es doch eigentlich schnurz, ob sie ein paar graue Haare bekam. Das sah doch nur gut aus. War ganz natürlich. Den Lippenstift nahm sie sonst auch nicht so oft. Ihre Lippen waren schließlich wunderbar so. Sie riss sich zusammen, natürlich. Hier sitze ich vor der Schule und soll eigentlich meinen Sohn abholen, aber stattdessen takele ich mich auf, weil *er* da drinnen arbeitet? Das sieht dir überhaupt nicht ähnlich, Ellen. Du bist verheiratet. Du bist *glücklich* verheiratet.

Na ja, was hieß schon glücklich. Ellen Iversen stieg aus und ging auf die Schule zu. Unglücklich war sie nicht, nein, aber irgendetwas fehlte. Langeweile? War es so einfach?

Das ganze Leben war so … praktisch geworden.

Ihr fehlte das Feuer, die Leidenschaft.

Es fing an zu nieseln, als sie über den Schulhof lief und an die Tür des Schulinspektors klopfte.

»Hallo, kann ich etwas für Sie tun?«

»Ich suche meinen Sohn, Ruben Iversen.«

»Klasse?«

»9 A.«

»Mal sehen. Die haben jetzt Englisch bei Heidi Laukvang, Raum 104.«

Ellen Iversen bedankte sich und lief durch den Gang. Klopfte an und winkte durch das Glasfenster in der Tür. Heidi Laukvang kam auf sie zu und schaute aus dem Klassenzimmer.

»Hallo, kann ich irgendwie behilflich sein?«

»Ist Ruben hier? Wir müssen zum Zahnarzt, und das scheint er vergessen zu haben.«

Laukvang runzelte die Stirn.

»Nein, Ruben ist heute nicht in der Schule.«

»Wirklich nicht?«

Ellen Iversen wurde von einer solchen Wut überwältigt, dass sie die Zähne zusammenbeißen musste.

Dieser verdammte Bengel.

Schwänzen?

Sie hatte ja schon ihren Verdacht gehabt, aber …

Heute?

Wo er zum Zahnarzt musste?

Und sie sich freigenommen hatte?

Was bildete er sich eigentlich ein?

Nein, jetzt reichte es …

Ihr Blick fiel auf Martin im Klassenzimmer.

»Kann ich kurz mit Martin sprechen?«

Laukvang winkte, und der Junge trat auf den Gang.

»Wollte Ruben nicht letzte Nacht bei dir schlafen?«, fragte Ellen Iversen mit mühsamer Beherrschung.

»Schon, aber er ist nicht gekommen …«

»Sagst du jetzt auch die Wahrheit, Martin?«, fragte Ellen und legte ihm eine Hand auf die Schulter.

Heidi Laukvang ging zurück ins Klassenzimmer und zog die Tür hinter sich zu.

»Äh, klar doch, wieso sollte ich deswegen lügen?«

»Aber das mit dem Übernachten war fest verabredet?«

Der Junge nickte.

»Das stimmte also?«

»Alles stimmt«, sagte Martin und hob die Hände. »Ich weiß nicht, wo er ist.«

»Hat er dich nicht angerufen?«

»Nein, ehrlich, großes Ehrenwort. Du musst mir einfach glauben.«

»Und du hast nicht mit ihm gesprochen?«

»Hab es oft versucht, auf Facebook und per SMS, aber er hat nicht geantwortet, und da dachte ich, vielleicht …«

»Was hast du gedacht?«

»Dass er das vielleicht doch nicht durfte. Du weißt schon.«

»Was weiß ich?«

»Na ja, ich meine, du bist ja cool, aber sein Vater, der ist …«

»Danke, Martin. Tut mir leid. Ist natürlich nicht deine Schuld.«

Ellen Iversen besann sich und brachte diesmal ein echtes Lächeln zustande.

»Du weißt also nicht, wo er ist?«

»Keine Ahnung«, sagte der Teenager und zuckte mit den Schultern.

»Okay, aber was glaubst du, wo er wäre, wenn ihr, na ja, sagen wir mal, wenn ihr euch mal freigenommen hättet?«

Der Junge sah sie ein wenig unsicher an.

»Vielleicht Storo?«

»Im Einkaufszentrum?«

»Ja? Oder, ich weiß nicht.«

»Danke, Martin, wenn du von ihm hörst, sag, dass ich ihn suche, okay?«

»Okay, Frau I.«, sagte der Mitschüler und verschwand wieder im Klassenzimmer.

Einkaufszentrum Storo, also wirklich.

Mitten am Tag?

Sie würde es ihm schon zeigen.

Ellen Iversen spürte wieder, wie der Zorn in ihr aufstieg, als sie energisch durch den Gang schritt und dann durch den Regen zum Auto lief.

• 29 •

Gabriel Mørk wünschte sich fast eine Verkleidung, als er vor dem Bürogebäude beim Ullevål-Stadion stand und überlegte, ob er Munch vielleicht doch hätte informieren müssen. Typisch Mia, das hier. Gesetze und Vorschriften. Die galten nur für andere. Natürlich hätte er Bescheid sagen müssen. Anette nämlich. Der Polizeijuristin. Sie hätte dann einen Antrag gestellt. Auf Einsicht in die Patientenakten und das Archiv von Psychiater Wolfgang Ritter. Antwort? Unter gar keinen Umständen. Keine Chance. Natürlich nicht. Das wäre ja noch schöner. Von wie vielen Patienten konnte hier die Rede sein? Zwanzig Jahre, in denen Menschen ihr Innerstes preisgegeben hatten? Vielleicht tausend? Zweitausend. Es lag doch auf der Hand. Egal, wie wichtig es war. Der Richter konnte ja selbst zu diesen Patienten gehören. Unter seinem Kragen kribbelte es ein wenig, als er das Gebäude betrat und mit dem Fahrstuhl in den dritten Stock hochfuhr. Eine Praxisgemeinschaft. Wie gut. Das würde alles viel einfacher machen. Zahnarzt. Gynäkologin. Und Ritter. Eine Anmeldung mit Tresen hinter einer Glastür. Gabriel machte sich rasch ein Bild von seiner Umgebung. Es schien ein Stück weiter hinten im Gang einen gemeinsamen Wartebereich zu geben. Stühle. Ein kleines Sofa. Er atmete erleichtert auf, öffnete die Glastür und lächelte der Rezeptionistin zu. Eine ältere Dame mit weißen Locken und tief auf die Nasenspitze gerutschter Brille. Sich nichts anmerken lassen. Wieder wünschte er, sich irgendwie verstecken zu können, als er sich leise räusperte und auf den Wartebereich zuging.

Ein Mann mit einem Hut auf den Knien. Ein Stapel Zeitschriften auf dem Tisch. Plakate an den Wänden. Ein Gestell mit Broschüren an der Wand. Er nickte dem Mann kurz zu, aber der erwiderte seinen Blick nicht, dann zog er den Mac aus dem Rucksack, klappte ihn auf den Knien auf und versuchte, möglichst normal auszusehen.

Er hatte sich verschiedene Vorgehensweisen überlegt, war aber zu dem Schluss gekommen, dass das hier seine einzige Möglichkeit war. Um Ritters System zu hacken, brauchte er Zugang zu einem Netzwerk. Es gab eigentlich drei Alternativen: Zu Hause bei Ritter – lieber nicht. Ritter verfolgen, bis er sich möglicherweise in irgendein Netzwerk einloggte – die Zeit hatte er nicht. Die Praxis. Die einzige Möglichkeit. Er fuhr den Mac hoch und schaute sich um. Der Mann sah ihn noch immer nicht an. Die Dame an der Anmeldung warf einen kurzen Blick in seine Richtung, konzentrierte sich dann aber wieder auf ihre Arbeit und schien keinen Verdacht zu haben. Warum hätte sie einen haben sollen? Gynäkologin. Zahnarzt. Psychiater. Hier war doch die ganze Zeit Betrieb.

Er wartete einige Sekunden.

Wi-Fi. Sucht Netzwerk.

Eine ganze Reihe wurde aufgelistet. Es war natürlich ein Problem, dass er sich jetzt in einem Bürohaus befand. Sein Gerät fand alle Netzwerke in den Etagen unter und über ihm. Er überflog die Liste und fand eins, das er für das richtige hielt. *Gemeins4*. Gemeinsames Netzwerk für alle Praxen? Hervorragend. Besser ging es doch gar nicht. Mehrere Benutzer. Geringere Gefahr, dass sein Eindringen entdeckt werden könnte. Er startete eins der Programme, die er vorhin an seinem Schreibtisch heruntergeladen hatte.

John The Ripper.

Er fragte sich, ob andere Leute überhaupt wussten, dass es diese Programme gab. Offen zugänglich im Netz für alle, die Interesse hatten. Man konnte ohne weitere Vorkenntnisse loshacken. Sich einfach verlinken. Ein Mausklick, und dann ging alles wie von selbst. Es würde natürlich einen Moment dauern, und er merkte, dass er langsam nervös wurde, als die Rezeptionistin ihm wieder über ihren Brillenrand hinweg einen Blick zuwarf.

Das Logo in Gelb auf Rot, dahinter eine Zeichnung von Jack the Ripper. Makaber, vielleicht, aber es würde seinen Zweck erfüllen. Er wollte schon mit einem Doppelklick weitermachen, als ihm aufging, dass es vielleicht eine einfachere Möglichkeit gab. Der Ripper war schon gut, aber dennoch, kein Programm konnte das hier in wenigen Sekunden schaffen, es würde mindestens zehn Minuten dauern.

Er entschloss sich rasch, stellte den Mac auf den Tisch und ging zur Anmeldung.

»Entschuldigung«, sagte er dann und setzte sein unschuldigstes Gesicht auf. »Ich warte auf meine Freundin. Sie haben nicht vielleicht ein Netzwerk, in das ich mich einloggen könnte?«

»Natürlich«, sagte die ältere Frau hinter dem Tresen lächelnd und schrieb etwas auf einen Zettel.

»Es heißt Gemeins4.«

Ein gelber Zettel wurde über den Tresen geschoben.

»Wir hatten einige Probleme, aber ich glaube, jetzt ist alles wieder in Ordnung.«

»Tausend Dank«, sagte Gabriel und hatte fast ein schlechtes Gewissen.

So eine reizende ältere Dame, und er log ihr frech ins Gesicht.

Der Zweck heiligt die Mittel, gab es nicht so ein Sprichwort?

So ruhig er konnte, ging er zurück zum Sofa und gab den Code ein.

Gemeins4.

JgFrPh45.

Sie waren immerhin gescheit genug, um sich ein Passwort zu nehmen, das nicht so leicht zu knacken war. Wenn sie es nur nicht an alle Welt ausgeben würden.

Er verdrängte diesen Gedanken und konnte sich ein kleines Lächeln nicht verkneifen, als die schwarzen Bogen auf dem Bildschirm ihm zeigten, dass er eingeloggt war. Er wusste nicht genau, was es war, aber das hier hatte ihn immer schon fasziniert. Nichts zerstören, das war nie sein Ding gewesen, nur die Gewissheit, es zu können. Orte aufsuchen, an denen er nichts verloren hatte. Den Kopf benutzen, um die anderen auszutricksen. Der Kick. Er zuckte ein wenig zusammen, als die Glastür geöffnet wurde. Eine Frau mit Kind. Normalerweise saß er in Sicherheit zu Hause in seinem Keller, aber hier fühlte er sich plötzlich seltsam nackt, als er das Einlogprotokoll aufrief. Fünf Geräte waren derzeit eingeloggt. Auch seines. Er fragte sich für einen Moment, ob er sich besser hätte tarnen müssen, aber jetzt war es zu spät. Nur ein Profi würde sehen können, dass er hier gewesen war, und selbst dann wäre es schwierig, ihn wiederzufinden.

Die Schilder an den Türen.

Gynäkologin, Marit Eng.

Mrit_Eng.

Zahnarzt, Gert Oversjø Vestby.

Gover_V.

Psychiater, Wolfgang Ritter.

Wolf_Ritt.

Er klickte John The Ripper zweimal an und gab das ein, was das Programm wissen wollte.

Fünfzehn Minuten später stand er wieder unten auf der Straße, mit dem Mac im Rucksack und hämmerndem Herzen unter dem Pullover.

Er warf einen letzten Blick zu den Fenstern im dritten Stock hoch, ehe er die Kapuze über den Kopf zog, Mias Nummer heraussuchte und mit raschen Schritten zum Taxistand weiterging.

• 30 •

Früher Morgen. Noch keine sechs Uhr. Vielleicht die langweiligste Route aller Zeiten, aber der zweiunddreißig Jahre alte Jonas Olsen saß trotzdem mit einem breiten Lächeln hinter dem Lenkrad. Der Vorabend war noch immer präsent in seinem Kopf. Er konnte es fast nicht glauben. Dass es so gut gelaufen war.

Fast unwirklich.

April. Der Frühling war jetzt wirklich im Anzug, noch war es draußen dunkel, aber man konnte schon die grünen Blätter an den Bäumen sehen. Normalerweise hätte er das als Belastung empfunden. Die Einsamkeit. Die um diese Jahreszeit noch größer zu werden schien. Eigentlich seltsam. Man hätte doch das Gegenteil vermuten können. Dass die dunkle Zeit schwieriger wäre? Aber nein, so war es offenbar nicht. Er hatte darüber im Internet gelesen. In Norwegen passierten pro Jahr über sechshundert Selbstmorde, und die meisten wurden im Frühjahr begangen. Er hatte das nicht ganz begriffen, aber es hing offenbar damit zusammen, dass im Winter alle deprimiert waren, doch wenn die Sonne kam, dann spürte man, dass man anders war. Die Finsternis im Körper wurde deutlich, wenn es draußen so hell wurde, so ungefähr, wie gesagt, er hatte in diesem Artikel nicht alles begriffen.

Jonas Olsen beugte sich vor und drehte am Radio, während es um ihn herum heller wurde. Die Rentnerpiste. Kjelsås, Grefsen und Maridalen. Schön, wenn man von der trägen Truppe war, meistens ruhig, nicht viele Stationen, und die lagen weit auseinander. Jedenfalls da, wohin er jetzt unterwegs war. Skar. Das stillgelegte Militärlager, das derzeit von der Gesamtschule genutzt wurde. Es kam ihm immer wie eine unnötige Tour vor. Außerhalb der Stadt. Abgelegen. Er konnte sich nicht vorstellen, wer diese lange Strecke hinter sich bringen wollte, um ein paar Stücke Kreide und einige veraltete Computer zu klauen. Aber es gehörte zu seiner Arbeit, und an diesem Tag war es auch egal. Er fand einen Sender, der ein Lied spielte, das ihm gefiel, und er summte und trommelte mit den Fingern auf das Lenkrad.

Er hatte die Hoffnung eigentlich schon aufgegeben, je eine Freundin zu finden. Zu eigen. Zu schüchtern. Zu unbeholfen. Voller Grauen dachte er zurück an die Schulzeit. Seine zaghaften Versuche, Kontakt zum anderen Geschlecht aufzunehmen, hatten meistens mit einem Fiasko geendet. Meistens zu Hause. Mit der Nase in einem Buch. Aber dann? Nein, er konnte es kaum glauben. Linda. Vertretung in der Rezeption. Die Frau, die sonst dort saß, war in Elternzeit. *Linda.* Sie war etwas ganz Besonderes. Er konnte das nicht genau beschreiben. Aber er wusste, dass die Zeit bald vorüber sein würde. Die andere würde zurückkommen. Er wollte den Kalender im Pausenraum anhalten. Nicht noch mehr Tage. Solange die Zeit nicht weitergeht, geht Linda auch nicht weg.

Aber dann, ganz unerwartet, hatte sie gefragt.

Vielleicht sollten wir mal zusammen einen Kaffee trinken?

Er war so verdutzt gewesen, dass er es nicht einmal geschafft hatte, den Mund aufzumachen.

Ja … vielleicht.

Oder essen gehen, wenn du Lust hast? Am Samstag? Hast du dann Zeit? Oder bist du schon verabredet?

Verabredet? Nicht doch. Samstag passte gut.

Und dann, die lächelnden Augen, die ihn ansahen, während sie ihm einen Zettel zuschob. Ihre Telefonnummer.

Im Wagen hatte er danach fast nicht den Schlüssel ins Zündschloss bugsieren können. Die Freude, die er empfunden hatte, war allerdings rasch der üblichen Angst gewichen. Die lastete jetzt auf ihm, das Gefühl, langsam in dunklem, eiskaltem Wasser zu ertrinken. Nein, nein, nein. Er musste absagen. Was wollte er sagen? Sie würde ihn dafür hassen. Nervös. Ängstlich. Kriegte den Mund nicht auf. Und wenn doch, dann kam nur Unsinn heraus. Er hatte es schon so oft erlebt. Das Gelächter. Das Tuscheln hinter seinem Rücken, wenn er in der Schule oder auch bei der Arbeit an ihnen vorbeikam.

Aber er hatte ihr gefallen.

»Ich mag dich richtig gern, Jonas.«

Linda.

»Hast du Lust, auch morgen etwas zu unternehmen?«

Er konnte es kaum glauben.

Als ob die Welt beschlossen hätte, ihm noch einen kleinen Freudengruß zukommen zu lassen, ging plötzlich die Sonne auf und wischte die Dunkelheit aus den Wäldern am See Maridalsvannet. Ein neuer Morgen im Reich des Frühlings. Leuchtende, herrliche Farben auf allen Seiten. Was für ein Unterschied, dachte er, als er den Parkplatz von Skar ansteuerte. Die Natur in der Dunkelheit. Die Natur im Licht. Das Leben ohne jemanden. Das Leben mit … Er wagte nicht, diesen Gedanken zu Ende zu denken. Sie hatten doch erst einen Abend zusammen verbracht. Es bestand absolut die Möglichkeit, dass er sich wieder blamieren würde. Er durfte sich nicht zu früh freuen. Musste das hier jetzt genießen. Das schöne Gefühl im Körper.

Der Parkplatz von Skar. Wo man durch den Wald bis hinauf nach Øyungen gehen konnte. Enten füttern. Vielleicht in einem kleinen Zelt übernachten und die Fische springen sehen. Ein Auto stand mit laufendem Motor auf dem Parkplatz, und er ärgerte sich. War das wirklich nötig? Warum konnten die Leute nicht ein bisschen nachdenken? Jonas Olsen schaltete seinen Motor aus und ging hinaus, um das Tor zu überprüfen. Die Kette war noch vorhanden. Das Schloss war nicht angerührt worden. Ein kurzer Blick auf das Lagergelände. Nichts Ungewöhnliches. Er wollte gerade wieder einsteigen, als sein Blick wieder auf das Auto mit dem laufenden Motor fiel. Das war … seltsam? Er querte den Parkplatz. Er war immerhin Sicherheitswächter. Er hatte dafür zu sorgen, dass alles seine Richtigkeit hatte. Was war das hier …?

Aus dem offenen Fenster auf der Beifahrerseite quoll Rauch. Nur ein grauer Faden, aber dennoch …

»Hallo?«

Jonas Olsen klopfte ans Fenster, aber im Auto saß offenbar niemand.

»Sie sollten den Motor nicht im Leerlauf lassen. Können Sie …?«

Er sah im Auto niemanden, der antworten könnte. Er klopfte noch einmal.

»Hallo?«

Keine Antwort. Was sollte er tun? Er musste handeln. Olsen klopfte zum dritten Mal an die Fensterscheibe, dann öffnete er die Tür und blickte auf zwei leere Sitze.

»Hallo?«

Nun sah er es.

Hier brannte etwas.

Auf der Rückbank?

Ein kleines Puppenhaus?

»Ist hier jemand?«

Jonas Olsen spürte sie jetzt kommen. Die Angst. Das dunkle Wasser. Er zog den Kopf rasch zurück, ging einige Schritte weiter, fingerte an seinem Funkgerät herum, das an seiner Brusttasche befestigt war.

»Zentrale, hier ist JO, Route KGM, bin in Skar, gebt ihr das weiter, over?«

Er entfernte sich wieder von dem Auto und spürte, wie sein Herz hämmerte.

»Zentrale? Hier ist JO. Könnt ihr mich hören? Over.«

Jetzt fiel sein Blick auf den kleinen Spalt. Die Kofferraumklappe war nicht ganz geschlossen.

Nein.

Seine Hände waren ihm fremd, als er den Kofferraum aufmachte.

»Zentrale? Habt ihr ...?«

Im Kofferraum lag ein Junge.

»Zentrale?«

Mit weit offenen Augen.

»Hallo?«

Das war zu viel für ihn.

Als endlich eine Stimme über Funk antwortete, war Jonas Olsen schon weit weg.

• 31 •

Mia Krüger wurde vom Telefon geweckt und hatte nicht einmal gewusst, dass sie geschlafen hatte. Sie hatte sich die ganze Nacht auf der Matratze hin und her gewälzt, war mehrmals aufgestanden und hatte immer wieder die Bilder von Vivian Berg vor sich gesehen. Der zerbrechliche weiße Körper, halb bedeckt von dem schwarzen Wasser. Karoline Bergs verzweifelter Blick, ein Meer von Trauer, die noch nicht an die Oberfläche gelangt war. Die Schrift an der Wand. Das Entsetzen in Kurt Wangs Blick.

Komm, Mia, komm.

Die Bilder ihrer Schwester im Kornfeld.

Wieder.

Sie waren lange weg gewesen, jetzt aber waren sie wieder da.

Sie war in das Zimmer mit den Pappkartons gegangen. Hatte mit dem Gedanken gespielt, einen zu öffnen.

Mias Album.

Sich die Großmutter ein bisschen ansehen.

Das half meistens.

Die Großmutter, die nachts den Mond angeheult hatte und von den Nachbarn als Hexe bezeichnet worden war, die für Mia aber die einzig Normale in dieser verrückten Welt gewesen war.

Du hörst nicht zu, oder?

Dir selbst?

Wolltest du nicht verreisen?

Du weißt, dass du nicht gesund bist, Mia?

Düstere Gedanken im Kopf und ein Leib, der nicht aufhören wollte zu beben. Am Ende hatte sie sogar gedacht: Das Lorry hat doch bis drei geöffnet?

Zwei Bier und ein Jägermeister, nur um schlafen zu können?

Charlie Bruns Transvestitenhöhle in Tøyen hat doch immer geöffnet?

Tabletten, ein paar nur, um Ruhe zu finden?

Sie hatte es offenbar ohne geschafft, ohne so recht zu wissen, wie. Das Telefon auf dem Nachttisch zeigte kurz nach halb acht.

»Ja?«

»Bist du wach?«

Anette Goli am anderen Ende.

Die Polizeijuristin schien zum Leben kaum Nahrung oder Schlaf zu brauchen und aus einer nie versiegenden Energiequelle zu schöpfen.

»Jetzt ja«, gähnte Mia. »Was ist los?«

»Noch ein Mord«, sagte Goli.

»Wo?«, fragte Mia, stand auf und bemerkte, dass sie vollständig angezogen im Bett gelegen hatte.

Sie hatte sich doch fertig gemacht, um bei Charlie in Tøyen vorbeizuschauen?

Verdammt.

»Maridalen«, sagte Anette. »Im Kofferraum, offenbar noch ein gestohlenes Auto.«

»Eine Frau?«, fragte Mia und ging ins Badezimmer.

»Nein«, erwiderte Anette. »Ein Junge.«

War sie in der Kneipe gewesen?

Nein, sie hatte sich hingelegt, ohne irgendetwas genommen zu haben.

Mit Mühe, aber sie hatte es geschafft.

»Einstichspuren in der Brust.«

Mia spritzte sich kaltes Wasser ins Gesicht. Merkte, dass sie langsam zum Leben erwachte.

»Vierzehn Jahre. Ruben Iversen.«

»Das wissen wir schon?«

»Ja. Seine Kleider lagen in einer Tüte vor dem Auto. Telefon und Bankkarte. Er lag ausgezogen im Kofferraum, nur mit einer, ja ...«

»Was denn?«

»Badehose.«

»Sag das noch mal.«

Mia nahm ihre Jacke vom Haken.

»Er lag fast nackt im Kofferraum, nur mit einer Badehose bekleidet, und im Auto brannte etwas.«

»Was denn?«, fragte Mia und zog die Schuhe an.

»Ein Puppenhaus. Kommst du?«

»Wo seid ihr?«, fragte Mia.

»Maridalen. Parkplatz beim Lager Skar.«

»Weiß die Familie es schon?«

»Die Mutter hat ihn gestern Abend vermisst gemeldet. Versuche gerade, sie zu erreichen. Kommst du jetzt?«

»Schon unterwegs«, sagte Mia und legte auf.

• 32 •

Der Journalist Erik Rønning stand an der Absperrung beim Lager Skar und bereute, keinen dickeren Pullover unter seinem Kamelhaarmantel angezogen zu haben. Sollte jetzt nicht Frühling sein? Offenbar nicht. Normalerweise arbeitete er nicht mit solchen Fällen. Er war Feature-Journalist und fühlte sich im Haus am wohlsten. Am liebsten in seiner Wohnung in Frogner vor dem Kamin, gern mit einem Glas Cognac und einer Zigarette neben der Tastatur. Rønning hatte vor einigen Jahren den SKUP-Preis bekommen, für eine Serie über Obdachlosigkeit in Oslo, und selbst damals hatte er sein Haus nicht oft verlassen. Das war der Grund, warum er jetzt hier oben stand. Sein Chef, der Redakteur Geir Grung von *Aftenposten*, hatte ihn einige Monate zuvor in sein Büro bestellt. Um zu hören, ob die im Haus kursierenden Gerüchte zuträfen. Ob es stimmte, dass er nur einen Fotografen losgeschickt hatte, um Bilder von Menschen in Not zu machen, und die Geschichten einfach erfunden hatte. Dass er falsche Interviews konstruiert hatte. Dass diese tränenreichen Berichte, die als Serie in der Wochenendausgabe der Zeitung gebracht worden waren, nur Bullshit waren. Konnte das wirklich stimmen?

Erik Rønning hatte nichts zugegeben und nichts abgestritten, das hatte er schon immer gut gekonnt. Er hätte Politiker werden können, wenn andere Menschen ihn interessiert hätten, was aber nicht der Fall war. Der Siebenundzwanzigjährige wusste sehr gut, dass das Renommee der Zeitung argen Schaden nehmen würde, wenn herauskäme, dass er sich diese Berichte aus den Fingern gesogen hatte, deshalb hatte er nichts befürchtet. Die wollen doch nur ihre eigene Haut retten, hatte er gedacht, und er hatte recht behalten. Aber als eine Art Strafe wurde er jetzt zu solchen Fällen geschickt. Leichen, die in Bergseen auftauchten, im Tutu. In zwielichtigen Hotelzimmern. Zusammenhang? Die Polizei hatte Nein gesagt, aber auf die war doch kein Verlass. Jetzt noch eine Leiche, hier oben auf einem Parkplatz in der Nähe von einem von Oslos beliebtesten Naherholungsgebieten. Sie wussten noch nicht, wer es war. Vermutlich ein Junkie. Oder ein Mord aus Eifersucht. Erik Rønning war es eigentlich egal.

Falls nicht …

Er wickelte seinen Mantel enger um sich und bereute, keine Mütze aufgesetzt zu haben. Er hatte zu Hause vor dem Spiegel überlegt, hatte dann aber verzichtet. Mützen verdarben immer die Frisur. Er hatte sich für einen dünnen Rollkragenpullover aus Kaschmir entschieden, der gut zu dem beigen Mantel passte, dazu ein Paar braune Lammnappahandschuhe, kurz genug, um die frisch erworbene Breitling-Uhr zu zeigen. So eine, für die Leonardo DiCaprio Werbung machte. Er war ein bisschen stolz darauf. Er war zum Glück gescheit genug gewesen, unter der Hose eine dünne Strumpfhose anzuziehen. Er wohnte ja schließlich in Norwegen. Noch. Monaco, vielleicht? Das hatte er im Hinterkopf gehabt, als er einige Monate zuvor in diese Aktien investiert hatte.

Mia Krüger?

Das musste bedeuten, dass auch Munch hier oben war. Die großen Kanonen? Vielleicht war die Leiche auf dem Parkplatz doch nicht nur ein erfrorener Penner oder ein lebensmüder Student.

Mia und Munch? Zuerst die Balletteuse, dann der Jazzmusiker, und jetzt das hier? Gab es da doch einen Zusammenhang? Rønning grinste und spürte ein leichtes Prickeln auf der Haut. War das hier wirklich ein … Serienmörder? Das wäre doch was. Wirklich ein Fall für einen Mann von seinem Kaliber. Vielleicht war ihm die Göttin des Glücks ja doch weiterhin hold. Rønning bahnte sich einen Weg durch die Menschenmenge und stieß auf Ole Lund, einen Kollegen von *Verdens Gang*.

»Was ist los?«, fragte Rønning.

»Wir wissen noch nicht viel«, sagte Lund. »Aber angeblich ist es ein Junge.«

Rønning zog eine Zigarette aus der Tasche.

»Student?«

»Weiß nicht«, sagte Lund. »Kann sein.«

»Was ist passiert?«, fragte ein neues Gesicht, das soeben aufgetaucht war.

Von *Dagbladet*. Vibeke Soundso. Rønning wusste es nicht mehr so genau, sie war sowieso eine blöde Kuh. Er hatte einmal in der Bar des Grand sein Glück bei ihr versucht. Ihr Kleid hatte ihm von hinten gefallen.

»Student«, log Rønning. »Selbstmord vermutlich.«

»Was sagst du da?«, fragte Vibeke Blöde Kuh. »Im Polizeifunk haben sie was anderes gesagt.«

»Was denn?«, fragte Lund neugierig.

»Vierzehn Jahre alt«, antwortete Vibeke und schaute zu Rønning hinüber. »Weißt du was anderes?«

»Keine Ahnung. Bin gerade erst gekommen«, sagte Rønning grinsend und steckte sich eine Zigarette an.

»Blödmann.«

Vibeke Blöde Kuh schüttelte den Kopf und ging weiter auf die Absperrung zu.

»Haben wir schon einen Namen?«

»Nicht offiziell, aber angeblich heißt er Ruben Iversen. Vierzehn Jahre.«

Noch ein neues Gesicht, ein junger Typ mit Brille. *Dagsavisen.*

»Woher weißt du das?«, fragte Lund.

»Ich hab meine Quelle«, sagte Brille grinsend.

Rønning fischte sein Telefon hervor und schickte eine kurze Mitteilung.

Opfer vermutlich Ruben Iversen, 14, Schule feststellen? Jdn hinschicken? Familie, Mitschüler, Lehrer usw.?

Plötzlich kam Bewegung in die Menschenmenge.

»Goli!«

»Anette!«

Ein schwarzes Auto fuhr durch die Absperrung. Blitzlichtgewitter, geschulterte Fernsehkameras, hektische Rufe.

»Goli!«

»Anette!«

»Gibt es einen Zusammenhang zu den anderen Opfern?«

Genau.

Dann hatte er nicht allein daran gedacht.

Gut. Eine Herausforderung. Es war an der Zeit zu zeigen, mit wem sie es zu tun hatten. Er konnte sich hier doch nicht prostituieren wie irgendein Boulevardjournalist.

Erik Rønning ging zurück an eine Stelle, von der aus er einen besseren Überblick hatte. Er war vielleicht faul, aber er war nicht dumm. Das war einer der Gründe, warum er zu Redakteur Grungs engsten Mitarbeitern gehört hatte. Der Liebling des Redakteurs. Das hatte ihm gut gefallen, das hatte es wirklich, und es hatte ihn ein wenig verletzt. Der Blick, mit dem Grung ihn gemustert hatte, als dem alten Zeitungsmann aufging, dass sein kleiner preisgekrönter Schoßhund sie alle an der Nase herumgeführt hatte.

Aber egal. Kein Grund, den Kopf hängen zu lassen. Zeit, sich den Kaviar zu verdienen. Er ging noch ein Stück weiter weg, um zu sehen, ob noch ein anderer Weg nach oben führte. Munch und Mia, ja, die waren klasse, aber der Rest? Polizeiliches Fußvolk? Rønning bezweifelte, dass sie den Tatort in dieser kurzen Zeit hatten sichern können. Die Affen standen noch immer dicht gedrängt vor der Absperrung und glotzten zur Straße hinüber.

Amateure.

Kein Wunder, dass ihr nichts zustande bringt.

Erik Rønning schnippte seine Zigarette weg und machte sich auf die Suche nach einem anderen Weg zum Parkplatz.

• 33 •

Mia wurde auf dem Parkplatz am Lager Skar von einem besorgt dreinschauenden Munch empfangen.

»Hast du nicht geschlafen?«

»Wieso?«

»Du siehst grauenhaft aus.«

»Meine Güte, danke«, sagte Mia.

»Sorry, war nicht so gemeint, alles in Ordnung?«

»Mir geht's gut. Was haben wir?«

»Ein neues Auto«, sagte Munch und nickte zur anderen Seite des Parkplatzes hinüber. »Gestohlen. Es gehört einer Familie aus Økern. Sie sind aus dem Urlaub zurückgekommen, und ihr Auto war weg.«

»Und warum sind wir hier?«

»Die Rechtsmedizin ist noch nicht fertig.«

»Ist das die Neue?«

Mia nickte zu dem offenen Kofferraum hinüber, wo eine dunkelhaarige Frau eifrig gestikulierte und Kollegen hin und her schickte.

»Lillian Lund«, sagte Munch.

»Streng?«

»Scheint in Ordnung zu sein«, sagte Munch.

»Einstichwunde?«

»Ja.«

Mia entdeckte eine Kamera auf einem Stativ, die auf das Heck des Autos gerichtet war.

»Hast du dir den Fotoapparat angesehen?«

»Dreizehn«, sagte Munch langsam.

»Scheiße«, sagte Mia.

»Sagt dir das was?« Er drehte sich zu ihr um und steckte sich eine Zigarette an. »Vier, sieben, dreizehn?«

»Du bist hier der Mathematiker«, sagte Mia und rieb sich den Schlaf aus den Augen.

»Lottozahlen?«, sagte Munch.

»Welche Lottozahlen?«

»Ach, nichts. Scheiße, das nervt. Diese Zahlen, und dass er so mit uns spielt.«

»Wer hat ihn gefunden?«, fragte Mia.

»Ein Mann vom Sicherheitsdienst. Olsen. Stand unter Schock. Hab ihn nach Grønland geschickt. Anette übernimmt die Vernehmung.«

»Wann war das?«

»Vor zwei Stunden, wieso?«

»Und die Presse ist schon da?«, erkundigte sich Mia mit einem Blick zur Straße.

Munch zuckte mit den Schultern.

»Die Wölfe wittern Blut«, murmelte Mia.

Eine Kriminaltechnikerin kam auf sie zu. Sie schob ihren Mundschutz nach unten, sah Munch an und seufzte.

»Hast du das autorisiert?«

»Was meinst du?«

»Wir dürfen erst ran, wenn die Rechtsmedizin fertig ist.«

»Das dauert sicher nicht lange.«

»Schon, aber …«

»Habt ihr im Wald nachgesehen?«, fragte Mia.

»Sicher, sind noch dabei.«

»Macht in der Umgebung weiter«, sagte Munch. »Wir können hier loslegen, wenn die anderen fertig sind.«

Die Kriminaltechnikerin schüttelte den Kopf und murmelte irgendetwas Unverständliches, während sie sich den Mundschutz wieder hochschob und zu den anderen Technikern ging.

»Ein Puppenhaus?«, fragte Mia neugierig.

»Der Mann vom Sicherheitsdienst sagt, es habe auf der Rückbank gebrannt, als er hier ankam.«

»Hast du es dir angesehen?«

»Ja, und ich glaube, es wird wohl leicht zu identifizieren sein. Es sieht nach Handarbeit aus. Keine Dutzendware von Toys'R'Us. Und ich kenne mich damit aus.«

Er deutete ein Lächeln an. Marion, seine Enkelin, sein Augenstern. Er hatte die Kleine dermaßen mit Geschenken überschüttet, dass seine Tochter der Sache schließlich einen Riegel vorgeschoben hatte.

»Gehen wir der Spur nach?«

»Grønlie ist schon dabei.«

»Haben wir den ganzen Bereich abgesperrt?«, fragte Mia.

»Das hoffe ich«, sagte Munch. »Und übrigens, Ludvig hat nichts gefunden. Das soll ich dir ausrichten. Du hast nach einem Fall mit einem brennenden Haus gefragt? Nummer 47? 74?«

»Ja?«

»Nichts, soweit er sehen konnte.«

»Einen Versuch war es wert«, sagte Mia.

»Guter Gedanke, übrigens«, sagte Munch.

»Das war ja nicht so schwierig. *Die Brüder Löwenherz?* Das brennende Haus?«

»Offenbar warst du da auf der richtigen Spur«, sagte Munch und nickte zum Auto hinüber.

»Es brannte noch, als er gekommen ist?«

»Ich glaube schon«, sagte Munch und nickte. »Wie gesagt, ihn hat das ziemlich mitgenommen, aber er meint, dass er gegen Viertel vor sechs hier war.«

»Und wie lange brennt so was?«

»Kann man schlecht sagen. Wenn es irgendwie präpariert war, vielleicht zwei Stunden.«

»Also irgendwann zwischen drei und vier Uhr heute Nacht, direkt vor unserer Nase. Wie ist er hergekommen?«

»Keine Ahnung«, sagte Munch und drückte die Zigarette aus. »Der erste Bus ist gerade eben erst hier vorbeigekommen. Und ein eigenes Auto können wir auch ausschließen.«

»Wer ist denn mit diesem Fahrrad da gefahren?«

Munch zuckte mit den Schultern. »Möglicherweise gibt es unten an der Straße Kameras, nicht weit entfernt liegt ein COOP. Wir sind dran.«

»Ohne Kleider?«

»Die Kleider liegen in einer Tüte vor dem Auto. Das Opfer ist nur mit einer Badehose bekleidet.«

»Er hat ihn hier oben ausgezogen? Aber das …«

»Ich weiß«, sagte Munch und nahm sich eine neue Zigarette.

»Die Opfer sind nicht zufällig. Ich glaube, er weiß genau, wen er will. Und was er mit ihnen vorhat.«

Munch runzelte die Stirn und sein Blick wurde düsterer, als sein Telefon klingelte. Er schüttelte kurz den Kopf und trat zur Seite, um das Gespräch anzunehmen.

Eine dunkelhaarige Frau in Munchs Alter kam nun auf Mia zu, schob ihren Mundschutz nach unten und gab ihr die Hand.

»Lillian Lund. Rechtsmedizin. Wir können ihn jetzt mitnehmen.«

»Hast du auch Vivian Berg untersucht?«

»Ja«, Lund nickte.

»Und Kurt Wang?«

»Ebenfalls.«

»Du bist sicher, dass wir vom selben Täter reden?«

»Die Vorgehensweise ist dieselbe, ja. Ob es ein Mann ist, weiß ich nicht. Eine Einstichstelle über dem Herzen. Keine nennenswerten Verletzungen anderswo, und das finde ich seltsam.«

»Weshalb?«

Lund bedachte sie mit einem eindringlichen Blick.

»Spuren, die auf einen Kampf hindeuten? Bei keinem der beiden Opfer gibt es Abwehrverletzungen. Warum nicht?«

»Nichts unter den Fingernägeln?«

Die Rechtsmedizinerin zuckte mit den Schultern.

»Wir müssen ins Labor, um das ganz sicher sagen zu können, aber soviel ich sehen kann, nicht. Genau wie bei den anderen.«

»Wunden am Mund?«

Lund musterte sie forschend. »Das ist dir aufgefallen?«

»Ja.«

»Gut beobachtet«, meinte Lund. »Das ist hier auch der Fall. Unter einem Klebeband diesmal.«

»Klebeband?«

»Ja, der Mund ist zugeklebt worden. Wollt ihr ihn sehen, ehe wir ihn mitnehmen?«

»Gern«, sagte Mia, als Munch gerade zurückkam.

»Holger«, Lillian Lund lächelte.

»Hallo, Lillian.«

»Was gibt's?«, fragte Mia.

»Sie haben ihn gefunden«, raunte Munch. »Raymond Greger. Er ist schon von Larvik aus unterwegs.«

»Soll ich das übernehmen?«

»Wir machen das zusammen. Wir müssen aber warten. Er verlangt einen Anwalt.«

»Wollt ihr die Leiche sehen?«, fragte Lillian Lund und zog ihren Mundschutz wieder hoch.

»Unbedingt«, sagte Mia und folgte der neuen Rechtsmedizinerin zu dem Auto mit dem offenen Kofferraum.

• 34 •

Munch stand zusammen mit Anette Goli hinter dem Spiegel, er hatte beschlossen, Mia den Anfang allein machen zu lassen. Manchmal fand er das besser so. Weniger bedrohlich. Gegen Raymond Greger lag trotz allem nichts vor. Es kursierten nur Gerüchte. Eine Geschichte aus Bodø. Keine technischen Beweise, keine Zeugen, die ihn in die Nähe irgendeines Tatortes bringen konnten. Keine Telefongespräche, nirgendwo war etwas registriert. Verwandtschaftliche Beziehungen, aber das half wenig, wenn sie ihn nicht zum Reden bringen konnten.

Er drehte sich zu Anette um, als Mia mit der Vernehmung begann.

»Ein bisschen lauter?«

Anette nickte und drehte am Regler neben der Tür.

»Es ist 12.14«, sagte Mia und beugte sich zum Mikrofon vor. »Erste Vernehmung von Raymond Greger. Anwesend im Raum sind Raymond Greger, Anwalt Albert H. Obrestad und Mordermittlerin Mia Krüger.«

Ihre Stimme klang ruhig und freundlich. Sie hatte die beiden Männer angelächelt, als sie das Vernehmungszimmer betraten. Gut gespielt. Er hatte mehrmals erlebt, wie sie dort drinnen die Beherrschung verloren hatte, wie sie ihren Emotionen freien Lauf gelassen hatte, aber diesmal war das nicht der Fall.

»Ich möchte als Erstes sagen, dass mein Mandant keinerlei Verständnis für die gegen ihn erhobenen Beschuldigungen aufbringen kann«, sagte der Anwalt und rückte seinen Schlipsknoten gerade. »Wenn kein Haftbefehl vorliegt, wird mein Mandant zusammen mit mir diesen Raum verlassen, und ich möchte schon jetzt darauf hinweisen, dass wir eine Gegenklage aufgrund der Anschuldigungen in Erwägung ziehen, die in den Medien gegen meinen Mandanten vorgebracht werden.«

Anwälte.

Munch schüttelte den Kopf und öffnete sein Jackett.

»Es liegt durchaus kein Haftbefehl vor«, sagte Mia noch immer mit einem kleinen Lächeln. »Und ich kann nur bedauern, was vorgefallen ist. Wie Ihnen sicher klar ist, haben wir achtundvierzig Stunden, aber wir hoffen natürlich, diese Angelegenheit so schnell wie möglich aus der Welt schaffen zu können. Sie arbeiten mit uns zusammen, erzählen uns, was wir wissen wollen, und dann können Sie wieder gehen. So sehen wir das. Sie waren in Ihrer Hütte? Krankgeschrieben?«

Greger warf seinem Anwalt einen kurzen Blick zu, und der nickte.

»Es war ein bisschen zu viel in letzter Zeit. Ich bin einfach nur überarbeitet. Ich wollte arbeiten, aber mein Arzt hat einige Wochen Ruhe und Erholung empfohlen.«

»Aha«, sagte Mia. »Und Sie haben nichts von den Geschehnissen mitbekommen, dass Ihre Nichte tot aufgefunden wurde?«

»Nein, leider nicht«, sagte Greger und wirkte ehrlich betroffen. »Das ist auch nicht meine Hütte. Ein Freund hat sie mir zur Verfügung gestellt. Er ist eher sparsam, um das mal so zu sagen, kein Internet oder Fernseher, nur Strom von einer kleinen Solarzellenanlage.«

»Als die Polizei kam, waren Sie also total unvorbereitet?«

Ein Nachbar draußen im Schärengürtel hatte sich nach einer Fernsehsendung gemeldet.

»Ganz genau, ich wusste nichts. Das arme Mädchen. Was für eine Tragödie.«

»Sie sind Karoline Bergs Bruder, stimmt das?«, fragte Mia und blätterte ein wenig in ihren Notizen.

Wieder Schauspiel. Sie wusste sehr gut, was dort stand.

»Stiefbruder«, antwortete Greger. »Meine Mutter hat noch einmal geheiratet. Ihren Vater. Und ich war die Zugabe, wenn Sie so wollen.«

»Was ist 2007 mit den beiden Mädchen passiert?«, fragte Mia plötzlich.

Greger zuckte zusammen. Der Anwalt sah aus wie ein Fragezeichen. Munch feixte und zog sein Jackett aus.

»Wie meinen Sie das?«, fragte Greger.

Idiot.

Er musste doch gewusst haben, dass sie das in Erfahrung bringen würden.

»Ich glaube, mein Mandant möchte darauf verzichten …«, setzte der Anwalt an, aber der Lehrer ließ ihn nicht ausreden.

Greger nahm die Brille ab und fuhr sich mit der Hand über sein Gesicht.

»Ich war das nicht«, sagte er und schüttelte den Kopf.

»Sie waren das nicht?«, fragte Mia und blätterte wieder in ihren Unterlagen. »Camilla war sieben. Hege war neun. Sie haben sie mehrmals auf dem Heimweg von der Schule angesprochen. Haben sie in Ihr Auto gelockt. Haben sie mehrere Stunden gefangen gehalten. Sie mögen ganz offensichtlich kleine Mädchen. Sie spielen gern.«

»Ich glaube, jetzt …«, murmelte der inzwischen rot angelaufene Anwalt, aber Greger winkte abermals ab.

»Ich war das nicht«, beharrte er mürrisch.

»Sie haben das nicht getan?«

»Doch, aber das war nicht ich.«

»Das müssen Sie uns genauer erklären«, sagte Mia, die das freundliche Lächeln jetzt abgelegt hatte. »Zwei kleine Mädchen, am helllichten Tag entführt?«

»Hören Sie«, sagte Greger. »Ich war, ich hatte, es war eine schlimme Zeit für mich. Ich, ja, meine Frau, sie hat mich verlassen. Hat nur Lügen verbreitet, verstehen Sie?

Die Richterin war auf ihrer Seite, und sie bekam das Sorgerecht. Meine Tochter, sie, ja, ich durfte sie nicht mehr sehen.«

Mia warf einen kurzen Blick hinter sich in den Spiegel.

»Er hat eine Tochter?«, fragte Munch an Anette gewandt.

»Tut mir leid, das wussten wir nicht, mein Fehler«, murmelte sie. »Ich kümmere mich darum.«

Sie zog ihr Telefon aus der Tasche und verließ das Zimmer.

»Ihre Tochter?«, fragte Mia. »Sie sind wie alt?«

»Siebenundfünfzig.«

»Und wie alt ist sie?«

»Nina«, sagte Greger. »Sie wird jetzt im Sommer dreizehn.«

»2007 war sie also sieben?«

Munch konnte die Gereiztheit in Mias Stimme hören und verstand sie natürlich. Unvorbereitet zur Vernehmung zu erscheinen war dilettantisch. Er nahm das auf seine Kappe.

»Was also …«, begann Mia, aber Greger fiel ihr ins Wort.

»Ich will das, was ich getan habe, nicht entschuldigen. Es war falsch von mir. Das weiß ich. Natürlich, es war wie gesagt eine schwere Zeit. Alles, was ich aufgebaut hatte, wurde mir plötzlich unter den Füßen weggerissen. Nina war, sie ist, ja …«

Greger nahm die Brille wieder ab und wischte etwas weg, das aussah wie eine Träne.

Schauspiel?

Munch war sich da nicht sicher.

»Sie hatten also Sehnsucht nach Ihrer Tochter und haben

sich andere Kinder gesucht, mit denen Sie spielen konnten?«, fragte Mia tonlos.

»Ja«, Greger nickte und starrte die Tischplatte an.

Der Anwalt hatte den Mund halb geöffnet.

»Sie wissen, wie das klingt, nicht wahr? Zwei kleine Mädchen. Gekidnappt.«

»Ich weiß, *ich weiß*. Ich war nicht ich selbst. Ich habe nichts getan. Wir haben nur …«, sagte Greger und legte den Kopf auf die Hände.

»Gespielt?«, fragte Mia spöttisch.

»Ich habe wirklich um Strafe gebeten«, sagte Greger rasch. »Ich wollte ihnen doch nichts tun. Sperrt mich ein, habe ich gesagt.«

Wieder ging die Tür auf, Anette kam herein und nickte.

»Eine Tochter, dreizehn. Exfrau, hat sich 2007 scheiden lassen, erhielt das alleinige Sorgerecht, keine Besuche. Es hat physische und psychische Misshandlungen von beiden gegeben. Habe versucht, die Richterin zu finden, die den Fall damals hatte, habe sie aber nicht erreicht. Ich konnte nur mit jemandem vom Archiv sprechen.«

Mia schaute abermals zum Spiegel hinüber.

Helft mir doch mal.

»Aber warum durften Sie Ihre Tochter nicht sehen? Nina, meine ich.«

»Sie hat gelogen«, sagte Greger.

»Inwiefern?«

Der Anwalt hatte jetzt aufgegeben, er saß zurückgelehnt auf dem Stuhl und brachte sich nicht mehr ein.

»Sie hat gesagt, ich hätte sie beide schlecht behandelt.«

»Und das haben Sie nicht?«

»Hören Sie, ich bin zwar nicht perfekt, aber …«

Munchs Telefon plingte, und er zog es eilig aus der Tasche. Eine Nachricht von Ludvig Grønlie.

Puppenhaus gefunden. Curry schicken?

»Was machen wir?«, fragte Anette. »Ist er unser Mann?«

Munch schüttelte den Kopf.

»Wir haben nicht einmal eine vage Verbindung, oder?«

»Bisher jedenfalls keinerlei Anhaltspunkte.«

»Kein Kontakt zu Vivian?«

»Gabriel zufolge jedenfalls nicht.«

»Mia kann abbrechen«, sagte Munch und schüttelte den Kopf.

»Es ist 12.24«, sagte Mia gerade, als Anette die Tür zum Vernehmungsraum öffnete. »Wir beenden die vorläufige Vernehmung von Raymond Greger.«

»Und was sollen wir …?«, fragte der Anwalt nervös.

Er schien noch immer nicht ganz fassen zu können, was er gerade gehört hatte.

»Einfach sitzen bleiben«, sagte Mia und verließ den Raum.

Sie machte eine wütende Handbewegung, als sie das Zimmer hinter dem Spiegel betrat.

»Was soll das denn, Holger?«

»Ich weiß«, Munch nickte. »Mein Fehler.«

»Soll ich ihn zu seiner Beziehung zu Karoline Berg befragen?«

»Glaubst du, er ist unser Mann?«

»Wir haben eigentlich nichts, was wir gegen ihn verwenden können, oder?«, fragte Mia und schaute zu Anette hinüber. Die schüttelte den Kopf.

»Aber trotzdem, mit kleinen Mädchen spielen?«, fuhr Mia fort und musterte Greger durch den Spiegel.

»Wir behalten ihn erst mal noch hier«, sagte Munch. »Versuch bitte, noch etwas mehr aus ihm rauszuholen, aber ich glaube, wir können ihn von der Liste streichen. Außerdem haben wir den Laden gefunden, in dem das Puppenhaus gekauft worden ist. Curry ist an der Sache dran, du machst das zusammen mit ihm, Mia, okay?«

»Ist er im Büro?«

»Ich glaub schon. Und Anette befasst sich noch mit Greger«, sagte Munch, gab ihr ein Zeichen, und sie nickte. »Rufst du mich danach an, Mia?«

»Okay«, murmelte Mia, schaute noch einmal durch den Spiegel, dann zog sie den Reißverschluss ihrer Lederjacke zu und verließ den Raum.

• 35 •

Erik Rønning hatte frittierten Kaiserhummer mit Kimchi und Estragon und dazu ein Glas Petit Chablis bestellt. Eigentlich wäre ihm eine Cola lieber gewesen. Er war nach den Festlichkeiten des Vorabends ein wenig verkatert, aber eine Cola hätte hier, in dem ehrwürdigen Grand Café, einen schlechten Eindruck gemacht. Der Kellner verschwand mit der Speisekarte, und Rønning spürte ein leichtes Kitzeln im Bauch. Schon war er in Gnaden wieder aufgenommen. Und es war schnell gegangen.

Grung konnte auf der anderen Seite des Tisches fast nicht stillsitzen.

»Wo ist er?«, flüsterte der alte Zeitungsmann und schaute sich im Lokal um.

Erik Rønning lächelte und tippte auf sein Telefon.

»Und er zeigt den gesamten Mord?«, fragte Grung mit großen Augen.

Rønning nickte.

Ach, wie die Göttin des Glücks ihn angelächelt hatte.

Er hatte es im Blut gehabt.

»Kann ich mal sehen?«, fragte Grung nervös und streckte die Hand nach dem Telefon aus.

»Nicht hier drinnen«, wehrte Rønning ab und steckte das Telefon wieder in seine Sakkotasche.

Er hatte zum Glück noch nach Hause fahren und sich umziehen können. Die Tour nach Maridalen war pures Gold gewesen, hatte aber seinen Anzug ruiniert. Mit Flecken auf der Hose und Dreck an den Schuhen im Grand sitzen? Er hatte sich für einen dunkelblauen Anzug von Ermenegildo Zegna entschieden, dazu einen ziemlich schlichten schwarzen Armani-Schlips und braune Schuhe von Mantelassi.

»Erzähl das noch einmal«, sagte Grung gerade, als der Kellner das Essen brachte.

Grung hatte den Film natürlich augenblicklich sehen wollen.

Was sagst du da?

Komm sofort in die Redaktion!

Aber so dumm war Rønning natürlich nicht gewesen. Redaktion? Nie im Leben. Ehe er Piep sagen konnte, würden dann andere einbezogen werden. Silje Olsen, oder dieser Idiot Ellingsrud. Nein, er wollte Grung für sich haben. Und warum nicht richtig etwas daraus machen? Ein bisschen feiern? Er hatte schließlich den ganzen Vormittag mit einer Horde von Trotteln oben in der Wildnis verbracht. Rønning hob das Weinglas an den Mund und kam sich fast schon beschwipst vor. Grung hatte ihn lange nicht mehr so erlebt.

»Okay, ich stehe also da oben an der Absperrung«, fing Rønning an.

Grung hatte das meiste von dieser Geschichte schon am Telefon gehört, lauschte aber geduldig. Immer wieder vibrierte es in seiner Tasche, aber der alte Zeitungsmann machte keine Anstalten, einen Anruf anzunehmen.

»Du weißt, die sind alle da, Lund, Vikhammer, die ganze Bagage.«

»Natürlich«, Grung nickte.

»Aber dann kam mir eine Idee«, sagte nun Rønning stolz. »Warum soll ich hier auf dem Parkplatz bleiben, wo man kaum was sieht? Die können ja unmöglich bereits die ganze Umgebung abgesperrt haben.«

»Gut gedacht.« Grung lächelte.

»Nicht wahr? Die Meldung war ja erst eine knappe Stunde alt. Überraschend viel Andrang, das muss ich schon sagen. NRK und TV2 waren gleich mit Ü-Wagen angerückt.«

»Die Balletteuse«, erklärte Grung und stocherte in seinem Rindertartar. »Da stehen alle auf Zehenspitzen.«

»Genau«, Rønning lächelte. »Aber einige von uns sitzen hier, während andere noch immer da oben frieren.«

»Sind immer noch Leute am Tatort?«

»Das weiß ich nicht, aber egal«, sagte Rønning.

»Okay, weiter. Was war mit den Absperrungen?«

»Die hatten dann doch schon die ganze Umgebung abgesperrt«, sagte Rønning und zuckte mit den Schultern. »Aber mein Rundgang war dann, wie du weißt, doch nicht umsonst. Es war fast so, als ob …«

Er trank wieder einen Schluck Wein und tippte sich an die Nase.

»... als ob ich das förmlich gerochen hätte.«

Grung streckte die Hand nach seinem Glas aus. »Ich hab das nicht ganz begriffen«, sagte er ungeduldig. »Was hat das mit den Prostituierten zu tun?«

»Das war es ja gerade«, sagte Rønning lächelnd und wischte sich den Mund mit der Serviette ab. Er liebte diese Situationen. Wollte den Augenblick genießen. »Also bin ich den Weg da hinten entlang und schwupp, wen entdecke ich da?«

»Ja, wen? Die Prostituierten? Was haben die mit dem Ganzen zu tun?«

»Ich habe eins der Gesichter da oben erkannt. Im Publikum«, sagte Rønning und bestellte mit einem Wink noch ein Glas Wein.

»Bei den Schaulustigen?«

»Hab es sofort an seinem Blick gesehen«, sagte Rønning triumphierend. »Der war nicht zum Gaffen gekommen. Er war da, um die Kameras zu entfernen.«

Grung schüttelte den Kopf. »Und wer war das nun eigentlich?«

»Er heißt Pål Amundsen. Du weißt doch, der Fall von damals«, fuhr Rønning leise fort und beugte sich über den Tisch. »Der Tipp, der vor einigen Monaten kam, über Freier, die die Damen unten im Zentrum auflesen und mit ihnen hochfahren, um dann zur Sache zu kommen.«

»Du hast Kameras aufgestellt?«, fragte Grung streng und runzelte die Stirn.

»Nein, nein, aber mir ist ein Typ empfohlen worden, der mir vielleicht helfen könnte. Du weißt schon, mit solchen

Kameras, die auf Bewegung reagieren, und mit denen Tieraufnahmen gemacht werden.«

»Du weißt, dass wir das nicht dürfen, Erik, was zum Teufel soll das?«

Grung schüttelte gereizt den Kopf.

»Das haben wir auch nicht. Es gibt nichts, was mich mit diesem Amundsen in Verbindung bringen kann, da kannst du ganz beruhigt sein.«

Sein Chef schien den Mund öffnen zu wollen, sagte dann aber doch nichts.

»Wir haben damals ja nicht weitergemacht«, erklärte Rønning. »Das weißt du ja noch, aber ich, na ja, ich hab es ihm irgendwie angesehen ...«

»Er hatte die Kameras stehen lassen?«

»Dieses Schwein«, Rønning grinste. »Hatte wohl gehofft, etwas zu erwischen, womit er sich dann zu Hause im stillen Kämmerlein amüsieren könnte. Ich hab es sofort gesehen. Der Mann stank geradezu nach schlechtem Gewissen. Ich hab nur ein paar Sekunden gebraucht, um ihn zu einem Geständnis zu bewegen.«

Der Kellner brachte den Wein. Rønning ließ ihn einschenken, ehe er weiterredete.

»Zwanzig Minuten später waren wir bei dem Typen zu Hause, haben seinen Rechner hochgefahren, und da war das hier.«

Er grinste und legte sein Telefon wieder auf den Tisch.

»Unglaublich«, sagte Grung und schüttelte den Kopf. »Und du hast ihn gesehen?«

»Natürlich«, Rønning nickte.

»Und er ... ja?«

»Die ganze Szene.«

»Von Anfang … ja, sieht man …?«

»Alles«, sagte Rønning lächelnd und schob das Telefon über die weiße Tischdecke.

»Darf ich?«, fragte Grung und fasste es so vorsichtig an wie ein neugeborenes Baby.

»Natürlich.«

»Danke«, murmelte Grung und schob das Telefon in seine Sakkotasche.

»My pleasure«, sagte Rønning und prostete ihm zu.

Grung schaute sich nervös im Lokal um, als ob er so ungefähr damit rechnete, dass der Sicherheitsdienst ihnen gefolgt war, dass die Bereitschaftstruppen jederzeit hereinstürzen könnten, dann erhob er sich langsam und ging ruhig in Richtung Toiletten.

• 36 •

Curry stand schon vor dem Fahrstuhl, als Mia dazukam. Der kräftige, untersetzte Mann drückte auf den Knopf und griff sich dann an die Stirn.

»Verdammt schwerer Tag«, murmelte er.

»Ja, für uns alle«, sagte Mia und sah ihn an. »Wo hast du denn gesteckt? Bist du abgestürzt?«

»War nur einen trinken, kein Stress.«

Curry warf ihr einen Blick zu, den sie so deutete, dass sie keine weiteren Fragen stellen sollte.

Hängende Schultern. Dunkle Ringe unter den Augen.

Etwas in seinem Blick war nicht so wie sonst.

Mia musste daran denken, was Wold ihr im Lorry erzählt hatte, aber sie mochte jetzt nicht darauf eingehen.

Drei Morde hatten sich ereignet. Das andere musste warten.

»Wohin geht es?«, fragte sie, als sie die Tiefgarage erreicht hatten.

»Nennt sich Spielzeug in Torshov«, sagte Curry und schloss ein Auto auf.

»Ich fahre«, sagte Mia und nahm ihm die Schlüssel ab.

»Was?«, kläffte Curry irritiert.

»Ja«, sagte Mia und setzte sich hinter das Lenkrad.

Curry seufzte und legte den Sicherheitsgurt an. Er schien vollauf damit beschäftigt zu sein, den Kopf auf den Schultern zu behalten.

»Wie haben wir den Laden so schnell gefunden?«, fragte Mia und fuhr aus der Garage.

»Ludvig hat alle angemailt, die er finden konnte. Spielwarenläden, Importeure und so weiter. Er bekam fast sofort Antwort.«

»Du hast mit dem Typen gesprochen?«

»Eher weniger. Er hatte gerade geschlafen. Aber er wollte so schnell wie möglich kommen.«

»Sie hatten nicht geöffnet?«

Curry seufzte und hielt sich den Kopf.

»Das ist offenbar so ein alternativer Spielzeugladen, da ist das Spielzeug handgemacht. Aus Materialien, die für Kinder ungefährlich sind, du weißt schon, aus Holz und so. Öffnungszeiten wie bei den Hippies. Aber er wollte sofort kommen.«

Curry zog eine Tabaksdose aus der Tasche und konnte mit Mühe einen Priem unter seine Oberlippe bugsieren.

»Du hast nicht zufällig Wasser bei dir?«

Mia musste lachen.

»Wie meinst du das? Ob ich einen Hahn in der Hosentasche habe?«

»Na ja, viele Leute rennen schließlich mit einer Flasche Wasser durch die Gegend, könnte doch sein?«

»Tut mir leid«, sagte Mia und bog in Richtung Torshov ab.

»Ibux vielleicht?«

»Nein«, antwortete sie mitfühlend. »Soll ich irgendwo anhalten?«

»Geht das?«

Mia fuhr an den Straßenrand und wartete, während Curry in einen 7-Eleven eilte.

»Danke«, murmelte er, als er wieder im Auto saß, vier Tabletten eingeworfen und sie mit fast einer ganzen Flasche Wasser hinuntergespült hatte.

Mia hielt es für klüger, für den Rest der Fahrt zu schweigen.

Sie hatten den Wagen abgestellt und gerade das handgemalte Ladenschild gefunden, als ein langhaariger Mann mittleren Alters mit zerzaustem Bart über den Bürgersteig auf sie zugeschlendert kam.

»Du hast angerufen?«, fragte der Mann und zog einen klirrenden Schlüsselbund aus einem viel zu großen Anorak.

»Jon Larsen«, sagte Curry und gab ihm die Hand.

»Thomas Lange«, sagte der Bärtige. »Aber ich werde von allen der lange Thomas genannt.«

»Nicht Kalle?«, fragte Mia und schaute zum Schild über der Tür hoch.

Der Mann deutete ein Lächeln an.

»Kalles Kletterer? Mal davon gehört? Im Kinderfernsehen?«

»Der in einem Baum liegt und die ganze Zeit in die Wolken schaut?«, murmelte Curry.

»Das bin ich«, sagte Lange und schloss die Tür auf.

»Mitten in der Stadt wohnt ein gewisser Kalle, und dieser Kalle hat einen Baum«, sang Curry, ohne auch nur einen einzigen Ton in dieser Melodie zu treffen. »Kannst du dich nicht erinnern? Kalle liegt im Baum und denkt über das Leben nach, während der Großvater im Gras sitzt und Zeitung liest?«

»Doch«, sagte Mia.

»Ja, die Schweden. Verdammt, warum kommt alles Gute aus Schweden? Michel, Karlsson, Blomquist, der Meisterdetektiv, der Weiße Stein? Kannst du dich an irgendwas Gutes aus Norwegen erinnern? Nein, Scheiße, alles war aus Schweden.«

»Wollen wir?«, fragte Mia und zeigte auf die offene Tür.

»Ronja Räubertochter, Willi Wiberg.«

»Nach dir«, sagte Mia und folgte Curry über die Türschwelle.

»Hab ich dich schon mal irgendwo gesehen?«, fragte Lange, als sie im Laden standen.

»Mia Krüger«, sagte Mia und gab ihm die Hand.

»Aha«, sagte Lange, wickelte sich einen langen bunten Schal vom Hals und legte ihn auf den Tresen. »Du kamst mir gleich bekannt vor. Kann ich euch etwas anbieten?«

»Nein, danke«, sagte Mia.

»Wir müssen nur wissen, ob du das hier verkauft hast«, sagte Curry und zog ein Foto hervor.

Lange nahm es entgegen und runzelte die Stirn.

»Das ist von mir, ja, aber wer hat mein Haus angezündet?«

»Das wollen wir ja feststellen«, sagte Mia. »Hast du viele davon verkauft?«

»Nein. Ich habe eins verkauft, und zwar dieses. Heutzutage ist die Nachfrage nicht groß nach ordentlichen Waren. Schade, ich habe ziemlich viele gebaut. Ich finde, sie sind gut gelungen.«

Lange gab Curry das Foto zurück und verschwand im Hinterzimmer. Kam mit einem weißen Puppenhaus zurück, das genauso aussah wie das, das sie oben in Skar gefunden hatten.

»Bambus«, sagte Lange und stellte das Haus auf den Tresen. »Das umweltfreundlichste Material der Welt. Wächst schnell. Verbraucht wenig Nährstoffe. Wir sollten alles aus Bambus bauen, ich habe hier irgendwo eine Broschüre …«

»Ist schon gut«, sagte Mia. »Hast du das kürzlich verkauft?«

»Das schon. An eine sehr sympathische Frau, sie hat mich sogar ein bisschen an dich erinnert, hatte nur hellere Haare …«

»An eine Frau?«, fragte Mia.

»Frau, Mädchen, Dame, ich weiß nicht, was euch lieber ist, aber es war eine junge Frau, ja, Anfang zwanzig vielleicht. Sehr sympathisch. Wir haben ziemlich lange geredet. Sie wollte gern mal nach Goa, wart ihr da schon?«

»Angola?«, fragte Curry.

»Nein, Goa, Indien. Oder das Paradies, wie ich es nenne. Verbringe dort meistens den Winter, aber in diesem Jahr hat sich das leider nicht ergeben, der Laden läuft nicht mehr so gut. Alle wollen jetzt Kunststoff, nicht wahr? Uns ist jetzt alles egal, oder? Dass der Planet zum Teufel geht und dass unsere Kinder den ganzen Müll erben? Und jetzt auch noch die Jagdflugzeuge? Was soll das denn? Hundert Milliarden Kronen. Menschen verhungern auf der Straße, die Kinder kriegen keine Schulbücher, die Alten sitzen ohne Betreuung in Windeln im Altersheim, und da brauchen wir unbedingt Jagdflugzeuge aus den USA? Dieses Land geht verdammt noch mal vor die Hunde, wenn nicht bald vernünftige Leute ans Ruder kommen.«

»Eine junge Frau?«, fragte Mia noch mal und schaute Curry an, der mit den Schultern zuckte.

»Ja, das war ein schöner Tag«, sagte Lange lächelnd. »Nett, wenn Leute die Arbeit zu schätzen wissen, die man gemacht hat, oder? Handgemacht, bis ins kleinste Detail.«

»Du hast hier nicht zufällig eine Kamera im Laden?«, fragte Mia.

»Big Brother is watching you? Nein, danke.«

»Und eine, na ja, eine Mailingliste oder so was? Hast du den Namen der Kundin?«

»Mailingliste?«, schnaubte Lange. »Eingriffe in die Privatsphäre? Ist dir überhaupt klar, wie viel das Großkapital heutzutage über dich weiß? Daten en masse? Glaubst du, die wollen deine Mailadresse, um dir irgendwie behilflich zu sein? Kürzere Arbeitstage, höherer Lohn? Nix da, mehr kaufen, mehr kaufen. Natürlich hab ich keine Mailingliste. Aber ich habe ein kleines Glas hier, und wer will, kann ein paar Kronen für eine Schule in Ruanda spenden. Meine Freundin und ich unterstützen dieses Hilfsprojekt, vielleicht hättet ihr auch ein Scherflein für die, die es am dringendsten brauchen?«

Curry schaute das fast leere Glas an, das Lange ihm

hinhielt, und zog schließlich widerwillig einen Fünfziger aus der Hosentasche.

»Kannst du uns sonst noch etwas über diese Frau erzählen?«, fragte Mia.

»Tja«, sagte Lange. »Wie gesagt, sie war sehr sympathisch. Schlank, lange Haare, grüne Schirmmütze, Kleidung ein bisschen Shabby Chic, wie man in Frogner sagen würde.« Lange grinste ironisch und richtete einen Finger nach Westen.

»Kannst du uns kurz informieren, wenn sie wiederauftaucht?«, fragte Mia und gab ihm ihre Visitenkarte.

»Natürlich«, sagte Lange. »Und ich kann euch wirklich nichts anbieten? Hab einen sehr guten Darjeeling und Honig direkt aus Svartlamoen in Trondheim. Wärmt wunderbar, wenn der Frühling nicht richtig kommen will.«

Der bärtige Mann nickte zu der nebligen Stadtlandschaft draußen vor dem Fenster.

»Die Natur schlägt zurück. Bald erstarren wir alle zu Eis, und das geschieht uns nur recht.«

»Hast du etwas dagegen, dass wir einen Zeichner vorbeischicken?«

»Einen Künstler? Soll ich porträtiert werden?«, fragte Lange augenzwinkernd.

»Um für uns ein Bild von dieser Frau zu zeichnen, die das Haus gekauft hat?«

»Ist mir schon klar«, sagte der bärtige Hippie. »Schickt einfach jemanden vorbei. Ich bin hier. Oder jedenfalls in der Nähe.«

»Schön. Danke erst mal für die Hilfe. Ruf an, wenn dir noch was einfällt«, sagte Mia und folgte Curry aus dem Laden.

Auf dem feuchten Bürgersteig blieb sie für einen Moment stehen.

»Da, da und da«, sagte sie und zeigte.

»Was?«, fragte Curry.

»Kameras. Kannst du die übernehmen?«

»Und wo willst du hin?«

»Muss was überprüfen. Ist das in Ordnung?«

»Ja, ja, kein Stress«, sagte der untersetzte Ermittler und ersetzte den Priem durch einen neuen. »Ich fahr mit dem Taxi runter. Sehen uns im Büro.«

»Schön«, sagte Mia und stieg ins Auto.

• 37 •

Gabriel Mørk saß im Büro und fragte sich, was er mit der ungeheuren Menge an Daten machen sollte, die er in seinem MacBook gespeichert hatte, als Ylva hereinschaute.

»Es brennt.«

»Was?«

»Die Presse ist auf dem Weg hierher. Offenbar hat ein Journalist von *Aftenposten* den Mord auf Film.«

»Was? Wer?«

»Ruben Iversen.«

»Machst du Witze? Wie kann das möglich sein?«

»Frag mich nicht«, sagte Ylva und verschwand wieder auf dem Gang.

»Okay, ehe wir anfangen«, sagte Munch, als sich alle im Besprechungsraum versammelt hatten. »Wir haben soeben die Zeichnungen von dem jungen Mann bekommen, der im Hotel Lundgren beobachtet worden ist und bei der Reinigungsfirma gearbeitet hat.«

»Karl Øverland?«, fragte Curry.

Munch nickte.

»Bevor wir den Film ansehen«, sagte er, als der Bildschirm hinter ihm endlich zum Leben erwachte, »finde ich es wichtig, dass wir einen Blick auf diese Bilder werfen.«

Zwei Phantomzeichnungen. Leises Gemurmel im Raum, als sie gezeigt wurden.

»Ist das etwa derselbe?«, fragte Ylva erstaunt. Gabriel hatte sich diese Frage ebenfalls gestellt. Die Zeichnungen waren zwar unterschiedlich, denn der Mann links hatte kurze Haare, der Mann rechts hatte eine Art Beatles-Frisur mit Pony und außerdem eine Brille.

»Oder suchen wir zwei verschiedene Männer?«, fragte Curry. »Den Täter und seinen Komplizen?«

»Ich habe eher das Gefühl, dass er uns an der Nase herumführt«, sagte Mia, die an der Rückwand lehnte.

»Wie meinst du das?«, fragte Ylva.

»Schaut mal her«, sagte Mia und zeigte auf den Bildschirm. »Die Augen sind gleich groß. Die Nase ist auch ziemlich gleich. Das Kinn, fast identisch. Das sind Dinge, die sich nicht so leicht kaschieren lassen, oder?«

Sie drehte sich zu den anderen um.

»Er verkleidet sich also?«, fragte Goli.

»Das vermute ich«, sagte Mia kurz.

»Ich glaube, Mia hat recht«, sagte Munch. »Deshalb konnten wir ihn auf den unterschiedlichen Kameraaufzeichnungen nicht finden. Wer weiß, was er sonst noch verändert. Bisher …«

»War alles ein Ablenkungsmanöver«, fiel Mia ihm ins

Wort. »Die Kontamination der Tatorte, die falsche Adresse. Offenbar will er uns in die Irre führen, um Zeit zu gewinnen …«

»Während er sich dem nächsten Teil seines Planes widmet?«, fragte Goli.

Wieder erfüllte leises Murmeln den Raum.

»Was ist, wenn es zwei Brüder sind?«, fragte Gabriel.

Er machte bei solchen Besprechungen nur selten den Mund auf, aber nun hatte er es sich nicht verkneifen können.

Munch sah Mia an.

»Ich meine«, fügte Gabriel hinzu, »es könnte so sein, wie du selbst gesagt hast, und es handelt sich um zwei Personen, die sich ähnlich sehen, wie bei Geschwistern eben. Kinnpartie, Nase, Augen haben Ähnlichkeit miteinander.«

Er merkte, dass seine Wangen warm wurden, als Munch wieder zu Mia hinüberschaute.

»Möglich«, sagte Mia schließlich. »Das ist gar nicht so dumm. Gute Überlegung, Gabriel.«

»Aber der Film«, setzte Curry noch mal an. »Stimmt das, dass er den ganzen Mord zeigt? Da oben beim Lager Skar? Woher hat die Presse den überhaupt? Das ist doch total absurd! Ich meine, woher sollten sie wissen, dass es gerade da oben passieren würde?«

Munch warf Anette einen Blick zu.

»Sie verstecken sich hinter Quellenschutz«, sagte Goli gereizt. »Aber ich habe einige von unseren Juristen darangesetzt. Kann mir nicht vorstellen, dass das mit dem Quellenschutz hilft, nicht in diesem Fall, aber es wird etwas dauern, das zu klären.«

»Werden wir Anklage erheben?«, fragte Grønlie.

»Das könnten wir versuchen«, sagte Anette und sah zu Munch hinüber. »Aber es wird dauern.«

»Wir haben keinen Grund zu der Annahme, dass sie vorher etwas wussten«, sagte Munch. »Ich kenne Grung. Er ist absolut integer. Guter Mann. Kann mir einfach nicht vorstellen, dass er so was durchgehen lässt. Natürlich nicht. Wenn die vorher etwas gewusst hätten, hätten sie uns informiert.«

»Aber dieser Journalist?«, fragte Curry. »Erik Rønning, das ist doch so ein Freak? Hat er den Film gefunden? Dem ist doch alles zuzutrauen.«

»Wie gesagt, wir sind dabei festzustellen, woher der Film kommt«, sagte Munch jetzt. »Aber erst mal müssen wir froh sein, dass wir ihn überhaupt bekommen haben. So übel sich das auch anhört. Das kommt nicht jeden Tag vor, dass wir bei einem Verbrechen Mäuschen spielen können.«

»Worauf warten wir eigentlich?«, fragte Curry und machte eine ungeduldige Handbewegung.

Er schien irgendwie beeinträchtigt zu sein, nuschelte leicht.

»Ganz unterschiedliche Profile«, sagte Munch und nickte wieder zum Bildschirm hinüber. »Und der Grund, warum ich euch das hier zeigen wollte, ist, dass wir ihn diesmal sehen.«

»Im Film?«, fragte Ylva.

»Ja«, Munch nickte. »Aber diesmal …«

»Sag nicht, dass er noch ein Aussehen hat«, sagte Curry ungeduldig, ohne zu wissen, dass er vermutlich den Nagel auf den Kopf getroffen hatte.

Munch sah erst Mia und dann Anette an.

»Wirklich?«, fragte Curry verwundert. »Haben wir einen dritten Mann?«

»Der Film ist nicht gerade Spitzenqualität«, murmelte Munch. »Die Kamera steht ziemlich weit weg, die Aufnahme ist ein bisschen körnig, aber wir können eben doch etwas Brauchbares sehen. Ruben Iversen sitzt auf der Rückbank. Das Gesicht des Fahrers ist nicht im Bild. Iversen steigt aus und fängt sofort an, sich auszuziehen. Er legt seine Kleider in einen Beutel und steht dann einen Moment lang nackt da, dann zieht er die Badehose an und tritt hinter den Wagen. Und jetzt …«

»Der Täter nimmt den Beutel, stellt ihn vor das Auto, und dabei sehen wir ihn«, sagte Goli und nickte.

»Und?«, fragte Curry.

»Er sieht wieder anders aus«, sagte Munch düster. »Schnurrbart diesmal.«

»Es können ja wohl kaum drei Brüder sein?«, nuschelte Curry. »Der muss dann wohl so eine Art Verkleidungskünstler sein. Kannst du den Film nicht einfach zeigen?«

»Kannst du mir einen Screenshot von seinem Gesicht besorgen?«, fragte Mia plötzlich an Ludvig Grønlie gewandt.

»Ja, natürlich, meinst du jetzt sofort?«

»Ja?«, fragte Mia und zog ihre Jacke an. »Muss nur schnell noch was überprüfen«, sagte sie und folgte dem Ermittler aus dem Raum.

• 38 •

Susanne Hval wartete vor dem Nationaltheater zwischen den Standbildern von Bjørnstjerne Bjørnson und Henrik Ibsen, als Mia über den Platz gelaufen kam. Susanne war hin- und hergerissen, als sie Mia erblickte. Es war natürlich schön, ihre alte Freundin aus Åsgårdstrand zu sehen. Nur hatte Susanne immer das Gefühl gehabt, dass Mia die Bedingungen für ihre Freundschaft stellte. Sie hatte seit vielen Monaten versucht, sie zu erreichen, aber Mia hatte sich nie gemeldet. Mia Krüger. Die Mordermittlerin. Ihre Freundin schien immer wichtigere Dinge auf ihrer Liste zu haben.

Nun hatte sie jedoch aus heiterem Himmel angerufen.

Kannst du mir einen Gefallen tun?

Und Susanne sagte immer Ja und Amen, auch wenn das vielleicht dumm war. Aber das half jetzt nichts. Es ging offenbar um etwas Wichtiges.

»Hallo, Susanne«, sagte Mia und umarmte sie lange. »Tut mir leid, dass ich nie geantwortet habe, aber na ja, du weißt schon.«

»Kein Problem«, Susanne lächelte. »Alles in Ordnung bei dir?«

Mia sah wirklich gut aus. Bei ihrer letzten Begegnung hatte sie einem Gespenst geähnelt, war klapperdürr und abgespannt gewesen. Jetzt war sie wie ausgewechselt. War wieder sie selbst, fast wie in alten Tagen.

»Mir geht's gut«, sagte Mia kurz angebunden. »Hat das geklappt?«

»Ja, wir haben sogar mehrere«, sagte Susanne lächelnd. »Eilt es denn so sehr?«

»Es geht um einen Fall«, murmelte Mia und schaute die Treppen hinauf. »Ich brauche nur eine Bestätigung. Oder das Gegenteil. Ist er hier drinnen?«

»Können wir nicht erst mal einen Kaffee trinken?«, fragte Susanne. »Oder etwas essen? Wir haben gerade eine Menge Besprechungen. *Die Verwandlung* von Franz Kafka. Gísli Örn Garðarsson? Diese Inszenierung hat voriges Jahr für ein volles Haus gesorgt und kommt jetzt im Herbst auf die Hauptbühne.«

»Ist nicht so wichtig«, sagte Mia und schien mit den Gedanken ganz woanders zu sein. »Ich hab keinen Hunger. Kann er das denn alles?« Mia zeigte kurz auf ihr eigenes Gesicht. »Masken? Wie man das eigene Aussehen ändert, solche Dinge?«

»Sicher«, sagte Susanne und verdrängte ihre Enttäuschung. »Hier im Haus können alle fast alles.«

Sie führte die Freundin die Treppe hoch.

»Ihm ist aber schon klar, dass es um eine polizeiliche Ermittlung geht?«, fragte Mia, als sie sich der Kostümabteilung näherten.

»Ich hab nur ganz kurz mit ihm reden können«, sagte Susanne und griff nach der Türklinke. »Du weißt, wenn du mir ein bisschen mehr Zeit gegeben hättest …«

»Er darf über nichts von dem reden, was ich ihm zeigen werde«, fiel Mia ihr ins Wort. »Okay? Und du darfst das auch nicht.«

»Natürlich nicht«, sagte Susanne, nickte und öffnete die Tür.

Ishmael saß an seinem Arbeitstisch und erhob sich, als die beiden eintraten.

»Mia Krüger«, sagte Susanne. »Das ist …«

»Ishmael Malik«, sagte der junge Theaterarbeiter und konnte nicht ganz verhehlen, dass er sehr gut wusste, wer sie war.

So war es immer gewesen. Mia Krüger, die Mordermittlerin, der Promi. Susanne war immer ein bisschen neidisch gewesen, aber vor allem auch stolz und ja, ein bisschen missgünstig, das musste sie zugeben.

»Hallo, Ishmael«, sagte Mia und zog etwas aus ihrer Schultertasche. »Tut mir leid, dass ich Sie so überfalle, aber Sie müssten sich etwas für mich ansehen, geht das?«

»Selbstverständlich«, sagte der junge norwegische Afghane und machte auf seinem Tisch Platz. »Ich helfe doch gern, worum geht es?«

»Um die hier«, sagte Mia und legte drei Bilder auf den Tisch.

Zwei Zeichnungen und ein Foto.

Susanne war nicht dumm. Ihr war natürlich klar, dass das hier etwas mit dem zu tun hatte, worüber das ganze Land redete. Man konnte dem ja gar nicht entgehen. Egal welchen Fernsehsender sie einschaltete. Sie hatte die Pressekonferenzen gesehen, die Polizeijuristin, die die ganze Zeit versuchte, alle Fragen abzuschmettern und ruhig zu wirken. *Kein Grund zur Besorgnis.* Obwohl sich alle im Theater und alle anderen, die ihr sonst über den Weg liefen, die ganze Zeit nervös umschauten. Ein Serienmörder in Oslo? Sogar ihre Mutter hatte sie an diesem Tag schon angerufen. *Du bist sicher, dass du nicht nach Åsgårdstrand kommen willst, Susanne?*

»Das muss unter uns bleiben«, sagte Mia und legte ihm für einen Moment die Hand auf die Schulter.

Ishmael nickte, noch immer mit diesem Blick, als ob

er nicht ganz fassen könnte, dass sie wirklich vor ihm stand.

»Ist das derselbe Mann?«, fragte Mia.

»Schwer zu sagen«, sagte Ishmael und vertiefte sich in die Zeichnungen.

»Dieser Pony«, zeigte Mia, »und wie Sie sehen, haben wir hier einen Schnurrbart, und hier eine Brille. Es ist doch relativ einfach, sein Aussehen so zu verändern, oder?«

»Durchaus, es kann derselbe Mann sein, das stimmt schon«, sagte Ishmael.

»Wir dachten, es könnte sich auch um zwei oder drei Personen handeln, wenn Sie das Foto noch mit dazunehmen.«

»Möglich ist das natürlich«, sagte Ishmael. »Aber ich würde eher sagen, nein, es sind ja nur Zeichnungen, aber ich sehe hier etwas Strukturelles.«

»Meinen Sie die Nase?«

»Nein, nein«, sagte der junge Mann jetzt eifriger. »Das alles kann man verändern. Nase, Stirn, Ohren, Kinn, ich kann Sie innerhalb weniger Stunden zu einem dicken Greis machen, um das mal so zu sagen. Was Sie sich ansehen müssen, sind die Augen. Die Augen kann man nicht verändern.«

»Sie meinen also, dass es derselbe ist?«, fragte Mia. »Abgesehen davon, dass es nur Zeichnungen sind, ich weiß.«

Susanne verspürte ihn jetzt wieder, diesen kleinen Stich der Enttäuschung. Sie hatte so lange versucht, Mia zu erreichen. Ohne besonderen Grund, einfach nur, um sie zu treffen. Susanne verdrängte dieses Gefühl und setzte ein neues Lächeln auf. Unnötig natürlich, die beiden anderen schienen sie ohnehin nicht zu bemerken.

Ishmael sah sich die Bilder noch einmal genau an.

»Ja, sehen Sie her, diese Linien. Wenn der Zeichner oder die, die ihm gesagt haben, was er zeichnen soll, das richtig gemacht haben, sind das Züge, die man nur schwer verbergen kann.«

»Tausend Dank, Ishmael, so war doch Ihr Name?«

»Ja, war mir ein Vergnügen«, sagte der junge Mann, jetzt mit einem verlegenen Lächeln.

»Du bist Gold wert, Susanne.«

Sie standen jetzt wieder draußen. Mia umarmte sie eilig und zog den Reißverschluss ihrer Lederjacke hoch.

»Wann immer du willst. Mittagessen, oder vielleicht mal ein Glas an einem Abend?«

»Unbedingt. Ich ruf dich an«, sagte Mia, küsste sie rasch auf die Wange und verschwand in der Menschenmenge auf dem Platz Spikersuppa.

• 39 •

Erik Rønning war gerade geschminkt worden. Es war nicht sein erster Fernsehauftritt. Im Scheinwerferlicht des Studios würde er besser aussehen. Er war im Sender von TV2 in der Karl Johans gate wie eine Art Held empfangen worden, wenn er das selbst so sagen durfte. Seit die Sache mit dem Film aus dem Lager Skar in den Medien explodiert war, war sein Telefon heißgelaufen. Er hatte mit Grung darüber gesprochen, ob er sich vielleicht exklusiv an *Aftenposten* halten sollte, aber sie waren zu dem Schluss gekommen, dass es noch mehr Aufmerksamkeit auf die Zeitung lenken würde, wenn er sich auch von anderen interviewen ließe, wogegen Erik Rønning natürlich nichts einzuwenden hatte. Er hatte neben allen Zeitungen bereits NRK TV und NRK Dagsnytt 18 hinter sich gebracht und sollte jetzt beim Nachrichtensender von TV2 den Experten geben. Offene Türen. Lächeln auf den Gängen. Hände, die unbedingt seine schütteln wollten.

Willkommen, Erik.

Verdammt, Supercoup!

Wie hast du das geschafft?

Gut, dass du kommen konntest.

Nachher noch einen trinken?

»Sind wir dann so weit?«

Eine elegant gekleidete junge Frau mit Kopfhörern um den Hals schaute herein und musterte ihn mit neugierigem, warmem Blick.

»Ich bin so weit«, sagte Erik und nickte.

»Schön«, sagte die Produzentin. »Gleich kommt der Werbeblock, danach sind Sie dran.«

»Komme gleich, muss nur noch schnell für kleine Jungs«, sagte Rønning und erhob sich aus dem Schminksessel.

»Verlaufen Sie sich aber nicht.«

»Ich gebe mir Mühe«, gab Rønning zurück und verschwand auf der Toilette.

Mi-mi-mi-mi

Mo-mo-mo-mo

Ki-ka-ko-ka-ki-ko

Vrr-brr-vrr-brr-vrr

Er wärmte seine Stimme an, wie er das in dem einen Jahr gelernt hatte, als er Schauspieler werden wollte, und schaute noch einmal in den Spiegel. Er hatte auf die große Trommel geschlagen. Hatte sich für den bei Brooks Brothers in

Manhattan maßgeschneiderten dunkelblauen Anzug entschieden, der war jetzt eigentlich ein bisschen zu klein, er hatte nicht so viel trainiert, aber er sah darin trotzdem sehr gut aus. Ein schlichter roter Schlips von Armani und Schuhe von Salvatore Ferragamo. Er überzeugte sich davon, dass ihm nichts zwischen den Zähnen steckte, wusch sich die Hände und ging zurück in den Schminkraum. Er schaute nun wieder in den großen Spiegel, ein *wichtiger Politiker*, so sah er aus. Vielleicht könnte das etwas sein? Parlamentsmitglied Erik Rønning? Außenminister Erik Rønning? Er fuhr sich mit der Hand durch die Haare, die dadurch nach links geschoben wurden. So gefiel ihm seine Frisur, schneidig und glatt. *Ministerpräsident* Erik Rønning? Er strich mit der Hand über den roten Schlips und zog den Knoten ein wenig fester. Roter Schlips. So einen trugen konservative Politiker immer, wenn sie als *menschlich* und *zuverlässig* erscheinen wollten, als jemand *mit Herz*. Rønning war für kurze Zeit mit einer Stylistin liiert gewesen, die für eine PR-Firma arbeitete und deren Beruf es war, Idioten menschlich aussehen zu lassen, damit sie im Fernsehen sympathisch wirkten. Darum ging es doch, oder nicht?

»Gleich nach der Werbung, sind Sie bereit?«

»Allzeit bereit«, sagte Rønning augenzwinkernd und folgte der Frau ins Studio.

Er nickte den Moderatoren kurz zu und setzte sich in den ihm angewiesenen Sessel. Es war ein kleines Studio. Es hätte fast sein Wohnzimmer sein können.

»Mikrocheck«, sagte ein junger Mann, auch er mit Kopfhörern.

Erik Rønning sagte eins-zwei, was ihm einen erhobenen Daumen einbrachte.

»Zwanzig Sekunden«, sagte die Produzentin, als Rønning sich zu der Moderatorin umdrehte und ein Lächeln einheimste.

Wie hieß sie noch gleich?

Mossfjord?

Mossberg?

Veronica Mossberg, richtig.

Er hatte sie schon häufiger gesehen, und sie hatte ihn nie auch nur eines Blickes gewürdigt, aber jetzt war das anders.

»Zehn Sekunden«, sagte die Produzentin und hob eine Hand. »Fünf.«

Sie zählte lautlos, während die Werbung ihrem Ende entgegenging.

Dann wies sie mit ausholender Geste auf Mossberg.

»Willkommen zum nächsten Teil unserer Sendung«, sagte die attraktive Moderatorin. »Wir haben im Studio Besuch von Erik Rønning von *Aftenposten*. Der Journalist, der die grauenhaften Ereignisse von heute Morgen auf Film bannen konnte. Zuerst aber eine kleine Zusammenfassung für unsere neu hinzugekommenen Zuschauer. Roger?«

Rønning räusperte sich und trank einen Schluck Wasser. Roger. Ein kleiner Mann mit rotem Gesicht, Rønning war einige Monate zuvor mit dem Kerl in einer Pokerrunde gelandet und hatte ihn nicht sonderlich gut leiden können.

»Ist in Oslo ein Serienmörder unterwegs?«, fragte Roger mit ernster, ein wenig gekünstelter Stimme. »Das ist die Frage, die sich die ganze Nation stellt, nachdem heute Morgen das dritte Opfer in Maridalen in einem Kofferraum gefunden wurde. Lars Ellingsen weiß mehr.«

Die Produzentin trat vor und winkte abermals ab. Auf einem kleinen Bildschirm hinter ihnen lief lautlos eine Reportage ab. Rønning hatte sie an diesem Tag schon einmal gesehen. Vivian Berg, die Ballerina. Kurt Wang, der Jazzmusiker. In einem Hotelzimmer gefunden. Ruben Iversen, der Schuljunge. Derselbe Mörder? Musste das wirklich sein? Er schüttelte kurz den Kopf und hoffte, dass sie es sehen würden. Trank noch einen Schluck Wasser aus dem Glas, das vor ihm stand, und fuhr sich mit der Zunge über die Zähne.

Die Produzentin trat neben die Kamera und wiederholte ihre Handbewegung, während die Reportage dem Ende zuging.

Drei-zwei …

»Wir haben, wie gesagt, Erik Rønning von *Aftenposten* bei uns. Willkommen«, sagte Roger und nickte ihm zu, als sie nun auf Sendung waren.

»Danke«, sagte Rønning ernst.

»Ihr habt einen Film aufgetrieben, der den Mord an Ruben Iversen zeigt, stimmt das?«

»Das stimmt«, sagte Rønning und faltete die Hände.

»Wie habt ihr das geschafft? Zufall? Oder ist es so, wie böse Zungen behaupten, dass der Mörder euch vorher informiert hat?«

»Dem muss ich sofort widersprechen, Roger«, sagte Rønning. »Der Film entstand aufgrund eines anderen Artikels, an dem wir gearbeitet haben, und, ja, ob wir überaus tüchtig waren oder nur Glück hatten, das müssen andere entscheiden, aber zum Glück, zum Glück …«

Er schaute nun direkt in die Kamera, um Kontakt zu den Zuschauern herzustellen.

»... konnten wir diesen Beweis sichern, der für die Polizei von ungeheurer Bedeutung ist.«

»Stimmt es ...«

Das war Veronica Mossberg, in einem ganz anderen Tonfall. Sie wirkte beeindruckt, dieser Roger war nur neidisch. So war es doch in dieser Branche. Rønning musste sich ein Schmunzeln verkneifen, während die Moderatorin ihn fast mit Blicken verschlang und der Zwerg neben ihr nun vergrätzt in eine andere Richtung starrte.

»... dass dieser Film niemals öffentlich gezeigt werden wird? Finden Sie nicht, dass wir bei diesem Fall alle ein Recht auf Information haben?«

»Na ja, Veronica«, sagte Erik Rønning und räusperte sich leise. »Wie Sie wissen, ist es in solchen Zusammenhängen wichtig, nicht nur das Opfer und dessen Familie zu schützen, sondern, ja, die ganze Nation.«

»Aber«, begann Roger.

»Das ist ...«, sagte Rønning lächelnd und hob abwehrend eine Hand, »natürlich nichts, bei dem nur ich oder die Redaktion von *Aftenposten* entscheiden. Wir arbeiten selbstverständlich sehr eng mit der Polizei und den Behörden zusammen, und wenn Sie sich das überlegen, Roger, dann liegt es doch auf der Hand, nicht wahr? Würden Sie den Mord an Ihrem eigenen Sohn im landesweiten Fernsehen ausgestrahlt sehen wollen? Das glaube ich nicht.«

Rønning warf Mossberg einen kurzen Blick zu und trank wieder einen Schluck Wasser.

»Aber wie denken Sie«, fragte nun die Moderatorin, »über die Möglichkeit, dass wir im kleinen Norwegen es jetzt vielleicht mit dem zweiten Serienmörder in weniger als einem Jahr zu tun haben? Sind wir auf dem Weg in amerikanische Zustände? Was passiert hier in unserem kleinen Land?«

»Also, Veronica«, begann Rønning, wurde aber von Roger unterbrochen, der einen Finger an seinen Ohrstöpsel gehoben hatte.

»Wir müssen hier nun abbrechen. Wir schalten jetzt nach Stockholm, wo Schwedens unbestritten bedeutendster Experte auf diesem Gebiet, der Kriminalschriftsteller und Professor der Kriminologie Joakim Persson, sich nun äußern wird. Herr Professor, willkommen, danke, dass Sie hier bei uns sein können.«

Der bärtige Schwede mittleren Alters tauchte nun vor ihnen auf dem Bildschirm auf.

»Ist mir ein Vergnügen«, sagte er.

Rønning schüttelte den Kopf und trank wieder einen Schluck Wasser.

Was sollte das denn nun? Musste das wirklich sein?

Er hatte eine Menge anderer Dinge auf dem Programm, sie konnten sich glücklich preisen, dass er sich überhaupt die Zeit für diesen Auftritt genommen hatte. Und jetzt wurde ihm ein verdammter Schwede vorgezogen?

»Wir hier in Norwegen«, sagte derweil Roger, »sind ja mit diesem Phänomen nicht so vertraut, einem Lustmörder, der seine Opfer wahllos zu töten scheint, aber Sie als Fachmann können uns das vielleicht genauer erklären?«

Lustmörder?

Scheiße, woher hatte er dieses Wort denn wohl?

»Es ist noch zu früh«, erklärte Persson mit heiserer Stimme. »Und ich weiß nicht, was die Polizei weiß, ich kann mich nur auf die Informationen stützen, die in den

Medien zu finden sind, aber mit diesen Einschränkungen habe ich keine Zweifel daran, dass wir es mit einem Mörder zu tun haben, der jeden Augenblick wieder zuschlagen kann.«

»Und wie begründen Sie das?«, fragte Roger.

»Alles wirkt doch geplant«, erklärte Persson. »Es ist dieselbe Vorgehensweise, beide Tatorte wirken arrangiert. Typisch für solche Fälle ist …«

Rønning hörte dem Schweden nicht mehr zu und überlegte, ob er dieses Wort adoptieren sollte.

Lustmörder?

Er hatte einen neuen Artikel, der in wenigen Stunden online gehen sollte. Sie waren jetzt kontinuierlich am Werk, taten fast nichts anderes. Ein eigenes Einsatzteam, die Schule, die Nachbarn, die Freunde. Ruben Iversen war offenbar zum Übernachten zu einem Freund unterwegs gewesen, war dann aber verschwunden, nachdem er an einer Tankstelle sein Moped aufgetankt hatte.

Die Verbindung zwischen den beiden ersten Opfern und diesem Jungen? Bisher war keine aufgetaucht, aber die Morde konnten alle geplant sein, auch wenn die Polizei das vorläufig abstritt.

Der Schwede berichtete von Serienmördern und erläuterte, warum sie sich so verhielten, wie sie es eben taten.

Ted Bundy.

David Berkowitz.

Jeffrey Dahmer.

Edmund Kemper.

Bla, bla.

Rønning hatte das alles schon oft genug gehört.

War es möglich, dass dieser Zwerg Roger wirklich über

eine Lösung gestolpert war? Dass der Täter die Opfer zufällig aussuchte? Mordete, nur weil er … Lust hatte?

Das wäre wirklich etwas.

Damit könnte er etwas anfangen.

Ein Lustmörder? Zufällig ausgewählte Opfer?

Er musste Grung anrufen. Rønning spürte ein Kribbeln im Bauch, als der Schwede sich für die Aufmerksamkeit bedankte und die Produzentin den Arm hob, um den Countdown zu einer neuen Werbepause anzukündigen.

• 40 •

Munch war gerade zum Rauchen auf die Veranda getreten, als sein Telefon klingelte. Er warf einen Blick auf das Display und beschloss, den Anruf anzunehmen.

»Hallo, Marianne, wie geht's?«

»Das wollte ich dich auch gerade fragen.«

Seine Exfrau versuchte, sich nicht besorgt anzuhören, was ihr aber nicht sonderlich gut gelang.

»Hektisch ist es«, sagte Munch. »Und Miriam?«

»Immer besser, die Krankengymnastin hat sie gestern sehr gelobt.«

»Gut«, sagte Munch und gab sich Feuer, während er auf das wartete, was nun wohl kommen musste.

»Hast du schon von der Hochzeit gehört?«, fragte seine Exfrau.

»Sie hat mich angerufen«, sagte Munch und bereute schon, dass er den Anruf überhaupt angenommen hatte. Die Wolken, die den ganzen Tag über der Stadt gehangen hatten, ließen die Sonne für einen Moment durch.

Eigentlich hatte er jetzt keine Zeit dafür.

»Was meinst du dazu?«, fragte Marianne, noch immer mit diesem Hauch von Besorgnis in der Stimme. »Hast du ihn mal kennengelernt?«

»Nein, du?«

»Nur mal kurz.«

»Und?«

Er konnte sehen, dass Grønlie ihm durch das Fenster zuwinkte. Munch nickte und zeigte auf sein Telefon.

»Na ja, er scheint ganz in Ordnung zu sein. Ziggy, so nennt sie ihn wohl. Sie standen nur draußen auf der Treppe. Sie wollte wohl nicht, dass Marion ihn schon kennenlernt. Was sicher nicht dumm war, aber trotzdem, jetzt gleich schon heiraten? Findest du das nicht ein bisschen früh?«

»Doch«, sagte Munch, ohne wirklich zuzuhören.

Er musste seine Leute umdirigieren, eine kleine Rochade vornehmen. Sie mussten die Familie Iversen priorisieren und mit den Vernehmungen im Umfeld von Kurt Wang weitermachen. Die Jazzband. Da war irgendetwas mit einem Portugiesen, der offenbar vorbestraft war.

»... machen wir?«, fragte Marianne.

»Was?«, fragte Munch.

»Sind wir einverstanden?«

»Sie ist doch erwachsen«, sagte Munch, als Grønlie ein weiteres Mal winkte. »Ich weiß nicht, was wir da sagen sollten.«

»Sie ist doch unser Enkelkind«, sagte seine Exfrau, jetzt in einem etwas anderen Tonfall. »Wir sollten ihr wenigstens einen Rat geben, findest du nicht?«

»Marion ist zäh. Das Wichtigste ist doch wohl, dass es

Miriam gut geht, oder? Nach allem, was sie durchgemacht hat.«

Grønlie verschwand wieder, und das tat auch die Sonne. Der Frühling wollte einfach nicht richtig kommen. Munch knöpfte gerade seinen Dufflecoat zu, als im Hintergrund ein neuer Anruf piepte.

»Aber das meine ich doch! Wie lange ist es her? Gerade mal ein halbes Jahr! Sie kann noch immer nicht richtig sprechen. Es ist eine wichtige Entscheidung. Findest du nicht, dass sie noch warten sollte?«

»Ich muss weiter«, sagte Munch, als das Piepen verstummte. »Bin mitten in einer Besprechung. Ich habe gesagt, dass ich sie auf jeden Fall zum Altar führe, okay? Ich finde, so viel hat sie verdient.«

Einen Moment Stille, seine Exfrau schien Atem zu holen, um etwas ganz anderes zu sagen.

»Müssen wir uns Sorgen machen?«

»Wenn sie das hier will, hat sie meine Unterstützung.«

»Nein, nicht das«, sagte Marianne. »Was wir im Fernsehen sehen. Daran arbeitest du doch wohl gerade? An diesen entsetzlichen Morden?«

»Du weißt, dass ich darüber nicht reden darf, Marianne.«

»Das weiß ich, Holger, aber trotzdem.«

»Kein Grund, sich irgendwelche Sorgen zu machen«, sagte Munch und hoffte, dass er sich überzeugend anhörte. Das Piepen ging wieder los.

»Kannst du mir nicht wenigstens einen Hinweis geben? Soll ich Marion aus der Schule nehmen?«

»Nein, nein«, sagte Munch, als nun Grønlie durch die Verandatür schaute.

»Kannst du Mias Anruf annehmen? Ich habe versucht, ihr zu erklären, dass du gerade telefonierst.«

»Zwei Sekunden«, sagte Munch und nickte.

»Bist du da, Holger?«

»Hör mal, Marianne«, sagte Munch und zog an seiner Zigarette. »Wir lassen Miriam selbst entscheiden, abgemacht? Und was das andere angeht, da kannst du ganz normal weiterleben. Kein Grund zur Besorgnis. Okay? Ich muss jetzt los. Ich ruf dich nachher an, grüß die beiden.«

Er legte auf, ehe sie antworten konnte, und nahm Mias Anruf an.

»Gehst du neuerdings nicht mehr ans Telefon?«, fragte Mia gereizt.

»Bin jetzt da«, sagte Munch.

»Ich glaube, es ist derselbe«, sagte Mia.

»Und weshalb?«

»Habe mit einem Maskentypen vom Theater gesprochen. Er sagt, die Augen seien dieselben.«

»Aufgrund der Zeichnungen?«

»Und aufgrund des Bildes aus dem Film. Es könnten auch Brüder sein«, sagte Mia, ohne ihm zuzuhören. »Die *Brüder Löwenherz* und so, aber trotzdem finde ich, dass wir davon ausgehen sollten, dass wir es mit einem Täter zu tun haben.«

»Na gut«, sagte Munch. »Kommst du her?«

»Nein, ich muss eine Runde nachdenken«, sagte Mia. »Kann sein, dass ich das Telefon ausschalte. Das nervt mich. Ich besorge mir bei Gelegenheit ein neues.«

»Lass es an, okay?«, bat Munch, aber Mia hörte ihn nicht mehr.

Munch drückte seine Zigarette in dem überfüllten Aschenbecher aus. Dann wurde er von einer unbekannten Nummer angerufen.

»Hier Munch.«

»Hallo, Holger«, sagte eine fröhliche Stimme. »Lillian Lund hier. Rechtsmedizin. Ich hoffe, ich darf dich direkt anrufen?«

»Ja, ja, natürlich«, sagte Munch. »Was kann ich für dich tun?«

»Na ja, eigentlich zwei Dinge«, sagte Lund. »Zum einen wollte ich nur sagen, dass alles stimmt, was den Zusammenhang zwischen den Opfern angeht. Ethylenglykol. Diesmal eine etwas höhere Dosis, ganz eindeutig. Dieselbe Todesursache. Abermals keine Spuren am Körper. Keine Hinweise auf einen Kampf, nichts unter den Fingernägeln. Wie bei Vivian Berg und dem jungen Mann im Hotel.«

»Okay«, sagte Munch und zündete sich die nächste Zigarette an. »Weißt du jetzt mehr über die Wunden am Mund?«

»Ja«, sagte Lund ein wenig zögernd. »Ich habe eben die Ergebnisse aus dem Labor bekommen. Ich glaube, ich weiß, warum sie sich nicht wehren«, sagte Lund leise.

»Also?«

»Hör mal«, sagte Lund und räusperte sich. »Könnten wir uns vielleicht treffen? Ich möchte am Telefon lieber nicht darüber sprechen.«

»Natürlich«, sagte Munch.

»Vielleicht können wir einen Happen essen?«, fuhr Lund fort. »Ich war eigentlich mit einer Freundin verabredet, aber die musste im letzten Moment absagen. Ich habe einen Tisch, aber ich esse nicht gern allein. Klingt das brauchbar?«

»Natürlich«, sagte Munch. »Wann und wo?«

»Isst du Sushi?«

»Eigentlich nicht, aber ich kann eine Ausnahme machen.«

»Schön«, sagte Lund erfreut. »Alex Sushi, auf Tjuvholmen? In einem Stündchen?«

»Dann sehen wir uns da«, sagte Munch und legte auf.

• 41 •

Lillian Lund saß schon an einem Fenstertisch und erhob sich, als er hereinkam. Er hätte sie fast nicht erkannt. In zivil. Die dunklen Haare fielen offen über ihre Schultern, und der weiße Laborkittel war einem gelben Kleid und einer kurzen grauen Wolljacke gewichen.

»Hallo, Holger«, sagte sie lächelnd. »Tut mir leid.«

»Absolut kein Grund«, sagte Munch und knöpfte seinen Dufflecoat auf.

»Ich wollte nur, ja«, sagte Lund. »Allein essen, das schaffe ich einfach nicht so richtig. Kommt mir ganz falsch vor. Geht dir das nicht so?«

»Kann ich nicht behaupten«, antwortete Munch lächelnd und setzte sich. »Was das Essen angeht, ja, da würden vielleicht einige behaupten, ich hätte zu wenig Probleme.«

Er lachte, während eine Kellnerin mit japanischem Aussehen lautlos zum Tisch herüberkam und zwei Speisekarten vor sie hinlegte.

»Ich empfehle Maki«, sagte Lund. »Du kennst Maki nicht, wenn du noch nie hier warst. Ich habe auch erst begriffen, was damit gemeint ist, als ich zum ersten Mal hier war. Hast du irgendwelche Allergien?«

»Was? Nein«, sagte Munch mühsam und hatte das Gefühl, dass ein kurzer Abstecher in seine Wohnung nicht ganz falsch gewesen wäre.

Die Kleidung von gestern, oder vielleicht schon von vorgestern – er wollte die Arme lieber nicht heben, aus Angst, dass der Geruch der Arbeit mehrerer Tage stören könnte. Aber da konnte er jetzt auch nichts dran ändern. Er hatte wirklich andere Sorgen.

»Was dagegen, wenn ich bestelle?«, fragte Lund und winkte der Kellnerin.

»Nein, überhaupt nicht«, sagte Munch und nickte.

»Schön«, sagte Lund und sagte etwas zu der jungen Kellnerin, ohne einen Blick auf die Speisekarte zu werfen.

»Also?«, fragte Munch, als sie wieder allein am Tisch waren.

»Ja«, sagte Lund und legte sich die Serviette auf den Schoß. »Entschuldige, aber ich fand es richtiger, von Angesicht zu Angesicht darüber zu sprechen. Die Proben«, fuhr sie fort und trank einen Schluck aus ihrem Wasserglas, »sind, um ehrlich zu sein, ungefähr so ausgefallen, wie ich befürchtet hatte.« Sie schaute kurz aus dem Fenster. »Scopolamin, Hyoscyamin und Atropin.«

»Sagt mir so direkt nichts«, sagte Munch.

»Teufelsatem«, sagte Lund.

»Teufels…?«

»Atem«, Lund nickte. »So wird es genannt. Scopolamin. Es gibt viele Spekulationen, was diesen Stoff angeht, viele halten es auch für einen Mythos, dass er angewendet worden ist.« Sie räusperte sich kurz, ehe sie weitersprach.

»Es gab Berichte, hauptsächlich aus Süd- und Mittelamerika, dass Kriminelle ihn anwenden, um ihre Opfer vollständig in ihre Gewalt zu bringen. Er steht nicht auf der Drogenliste, also auf der staatlichen Liste der in Norwegen verbotenen Drogen, ist aber angeblich so stark, dass die Wirkung augenblicklich einsetzt. Nur ein kleiner Stich oder Hautkontakt reicht, ein kurzer Händedruck zum Beispiel, daher der Name.«

»Teufelsatem?«

»Ja«, sagte Lund.

»Und davon ist hier die Rede?«

»Ja, es besteht kein Zweifel, leider.«

»Scolo…?«

»Scopolamin. In Norwegen findet sich diese Substanz in einer Pflanze namens Stechapfel. Den findest du im botanischen Garten. Wenn du weißt, wonach du suchen musst, natürlich nur. Angeblich verursacht er einen extremen, hypnotischen Rausch. Seltsam eigentlich, dass das so wenig bekannt ist.«

Sie schaute ihn kurz an und lächelte wieder.

»Und das gibt es hierzulande?«

»Ja, ich habe gehört, dass diese Pflanze von einigen gezüchtet wird.«

»Und du glaubst …?«

»Die Wunden am Mund«, sagte Lund und beugte sich zu ihm vor, »haben mich dazu gebracht, neue, detailliertere Untersuchungen anzufordern. Ich glaube, das kann eine Reaktion auf das Gift gewesen sein«, sagte Lund. »Es gilt als extrem gefährlich. Vielleicht hat der Täter es ihnen in den Mund gespritzt oder so, das weiß ich noch nicht genau.«

»Scopolamin?«, fragte Munch erstaunt. »Warum habe ich noch nie davon gehört?«

Lund strich sich eine Haarsträhne hinter das Ohr. »Es findet offenbar eine Art Gehirnlähmung statt. Es gibt sehr wenige Studien dazu, aber es ist angeblich vorgekommen, dass Menschen auf der Straße Fremden begegnet und gleich darauf wie in Trance weitergegangen sind. Der Täter ist danach mit den Opfern nach Hause gegangen. Hat die Häuser leer geräumt. Ist mit den Opfern zum Geldautomaten gegangen und hat alles vom Konto abgehoben. Die Leute sind dann Tage später zu sich gekommen, besitzlos und ohne jegliche Erinnerung daran, was passiert ist. Verstehst du? Wirklich unheimlich.«

»Und du bist sicher, dass die Opfer diese Substanz im Blut hatten?«

»Ja, Scopolamin, Hyoscyamin und Atropin. Stechapfel beziehungsweise *Datura,* wie der wissenschaftliche Name lautet. Dieses Halluzinogen ist fast wie LSD, nur viel stärker.«

»Aber warum …?«, murmelte Munch.

»Warum ich das nicht am Telefon sagen wollte?« Lund räusperte sich und schaute wieder aus dem Fenster, dann trank sie einen Schluck Wasser. »Hast du Kinder?«

»Eine Tochter, warum?«

»Ich habe einen Sohn«, sagte Lund. »Benjamin. Sechsundzwanzig. Er ist, ja, wie soll ich das sagen. Anders. Es fällt ihm nicht ganz leicht, seinen Platz hier auf der Welt zu finden, verstehst du, was ich meine?«

»Doch, sicher«, sagte Munch und lächelte.

»Benjamin«, Lund zögerte, ehe sie weitersprach. »Er, ja, er hatte ein wenig Probleme damit, sich anzupassen, wenn ich das so sagen darf. War immer eher künstlerisch veranlagt. Tut mir leid, wenn das zu persönlich wird.«

»Absolut nicht«, wehrte Munch ab.

»Danke«, Lund lächelte. »Er ist nach Trondheim gegangen. Zum Studium. Völkerkunde. Da oben wohnte er dann in einer Wohngemeinschaft zusammen mit Leuten, die in einer Band spielten und so. Sie hatten Gerüchte gehört, waren in den botanischen Garten gegangen und hatten diese Pflanze gesucht. Leichtsinnig, natürlich, aber die Burschen kamen erst nach vielen Tagen wieder zu sich, in einem ganz anderen Teil der Stadt, ohne die leiseste Ahnung, was sie in der Zwischenzeit gemacht hatten. Er hat mir gesagt, dass er es selbst nicht ausprobiert hat, aber er wollte seiner Mutter wohl nur die Sorge ersparen.«

Munch konnte sein Lächeln nicht verbergen.

»Was ist los?«, fragte Lund und runzelte die Stirn.

»Tut mir leid, ich wusste nicht recht, was ich glauben sollte, als du das am Telefon nicht sagen wolltest. Wunder Punkt, eigene Kinder. Ich verstehe«, sagte Munch, als die Kellnerin das Essen brachte.

»Aber wenn du recht hast, sind ja viele unserer Fragen beantwortet«, fuhr Munch fort.

»Lateinamerika«, sagt Lund. »Und es breitet sich jedenfalls aus, wenn man den Berichten im Netz glauben darf.«

»Und diese Stechapfelpflanzen sind nicht verboten?«

»Noch nicht, aber das muss bald passieren. Du musst übrigens nicht mit Stäbchen essen.«

»Sicher?«, fragte Munch.

»Nicht, wenn du nicht willst. Ach, entschuldige«, sagte

Lund. »Ich habe dich gar nicht gefragt, ob du ein Bier möchtest.«

»Ich trinke keinen Alkohol«, sagte Munch.

»Nie?«

»Nein, ich hab es zwar probiert, aber es ist nichts für mich.«

»Nicht zu fassen, ein Mann nach meinem Geschmack.« Die Rechtsmedizinerin zwinkerte ihm zu und hob ihr Wasserglas zu einem Prosit.

• 42 •

Mia schaute kurz durch die Fenster vom Lorry und überlegte sich die Sache anders. Ihr Stammplatz war besetzt, und es waren zu viele Leute in der Kneipe. Die Dunkelheit hatte sich über die Straßen von Oslo gesenkt, und Mia hatte noch immer nicht geschlafen. Sie war kurz zu Hause gewesen, um sich noch mal aufs Ohr zu legen, aber der Zirkus im Treppenhaus war immer noch nicht vorbei. Wieder die Alte. Diesmal ging es um ihren Stubentiger. Haben Sie meine Katze gesehen? Auch der Nachbar hatte aus seiner Tür geschaut, er hatte die Hoffnung noch nicht ganz aufgegeben. *Was wird jetzt mit deiner Reise?* Diese Frage lag ihm auf der Zunge, und sie hatte gerade noch in ihre Wohnung schlüpfen können, ehe er sie aussprechen konnte. Den Kopf für einen Moment nur aufs Kissen. Hämmern aus dem Stock über ihr. Eine wütende Männerstimme und eine Frau, die ebenso energisch zurückkeifte. Die alltäglichen Trivialitäten. Sie hatte die Augen zugekniffen, aber sie hatte die Welt nicht aussperren können. Die vielen Menschen. Das war immer ihre Verantwortung gewesen. Dass sie in Sicherheit waren. Damit sie nach ihrer Katze suchen konnten. Ihrer Schwester helfen. Sich mit ihrem Mann streiten. Es kam auf Mia an. Dass die anderen nicht mit Ballettkostüm in einem Bergsee endeten. Im Bett eines schäbigen Hotels. Allein und unbekleidet nachts auf einem Parkplatz, wehrlos.

Deine Arbeit macht dich krank.

Das ist dir doch bewusst?

Dass du etwas ganz anderes tun solltest?

Noch ein wohlmeinender Psychologe, und sie hatte den Rat verdrängt, doch jetzt schlichen sich diese Worte wieder an, als sie die Straße überquerte und sich ein anderes Lokal suchte, um sich zu verstecken. Kunstnernes Pub. Ein bärtiger Mann am Tresen, über einem Glas und einem Skizzenblock. Drei stille Gesichter an einem Schachbrett, grobe Hände um angewärmte Biergläser. Sie suchte sich einen Tisch in einer Ecke, und dann klingelte ihr Telefon. Gabriel. Sie stellte ihre Tasche auf den Stuhl und ging hinaus auf die Straße, um den Anruf anzunehmen.

»Hast du zwei Minuten?«

»Natürlich, Gabriel. Wie ist es gelaufen?«

»Ich habe alles«, murmelte der Hacker. »Was soll ich damit anfangen?«

»Ist es viel?«

»Jede Menge.«

»Ist es durchsuchbar? Ich meine die Dateien. Kannst du ein Wort oder einen Namen oder so eingeben?«

Gabriel lachte kurz auf. »Nein. Das ist keine Datenbank. Es sind Tausende von Dokumenten. Gescannte PDFs von seinen Notizen. Ohne Suchfunktion.«

»Ritter muss doch eine Suchmethode haben?«

»Er weiß ja, wie seine Patienten heißen, da ist es nicht schwierig. Wenn du mir einen Namen nennst oder ein Geburtsdatum, eine Adresse, brauche ich zehn Sekunden. Aber du hast keinen Namen oder?«

»Nein, wenn da nicht irgendwo Karl Øverland steht?«

»Das habe ich schon versucht, aber nichts. Das war ja auch nur ein Deckname, wenn ich mich nicht täusche.«

»Lass die Dateien einfach erst mal liegen«, sagte Mia. »Bis wir etwas finden, mit dem wir es verlinken können.«

»Okay«, sagte Gabriel. »Hast du mit Munch gesprochen? Über diese Droge, die sie gefunden haben, Scopolamin?«

»Ich weiß«, sagte Mia.

»Deshalb ist Vivian Berg also auch durch den Wald gegangen. Und keines der Opfer hat Widerstand geleistet?«

»Das ist gut möglich«, murmelte Mia ungeduldig.

Sie musste wieder hineingehen.

»Richtig unheimlich«, sagte Gabriel. »Wissen, dass er sich holen kann, wen er will, jederzeit, ohne dass wir uns beschützen können, findest du nicht?«

»Du, ich hab hier gerade zu tun, Gabriel, ich ruf dich wieder an, ja?«

»Okay«, sagte Gabriel und beendete die Verbindung.

Mia hätte alles für eine Mütze Schlaf gegeben, aber sie schüttelte ihre Müdigkeit ab. Bestellte einen Kaffee und ein Mineralwasser und zog die Unterlagen aus ihrer Tasche. Widerstand der Verlockung, die die Zapfhähne hinter dem Tresen darstellten. Es wäre viel einfacher gewesen, die Welt mit einem Bier und einem Jägermeister wegzuschieben. Feige, natürlich, aber es würde jetzt guttun, das musste sie zugeben.

Der Kaffee schmeckte wie Spülwasser, aber sie nahm sich zusammen. Tippte mit dem Kugelschreiber auf die Blätter vor ihr auf dem Tisch.

Ein Haus in Flammen?

Bambus?

Handgemacht?

Ein brennendes Puppenhaus?

Die Brüder Löwenherz.

Dieselbe Spur, oder nicht?

Die Zahlen?

Vier? Sieben? Dreizehn?

Ein Geburtsdatum?

Nein.

Vierter Siebter Dreizehn.

Ergab keinen Sinn.

Falls nicht?

Sie verschob die Zahlen, aber es kam nichts dabei heraus. 7. April, 4. Juli, 13. Irgendwas, 74?

Das könnte etwas sein.

Dreizehntes, *neues Opfer,* 1974?

Sie trank noch einen Schluck von der bitteren Plörre.

Verdammt. Ein einziges Bierchen würde schon nicht schaden.

Aber sie entschied sich für ein zweites Mineralwasser.

Badehose.

Wasser.

Eis.

Watch what I can do.

Vielleicht irrte sie sich. Vielleicht hatte es gar nichts mit Bambus zu tun, warum auch?

Seht ihr mich?

Ich lache euch mitten ins Gesicht.
Seht ihr, was ich kann?
Ohne dass ihr mich daran hindern könnt?
Watch what I can do.
Der Kugelschreiber lief jetzt schneller über das Papier.
Opfer 1.
Vivian Berg.
Ballettkostüm.
Kostüm?
Warum?
Das ist wichtig, oder?
Opfer 2.
Kurt Wang.
Musik am Telefon.
My Favorite Things.
Was war … das Kostüm?
Das Saxofon? Das ganze Szenario?
Das ist wichtig.
Hier ist etwas.
Opfer 3.
Ruben Iversen.
Alter? Spielt das eine Rolle?
Badehose.
Symbolisch?
Kein Wasser?
Konkreter.
Seht … die Verkleidung?
Ein neues Kostüm?
Ein Rätsel?
Die Finger jagten jetzt noch eifriger über das Papier.
Wolfgang Ritter?

Der Psychiater?

Ein Totentanz …

Verdammt, das hätte sie fast vergessen.

Wolfgang Ritter.

Den mussten sie sich noch einmal vornehmen.

Da musste es mehr geben.

Sie unterstrich den Namen und schob den Kugelschreiber in den Mund.

Klaus Heming.

Noch am Leben?

Nein, unmöglich.

Mia merkte nicht, wie die Tür geöffnet wurde, nahm die Gestalt aber erst wahr, als sie am Tisch stand. Ein Gesicht weit draußen im Nebel.

»Funktioniert dein Telefon nicht?«, fragte die tiefe Stimme, und jemand ließ sich vor ihr auf den Stuhl sinken.

• 43 •

Erik Rønning hatte den ganzen Abend keinen einzigen Drink gekauft, und doch kam wieder einer über den Tisch, gefolgt von einem neuen Gesicht mit derselben Miene, die alle anderen gehabt hatten. Fünfzig Prozent Neid, fünfzig Prozent Neugier. Noch ein nachlässig gekleideter Kollege drängte sich zu ihm durch und ließ sich neben ihm auf einen Stuhl fallen, in der Hoffnung, sich die letzten Nachrichten krallen zu können. Wie heißt er noch gleich? Von *Nettavisen*. Rønning wusste es nicht mehr. War ja auch egal. Er hob seinen Gin Tonic mit einem kleinen Lächeln an den Mund und drehte sich wieder zu Veronica Mossberg um, die jetzt, *hatte er schon sechs getrunken?*, noch besser aussah. Er wusste es nicht mehr.

Er kam nicht oft her. Stopp Pressen! hieß das Lokal und war nach seinem Geschmack eher etwas für die *unteren Chargen*. Für das Fußvolk. Die Redakteure kamen selten her, er sah keinen Grund, hier herumzuhängen, aber Mossberg hatte es vorgeschlagen.

»Wie seid ihr nun eigentlich an diesen Film gekommen?«, fragte Mossberg mit Schlafzimmerblick.

War noch ein Knopf an ihrer Bluse geöffnet worden? Er hatte sich nur kurz umgedreht, um eine weitere Hand zu schütteln, die vor ihm aufgetaucht war. Er blinzelte und rutschte noch ein bisschen näher.

»Ach, komm schon«, sagte er und legte den Arm auf die Sofalehne. »Gute Nase. Harte Arbeit.«

Mossberg kicherte und schüttelte den Kopf.

»Nein, ernsthaft, Erik, ich bin neugierig. Nun sag schon!«

»My lips are sealed«, sagte er grinsend und fuhr sich mit einem Finger über den Mund.

»Ach, komm schon, hier sind wir doch unter uns«, sagte Mossberg augenzwinkernd.

»Und ob«, sagte Erik und zeigte seine weißen Zähne.

Er hatte sie erst wenige Tage zuvor bleichen lassen, beim Zahnarzt unten am Rådhusplass. Er hatte sogar mit dem Gedanken an Kronen gespielt. Wenn er häufiger ins Fernsehen müsste, was sich jetzt durchaus abzeichnete, würde er jedenfalls ein strahlendes Grinsen brauchen. Aber dann hatte er sich die Sache vorläufig aus dem Kopf geschlagen.

Er rutschte näher an Mossberg heran und legte den Mund an ihre weiche Wange. Nahm jetzt ihr Parfüm wahr.

»Ich weiß noch einen ruhigeren Ort«, flüsterte er.

»Ach ja?«, kicherte Mossberg und schob sich einen Trinkhalm in den Mund.

Wieder tauchte im Hintergrund jemand auf. Noch mehr Glückwünsche. So ging es schon den ganzen Tag. Glaubten diese Trottel wirklich, er würde verraten, wie sie den Mord gefilmt hatten? Lachhaft.

»Oh, hallo«, sagte Mossberg und erhob sich.

Sie gab dem Neuankömmling einen Kuss.

»Erik, das ist mein Mann Konrad. Ihr kennt euch noch nicht, oder?«

Rønning schluckte und unterdrückte einen Rülpser. Erhob sich widerwillig, um dem Kerl die Hand zu schütteln.

»Konrad Larsen«, sagte der Mann.

Sakko, offenes Hemd. Alberner Schnurrbart und Brille.

»Freut mich«, murmelte Rønning, als der Mann sich setzte.

Shit.

Waren es sechs oder sieben Drinks?

Er fiel ihm nicht ganz leicht, seinen Platz wieder einzunehmen.

»Ja, das war schon ein Treffer«, sagte Larsen und streichelte Mossbergs Schulter. »War das Zufall?«

Wo kam der Kerl eigentlich her?

Scheißspiel.

Er setzte ein Grinsen auf, murmelte irgendeine Antwort und entschuldigte sich. Suchte die Toilette auf und musterte sein Spiegelbild über dem Waschbecken. Verdammte Zeitverschwendung, nur rumsitzen und faseln. Und von den Drinks hatte er noch dazu welche verschenkt. Was für eine miese Kuh. Er drehte den Wasserhahn auf und spritzte sich Wasser ins Gesicht. Die Bar im Grand vielleicht? Einen Schluck Champagner?

Er taumelte zurück ins Lokal und überlegte, ob er gleich gehen sollte, aber nun entdeckte er ein Augenpaar, das ihn vom Tresen her anstarrte. Ein roter Mund über einem Cocktail. Blonde Haare. Ein enges Kleid, das nicht viel verbarg. In seinem Alter, vielleicht etwas jünger. Wozu die grüne Schirmmütze gut sein sollte, begriff er nicht, aber egal, warum nicht? Sie verlieh der Aufmachung einen sportlichen Touch.

Er korrigierte seinen Schlipsknoten und bahnte sich einen Weg zur Bar.

»Was trinkst du?«, fragte er und nickte zu ihrem Glas hinüber.

»Nichts mehr«, sagte die junge Frau gekünstelt.

»Ach«, erwiderte Rønning entrüstet. »Das können wir doch nicht durchgehen lassen.«

Er winkte dem Barmann, der ihn jedoch übersah.

»Für meinen Geschmack sind zu viele Leute hier«, sagte die Frau.

»Allerdings«, sagte Rønning lächelnd und rückte näher. »Hast du einen anderen Vorschlag?«

»Schade, dass ich so weit weg wohne. Du?«

Treffer.

»Gleich um die Ecke«, grinste er und strich ihr über den nackten Arm.

»Was spendierst du?«, fragte die Frau kichernd.

»Was du willst«, sagte Rønning.

»Gibst du mir zwei Minuten?«, fragte die Frau und griff nach ihrer Handtasche.

»Klar doch«, Rønning grinste.

»Gleich wieder da.«

Die Frau mit der grünen Schirmmütze berührte seine Hand, zwinkerte ihm zu und ging mit schwingenden Schritten in Richtung Toilette davon.

• 44 •

Tut mir leid«, sagte John Wold und schien das auch so zu meinen. »Ich sehe schon, du hast zu tun, aber ich habe versucht, dich anzurufen. Hast du über meinen Vorschlag nachgedacht?«

Er machte seinen Mantel auf, streifte die Lederhandschuhe ab und legte sie auf den Tisch.

»Hör mal …«, sagte Mia gereizt.

Sie war unterwegs gewesen. Sie wollte gedanklich weiterkommen im Fall, und sie hatte tatsächlich einen Ansatz gefunden.

»Ich verstehe«, sagte Wold und hob abwehrend die Hand. »Aber das hier ist wichtig.«

»Liest du keine Zeitung?«, fauchte Mia und starrte ihn an.

»Doch, klar! Und ich wäre nicht hier, wenn ich nicht das Gefühl hätte, dass es wirklich wichtig ist. Kann ich dir noch einen Kaffee holen? Ein Bier?«

»Nichts«, sagte Mia und schüttelte den Kopf.

»Nur fünf Minuten, dann bin ich schon wieder weg. Ich muss nur wissen, ob du mitmachst oder nicht. Ich weiß, dass solche Dinge dir vielleicht zuwider sind, Mia. Dein eigenes Team. Noch dazu ein Freund, ich kann das ja verstehen, aber wir reden hier über Heroin auf den Straßen. Und ich habe ja auch einiges investiert, verstehst du? Ist auf Mia Krüger überhaupt Verlass? Ist sie nicht …«

Er deutete ein Lächeln an.

»Was?«, fragte Mia. »Ist sie nicht was?«

»Du weißt schon«, sagte Wold. »Deine Personalakte ist ja nicht gerade mustergültig.«

»Wie meinst du das?«, fragte Mia kühl.

»Ich fasse nur zusammen, was ich gelesen habe«, sagte Wold beschwichtigend. »Was die anderen denken. Ich meine, einen Verdächtigen erschießen, mehrmals zwangsweise beurlaubt? Was hat er noch über dich geschrieben …«

»Wer?«

»Mikkelson. Er ist nicht gerade dein Busenfreund, oder?«

»Jetzt aber …«, sagte Mia irritiert.

»Mia, das sind nicht meine Worte, okay? Ich habe dich vorgeschlagen, vergiss das nicht. Im Haus darf über das, woran wir arbeiten, nicht gesprochen werden. Und ich darf das Risiko eigentlich nicht eingehen und mit dir darüber reden. Dass einer deiner engsten Mitarbeiter damit zu tun haben kann. Ich riskiere hier ganz schön viel, das ist dir ja wohl klar.«

Mia hatte jetzt doch Lust auf ein Bier.

»Okay«, sie seufzte. »Was wolltest du noch von mir?«

»Curry«, sagte Wold.

Er winkte der Kellnerin und bestellte ein Bier und einen Kaffee.

»Ich glaube, du irrst dich«, sagte Mia. »Wolltest du das wissen?«

»Nein«, sagte Wold. »Ich wollte wissen, ob du dir vorstellen kannst, mit uns zusammenzuarbeiten. Bestenfalls, um den Verdacht zu entkräften.«

»Hast du mich neulich falsch verstanden?«, fragte Mia gereizt. »Es ist nicht Curry. Er ist Polizist zu hundert Prozent, mit Leib und Seele. Würde sich nie für so was hergeben.«

»Der alte Curry vielleicht nicht«, sagte Wold, als Kaffee und Bier gebracht wurden. »Aber was ist mit dem neuen? Wie war er in letzter Zeit? Pünktlich? Nüchtern?«

Wold hob die Tasse an den Mund und schnitt eine Grimasse, als er gekostet hatte.

»Kennst du seine neue Freundin?«

Mia schüttelte den Kopf.

»Luna Nyvik. Einundzwanzig, Thekenkraft?« Wold griff in seine Manteltasche und schob Mia ein Foto herüber.

»Flughafen Gardermoen im vorigen Sommer. Kam aus Bangkok. Wir haben sie durchgelassen, in der Hoffnung, dass sie uns zu jemandem führen würde, der in der Hierarchie höher sitzt, aber sie ist uns leider entwischt.«

»Curry hat also eine neue Freundin, na und?«, fragte Mia und schob das Bild zurück. »Zufall. Klingt nicht danach, als ob ihr da viel hättet.«

»Ich würde dich nicht fragen, wenn wir nicht ziemlich sicher wären«, entgegnete Wold und beugte sich zu ihr vor. »Wir sind dicht dran, wirklich. Lorentzen, der Anwalt, hat auch damit zu tun, zweifellos. Hat eine Firma auf den Cayman Islands, zur Geldwäsche. Wir hätten ihn uns schon längst holen können, aber die hohen Herren wollen den Mann im System. Polizei? Verantwortlich dafür, dass

Heroin auf den Straßen kursiert? Sieht für uns alle nicht gut aus, verstehst du?«

»Ich habe wirklich schon genug zu tun«, sagte Mia seufzend. »Ich glaube nicht, dass es Curry ist, klar? Sucht euch wen anders. Können wir es nicht dabei belassen?«

Der Agent verstummte. Er schien seine Worte gründlich abzuwägen, ehe er einen Entschluss fasste und den Mund wieder aufmachte.

»Natürlich können wir uns jemand anderen suchen. Aber es gibt einen Grund, warum wir dich wollen, Mia, okay? Heroin«, sagte Wold und beugte sich noch weiter vor.

Sie konnte ihn jetzt riechen. Und sein Duft erinnerte sie an etwas. An Sommer. Eine Felseninsel. Einen Verflossenen.

Wold fuhr sich mit der Hand über die Wange. Sah sie mit einem seltsamen Blick an. Herzlich und neugierig zugleich. Sie im Badeanzug. Kichernd auf einem Handtuch unter der sengenden Sonne im Schärengürtel.

Wie hatte er noch geheißen?

»Hör mal«, sagte Wold. »Die anderen waren dagegen, sie wollten lieber Grønlie oder Goli. Das war meine Entscheidung, dich zu fragen.«

»Wow, fantastisch. Tausend Dank«, sagte Mia sarkastisch.

»So war das nicht gemeint«, sagte Wold. »Ich dachte nur, also ich finde, du bist die Richtige. Wo du in der Sache eh schon drinsteckst.«

»Wie meinst du das?«

»Du bist nicht informiert? Über deine Schwester?«, fragte Wold ehrlich erstaunt.

Ein Tier kroch aus ihrem Magen nach oben.

»Nein?«, fragte ihr ausgedörrter Mund, und der Raum wurde plötzlich kleiner.

Die Schachspieler standen auf und verschwanden.

Der Zeichner an der Bar drehte sich zu ihr um.

Komm, Mia, komm.

»Mia? Alles in Ordnung?«

»Ja«, murmelte Mia und leerte die Mineralwasserflasche.

»Kann ich dir etwas bringen? Ist dir schlecht?«

»Schon gut«, murmelte Mia.

»Wir haben Grund zu der Annahme, dass deine Schwester die Erste war«, sagte Wold und faltete die Hände vor sich auf dem Tisch. »Das erste Muli. Deshalb. Verstehst du?«

»Deshalb hast du mich ausgesucht.«

»Genau.«

»Ich glaube dir nicht«, sagte Mia kurz.

»Das ist natürlich deine Sache«, sagte Wold. »Aber überleg mal. Wie ist Sigrid gestorben? Hat sie sich die Überdosis wirklich selbst gesetzt?«

Mia schaute zu den Zapfhähnen hinüber.

»Sie hat für Markus Skog Drogen ins Land gebracht. Wir glauben, dass alles im Zusammenhang steht. Ich dachte, du wüsstest das. Dass ich deshalb zu dir gekommen bin.«

Ein Bier.

»Nein«, sagte Mia. »Das wusste ich nicht.«

Er warf einen Blick auf ihr Handgelenk.

Einen Jägermeister.

Sie brauchte jetzt etwas.

»Dein Armband.«

»Ja?«, sagte Mia leise und hob die Hand vom Tisch. »Was ist damit?«

Ein Herz, ein Anker und ein Buchstabe.

Willst du meins, dann krieg ich deins?

»Es gibt ein Gerücht«, sagte Wold ernst. »Eine Frau von den alten Kurieren. Sie heißt Cecilie. Angeblich war sie dabei, als deine Schwester gestorben ist. Angeblich trägt sie so ein Armband. Wie dieses hier.« Wold zeigte darauf. »Sie ist irgendwie auf der Suche nach irgendwas. Nach Geld oder … ich weiß auch nicht.«

»Wie heißt sie, hast du gesagt?«, fragte Mia und nahm nun gar nichts mehr wahr von dem, was um sie herum passierte.

»Cecilie. Sie wird Cisse genannt. Mehr weiß ich nicht. Junkie, an die vierzig, blonde Haare, rote Daunenjacke, mehr haben wir leider nicht. Ich kann noch immer nicht glauben, dass sie dir nicht …«

Tabletten. Betäubung.

Egal, was.

Es spielt keine Rolle mehr.

Mia hob eine Hand und lächelte abwehrend.

»Ist schon gut, danke. Und wenn du jetzt gehen könntest, wäre das nett.«

»Natürlich«, sagte Wold und erhob sich. »Aber du bist dabei?«

»Ich bin dabei.«

»Du hast ja meine Nummer. Meldest du dich, sobald du was weißt?«

»Sobald ich was weiß.«

»Schön, danke. Das weiß ich zu schätzen. Es freut mich wirklich, dass du mitmachst.«

»Super«, sagte Mia und schüttelte die Hand, die auf sie zuschoss.

Wold zog den Mantel an, tippte sich mit zwei Fingern an die Stirn und ging zur Tür.

Mia wartete, bis er verschwunden war, ehe sie mit zitternden Fingern das Telefon aus ihrer Lederjacke zog.

Und Charlie Bruns Nummer heraussuchte.

• 45 •

Gemeindepfarrer Paul Malley hatte die Morgenmesse beendet und konnte gar nicht schnell genug in den Beichtstuhl kommen. Am Vortag hatte er zwei Stunden allein dort gesessen, der junge Mann war nicht zurückgekommen. Doch Malley hatte nicht vor, jetzt schon die Hoffnung aufzugeben. Der Dienstag war so schön gewesen. Es war jemand gekommen, der *ihn wirklich brauchte.* Ein neues Schaf in der Herde, das noch nie zuvor gebeichtet hatte.

Es geht um meinen Bruder.

Malley hatte sich vorbereitet. Hatte abends lange aufgesessen und in der Schrift gelesen, hatte Passagen herausgesucht, in denen es um Brüder ging, um Nächstenliebe. Darum, sich für andere zu opfern. Die verzweifelte Stimme hatte ihn bis in den Traum verfolgt. Er war mit einem hellen Schein im Gesicht und dem seltsamen Gefühl erwacht, dass jemand zu ihm sprach. Konnte das der Herr sein? Der Herr hatte ihn für das gelobt, was er getan hatte, dieses arme Lamm, das göttliche Hilfe brauchte, und im Hintergrund hatte die Mutter Gottes mit einer Harfe und einem strahlenden Lächeln auf einer Wolke gesessen, und dann hatte er doch nicht gewusst, ob er wach war, denn gleich darauf hatte der Wecker geklingelt. Aber als er danach mit dem Kopf auf dem weißen Kissen lag, fühlte er sich wie neugeboren. Er hatte kaum sein Frühstück hinuntergebracht, so voller Erwartung war er gewesen.

Aber niemand war gekommen.

Ich bin jeden Morgen für dich hier, das verspreche ich dir.

Du kommst wieder zu mir, wenn du willst.

Wenn er heute nicht kommt, wie lange soll ich dann warten?

Er streifte den Ärmel seiner Soutane hoch und schaute auf die Uhr.

Malley seufzte und trommelte mit den Fingern auf seinem Oberschenkel. Die Holzbank war hart und unbequem, Hunger hatte er auch, er saß jetzt fast schon eine Stunde hier. Der Gemeindepfarrer beschloss, dass es jetzt reichen müsse, aber dann hörte er plötzlich Schritte, und eine Gestalt glitt auf die andere Seite des Gitters.

»Hochwürden«, murmelte der junge Mann und zog vorsichtig die Tür hinter sich zu.

Frohlockende Trompeten und Posaunen.

Er ist wieder da.

»Mein Sohn«, sagte Malley mit seiner tiefsten Seelsorgerstimme. »Du hast den Weg zurückgefunden?«

Für einen Moment war hinter dem Gitter alles still.

»Ich war unsicher. Aber ich glaube, das hier ist richtig. Ich möchte Ihnen dafür danken, dass Sie mich hergeholt haben.«

Danken?

Malley lächelte und spürte wieder die Wärme unter der Soutane.

»Danke dem Herrn und der Mutter Gottes«, sagte er demütig. »Wir sind alle nur Diener des Höchsten. Ich bin niemand.«

»Dennoch danke«, sagte der junge Mann. »Ich habe viel nachgedacht. Und jetzt habe ich mich entschieden.«

»Ja?«, fragte Malley vorsichtig.

»Ich will Ihnen alles erzählen«, sagte die Stimme.

»Du kannst Vertrauen zu mir haben«, sagte Malley ruhig. »In diesem Raum urteilt allein der Herr.«

»Urteilt?«, fragte der junge Mann.

Malley räusperte sich leise.

»Er urteilt nicht, Er sieht uns, meine ich, hier drinnen sieht uns nur Er.«

Er ließ sich zurücksinken und wartete gespannt.

»Das ist schön, Hochwürden«, sagte die fremde Stimme endlich. »Ich glaube, ich muss das einfach erzählen. Ich hoffe, es richtet keinen Schaden an.«

»Der Herr freut sich darüber, dass du erzählen willst«, sagte Malley. »Und Er will, dass du weißt, dass Er deine Last, wie immer sie aussehen mag, mit Liebe und Verständnis entgegennehmen wird.«

Hinter dem Gitter wurde es wieder still, aber dann sagte der Mann endlich:

»Vergib mir, Vater, denn ich habe gesündigt. Ich weiß Dinge, die ich für mich behalten habe, aber jetzt kann ich nicht mehr, mein Herz ist so schwer, ich muss es erleichtern.«

Malley war nicht sicher, aber er glaubte, hinter dem Gitter leises Schluchzen zu hören.

»Ich freue mich, dass du gekommen bist«, sagte er ruhig. »Was du erzählen möchtest, wird der Herr hören. Eine schwere Bürde ist schwer für ein lichtes Herz.«

»Wie viel Zeit habe ich?«, murmelte die schluchzende Stimme.

»So viel du willst«, sagte Malley. »Ich bleibe.«

»Danke«, schniefte der junge Mann, dann verstummte er wieder.

»Es ist widerlich, über meinen Bruder zu sprechen. Ich habe das Gefühl, ihn irgendwie im Stich zu lassen, aber ich kann jetzt nicht mehr, zu viele Jahre belastet mich das jetzt schon, verstehen Sie, Hochwürden?«

»Natürlich«, Malley nickte.

»Ich weiß gar nicht, wo ich anfangen soll, bei dem Brand oder bei dem kleinen Reh«, sagte der junge Mann zögernd. »Ich weiß nicht ...«

»Lass dir nur Zeit, mein Sohn. Von welchem Brand ist hier die Rede?«

»An dem Tag sind wir alle gestorben, aber einige von uns leben«, sagte die Stimme ruhig. »Kann ich mich auf Sie verlassen, Hochwürden? Kann ich Ihnen alles erzählen?«

»Natürlich, mein Sohn«, sagte Malley.

Und rutschte dichter an das Gitter heran.

• 46 •

Zuerst war er zu Hause. Dann war er doch nicht zu Hause. Zuerst war die Frau mit der grünen Schirmmütze da. Dann war sie eine ... ein Affe? Erik Rønning schaltete den

Fernseher aus, aber er hatte ja gar keine Fernbedienung in der Hand, sondern eine … Banane? Die Frau mit der grünen Schirmmütze war zu einem Affen geworden und hatte ihm eine Banane gegeben. Die Wände um ihn herum änderten plötzlich ihre Farbe. Seine Wohnung war eine Diskokugel. Nein, das stimmte nicht. Er war nicht zu Hause. Er war an einem anderen Ort. Doch, er war zu Hause, aber in der Vergangenheit. Es war 1999. Er war vierzehn. An der Wand hing ein Plakat von den Backstreet Boys. Nick, Kevin, A. J., Howie und Brian. Seine Lunge tat weh. Bestimmt war er krank. Die Frau mit der grünen Schirmmütze war nicht mehr da. Sie hatte seine Wohnung verlassen und schwenkte einen Zauberstab. Hermine Granger aus *Harry Potter*. Waddiwasi. War Mama zu Hause? Rumorte Mama drüben in der Küche? Saß Mama mit einer Sturmhaube am Fußende seines Bettes? Und mit einem Fahrtenmesser? Das er von Onkel Tore bekommen hatte? *Quit playing games with my heart*. Es war Freitag und Clubabend im Jugendzentrum von Asker. Tanz. Warum war ihm so schlecht? Warum war alles um ihn herum so verschwommen? Wie in einem Film, der sich wie wild drehte und alles auf den Kopf stellte. Hatte Mama ihn deshalb festgebunden? Damit er nicht aus dem Bett fallen konnte? Das Bett hing nun an der Decke. Er versuchte, etwas zu sagen, aber über seinem Mund klebte ein großes Segelboot, das von zu Hause an dem Steg, von dem er so gern ins Wasser sprang.

Erik Rønning schlug die Augen auf.

Ein Mann mit Sturmhaube saß am Fußende seines Bettes.

»Bist du wach?«

»Was?«, fragte Rønning, brachte aber keinen Ton heraus.

Klebeband vor dem Mund.

Er begriff nur langsam. Was hier vor sich ging.

Sicher hatte er deshalb keine Angst.

Aber dann ... *kam es.*

»Bist du wach?«, fragte der Mann mit der Sturmhaube noch einmal und stach ihm etwas Spitzes in die Fußsohle.

Er nahm den Schmerz fast nicht wahr.

Er war vollauf damit beschäftigt, die Panik abzuwehren.

Jemand hatte ihn an sein Bett gefesselt. An Händen und Füßen. Er war nackt. Bis auf Boxershorts. Sein Mund war zugeklebt. Die Fußsohlen zeigten zu einem Mann mit Sturmhaube und einem großen Messer in der Hand.

»Kannst du mich hören?«, fragte der Mann mit dem schwarzen Blick und stach wieder zu.

O verd...

Er heulte so laut auf, dass sein Kopf fast platzte, aber noch immer kam kein Ton aus seinem Mund.

»Bist du jetzt wach?«

Rønning nickte.

»Schön«, sagte die Sturmhaube mit ruhiger Stimme. »Redest gern, was? Magst Aufmerksamkeit?«

Der Mann formte aus seinem Handschuh eine kleine Puppe und sprach nun mit der.

»Seht mich an. Ich bin im Fernsehen. Ich decke Geheimnisse auf. Ich halte mich für sonst wen.«

»Weißt du, was wir in Afghanistan gemacht haben mit den Leuten, die zu viel geredet haben?«

Rønning spürte die Messerspitze an der Fußsohle. Sein Körper zuckte zurück, als das Zimmer sich wieder zu drehen begann.

Zum Teufel.

Er hatte offenbar für einen Moment das Bewusstsein verloren, denn als er die Augen wieder öffnete, beugte sich der Mann mit der Sturmhaube über ihn.

Er nahm den Geruch wahr.

Den des Handschuhs, der ihn wach geschlagen hatte.

Und etwas Säuerliches.

»Du darfst jetzt nicht wieder wegtreten, okay?«

Die Sturmhaube setzte sich wieder ans Fußende.

Dunkle Augen durch die Löcher.

»Nick, wenn du ansprechbar bist.«

Rønning nickte.

»Gut. Du schläfst nicht wieder ein, klar?«

Rønning schüttelte energisch den Kopf.

»Gut. Du bist ein Miststück, schwänzelst in edlen Klamotten über den Bildschirm und stiehlst alle Aufmerksamkeit.«

Rønning nickte eifrig.

Er nahm seinen eigenen Gestank wahr, seine Angst.

Verdammt.

»Gut«, die Sturmhaube nickte. »Aber jetzt bist du mein Miststück. Verstehst du, ich kann auch improvisieren. Ich plane gern, das ist meine Stärke, aber ich kann auch anders, wenn ich will.«

Rønning wusste nicht, ob er darauf antworten sollte, aber er nickte. Das Licht der Deckenlampe stach ihm in die Augen. Sein Körper war auf eine Weise empfindlich, wie er das noch nie erlebt hatte. Er schien die kalte Messerspitze an der Fußsohle spüren zu können, auch wenn er deutlich sehen konnte, dass der Mann das Messer in die Luft hielt.

»Bist du mein Miststück?«

Rønning nickte, während sein Gestank noch stärker wurde, ihm Übelkeit erregte.

»Gut«, sagten die Augen. »Ich wollte dich umbringen, aber dann dachte ich, vielleicht kann man mit diesem Miststück ja etwas anfangen, improvisieren. Clever, was?«

Etwas, das Ähnlichkeit mit einem Lächeln hatte, tauchte in dem Loch in der Sturmhaube auf.

Rønning nickte wieder.

»Ich weiß«, sagte der Mund. »Ich bin clever. Sie dachten, sie würden damit durchkommen. Aber meinst du, dass es jetzt so aussieht?«

Rønnings Gehirn arbeitete auf Hochtouren, aber seine Gedanken schienen durch Sirup zu laufen.

Afghanistan?

Durchkommen?

Womit?

Er schüttelte sicherheitshalber den Kopf.

»Lashkar Gah«, sagte die Stimme leise. »Weißt du, wo das liegt?«

Rønning schüttelte den Kopf.

»Nein«, fuhr der Mann mit der Sturmhaube fort und zuckte mit den Schultern. »Du opferst dein Leben für das Vaterland, und was ist der Dank? Sitze ich in den Nachrichten? Mit Orden an der Brust? Hast du eine Parade gesehen? Fähnchen schwenkende Kinder und Blasmusik? Nein. Sie haben wohl gehofft, es würde einfach in Vergessenheit geraten und ich mich in einem Keller verstecken. So tun, als wäre nichts gewesen?«

Der Mann kniff die Augen zu und spuckte demonstrativ auf den Boden.

»Nein. Jetzt bin ich an der Reihe.«

Er schob die Hand in die Tasche einer Art Militärjacke und zog ein Blatt Papier heraus.

»Siehst du das?«

Rønning konnte nicht lesen, was dort stand, nickte aber.

»Das gibst du ihnen von mir, okay? Und damit meine ich nicht die Leute, für die du arbeitest. Sondern die Chefetage. Ganz oben. Verstehst du?«

Rønning nickte wieder und spürte, dass der vergangene Abend jetzt aus seinem Magen nach oben wollte.

»Schön«, sagte der Mund in dem Loch grinsend, und der Mann erhob sich.

Er drehte sich zur Wand um und bohrte die Messerklinge durch das Blatt Papier.

Erik Rønning sah, wie der Schaft vor der Tapete zitterte. Der Mann mit der Sturmhaube trat ans Bett und band seinen einen Arm los. Seine Ohren registrierten gerade noch, dass in der Ferne die Wohnungstür ins Schloss fiel, dann riss er sich mit zitternden Fingern das Klebeband vom Mund, beugte sich über den Bettrand und erbrach sich.

• 47 •

Gabriel saß zusammen mit Ylva und Ludvig in dem kleinen Besprechungsraum und staunte darüber, wie viele Infos die Ermittler binnen kurzer Zeit an der Wand angebracht hatten. Jede Menge Fotos. Alle mit einem kleinen Namenszettel darunter versehen. Danach sortiert, in welcher Verbindung die abgebildeten Personen zueinander standen. Hier lag natürlich das Problem, und damit beschäftigten sie sich seit dem Vortag, waren aber noch immer nicht sehr viel weitergekommen.

Der Zusammenhang.

Es sah nicht so aus, als ob es überhaupt einen gäbe.

»Das muss Zufall sein«, sagte Ylva seufzend und nahm die Brille ab.

Sie rieb sich die Augen und gähnte.

»Kann mir auch nichts anderes vorstellen«, murmelte Ludvig und warf wieder einen Blick auf die Wand. »Das Einzige, was wir haben, oder?«

Er zeigte auf den roten Strich, der Vivian Berg und Raymond Greger miteinander verband.

»Wer sind noch mal die da bei Kurt Wang?«, fragte Ylva.

»Seine Band«, erwiderte Grønlie. »Die Vokalistin Nina Wilkins. Und der Schlagzeuger, ein Portugiese namens Danilo Costa.«

Sie waren alle nicht zu Hause gewesen. Ylva hatte in ihrem Sessel vor dem Rechner geschlafen. Gabriel war wieder auf dem Sofa im Aufenthaltsraum eingenickt. Er wollte das nicht als Schlaf bezeichnen. Nur ruhelose Gedanken, Fotografien und Traumfetzen, die keinen Zusammenhang zu ergeben schienen.

Munch kam mit einer Tasse Kaffee herein und auch er sah nicht so aus, als ob er besonders viel geschlafen hätte. Seine Haare waren zerzaust.

»Wie sieht's aus?«, fragte er und ließ sich auf einen Stuhl fallen.

»Wir suchen noch immer«, sagte Grønlie und biss sich auf die Lippe. »Aber einfach ist das nicht.«

»Okay«, sagte Munch und kratzte sich am Bart. »Erzählt mal, was ihr schon habt.«

»Morde, Tatorte, Personen, die etwas mit den Opfern zu tun hatten«, sagte Grønlie und zeigte dabei auf die Bilder. »Dann haben wir die Zeitschiene dahinten. Hier, an dieser Wand haben wir die elektronischen Bewegungen von allen, über die wir etwas wissen. Telefone, Rechner, Orte.«

»Hat übrigens irgendwer Mia gesehen?«, fragte Munch gähnend. »Oder Curry?«

»Seit gestern nicht mehr«, sagte Grønlie.

»Entschuldige, mach weiter«, sagte Munch und trank einen Schluck Kaffee.

»Keine Treffer bei Telefonen oder sozialen Medien«, teilte Ylva mit. »Vivian Berg, da haben wir ja alles bei ihr zu Hause gefunden, aber es gab keine Signale mehr seit dem Nachmittag, an dem sie ihre Wohnung verlassen hat. Kurt Wangs Telefon wurde von Masten in Grünerløkka und unten in Gamlebyen registriert, die Zeitpunkte stimmen überein mit der Zeit seit seinem Verschwinden und bis er gefunden wurde.«

»Er kam vom Üben, so war das doch?«, fragte Munch und unterdrückte ein weiteres Gähnen.

Ylva nickte. »Aber keine Aktivitäten, nicht, seitdem er zuletzt gesehen wurde.«

»Was ist mit Iversen?«, fragte Munch.

»Die Aufnahmen vom Storo-Center belegen, dass er nicht dort gewesen ist, jedenfalls die, die wir bisher haben. Die Mitteilungen in seinem Telefon bestätigen, dass er zum Übernachten zu einem Kumpel unterwegs war, aber auf dem Weg ist er dann verschwunden.«

»Und wir wissen wo?«, fragte Munch.

Grønlie ging zu der großen Karte neben der Tür.

»Sein Telefon ist zuletzt hier registriert worden. Grefsen.«

»Also nicht weit von zu Hause.«

»Hier wohnt er.« Sie zeigte auf einen Punkt auf der Karte. »Und da wohnt sein Kumpel, ich weiß gerade nicht mehr, wie der heißt.«

»Martin«, sagte Gabriel.

»Okay, unsere Theorie trifft also zu?«

»Ich denke schon, ja«, sagte Ludvig. »Er scheint wirklich zum Übernachten hingewollt zu haben, wir haben ihn mit seinem Moped hier bei der Statoil-Tankstelle, aber dann scheint er irgendwo aufgehalten worden zu sein.«

»Aber nichts aus einer Kamera?«

»Wohngegend«, sagte Grønlie und schüttelte den Kopf. »Ich glaube nicht, dass wir da etwas finden werden.«

»Berg wurde also zu Hause abgeholt. Wang von der Übung. Iversen wurde angehalten und auf der Straße aufgelesen. Keine Ähnlichkeiten. Kein Zusammenhang.«

»Nein«, seufzte Ludvig.

Zu diesem Schluss waren sie eigentlich schon längst gekommen, aber Munch schien sich noch immer nicht ganz geschlagen geben zu wollen. Gabriel war noch nicht so lange bei der Truppe, aber er begriff natürlich, weshalb. Zufällige Opfer? Der Albtraum jedes Ermittlers.

»Soziale Medien? Noch immer nichts?«, fragte Munch und trank noch einen Schluck Kaffee.

»Vivian Berg war sehr wenig aktiv«, sagte Gabriel. »Wenige Freunde. Kaum Postings. Kurt Wang war ein bisschen aktiver, er hat unter anderem eine Seite für die Band betreut, die ziemlich viele Follower hat.«

»Und der Junge?«

»Wie die meisten Teenies sehr aktiv, vor allem auf Snapchat, nicht so sehr auf Facebook und Instagram, das ist eher für ältere Zielgruppen«, sagte Gabriel.

»Snap…?«, fragte Munch.

»Man macht ein Foto und schickt es an jemanden, und der kann es für einen kurzen Zeitraum sehen, dann ist es verschwunden«, erklärte Ylva.

»Wozu soll das denn gut sein? Ein Foto zu machen?«

Gabriel unterdrückte ein Lächeln, als Ylva zu einer Antwort ansetzte, aber Munch winkte dann doch ab.

»Okay, von mir aus, also Snap…?«

»Snapchat. Da war er wirklich aktiv, hatte eine Menge Streaks mit massenhaft Leuten.«

»Gibt es denn wirklich keine Überschneidungen, etwa beim Sport? Hobbys? Politisches Engagement? Kaufen sie im selben Onlineladen ein? Googeln dieselben Themen?«

»Ich habe die Browserprotokolle der drei ziemlich genau durchgesehen«, sagte Gabriel. »Und alle Google-Suchen in den letzten Wochen, aber die einzige Gemeinsamkeit, die ich finden kann, ist der NRK.«

»Ja?«, fragte Munch optimistisch.

»Berg und Wang die Nachrichten. Iversen ein Jugendmagazin. Das ist leider alles.«

»Übrigens«, sagte nun Ludvig, »hat mich heute Morgen Ruben Iversens Onkel angerufen.«

»Ach was, und?«

»Er wollte wissen, ob wir ihm irgendwie helfen können. Das Haus wird von Journalisten belagert. Und das Telefon klingelt rund um die Uhr. Das gilt auch für die Schule, die anderen Schüler werden nicht in Ruhe gelassen.«

Munch seufzte.

»Da können wir leider nichts machen.«

»Ich weiß«, Grønlie nickte. »Das habe ich ihm auch gesagt.«

»Unmöglich«, sagte Munch und schüttelte den Kopf, als die Tür plötzlich aufgerissen wurde und eine atemlose Anette Goli hereingestürzt kam.

»Gehst du nicht ans Telefon?«

Die sonst so ruhige Polizeijuristin hatte die Augen weit aufgerissen und war fahl im Gesicht.

»In meiner Jacke«, sagte Munch. »Was ist los?«

Goli schaute rasch zu den drei anderen hinüber.

»In deinem Büro. Jetzt.«

»Wir sind mitten in ...«

»Nein, sofort«, sagte Goli resolut und lief vor ihm her auf den Gang hinaus.

• 48 •

Was ist los?«, fragte Munch neugierig, als Anette die Tür hinter ihnen geschlossen hatte.

»Ich hatte eben einen Anruf von oben«, sagte Goli, als sie wieder zu Atem gekommen war.

»Mikkelson?«

Die Polizeijuristin schüttelte den Kopf.

»Von ganz oben. Büro des Justizministers. Oder genauer gesagt war es wohl der Generalstab, aber das haben sie nicht gesagt. Du weißt doch, dieser Journalist?«, fragte Goli. »Rønning. Der hatte heute Nacht Besuch. Von einer Person, die sie für unseren Mann halten.«

»Was?«, fragte Munch und warf einen Blick auf die

Wanduhr, die bereits halb eins zeigte. »Heute Nacht? Und wir erfahren das erst jetzt?«

»Das ist wirklich unsere geringste Sorge, Holger«, murmelte Goli.

»Unser Mann?«, fiel Munch ihr gereizt ins Wort. »Wie zum Teufel wollen die das wissen? Verdammte Idioten.«

»Holger«, sagte Anette und hob eine Hand. »Es gibt eine Liste.«

»Wie meinst du das?«, fragte Munch.

Anette holte tief Luft.

»Eine Liste mit Namen, also mit den Namen der Opfer«, sagte Goli.

»Was zum …?«

»Fünfzig Namen sind es«, murmelte Anette. »Vivian Berg. Kurt Wang. Ruben Iversen. Wir haben, wie du natürlich weißt, keine Namen veröffentlicht, aber sie stehen alle auf der Liste. Der Anruf ist eben erst gekommen.«

»Nein, das muss ein Scherz sein. Das ist doch …«, begann Munch, aber Anette unterbrach ihn abermals entschlossen.

»Die Ministerpräsidentin hat Gefährdungsstufe 5 ausgegeben. Es ist schon die Rede davon, die Königsfamilie in Sicherheit zu bringen.«

»Fünfzig Menschen, zufällig ausgewählt«, sagte Goli und schüttelte den Kopf.

»Haben wir die Liste?«

»Nein, die ist gesperrt.«

»Aber wie sollen wir dann …« Munch sah sie an und begriff. Es gab etwas, was sie ihm nicht erzählt hatte. »Was?«, fragte er, als sie schwieg. »Wir sind raus aus der Sache? Die haben den Fall übernommen?«

»Nein, nein«, sagte Goli und unterbrach sich. »Wir sind dabei, nur …«

»Nur was?«

»Nur wir zwei, du und ich«, sagte Anette schließlich widerwillig. »Nur höchste Sicherheitsstufe. Sie stellen eine Gruppe zusammen. Sie wollen mich im Laufe der nächsten Stunde wieder anrufen.«

»Und was ist mit Mia, Anette? Nicht … Mia?«

»Was würdest du tun in ihrer Lage?«, fragte Anette und zuckte mit den Schultern. »Du weißt doch, wie das war. Womit sie sich herumgeschlagen hat. Sie haben kein Vertrauen zu ihr. Sie gilt als Sicherheitsrisiko. Ich meine, fünfzig zufällige Opfer? Stell dir bloß vor, das gelangt an die Öffentlichkeit.«

»Wer ist also dabei?«

»Du und ich.«

»Ja, aber wer sitzt noch in dieser Gruppe?«

»Der Generalstab, wie gesagt, ich tippe auf den Polizeilichen Sicherheitsdienst, und sicher Leute vom Justizministerium.«

»Mikkelson?«

»Keine Ahnung«, sagte Anette und schüttelte den Kopf. »Meines Wissens nicht.«

»Und ganz sicher nicht … Mia?«

»Absolut nicht«, sagte Anette, und nun klingelte ihr Telefon. »Übernimmst du das oder soll ich?«

»Nein, nein, ich mach das«, sagte Munch seufzend.

»Goli«, meldete sich die Polizeijuristin, und Anette verließ den Raum.

• 49 •

Jon Ivar Salem war zweiundvierzig Jahre alt und eigentlich ausgebildeter Klempner, aber natürlich war er in Ullersmo nicht dafür bekannt. Er war zur Höchststrafe von einundzwanzig Jahren verurteilt worden und einer der Häftlinge von Posten 2, die am längsten saßen, allein das hatte ihm ausreichend Respekt verschafft, um von den anderen in Ruhe gelassen zu werden. Bis die Kosovo-Albaner gekommen waren. Diese verdammten Trottel hatten weder Zeitungen gelesen noch ferngesehen und glaubten, sie könnten das System verarschen. Die Könige spielen. Küche und Telefon an sich reißen. Entscheiden, wer was zu tun hatte, und Jon Ivar Salem war zu dem Schluss gekommen, dass man da jetzt etwas unternehmen müsste.

Eigentlich war ihm das alles scheißegal. Er mischte sich sonst nicht in die gefängnisinterne Justiz ein, aus dem einfachen Grund, weil die anderen Häftlinge normalerweise nicht wagten, einen Finger zu rühren oder ihm irgendetwas zu verweigern. Schwer zu verstehen für gewöhnliche Sterbliche, vielleicht. Dass erwachsene Männer voller Tätowierungen sich um etwas so Banales wie ein Glas Würstchen oder den Zugang zur Dusche schlagen könnten, aber hier drinnen war das so. Er saß jetzt seit sieben Jahren, und ihm blieben noch vierzehn. Nach zwei Dritteln der Strafzeit könnte er einen Antrag auf vorzeitige Haftentlassung stellen, aber dann hätte er immer noch sieben Jahre, also gab es keinen Grund, sich jetzt anständig zu benehmen.

Noch nicht.

Bald würde es wieder brennen, und darauf freute er sich.

Er war älter als die meisten anderen hier und betrachtete sich als eine Art Vater für alle. Das Essen, das hier serviert wurde, war so übel, wie es zu erwarten war, sie hatten Glück, wenn sie Kartoffeleintopf oder etwas bekamen, was an Fisch erinnerte. Normalerweise gab es Undefinierbares, das schmeckte wie von einem Kamelarsch abgesondert. Zum Glück hatten sie die Möglichkeit, sich ihr eigenes Essen kommen zu lassen, gegen eigenes Geld natürlich, und er hatte Initiative und Verantwortung übernommen. Hatte einige seiner nächsten Vertrauten zusammengetrommelt, sich die Küche unter den Nagel gerissen und fühlte sich jetzt fast wie ein Koch mit eigenem Restaurant. Servierte jeden Tag vielleicht nicht gerade leckere, aber doch essbare Mahlzeiten, für Geld, das die anderen ihm fast freiwillig überlassen hatten.

Ach, die Flammen.

Wie ein Mann in der Wüste.

Viele Jahre ohne Wasser.

Aber jetzt würde er bald wieder trinken dürfen.

Die Kosovo-Albaner. Sie waren nur zu dritt, verurteilt wegen Schmuggel, Kokain und Heroin, und die Gnome, die dieses Kuckucksnest leiteten, hatten sie natürlich allesamt auf denselben Posten gesetzt. Die puren Kinder waren sie noch dazu. Anfang zwanzig, harte Gangstervisagen mit den obligatorischen Tätowierungen. Hier reichte der Name der Liebsten ganz oben am Arm nicht aus, nein, es mussten Totenschädel und Tränen sein, am besten mitten im Gesicht oder quer über den Hals, und natürlich auch etwas über den Fingerknöcheln. LOVE-HATE, KILL-FUCK.

Salem hatte sie anfangs einfach ignoriert, wie er das hier drinnen mit allen Jungfrauen machte, mit denen, die weniger als zehn ganze Runden sitzen mussten, aber dann hatten sie sich unten auf dem Gang über zwei von den Kids hergemacht. Hatten sie mit Fäusten und Thunfischdosen in Socken halb totgeschlagen und Duschen und Küche übernommen, und jetzt mussten sie ihnen einfach klarmachen, wo ihr Platz war.

Die Flammen.

Es kribbelte am ganzen Leib.

Kitzelte in den Zehen.

Weiter oben im Schritt.

Er hatte seit vielen Tagen nicht geschlafen.

Die Idioten hätten sich ganz schön viel ersparen können, wenn sie einfach ferngesehen hätten. Wenn sie gewusst hätten, wer er war. Vieles hätte sich verhindern lassen. Dann hätten sie vielleicht leben können, bis sie dreißig waren. Aber das hatten sie natürlich nicht getan. Weil sie kein Norwegisch konnten, aber vor allem, weil diese Heinis 2006, als sein Fall die höchsten Wellen geschlagen hatte, erst dreizehn oder vierzehn gewesen waren. Er spürte, wie sich das Lächeln jetzt in seinem Gesicht ausbreitete, musste sich zusammenreißen, um einen klaren Kopf zu bewahren.

Ach, es würde so schön werden.

Die Flammen.

Endlich.

Er bekam fast keine Luft mehr.

Er wurde vom knirschenden Geräusch des Postwagens geweckt, und dann kam Muffins lächelnd durch den Gang. Einer seiner engsten Vertrauten hier drinnen. Ein tätowierter Trønder, der aus denselben Gründen saß wie die meisten anderen jungen Leute, Drogen, Körperverletzung, oft auch beides.

»Für mich?«, fragte Salem überrascht und sah das Päckchen an, das Muffins ihm gerade überreicht hatte.

»Japp«, sagt der Trønder lächelnd und stocherte sich mit einem schmutzigen Fingernagel zwischen den Zähnen. »Hast du dir 'ne Freundin zugelegt?«

»Nicht dass ich wüsste«, sagte Salem grinsend.

Er konnte sich gar nicht mehr erinnern, wann er zuletzt etwas von jemandem draußen bekommen hatte.

Das Päckchen war natürlich geöffnet worden und wie immer mit blauen krakeligen Buchstaben KONTROLLIERT auf dem braunen Papier beschriftet worden.

»Die haben sich sicher ganz schön den Kopf zerbrochen, die Typen im Wachzimmer«, sagte Muffins und schaute sich schadenfroh um.

»Ach was?«

»Haha, ja, haben hin und her diskutiert, ob du das kriegen darfst, stell ich mir vor.«

»Wirklich, was ist es denn?«

»Weiß ich doch nicht, meinst du, die zeigen mir das? Ich liefere nur aus. Sind wir übrigens so weit?«

Er flüsterte durch zusammengepresste Lippen, während er einen raschen Blick über die Schulter warf. Nicht dass das nötig gewesen wäre, es war weit und breit kein Wärter zu sehen. Die kamen nur selten her, wenn die Zellen nicht geöffnet oder geschlossen werden mussten, oder wenn jemand nach Schließzeit zum Klo musste.

Die Mittel des Königreichs wurden anderswo eingesetzt.

Hier drinnen waren sie Freiwild.

Und das war ihm nur recht so.

Es war an der Zeit.

Flammen auf der Haut.

»Ja, absolut«, sagte Salem und nickte, ohne das Paket aus den Augen zu lassen.

»Nach dem Mittagessen? Auf dem Gang?«

»Jepp. Die Heinis spielen bis ein Uhr Basket. Danach holen wir sie uns.«

»Ja, das wird lustig, wie weit gehen wir mit denen, müssen wir auf V, oder wie?«

Salem musterte den jungen Trønder mit strengem Blick.

»Die ganze Strecke natürlich.«

»Fuck, Jon, ich hab nur noch sechzehn Monate. Ich kann mir keinen Mord aufhalsen. Das musst du doch kapieren?«

»Wer hat gesagt, dass du das tun sollst?«

Der Drogendealer machte große Augen.

»Willst du?«

»Ihr passt auf, ich erledige die Kiste.«

»Der König«, sagte Muffins und hob grinsend die Hand zu etwas, das High Five oder sonst irgendein idiotischer Gruß sein sollte, aber Salem ließ ihn einfach auflaufen.

»Ihr kriegt höchstens zwei Tage V.«

»Das halten wir aus, kein Stress.«

»He, Scheiße, Muffins, wollt ihr heiraten, oder was? Jetzt komm schon!«

Ungeduldige Rufe vom Ende des Gangs her. Für die meisten auf Posten 2 war es wie Heiligabend, wenn der Postwagen angescheppert kam.

»Keine Panik, bin ja schon da.«

Muffins seufzte und schob seinen Wagen weiter zu den Wartenden.

Päckchen?

Salem zog seine Zellentür zu und setzte sich auf den Stuhl vor dem kleinen Schreibtisch. Öffnete vorsichtig das Papier, begriff aber nichts, als er den Inhalt sah. Ein Goldring und ein kurzer Brief.

Lieber Jon Ivar Salem. Du kennst mich nicht, aber ich bitte Dich um einen Gefallen. Pass auf diesen Ring auf, er wird bald abgeholt. Und Du wirst belohnt. Danke für Deine Hilfe.

Keine Unterschrift.

Was zum Teufel sollte das denn? Seltsam. Wenn sein Name dort nicht gestanden hätte, würde er das Ganze für einen Irrtum halten. Salem nahm den Ring aus der kleinen Schachtel, er funkelte im Licht der Schreibtischlampe. Er drehte und wendete das Packpapier, aber mehr war da nicht. Bizarr, aber egal. Er konnte ja wohl noch auf einen Scheißring aufpassen. Eine Belohnung sollte es geben? No problem.

Bald brennt es wieder.

Morgen früh.

Jon Ivar Salem grinste vor sich hin, verstaute den Goldring unter seinem Kopfkissen und legte sich aufs Bett, um sich auszuruhen.

• 50 •

Mia wurde von einer vertrauten singenden Stimme geweckt, stemmte sich aus dem fremden Bett und schlurfte gähnend in die Küche.

»Mondkind«, sagte Charlie Brun lächelnd und umarmte sie ausgiebig. »So, jetzt hast du geschlafen. Frühstück?«

»Was zum Teufel hast du mir gegeben?«, fragte Mia schlaftrunken und ließ sich auf einen Stuhl sinken.

Charlie war in seinem Element, wie üblich, an diesem Tag trug er ein grünes wallendes Kleid unter einer Schürze mit der Aufschrift KISS THE CHEF.

»Eier? Speck?«, fragte der ausstaffierte Mann und nahm die Bratpfanne vom Herd.

»Nein, für mich nichts«, murmelte Mia. »Wie spät ist es?«

»Kein Frühstück? Du musst doch etwas essen. Du hast ja kaum noch Fleisch auf den Rippen.«

Charlie tanzte durch die Küche und füllte den Teller für sie.

»Ich habe auch Wurst. Möchtest du die?«

»Zum Frühstück?« Mia gähnte schon wieder.

»Warum nicht? Die Engländer lieben das. Hab ich schon erzählt, dass ich vorige Woche in London war, im Musical? *Lion King*. Ehrlich, total fantastisch. Gott, hab ich geweint! Ist es nicht seltsam, wie so was passiert?«

»Was denn?«, fragte Mia und schob sich ein Stück Speck in den Mund.

»Dass erwachsene Männer über Dinge weinen können, die eigentlich für Kinder bestimmt sind.«

»Bei dir überrascht mich nichts, Charlie«, sagte Mia lächelnd und merkte, dass sie langsam auf dem Weg zurück in die Welt war.

Etwas zum Schlafen.

Sie war in seinem Club durch die Tür gestolpert, mit dem verzweifelten Bedürfnis nach Betäubung, einem Drink, egal was, und zum Glück hatte er ihr das ausgeredet.

Zum Glück.

Nicht einen Tropfen Alkohol.

Nur etwas zum Schlafen.

Sie streckte die Arme zur Decke und schaute sich in der gemütlichen kleinen Wohnung um.

»Hast du renoviert?«

»Ja«, erwiderte Charlie mit strahlendem Lächeln. »Alles neu. Teppichboden, Möbel, die Wände. Feng-Shui. Man muss ab und zu die Umgebung verändern, wenn nicht, stirbt man hier drinnen, so ist es einfach.«

Charlie stand am Kühlschrank und legte sich einen Finger an die Schläfe.

»Was möchtest du trinken? Mal sehen, ich habe Saft, Smoothie.«

»Nur Wasser, danke. Wenn du nicht einen Schluck Kaffee hast.«

»Kaffee? Aber klar doch. Ganz neue Maschine, ultramodern. Ich und George Clooney, weißt du. Das ist ein Mann, der mir gefällt. Wusstest du, dass er sich gern so anzieht wie ich?«

Charlie zwinkerte ihr zu und hielt ihr eine Lage Kapseln unter die Nase.

»Arabica? Linizio? Kazaar?«

»Was Dunkles«, murmelte Mia.

»Ristretto«, Charlie nickte. »Mit einer Kombination aus den besten südamerikanischen Arabicabohnen und einem Hauch Robusta für die besondere Intensität.«

Er hielt die Kapsel mit ausholender Geste in die Luft und schürzte die Lippen.

»Verkaufst du die?«, fragte Mia belustigt und schob eine Scheibe Brot unter ihr Spiegelei.

»Nespressos neues Gesicht«, sagte Charlie und legte den Kopf ein wenig schief. »Was sagst du dazu?«

»Total perfekt«, sagte Mia und lachte.

»George und ich«, sagte Charlie mit einem verführerischen Augenaufschlag.

»Das hast du erfunden, oder?«

»Was denn?«

»Dass er gern Frauenklamotten anzieht.«

»In meinen Träumen, Mia«, sagte Charlie augenzwinkernd und drückte auf den Knopf der Kaffeemaschine. »Aber egal, ich nehme ihn gern so, wie er ist. Wasser, hast du gesagt?«

»Gern«, murmelte Mia.

Ihr Mund war wie ausgedörrt, und ihr hing ein Grauschleier vor den Augen, aber er löste sich jetzt langsam auf.

Er hatte es ihr ausgeredet.

Nur etwas zum Schlafen.

Gott sei Dank.

Charlie Brun war wirklich ein Engel auf Erden.

»Du hast die Familie herausgeholt«, sagte Mia, als der Kaffee vor sie hingestellt wurde.

»Ja«, sagte Charlie und starrte die Wand hinter ihr an. »Du weißt doch, das war alles nicht leicht für sie. Der kleine Charlie war so ein vielversprechender Knabe, weißt du, dass ich Eishockey gespielt habe?«

»Du?«, fragte Mia.

»Aber klar doch. Storhamar. Flügelstürmer. Und gut war ich auch.«

Vier schön gerahmte Fotografien. Erwachsene lächelnde Gesichter, dazwischen ein rundes Jungengesicht aus einer längst vergangenen Zeit.

»Gute Erinnerungen«, sagte Charlie leicht betrübt.

»Du hast noch immer keinen Kontakt zu ihnen?«

»Ich hab vor einiger Zeit meinem Vater einen Brief geschrieben. Er ist jetzt alt, weißt du. Kriegt gern was mit der Post. Glaube ich jedenfalls, habe ich angenommen. Nicht dass ich es wissen könnte, natürlich, das alles ist ja einige Jahre her.«

»Und?«

»Keine Antwort, leider«, sagte Charlie seufzend. »Ja, ja, der Versuch war es wert. Guter Kaffee?«

»Perfekt«, sagte Mia, dann fiel ihr Blick auf die Uhr über dem Herd. »O verdammt, gleich halb zwei. Ich bin viel zu spät dran«, sagte Mia und sprang auf.

Sie klopfte sich auf die Hosentasche, aber es war nicht da.

»Mein Telefon?«

»Hab ich«, murmelte Charlie und verschwand.

Verdammt. Hatte sie so lange geschlafen?

Mia trank ihren Kaffee im Stehen, als Charlie zurückkam.

»Viel zu tun?«

»Leider«, murmelte Mia.

Ein Dutzend Anrufe.

Die meisten von Munch.

Sie rief ihn zurück.

»Mia?«, brummte Munch am anderen Ende der Leitung in seinen Bart. »Wo bist du?«

»Sorry«, murmelte Mia. »Hab geschlafen. Bin schon unterwegs.«

»Nein, nein«, sagte Munch. »Ich komme zu dir.«

»Was?«

»Ich komme zu dir«, sagte Munch noch einmal mit einem seltsamen Unterton. »Wo bist du?«

»Deine Adresse?«, fragte Mia und legte die Hand über das Telefon.

»Tøyenbekken 9.«

»Tøyenbekken 9«, sagte Mia.

»Bei Grønlandsleiret?«

»Ja. Ist was passiert?«

Munch gab keine Antwort.

»Holger?«

»Ich komme hin, okay?«

»Okay?«

»Bin schon unterwegs«, sagte Munch und legte auf.

»Gehst du schon? Aber du hast ja fast nichts angerührt.«

»Ich muss los«, sagte Mia und steckte das Telefon in die Tasche.

»Versprich mir, dass es bis zum nächsten Mal nicht wieder so lange dauert.«

Charlie legte ihr die Hände auf die Schultern und küsste sie auf beide Wangen.

»Es geht dir doch gut, Mondkind? Du weißt, wo ich bin, wenn ich etwas für dich tun kann?«

Er sah sie jetzt besorgt an, wollte sie nicht loslassen.

»Mir geht es gut«, sagte Mia. »Tausend Dank für alles, Charlie. Du bist ein Goldstück, weißt du das?«

»Ach, ich tu nur mein Bestes.«

»Meine Jacke?«

»Unten im Gang. Ruf mich an, ja? Und vorsichtig da draußen.«

»Wird gemacht, Mama, noch mal vielen Dank«, sagte Mia und umarmte ihn noch einmal, dann machte sie auf dem Absatz kehrt und lief die Treppe hinunter.

• 51 •

Munch kam sich vor wie ein Idiot. Er schüttelte kurz den Kopf und fuhr mit dem Audi an den Randstein. Eine gut gelaunte Mia stieg ein und legte den Sicherheitsgurt an.

»Wohin fahren wir?«

Munch seufzte und dachte, es sei sicher das Beste, es hinter sich zu bringen.

»Was?«, fragte Mia und runzelte die Stirn.

Sie hatte es ihm offenbar angesehen. Sie arbeiteten schon so lange zusammen.

»Immer noch Lust auf Urlaub?«

»Entschuldigung?«, fragte Mia.

»Sorry«, murmelte Munch und fuhr sich mit der Hand durch das Gesicht. »Befehl von ganz oben.«

»Was denn?«

»Der Generalstab ist mit dabei. Sie haben das Steuer übernommen.«

»Übernommen? Wie meinst du das?«

»Das ist nicht mehr unser Fall«, begann er, aber sie fiel ihm ins Wort.

»Hä? Aber was zum Teufel, Holger?«

»Ich weiß«, sagte Munch. »Ich …«

»Das kann doch verdammt noch mal nicht möglich sein«, fauchte Mia. »Du willst mich hier verarschen, oder? Die Armee? Was zum Teufel hat die damit zu tun?«

»Lange Geschichte«, murmelte Munch. »Heute Nacht ist etwas passiert. Hör mal, ich habe mir alle Mühe gegeben, aber ja …«

Sie begriff nun, was er ihr beizubringen versuchte. Ihr Blick schlug in weniger als einer Sekunde von interessiert in zornig um.

»Ich bin also … raus?«

»Nur bis auf Weiteres«, sagte Munch abwehrend. »Bis wir die Sache wieder im Griff haben.«

»Aber verdammt«, murmelte Mia. »Und wer ist wir?«

»Sie stellen jetzt eine Gruppe zusammen. Generalstab, Polizeilicher Sicherheitsdienst.«

»Keiner von uns? Was läuft da, Holger?«

»Anette und ich sind dabei«, sagte Munch rasch. »Wie gesagt, bis auf Weiteres, bis wir …«

»Aber zum Teufel, Holger«, sagte Mia und schüttelte genervt den Kopf. »Wie lange ist es her, dass du mich ins Justisen geschleift hast? Damit ich mir den Fall ansehe? Ich hatte den Flug schon gebucht, verdammt noch mal. Ein Segelboot wartete.«

»Gilt das noch?«, fragte Munch, bereute das aber sofort. Mia wandte sich wutschnaubend von ihm ab.

»Sorry«, sagte Munch. »Ich dachte nur …«

»Und warum nicht ich?«

Die scharfen Augen waren jetzt wieder auf ihn gerichtet, eine Frage, auf die sie die Antwort wusste, aber sie wollte ihn zwingen, es laut zu sagen.

»Sicherheitsgarantien«, sagte Munch mit gepresster Stimme.

»Weil ich eine labile Idiotin bin?«

»Mia ...«

»Die man einsetzen kann, wenn es sich gerade so ergibt, aber nicht dann, wenn es wirklich darauf ankommt, ist das so zu verstehen?«

»Hör mal, Mia, wenn ich zu entscheiden hätte, aber das weißt du doch?«

»Verdammte Gnome«, murmelte Mia, öffnete ihren Sicherheitsgurt und streckte die Hand nach dem Türgriff aus.

»Sie haben eine Liste gefunden«, sagte Munch rasch, ehe sie die Tür aufstieß.

»Was für eine Liste?«

Befehl von oben hin oder her, Munch war das jetzt egal. Er war in erster Linie für seine eigenen Leute verantwortlich. Das Ministerium konnte sich sonst wohin scheren, er hatte es satt. Hatte es eigentlich schon lange satt. Hatte es satt, wie Mia in den letzten Jahren behandelt worden war. Abmahnungen, Beurlaubungen, nur, um sie dann wieder ins Warme zu holen, wenn es gerade gelegen kam, nein, verdammt, jetzt musste es reichen.

»Rønning hatte gestern Abend Besuch«, sagte er rasch.

»Der Journalist?«

»Ja. Von einem Exmilitär. Einem Afghanistanveteranen, glauben sie.«

»Wo?«

»Bei sich zu Hause. Ich kenne nicht alle Details, aber er ist wohl übel zugerichtet worden. Dann bekam er eine Liste. Mit Opfern. Sie gehen von der Theorie aus, dass es sich um eine Art Rachefeldzug handelt.«

»Weshalb?«

»Das wissen wir nicht, aber irgendein Motiv muss es geben, Hass auf den norwegischen Staat, ich weiß auch nicht, aber hör mal …«

»Liste?«

»Eine Liste mit Zufallsopfern.«

»Was? Wie viele?«, fragte Mia verdutzt.

»Fünfzig«, murmelte Munch.

»O verdammt. Er passt zum Profil?«

Sie drehte sich zu ihm um und sah jetzt weniger gereizt aus. Ein sanfteres Gesicht, mit diesem nach innen gerichteten Blick.

»Das Alter scheint zu stimmen«, sagte Munch.

»Die Zahlen?«

»Vivian Berg war Nummer vier auf der Liste«, sagte Munch. »Mehr weiß ich bisher nicht, die lassen sich nicht in die Karten schauen.«

»Zufallsopfer?«, fragte Mia und starrte aus dem Autofenster.

»Willkürlich ausgesucht von einer Liste mit fünfzig Namen, wie es aussieht«, sagte Munch und nickte.

»Teufel auch«, murmelte Mia, als sie das im Kopf durchgerechnet hatte.

Er hatte das Gleiche getan.

Das Profil. Die Zahlen. Die zufälligen Opfer.

»Hast du sie gesehen, die Liste?«

Munch schüttelte den Kopf.

»Warte auf einen Anruf. Anette steht in Kontakt zu ihnen. Da unten herrscht offenbar Ausnahmezustand. Es ist davon die Rede, die Mitglieder der Regierung und vielleicht auch die Königsfamilie in Sicherheit zu bringen.«

»Ernsthaft?«

»Wie gesagt, sie geizen mit Details, aber Anette glaubt das eben.«

»Das können sie doch nicht machen. Wie wollen sie das begründen? Der König geht in Deckung, aber es besteht kein Grund zur Beunruhigung, lebt einfach normal weiter, ist es das, was sie der Bevölkerung sagen wollen? Die spinnen doch! Außerdem steht er gar nicht auf der Liste ...«

»Ich glaube nicht, dass es so weit kommen wird, aber egal, Armee, Heimwehr, Katastrophenschutz, ich vermute, die setzen jetzt alles möglichst unauffällig in Bewegung, deshalb wollen sie ...«

»Sich alle Irren vom Leib halten?«, fragte Mia und hätte am liebsten auf den Boden gespuckt.

»Hör mal, Mia«, begann Munch, aber sie ließ ihn nicht ausreden.

»Soll ich dich irgendwohin fahren?«

Mia schüttelte den Kopf und packte entschlossen den Türgriff.

»Ich halte dich auf dem Laufenden«, rief er hinter ihr her.

Mia warf ihm einen letzten resignierten Blick zu, ehe sie die Tür zuknallte und davonlief, ohne sich noch einmal umzusehen.

Verdammt.

Er wollte eigentlich hinterher, aber das schaffte er nicht, denn nun klingelte das Telefon in seiner Tasche.

»Ja?«

»Wir sind so weit«, sagte Anette.

»Wo?«

»Bankplassen, in zwanzig Minuten.«

»Schon unterwegs«, sagte Munch und ließ den Motor wieder an.

• 52 •

Mia lief ziellos durch die Straßen, irritiert, zornig, geschockt, sie wusste nicht, wie sie ihre Empfindungen beschreiben sollte, sie fühlte sich kopflos. Sie hatte den Tag mit diesem Gedanken angefangen: *Was, wenn er mich belügt?* John Wold am Vorabend in der Kneipe. Er hatte die Skepsis in ihrem Blick gesehen. Verdammt, sie hatte es ihm ja gesagt. *Es ist nicht Curry. Ich habe absolut nicht vor, euch irgendwie behilflich zu sein.* Clever, was? Er hat einfach irgendeinen Mist erzählt, von dem er wusste, dass sie sich Gedanken darüber machen, Zweifel haben würde. Am Ende doch mitzumachen. *Es geht da um eine Frau, sie ist Junkie. Du bist nicht informiert? Über deine Schwester?* Sigrid. *Drecksschwein.* Und es hatte funktioniert. Der Schmerz nach dem Verlust. Die Sehnsucht. Er hatte ihre verletzlichsten Gefühle benutzt. Nur, damit sie Ja sagte.

Mia fluchte leise und überquerte ein weiteres Mal die Straße. Ihr war es jetzt einerlei, wohin sie ging, wenn ihre Beine nur in Bewegung waren. Sie war ihm auf den Leim gegangen. Cisse? Eine rote Daunenjacke? Verdammt vage. Sie hätte natürlich sofort reagieren müssen, aber sie war nicht vorbereitet gewesen. Sie strich mit der Hand über ihr

Armband, dann blieb sie stehen, als ein Taxi hupte und sie beinahe streifte.

Verdammt.

Ein wirklich guter Start in den Tag. Aus Charlie Bruns wunderbarem Bett aufgestanden, extrem klar im Kopf. Curry? Natürlich nicht. Curry hatte nichts damit zu tun. Mia kannte den kleinen Chaoten jetzt seit zehn Jahren. Er sah vielleicht aus wie ein Gangster, aber hinter dem harten Gesicht verbarg sich eine Seele, die keiner Fliege etwas zuleide tun konnte.

Aber ein Polizist?

Es konnte wirklich jeder sein.

Jemand hier ganz in Mias Nähe?

Die Frau im gelben Mantel, die ihren Hund Gassi führte?

Der Junge auf dem Skateboard?

Verdammt.

Sie beruhigte sich ein wenig, während die Ampel auf Grün umsprang und die Passanten sich ruhig auf die andere Straßenseite zubewegten. Auf dem Heimweg. Auf dem Weg zur Arbeit. Nach der Schule. Lächelnd, froh, müde. Tüten mit Lebensmitteln, Kinderwagen, ein ganz normaler Tag im kleinen Oslo, und der Frühling wartete gleich um die Ecke.

Verdammte Scheiße.

Mia blieb an einer Straßenecke stehen und zog das Telefon aus der Tasche.

Okay.

Klaren Kopf behalten.

Cisse?

Cecilie?

Junkie in roter Daunenjacke?

Das zu widerlegen war einfach.

Alles Bullshit. Die Stadt war nicht so groß. Eigentlich eine kleine Szene, und sie wusste genau, wen sie anrufen würde.

»Prindsen Notherberge?«

»Ja, hallo, hier spricht Mia Krüger, wäre es wohl möglich, mit Mildrid Lind zu sprechen?«

»Einen Moment.«

Sie hörte eine Wartemelodie.

Ein tätowierter Jugendlicher trat aus einem Lokal vor ihr auf die Treppe, ein riesiger klirrender Schlüsselbund hing aus einer abgewetzten Hosentasche. Mittagspause. Ein ganz normaler Tag.

»Sie telefoniert gerade, aber ich glaube nicht, dass es lange dauert, soll sie zurückrufen?«

»Ja bitte, und danke.«

Mia steckte das Telefon wieder in die Jackentasche und wollte schon wieder weitergehen, als sie vor sich im Fenster etwas entdeckte.

Was zum ...?

Ein Tätowierstudio.

Hinter dem schmutzigen Fensterglas hingen Fotografien in einer Reihe.

Aber was ...?

Protzbilder. Ein Motörhead-Logo auf einem Oberarm. Ein großer Adler auf einer Brust. Rote und gelbe Flammen an einer dünnen Wade.

Und dort, mitten in der Reihe.

Mia blieb mit offenem Mund stehen und trat näher an das Fenster heran.

Was?

Ich?

Ein nackter Rücken. Zwischen den Schulterblättern. Die langen dunklen Haare. Die blauen Augen.

Zwischen Herzen und Friedenstauben und brennenden Totenschädeln gab es eine Tätowierung ihres Gesichts.

Was zum …?

Von weither ein Geräusch, ein Vibrieren in der Tasche.

»Mildrid Lund hier. Ich sollte zurückrufen?«

• 53 •

Gerüchte über den neuen supergeheimen Bereitschaftsraum waren schon lange im Umlauf gewesen. Ein Feindbild, das nicht mehr aus Ost gegen West bestand, aus Generälen mit Fingern auf roten Knöpfen, sondern aus Terroraktionen, ausgeführt mit selbst gebastelten Nagelbomben, entführten Flugzeugen, gestohlenen Lastwagen. Zivile Ziele, vor wenigen Jahren fast unvorstellbar und so gut wie nicht zu schützen. Selbst wenn Norwegen bisher von religiös motivierten Angriffen verschont geblieben war, hatten der Angriff auf das Regierungsviertel und nicht zuletzt die Tragödie, über die Munch nicht einmal reden konnte, sogar naiven norwegischen Politikern den Ernst der Lage klargemacht. Munch glaubte eigentlich nicht, dass das wirklich eine Rolle spielte. Es war sicher wie üblich beim Gerede geblieben, Papieren mit Plänen, aufgestellt von langsam arbeitenden Parlamentskommissionen, aber als er den Fahrstuhl verließ und die hypermoderne Operationszentrale betrat, musste er zugeben, dass er sich doch geirrt hatte.

Tief unten im Keller unter den Räumlichkeiten des Verteidigungsministeriums in der Myntgate 1, mit Sicherheitsvorkehrungen, die er so noch nicht gesehen hatte. Wenn er nicht so nüchtern eingestellt und so von Skepsis den hohen Herren gegenüber erfüllt gewesen wäre, wäre er glatt so weit gegangen zu behaupten, er sei beeindruckt. Fahrstühle mit langen Codes. Sicherheitskontrollen mit Leibesvisitation. Türen mit neuen Codes, Metalldetektoren bewacht von jungen uniformierten Soldaten. Am Ende kamen sie an eine große Metalltür, wo sie ihre Mobiltelefone ablegen mussten, worüber Munch sich natürlich ärgerte, aber selbstverständlich blieb ihm nichts anderes übrig. Der gut angezogene junge Mann gab einen neuen Code in ein Schaltpult ein, wo nun ein grünes Lämpchen aufleuchtete, und dann standen sie endlich drinnen.

Ein großer ovaler Tisch, Männer mit ernsten Gesichtern, einige in Uniform, die meisten im Anzug, neutraler Schlips, weißes oder hellblaues Hemd. Munch warf einen Blick in die Runde, konnte aber kein bekanntes Gesicht entdecken.

»General Edvardsen«, sagte ein hochgewachsener Mann mit grauem Schopf und kam auf sie zu.

»Munch, nicht wahr? Und Goli?« Er begrüßte sie mit festem Händedruck.

Munch nickte. Anette Goli ebenfalls. Wenn sie sich als einzige Frau im Raum nicht wohl in ihrer Haut fühlte, dann ließ sie es sich nicht anmerken. Eigentlich waren Frauen in Norwegen inzwischen in allen leitenden Positionen anzutreffen, aber den Keller der Myntgate 1 hatte die Gleichberechtigung offenbar noch nicht erreicht. Der General nickte kurz in die Runde und stellte die Anwesenden vor, dann ging er zurück zu dem Bildschirm, der die ganze

Wand hinter ihnen bedeckte. Generalstab. Polizeilicher Sicherheitsdienst. Ein Vertreter aus dem Büro der Ministerpräsidentin. Mehrere Generäle der unterschiedlichen Truppen. Munch kam sich plötzlich ein wenig heruntergekommen vor. Er hatte Flecken auf seiner Cordhose, und der Dufflecoat hatte seine besten Tage längst gesehen.

»Meine Herren«, sagte Edvardsen, als in dem großen Raum die Lichter gedimmt wurden. »Sie alle wissen, warum wir hier sind. Einige wissen mehr als andere, und so wird es auch bleiben, alle Informationen in diesem Fall sind NTK. Wenn es Fragen gibt, kommen wir am Ende darauf zu sprechen, zuerst möchte ich den Handlungsverlauf durchgehen, wie er sich im Laufe des Tages ergeben hat, sowie unsere bisher ergriffenen Maßnahmen.«

Nicken in der Runde.

Ein Foto tauchte auf dem riesigen Bildschirm auf.

»Heute, um kurz nach elf Uhr, kam ein Anruf von diesem Mann. Erik Rønning von *Aftenposten*. Zu unserem Glück hatte dieser Journalist sofort den richtigen Gedanken, das Ministerium wurde sofort informiert und der Besagte hat uns bei späteren Befragungen versichert, dass die Informationen nicht über seine Vorgesetzten in der Redaktion gelaufen sind. Bisher scheinen wir die Lage also im Griff zu haben. Es wird wohl nicht nötig sein zu betonen, dass das hier extrem wichtig ist, es ist wie gesagt NTK, und wir tun alles, was in unserer Macht steht, um die Öffentlichkeit aus allem herauszuhalten. Was ich nicht weiß, macht mich nicht heiß. Das Letzte, was wir jetzt brauchen können, ist Panik auf den Straßen.«

»NTK?«, flüsterte Munch und beugte sich zu Goli.

»Need to know«, murmelte Anette, ohne ihn anzusehen.

»Rønning wurde von jemandem aufgesucht, den wir für einen von unseren Leuten halten müssen, und ihm wurde eine Liste mit fünfzig Namen vorgelegt.«

Das nächste Bild und Bewegung um den Tisch, als einige Blätter herumgereicht wurden. Munch sah neugierig die Leinwand und dann die Namensliste vor sich an. Er suchte rasch nach Namen, die er kannte, konnte zu seiner Erleichterung aber keinen finden. Miriam Munch. Marion Munch. Egoistisch und unprofessionell vielleicht, aber es war eine automatische Reaktion.

»Wie Ihnen allen bewusst ist, haben sich in der vergangenen Woche Dinge zugetragen, die für die Authentizität dieser Liste sprechen. Unsere Freunde von der Mordeinheit in der Mariboes gate wissen das besser als alle anderen, und deshalb sind sie hier, falls jemand sich gefragt haben sollte, warum die Osloer Polizei anwesend ist.«

Kurze Blicke wurden ihnen zuteil. Munch nickte höflich zurück.

»Vielleicht können wir eine knappe Zusammenfassung bekommen, für alle, denen die Details um diese Morde nicht bekannt sind?«

Edvardsen schaute kurz zu ihnen herüber.

»Ja«, sagte Munch und räusperte sich.

Er spielte für einen Moment mit dem Gedanken, sich zu erheben, blieb aber sitzen, der General wirkte ohnehin schon ungeduldig.

»Wir haben drei Opfer«, sagte Munch und räusperte sich ein weiteres Mal. »Vivian Berg, zweiundzwanzig, Balletttänzerin. Gefunden in einem entfernten Bergsee, ein paar Autostunden von hier.«

»Zusammen mit einer Zahl, ist das korrekt?«

»Das stimmt«, sagte Munch. »Die Ziffer 4, eingeritzt in …«

»Wie wir sehen«, fiel Edvardsen ihm ins Wort, »ist diese Berg Nummer 4 auf der Liste.«

»Äh, ja«, sagte Munch. »Das zweite Opfer ist ein gewisser Kurt Wang.«

»Nummer 7 auf der Liste«, bestätigte Edvardsen. »Und das letzte?«

»Ruben Iversen, vierzehn Jahre. Gefunden in einem Kofferraum oben beim Lager Skar.«

»Mit der Zahl?«

»Dreizehn«, sagte Munch.

»Was ebenfalls mit der Rønning überlassenen Liste übereinstimmt«, sagte Edvardsen und nickte zur Leinwand. »Haben Sie einen Zusammenhang zwischen den Opfern gefunden?«

»Nein«, sagte Anette Goli. »Das hat uns ganz besonders verwundert. Die Zufälle. Bis wir … von der Liste erfahren haben.«

»Fünfzig Namen«, erklärte Edvardsen. »Zivile norwegische Bürger. Drei davon bereits liquidiert. Es besteht also kein Grund zu der Annahme, die Bedrohung sei nicht akut, und auf Befehl des Büros der Ministerpräsidentin werden wir entsprechende Maßnahmen ergreifen.«

Der General trank einen Schluck Wasser aus dem Glas, das vor ihm auf dem Tisch stand, und fügte dann hinzu:

»Rønning zufolge war sein Besucher teilweise militärisch gekleidet und erwähnte Lashkar Gah, Afghanistan, und damit könnten wir das Motiv haben. Es handelt sich aller Wahrscheinlichkeit nach um eine Racheaktion, ich komme gleich auf die Antriebsfeder zurück, aber ich freue mich, Ihnen sagen zu können, dass wir bereits einen Verdächtigen identifiziert haben.«

Edvardsen drehte sich um, als auf der Leinwand ein weiteres Foto erschien.

Ein Verdächtiger?

Munch drehte sich zu Goli um, die die Augenbrauen hob. Das hier gefiel ihm nicht, das musste er zugeben, aber ihm blieb nichts anderes übrig, als den Hut zu ziehen. Es war noch nicht lange her, seit Rønning wieder zu Bewusstsein gekommen war.

»Ich möchte noch einmal daran erinnern, dass wir über absolut brisante Informationen sprechen. Sie sind streng geheim und aller Öffentlichkeit entzogen. Unter gar keinen Umständen, ich wiederhole, *unter gar keinen Umständen* darf das, was Sie jetzt hören werden, diesen Raum verlassen.«

Edvardsen sah sie nicht direkt an, aber es gab keinen Zweifel daran, wer gemeint war.

»Haben wir aktive Truppen in Afghanistan? Offiziell nicht. Unsere Leute beteiligen sich nur an passiven Einsätzen der UN. Inoffiziell? Natürlich. Wir sitzen nicht auf dem Zaun, wenn unsere Alliierten Krieg führen. Und noch einmal, was Sie jetzt hören werden, verlässt diesen Raum nicht, ist das klar?«

Edvardsen hob den Blick, wie um sich davon zu überzeugen, dass sie den Ernst der Lage verstanden hatten. Goli nickte zur Antwort, und am Ende tat Munch es ihr widerwillig gleich.

»Gut«, brummte der General und zeigte ein weiteres Bild.

Ein junger Mann in Uniform schaute aus zusammengekniffenen Augen in die Kamera. Bis an die Zähne bewaffnet. Im Hintergrund eine Wüstenlandschaft.

»Das ist der, den wir für unseren Mann halten«, sagte nun Edvardsen.

Neues Bild. Derselbe Soldat, diesmal ein Archivbild.

»Er heißt Ivan Horowitz«, sagte Edvardsen und hob den Blick. »Geboren 1988 in Gjøvik. Begann seine militärische Karriere im Telemark-Bataillon und wurde dann später zu Alfa geholt. Für diejenigen unter Ihnen, denen das nichts sagt, kann ich ganz einfach sagen, dass es besser nicht geht. Die Amerikaner haben die Green Berets, die Russen haben Speznas, wir haben Alfa.«

Der General konnte den Stolz in seiner Stimme nicht verhehlen, als er das nächste Bild heranholte.

»Afghanistan, der Norden. Die Amerikaner hatten eine groß angelegte Aktion unter dem Namen Operation Endurance eingeleitet, und wir waren mit einer kleinen Gruppe von sechs Soldaten dabei, alle Alfa. Einer von diesen war unser Mann, Ivan Horowitz. Ich werde nicht ins Detail gehen, das ist wie gesagt NTK, aber es besteht Grund zu der Annahme, dass diese Geschehnisse die Grundlage dafür bilden, womit wir es hier zu tun haben. Ein Rachefeldzug, eine Art Hass auf die Nation Norwegen, oder wie man das nun nennen will, egal, Sie werden gleich sehen, warum wir ziemlich sicher sind, dass wir unseren Mann bereits gefunden haben.«

Edvardsen trank wieder einen Schluck Wasser.

Mehr Wüstenlandschaft. Braun versengte Gipfel.

»Frühjahr 2010. Alfa war zu einem eigentlich routinemäßigen Einsatz unterwegs, als sie plötzlich in einen Hinterhalt gerieten. Wir haben fünf Mann verloren. Der einzige Überlebende war Ivan Horowitz. Es ist noch immer nicht ganz klar, was eigentlich passiert ist, aber Horowitz berichtet, dass er nach der Explosion zu sich kam, ohne zu wissen, was passiert war. Verletzungen von Bombensplittern in Brust und Bauch, ein gebrochenes Bein. Die nächsten zehn Tage verbringt Horowitz nun in einer Berghöhle. Er hatte seine Haut mit seinem eigenen Urin benetzt, um nicht auszutrocknen. Er isst, na ja, das ist unklar, aber jedenfalls kann er sich am Ende zu einer Straße in der Nähe schleppen, wo er von einer Patrouille aufgelesen wird.«

Edvardsen ließ einen ernsten Blick über die Runde schweifen, ehe er weiterredete.

»Nach Debriefing und Aufenthalt im Feldlazarett wird Horowitz nach Norwegen zurückgeschickt, wo seine aktive militärische Karriere nun beendet ist. Wir geben ihm eine Medaille, versuchen, ihm beim Übergang behilflich zu sein, bieten ihm eine Bürostelle an, aber Horowitz ist sozusagen nicht mehr er selbst. Er will sich an die Medien wenden, das alles sei nicht richtig so, er habe alle verloren, die ihm nahestanden, die Öffentlichkeit müsse erfahren, was abläuft, ja, Sie wissen schon. Am Ende müssen wir ihm schlicht kündigen. Wir behalten ihn natürlich im Auge, um ihm helfen zu können, aber auch, um ihm auf die Finger zu schauen.«

Edvardsen klickte weiter.

»2011. Horowitz wird in die psychiatrische Abteilung von Blakstad eingewiesen. Er wird Anfang 2012 entlassen. Und damit verliert sich jede Spur. Er hebt nichts von seinem Konto ab, keine elektronischen Aktivitäten werden registriert. Ivan Horowitz scheint gar nicht mehr zu existieren. Möglicherweise hat er Selbstmord begangen, aber es wird keine Leiche gefunden. Wir schließen das Dossier. Aber nun das.«

»Neue Identität?«

Eine trockene Stimme über einem blauen Schlips.

»Höchstwahrscheinlich«, sagte Edvardsen und nickte.

»Und dieser Hass ist nicht nur eine vorübergehende Laune?«

Eine weitere ruhige Stimme, diesmal über einem grauen Schlips.

»Ich fürchte, ja«, sagte Edvardsen. »Die Berichte unserer Psychologen sagen aus, dass bei Horowitz schon bald nach seiner Rückkehr Anzeichen von, ja, nennen wir es besorgniserregendem negativem Verhalten zu beobachten waren.«

»Die Uhr tickt«, sagte plötzlich ein älterer Mann am Tischende und nickte fast unmerklich zu Munch und Goli hinüber.

»Ja«, murmelte Edvardsen. »Wir haben natürlich eine groß angelegte Suchaktion nach Ivan Horowitz gestartet, und was wir jetzt von Ihnen erwarten, ist Folgendes«, sagte Edvardsen an die Ermittler gewandt.

Plötzlich ein anderer Tonfall, ein Befehl, jetzt. Munch gefiel das nicht.

»Wir gehen mit Horowitz an die Presse. Bilder, wir besorgen, was Sie brauchen. Er ist der Hauptverdächtige bei diesem Fall, über das Motiv wird jedoch nichts erwähnt.«

»Hören ...«, begann Munch, wurde aber unterbrochen.

»Gut«, sagte ein Mund über einem weiteren Schlips. »Irgendwer muss ihn doch gesehen haben, auch wenn er sich versteckt. Niemand kann wirklich unsichtbar bleiben, ich meine, neuer Job, vielleicht, Freunde, Nachbarn?«

»Exakt«, Edvardsen nickte. »Was wir jetzt hoffen, ist genau das, dass jemand ihn erkennt, bevor er sich einen neuen Namen von der Liste fischen kann.«

»Bieten wir irgendwem von denen Schutz an?«, fragte ein Brillenträger und hielt die Liste hoch.

»Das haben wir überlegt«, sagte Edvardsen. »Aber wie Sie sehen, sind die meisten Namen ziemlich alltäglich. Nils Olsen, Janne Andersen, von wie vielen potenziellen Opfern ist da die Rede? Wir haben derzeit nicht die Kapazitäten. Leider. Die Priorität liegt zurzeit auf der Suche nach dem Täter.«

Es entstand eine Pause.

»Also«, fuhr der General fort, »die Polizei. Ivan Horowitz ist jetzt offiziell der Hauptverdächtige. Das ist die beste Vorgehensweise, die uns jetzt möglich ist, wenn wir kein Misstrauen wecken wollen. Unter Verdacht in einem dreifachen Mord. Deshalb suchen wir ihn. Wir glauben, dass das reicht. Und uns das gibt, was wir brauchen, um ihn zu finden. Wir werden natürlich auch unsere eigenen Mittel einsetzen, aber darauf kommen wir noch zu sprechen.«

»Aber …«, sagte Munch, wurde jedoch abermals unterbrochen.

»Tut mir leid, Goli.«

Anette nickte.

»Wir schicken Ihnen, was Sie brauchen. Ansonsten gilt business as usual, okay?«

»Soll das heißen, dass ich mein Team nicht über diese Details informieren darf?«, fragte Munch.

»Sie sagen nur, dass er unter Verdacht steht.«

»Wie soll ich …«

»Sie schaffen das«, sagte Edvardsen und war in Gedanken schon beim nächsten Punkt auf seiner Liste.

Der junge Mann, der sie hergeführt hatte, kehrte lautlos in den Raum zurück.

»Ich bringe Sie wieder hinaus«, sagte er höflich und deutete auf die offene Tür.

• 54 •

Mia stand vor dem ockergelben Klinkerbau in der Storgate und merkte, dass sie sich ein wenig davor grauste hineinzugehen. Sie war schon einmal hier gewesen, aber das war jetzt lange her. Alte Tage. Ein anderes Leben. Der Anblick des Gebäudes rief Erinnerungen wach, die sie eigentlich gar nicht haben wollte. Prindsen Notherberge. Ein kommunales Angebot für Drogenabhängige. Übernachtungsmöglichkeiten. Fixerstube. Ärzte, die Behandlung anbieten konnten. Krankenpfleger. Zahnarzt. Hilfe bei der Heimreise. Deshalb war sie hier gewesen. Sie hatte Sigrid abgeholt.

Fuck, das war nicht gut.

Ihre Schwester hatte in einer Ecke auf dem Boden gesessen, hatte die Arme um die Knie geschlungen und unglaublich klein ausgesehen.

Sorry, Mia.

Ach, Sigrid, natürlich kannst du anrufen.

Ich wollte dich nicht belästigen.

Du belästigst mich doch nicht, Sigrid. Natürlich helfe ich dir. Was ist passiert?

Freundliche, aber strenge Gesichter. Aus einem Zimmer

ins andere. Formulare, die unterschrieben werden mussten.

Mir geht es nicht gut, Mia.

Möchtest du mitkommen? Nach Hause, hoch zu mir?

Geht das denn, meinst du?

Natürlich, Sigrid.

Ich werde nicht lästig sein, das verspreche ich.

Du bist nie lästig, Sigrid.

Neue Menschen. Neue Vordrucke. Der fast durchsichtige Körper der Zwillingsschwester im Auto, in eine Decke gehüllt.

Mia erwachte aus ihren Gedanken, als direkt hinter ihr eine Straßenbahn vorüberschepperte. Riss sich zusammen, ging durch das schwarze schmiedeeiserne Tor und fand die Rezeption.

»Hallo, was kann ich für Sie tun?«

Ein freundliches, aber erschöpftes Gesicht hinter dem Glasfenster.

»Mia Krüger. Ich bin mit Mildrid Lind verabredet.«

»Alles klar. Nehmen Sie einfach da drüben Platz, sie kommt sicher bald.«

»Danke.«

Mia hatte sich gerade gesetzt, als eine Tür geöffnet wurde und die Sozialarbeiterin auftauchte, eine Frau in mittleren Jahren.

»Hallo, Mia, schön, dich zu sehen, das ist wirklich lange her.«

»Danke, gleichfalls.«

»Gehen wir in mein Büro? Da können wir besser reden, glaube ich.«

Mia folgte der Sozialarbeiterin durch den Gang und

über einen bekiesten Innenhof. Ein schlichtes kleines Büro mit einem Pult und Postern an den Wänden. Hilfsangebote.

Mildrid Lind schob die Brille auf ihrer Nase höher und setzte sich.

»Unsere Leute hier sind ein bisschen skeptisch, was die Polizei angeht, weißt du, aber ich habe mit einigen gesprochen. Du warst ziemlich vage.«

»Ich weiß«, sagte Mia und nickte verlegen. »Aber mehr hatte ich nicht. Cecilie. Cisse. Rote Daunenjacke. Geht angeblich auf die vierzig zu.«

»Ich habe mich kurz im Haus umgehört, und ich glaube, ich habe jemanden gefunden, der dir helfen kann.«

»Ja?«, fragte Mia überrascht. »Sie existiert?«

»Wie meinst du das?«, fragte Lind.

»Ach, nur so, ich dachte nur …«

»Wie gesagt, die sind hier alle ein bisschen skeptisch, was die Polizei betrifft«, sagte nun Lind. »Verständlicherweise.«

»Das ist rein privat«, sagte Mia rasch. »Nicht offiziell. Keine Ermittlung. Niemandem wird irgendetwas vorgeworfen. Ich versuche nur, sie zu finden.«

»Alles klar.« Lind nickte. »So hatte ich das auch verstanden. Ich schwärme auch nicht gerade für diesen Verein, wenn ich ganz ehrlich sein soll, aber dich kenne ich ja.«

»Danke. Das weiß ich zu schätzen.«

Lind griff zum Telefon.

»Hallo, hier ist Mildrid, ist Synne bei dir? Schön, fragst du sie mal, ob sie kurz herkommen kann? Es geht darum, worüber wir vorhin gesprochen haben.«

Sie warteten schweigend, bis endlich an die Tür geklopft wurde.

»Hallo?«

Ein junges Mädchen, vielleicht achtzehn, neunzehn, dünn und schlaksig, mit flackerndem, nervösem Blick schaute herein.

»Hallo, Synne, komm rein. Geht's gut?«

»Äh, ja«, sagte das Mädchen und schaute kurz zu Mia hinüber.

»Das ist Mia Krüger«, sagte Lind.

Eine dünne Hand wurde ausgestreckt.

»Hallo, Synne«, sagte Mia und erhob sich. »Nett, dich kennenzulernen.«

»Äh, na ja«, sagte die magere junge Frau und blieb unschlüssig stehen.

»Setz dich«, sagte Mildrid und erhob sich. »Ich muss noch kurz was erledigen. Ist das in Ordnung? Ihr schafft das doch ohne mich?«

»Ja, ja, kein Problem.« Mia lächelte. »Wenn dir das recht ist?«

»Sie hat doch nichts angestellt?«, fragte die junge Frau.

»Wer?«, fragte Mia.

»Cisse?«, gab Synne zurück.

»Nein, nein, das hier hat nichts mit der Polizei zu tun. Sie ist nur, na ja, wichtig für mich. Verstehst du?«

Mildrid Lind lächelte kurz, dann war sie verschwunden.

»Ich weiß nicht«, sagte Synne. »Warum ist sie wichtig für dich?«

»Sie hat offenbar etwas, das mir gehört«, sagte Mia.

Synne setzte sich, schien aber noch immer zu befürchten, dass sie in irgendetwas hineingezogen werden würde.

»Was denn?«

»Das hier«, sagte Mia und streckte den Arm aus. »Oder, na ja, etwas Ähnliches.«

Synne warf einen Blick auf das silberne Armband und lächelte.

»So eins hatte ich auch.«

»Wirklich?«

»Ja, also fast, eins mit drei Booten. Segelschiffen. Das hat mein Bruder mir geschenkt, bevor er in den Krieg musste.«

»Dein Bruder war im Krieg?«

Die junge Frau schlang die verschlissene Wolljacke enger um sich und nickte zögerlich. Warf einen nervösen Blick aus dem Fenster in den Innenhof.

»Ist lange her.«

»Was für ein Krieg?«

»Weiß nicht, er war bei dieser, wie heißen die noch, Fremdenlegion?«

Mia nickte.

»Wollte ein harter Bursche sein, glaube ich, mehr haben wir dann nicht gehört. Mama hat versucht, irgendwo Hilfe zu bekommen, aber das geht offenbar nicht so leicht, wenn man da freiwillig hingegangen ist, verstehst du. Warst du schon mal auf den Lofoten?«

»Leider nicht«, sagte Mia.

»Die Berge fallen vom Himmel ganz steil ins Wasser ab«, sagte Synne und lächelte ein wenig.

»Klingt unglaublich schön.«

»Ist es auch.«

»Du kennst sie also? Cisse?«

»Ja«, sagte Synne nach einer Weile. »Aber sie ist wohl nicht mehr da.«

»Nicht mehr da?«

»Tot. Hab ich gehört«, sagte Synne und nickte. »Aber ich weiß nicht genau. Man hört so viel. Weiß doch nie, wer hier in der Stadt die Wahrheit sagt.«

»Du hast sie länger nicht mehr gesehen?«

»Nein, zuletzt vielleicht vor Weihnachten?«

»Hast du sie gut gekannt?«

»Ziemlich gut, ja, wir waren häufig zusammen. Sie war lieb. Hat immer einen Schuss geteilt, war da nie geizig. Hat auch Geld verliehen, wenn sie welches hatte, meine ich.«

»Nur Cisse? Mehr weißt du nicht? Wie sie hieß oder wo sie gewohnt hat?«

»Glaub nicht, dass sie irgendwo gewohnt hat«, sagte Synne. »Und ich weiß auch nicht, wie sie mit Nachnamen hieß. Hast du mit Kevin gesprochen?«

»Wem?«, fragte Mia.

»Kevin. Die hingen immer zusammen. Ich hab sie zuerst für seine Mutter gehalten, aber das war sie wohl nicht, die waren nur ganz dick befreundet, aber egal, wenn du Kevin findest, weiß er sicher mehr.«

Synne hustete.

»Und wie finde ich diesen Kevin?«, fragte Mia.

»Weiß ich auch nicht. Er ist irgendwie überall und nirgends. Wie alle anderen eigentlich.«

»Du weißt also nicht, wo er sich meistens aufhält? Oder ob er Telefon hat?«

»Nein, keine Ahnung«, sagte die junge Frau.

»Wie alt ist er? Wie sieht er denn aus?«

»Er ist nicht so alt«, sagte Synne. »Ein bisschen älter als ich, vielleicht. Als ich ihn zuletzt gesehen habe, hatte er noch diese gelbe Mütze, aber das hilft vielleicht nichts, die kann er ja verloren haben.«

»Ja, natürlich, aber trotzdem, gelbe Mütze, danach werde ich Ausschau halten«, sagte Mia, als hinter ihnen die Tür aufging und Mildrid Lind hereinschaute.

»Synne, der Arzt hat jetzt Zeit für dich, geht das?«

»Ja, das geht«, sagte die junge Frau und stand auf.

Lind schaute Mia an, und die nickte zurück.

»Ach, übrigens«, sagte Synne in der Tür. »Er hat komische Augenbrauen. Die sind ganz schmal, die sieht man kaum.«

»Er hat keine Augenbrauen?«

»Doch, schon, aber nur ein bisschen.«

»Du musst jetzt mitkommen, wir haben heute eine lange Warteschlange«, sagte Mildrid mit einem freundlichen Lächeln.

»Natürlich«, sagte Synne und stand auf.

»Ich hoffe, du findest, wonach du suchst.«

»Danke für die Hilfe, Synne.«

Die junge Frau lächelte kurz und hob die Hand zu einem halbherzigen Gruß, dann schlang sie sich die Arme um den dünnen Leib und eilte hinter Lind her den Gang entlang.

• 55 •

Kevin saß im Hinterzimmer des 7-Eleven im Hegdehaugsveien, mit einer Beule auf der Stirn. Nicht weil er geschlagen worden wäre, sondern weil er Hunger hatte. Normalerweise konnte er mehrere Tage ohne Essen auskommen. Wenn er Heroin drückte, brauchte er nichts anderes, vielleicht einen Schluck Wasser, aber er hatte jetzt seit Tagen nichts mehr gespritzt und plötzlich Lust auf ein Snickers gehabt.

»Fucking Junkie, der ist die ganze Zeit hier«, sagte eine Stimme in der Ferne.

Kevin versuchte, seinen Blick zu schärfen, um zu sehen, wer da redete, aber es gelang ihm nicht.

Keine gute Idee.

Das hatte er gedacht. Er hatte kein Geld für einen richtigen Schuss gehabt und sich auch keins beschaffen können. War viel zu müde gewesen, hatte keine Kraft mehr für irgendwas. Sie hatten etwas anderes gedrückt, er und Jimmy. Aufgelöste Tabletten. Ritalin und Rohypnol. Ein Kick hoch und ein Kick runter. Jimmy hatte von irgendwem gehört, dass das angeblich ein guter Ersatz für echtes H war, aber Kevin hatte nicht weiter darüber nachgedacht, ehe sich die Nadel in seine Haut gebohrt hatte.

Keine gute Idee.

Und danach konnte er sich an nicht mehr viel erinnern.

»Zombie?«, fragte eine andere Stimme und stupste seine Schulter an.

»Hä?«, fragte Kevin und öffnete die Augen, unsicher, ob das Wort aus seinem Mund gekommen war.

»Schläfst du?«, fragte nun der Mann und war jetzt ein Sicherheitswärter, und plötzlich war Kevin hellwach, wäre fast aufgesprungen, aber dann wurde der Schalter plötzlich umgelegt und er war wieder schrecklich müde.

Keine gute Idee.

Gerüchten zufolge war Jimmy ein ehemaliger Mathematikprofessor, der verrückt geworden und an die Nadel geraten war und ganz schön viel darüber wusste, wie die Welt zusammenhing, aber das hier hatte saumies funktioniert.

Wann war das gewesen?

Sein leerer Magen hatte rebelliert, und er hatte Galle gespuckt. Und dass minus und plus null ergibt oder was zum Teufel Jimmy sich dabei gedacht hatte, einen Upper und einen Downer gleichzeitig zu nehmen, war auch nicht so gut gegangen. Von einem Moment auf den anderen war er hellwach und hatte das Gefühl, zum Mond laufen zu können, wenn er wollte, dann war er total weggetreten.

Absturz.

Es war besser geworden. Bald würde es vorüber sein. Er musste nur noch diesen letzten Rest aushalten. Er wusste wieder, dass er Hunger gehabt hatte. Er hatte in einem 7-Eleven die Snickers gesehen. Sehr gute Nachricht. Er war gegen einen Pfahl gerannt, und alles war schwarz geworden, und dann war er in diesem Zimmer wieder zu sich gekommen. Keine so gute Nachricht, aber wen interessierte das. Das Wichtigste war, dass das hier bald vorüber sein würde.

Verflucht noch mal.

»Und schau her«, sagte die Frau und zeigte auf etwas auf dem Tisch.

Kevin war jetzt wach, begriff aber nicht, was sie meinte.

»Er hat Geld gestohlen?«, fragte der Mann vom Sicherheitsdienst.

»Aus der Wechselkasse«, sagte die Frau. »Da lagen mindestens zwanzigtausend, und jetzt ist nur noch die Hälfte übrig.«

»Hast du das Geld in der Tasche?«, fragte der Mann und stieß Kevins Schulter an.

»Snickers«, murmelte Kevin und merkte, dass sein Mund ausgedörrt war, aber seine Stimme kehrte jetzt immerhin zurück.

»Du hast nur einen Schokoriegel geklaut?«

Kevin wollte nicken, hatte aber Angst, sein Kopf könne dabei herunterfallen, deshalb blieb er ganz still sitzen.

»Der lügt wie gedruckt«, sagte die Frau und zeigte wieder auf die Kasse. »Ich hab ihn auf frischer Tat ertappt. Und er war nicht zum ersten Mal hier. Siehst du, fast das ganze Geld ist weg.«

Besser jetzt. Kevin konnte das, was hier vor sich ging, sehen und hören. Erleichterung. Aber er hatte einen Moment lang Angst gehabt, hier sterben zu müssen, oder war das früher an diesem Tag gewesen?

»Wo ist das Geld?«

Der Wachmann packte ihn an der Schulter.

»Wenn du das Geld nicht zurückgibst, müssen wir die Polizei rufen.«

»Was für Geld?«, murmelte Kevin verwirrt.

»Aus der Kasse«, sagte die Frau und zeigte zum dritten Mal darauf, als ob zweimal nicht genug gewesen wäre. »Da lagen mindestens zwanzigtausend, und schau, jetzt nur noch die Hälfte.«

Es war jetzt vorüber. Zum Glück. Nein, da kam es wieder. Kevin klammerte sich an die Stuhlkante, voller Angst vor dem, was kommen würde, aber es war falscher Alarm. Er war noch immer hier. Er lächelte in Gedanken. Fucking Jimmy. Das hier würde er nie wieder tun. Er musste mit Lotte reden. Ein ernstes Wort. Sie waren ein Paar. Sie mussten alles zusammen machen, durften keine Geheimnisse haben voreinander.

»Ich bin in einer Woche wieder da.«

»Wohin willst du?«

»Das kann ich nicht sagen.«

»Warum nicht?«

»Bitte frag nicht, Kevin. Verlass dich auf mich, okay?«

»Ja, aber verdammt, gib mir doch wenigstens einen Tipp.«

»Ich muss etwas holen.«

»Was denn?«

»Frag nicht. Ich versprech es dir, wenn ich wieder da bin, hauen wir zusammen ab, okay?«

»Abhauen? Wohin denn?«

»Weg von hier. Aus diesem Scheißloch. Du und ich. Klingt das nicht gut?«

Fuck, klar klang das gut. Kevin merkte, dass seine Lebensgeister wieder erwachten. Zeit, weiterzukommen. Er hatte sein Telefon verloren. Kein Wunder, dass er nichts von Lotte gehört hatte. Er musste sich ein neues besorgen.

»Also, wo ist es?«, fragte der Sicherheitswärter und wurde jetzt böse.

»Was denn?«, fragte Kevin.

»Das Geld? Das aus der Kasse?«

»Ich hab nur ein Snickers genommen«, sagte Kevin vorsichtig.

Der Mann vom Sicherheitsdienst sah die Frau an, und die schüttelte den Kopf. Kevin brauchte einige Sekunden, um zu begreifen, was hier ablief. Miese Kuh. Sie hatte selbst in den Geldsack gegriffen. Hatte ihre Chance gewittert, als er da hinten saß. Natürlich. Halb ohnmächtiger Junkie, die perfekte Gelegenheit. Die Kohle nehmen und ihm die Schuld zuschieben.

»Dann sitzen wir eben hier, bis die Polizei kommt«, sagte der Wachmann.

Es kam noch einer herein. Zwergenpolizei. Die, die es nicht auf die Polizeischule geschafft hatten, die aber gern Macht ausüben wollten. Nach fast sechs Jahren auf der Straße in Oslo war Kevin den meisten von ihnen begegnet. In Einkaufszentren, in Parkhäusern, in Treppenhäusern. Sie waren überall, wo andere ein bisschen Wärme und ein Dach über dem Kopf finden konnten.

»Totales Chaos da unten, da muss etwas passiert sein«, sagte der Zweite zum Ersten.

»Das hier muss doch angezeigt werden«, sagte Frau Kassenklau und verschränkte die Arme.

Hört mal alle zu. Hallo? Kein Wunder, dass ihr es nicht auf die Polizeihochschule geschafft habt. Offene Kasse? Junkie? Warum hätte ich die Hälfte liegen lassen sollen? Falls ich hier also reingelangt habe. Zehntausend? Warum hätte ich zehntausend liegen lassen sollen? Kevin grinste über seinen eigenen Scharfsinn und wollte gerade den Mund aufmachen, als plötzlich auf der Straße vor dem Kiosk ein gewaltiger Knall ertönte. Kreischende Bremsen, gefolgt von einem markerschütternden Schrei.

»Was zum Teufel?«

Der Wachmann streckte den Kopf durch die Tür und riss die Augen auf.

»O verdammt.«

»Da ist jemand von der Straßenbahn angefahren worden.«

Jetzt war das Chaos ausgebrochen. Kevin fand sich plötzlich zwischen den beiden Wachmännern wieder, sein Gesicht klebte am Fenster zur Straße, wo ein älterer Mann auf dem Boden lag. Und dann: dieser Augenblick, wo die Leute nicht so ganz wissen, was sie zu tun haben. Das steht nicht im Drehbuch. Du gehst die Straße entlang, in Gedanken versunken. Und plötzlich knallt es. Jemand fällt in Ohnmacht. Jemand ruft einen Rettungswagen, jemand zieht sein Telefon hervor und filmt das Ganze. Wieder jemand versucht zu helfen. Legt dem Verletzten die Hände auf die Brust. Atmet ihm in den Mund. Versucht, die Blutungen zu stoppen. Kevin tat nichts von alldem. Er ging ruhig zurück ins Hinterzimmer. Steckte die restlichen zehntausend ein.

Und rannte in Richtung Zentrum.

• 56 •

Hege Anita war erst sieben, hatte aber viel mehr begriffen, als die Erwachsenen glaubten. Das Jugendamt, zum Beispiel, da arbeiteten gefährliche Leute, die klauten kleine Mädchen. Wenn sie kamen, musste man mäuschenstill sein und durfte die Tür nicht aufmachen, egal wie oft geklingelt wurde. Wenn es zu schrecklich wurde, was manchmal passierte, dann musste sie die Finger in die Ohren stecken und an etwas Schönes denken. Wie an die weiße Katze, die so oft auf dem Spielplatz vor dem Block war, oder vielleicht in Gedanken ein Lied singen. Vielleicht *Alle Vöglein sind schon da* oder *Ihr Kinderlein kommet,* obwohl es noch lange bis Weihnachten war, und dann würde sie zu Oma fahren, auch wenn Mama das voriges Jahr auch gesagt hatte und dann nichts aus dieser Reise geworden war.

Der Lehrer hatte sie an diesem Tag nach der Schule aufgehalten. Er hatte wieder gefragt, aber Hege Anita wusste genau, was sie zu antworten hatte, deshalb war es zum Glück auch diesmal gut gegangen. Der Lehrer hieß Tore und hatte eine Art Krankheit, denn ihm wuchsen nur dicht über den Ohren Haare und nicht auf dem Kopf, aber er war total in Ordnung. Hege Anita fand lügen gar nicht gut, aber auf dieser Welt geht es eben nicht immer so, wie man es gern hätte, das wusste sie nur zu gut, also musste sie das hier eben hinter sich bringen.

Kannst du deiner Mama sagen, dass wir gern mit ihr sprechen würden?

Nicken, freundlich lächeln und Ja sagen.

Sie ist nicht zum Elternsprechtag gekommen, verstehst du, und geht nicht ans Telefon, wenn wir anrufen.

Wieder nicken, sich ein bisschen an der Wade kratzen, vielleicht, an etwas anderes denken, vielleicht an die anderen Kinder, die jetzt auf dem Heimweg waren, vor dem Fenster des Klassenzimmers, zu Mama und Papa, die nicht die ganze Zeit weg waren und nicht mitten am Tag schliefen.

Hast du ihr unseren Brief gegeben?

Ein bisschen auf dem Stuhl herumrutschen, vielleicht so tun, als ob sie aufs Klo müsste, das half meistens.

Hege Anita zog den Schlüssel hervor, der an einer Schnur um ihren Hals hing, und schloss die Wohnungstür auf.

»Hallo?«

Nichts zu hören.

Aber Mamas Schuhe standen da, und die Jacke, die sie immer anhatte, lag auf dem Boden, und da wurde sie doch froh.

Mama war zu Hause.

Hurra, wollte sie rufen, nicht zu laut natürlich, Mama wollte nicht geweckt werden, wenn sie schlief, was sie oft tat, wenn sie nicht arbeiten gegangen war. Oder, na ja. Es war vielleicht keine richtige Arbeit, aber sie machte jedenfalls Sachen und bekam dafür Geld, und deshalb war sie die ganze Zeit müde und fast nie zu Hause.

Der Elternabend in der Schule war noch nicht so lange her, und da hatten einige von den anderen Mamas von ihrer Arbeit erzählt. Eine war Ärztin und rettete Menschen, wenn die krank waren. Eine war Zahnärztin und half Kindern, die Löcher in den Zähnen hatten. Eine arbeitete mit Computern, und eine andere arbeitete zu Hause, und da hatte sie gedacht: Das ist ja fast wie Mama. Und dass Mama gut hätte kommen können, auch wenn sie Nein gesagt und sie fast ein bisschen ausgelacht hatte, als sie gefragt hatte.

»Hallo?«

Sie flüsterte und schlüpfte aus ihren Stiefeln. Lief durch den Gang und ins Wohnzimmer, aber da war niemand.

Die Schlafzimmertür war geschlossen.

Nicht stören.

Sie wusste es ja, aber trotzdem, heute? Vielleicht war es heute erlaubt, wo so viel Schönes passiert war?

Tore hatte sie gelobt. Hatte vor der ganzen Klasse ihre Zeichnung hochgehalten und so schön darüber gesprochen, dass Hege Anita fast rot geworden wäre. Sie hatte Opa und Oma nebeneinander im Auto gezeichnet. Und den Hund, natürlich, und dahinter auf das Meer hatte sie ein Fischerboot und eine Möwe gezeichnet. Eigentlich hatte sie nicht weiter darüber nachgedacht, ehe er zu ihrem Tisch gekommen war.

Goldstern.

Sie konnte es fast nicht glauben.

Die anderen aus der Klasse hatten das auch gesagt.

»Wow, das ist ja richtig schön.«

»Wow, du kannst ja richtig gut zeichnen.«

»Wow, kannst du mir das beibringen? So zu zeichnen?«

In der Pause danach hatten alle mit ihr spielen wollen, und sonst war das überhaupt nicht so. Sie hatte auch beim Verstecken den Anfang machen und beim Völkerball eine Mannschaft wählen dürfen.

Was für ein schöner Tag!

Die Zeichnung lag in ihrer Schultasche.

Hege Anita nahm sie vorsichtig heraus und stellte sich wieder vor die Tür.

Das ist für dich, Mama, bitte schön.

Dann tat sie es doch nicht.

Das war sicher besser so.

Hege Anita steckte die Zeichnung wieder in den Rucksack, ging in die Küche und musste lächeln, als sie sah, was auf der Anrichte stand. Honey Crunch. Im Kühlschrank gab es auch Milch. Mama hatte Geld bekommen, sicher von dem Mann in der Militärjacke, der nie hereinkam, sondern nur draußen im Treppenhaus stand, kein Wunder, dass sie da müde war. Zufrieden ging sie mit den Sachen ins Wohnzimmer und schaltete den Fernseher ein.

NRK. Super, das sah sie am liebsten, aber es war nicht Kanal 3 eingeschaltet, wie sonst immer.

Sondersendung, stand oben im Bild.

Hege Anita goss Milch in eine Schüssel und drehte den Ton lauter.

»Die Polizei hat heute Fotos des Hauptverdächtigen im dreifachen Mordfall veröffentlicht …«

Nun tauchte das Bild eines Mannes auf dem Bildschirm auf.

Odd Squad, das sah sie am liebsten. Und den Zeichentrickfilm mit den Mädchen, die ihre eigenen Pferde hatten.

Jetzt gab es keine Pferde, nur ein Bild von einem Mann mit einem Helm auf dem Kopf und einem Gewehr.

Sie öffnete die rote Packung und schüttete Honey Crunch in die Milch, das war lustiger so, denn dann konnte sie die Körner nach unten drücken und spielen, dass sie kleine Boote mit Menschen waren, die sie danach mit dem Mund retten könnte.

Hege Anita tauchte den Löffel in die Schale, als auf dem Bildschirm ein neues Bild erschien und sie die Augen aufriss.

»Die Polizei sucht außerdem diese Frau …«

Was?

Auf dem Bildschirm vor ihr war ein Bild von …

Mama?

Nein …

Zuerst eins.

Dann noch eins.

Doch, sie war es …

Als sie gerade einen Laden verließ.

Und die grüne Schirmmütze trug.

Die Frau redete noch immer, aber Hege Anita verstand nicht mehr, was sie sagte.

Jetzt eine Zeichnung.

Und dann noch ein Bild.

Mama?

Aber warum ...?

Hege Anita sprang auf und lief, so schnell ihre Socken sie trugen, über den glatten Boden. Sie blieb einen Moment vor der Tür stehen, während ihr Herz raste, dann begann sie entschlossen gegen die Schlafzimmertür zu hämmern.

• 57 •

Holger Munch saß in Freddy Fuegos Burrito Bar in der Hausmanns gate und verzehrte ein spätes Frühstück. Er hatte schlecht geschlafen und war ausnahmsweise einmal ohne Appetit aufgewacht, war sauer gewesen. Es konnte seine Laune auch nicht bessern, dass die Bänke hier im Lokal schmal und hart waren, aber immerhin konnte er jetzt etwas zu sich nehmen. Er hatte an Starbucks gedacht, das näher lag, aber er hatte die überfüllte Kaffeebar nicht ertragen können. Nicht an diesem Tag. Er hatte die Besprechung im Bereitschaftsraum mit einem schlechten Gefühl verlassen, und das hatte sich im Laufe des Abends nicht vertreiben lassen. Arrogante Besserwisser, das war das eine, aber konnten sie ihrer Sache wirklich so sicher sein? Dass sie den Richtigen hatten? Diese Frage hatte ihm die ganze Nacht hindurch zu schaffen gemacht, er war mehrmals aufgestanden, hatte hektisch am Fenster geraucht, und als er extrem schlecht gelaunt aufgewacht war, war ihm übel gewesen.

Er knüllte das Papier zusammen und trank seine Cola aus, als Anette Goli das Lokal betrat. Er hatte seit vergangenem Nachmittag nicht mit ihr gesprochen und musste erst einmal seine Gedanken ordnen. Normalerweise ließ er sich dabei von Mia helfen, aber die hatte auf seinen Anruf nicht reagiert. Verständlicherweise.

»Ja, was ist denn?«, fragte Anette und schaute sich ein wenig verwirrt um.

»Ich weiß«, sagte Munch und wischte sich mit der Serviette den Mund ab. »Ich musste einfach raus. Hab mir plötzlich eingebildet, dass sie alles sehen und hören können, was wir hier unten sagen.«

»Wer?«, fragte Goli und setzte sich.

»Du weißt doch«, murmelte Munch. »Die Generäle.«

Anette deutete ein Lächeln an und strich sich die Haare aus der Stirn. Er wusste, dass sie seit der Besprechung am Vortag keine Minute Ruhe gehabt hatte, aber wenn sie erschöpft war, dann war ihr das nicht anzusehen.

»Kaffee?«, fragte Munch. »Burrito?«

»Nein, danke«, sagte Anette. »Ich muss so schnell wie möglich wieder zurück.«

Sie hatten unten in Grønland eine improvisierte Einsatzzentrale eingerichtet. Zwanzig Telefonleitungen mit dazugehöriger Besetzung. Der Name des Verdächtigen war öffentlich bekannt gegeben worden. Die Reaktion hatte natürlich nicht auf sich warten lassen.

»Wie sieht es da unten aus?«

»Ach, das kannst du dir doch denken«, sagte Anette seufzend. »Die Telefone laufen heiß. Nicht leicht, das alles zu überblicken, aber wir sortieren so gut wir können.«

»Schon etwas Brauchbares dabei?«

»Schwer zu sagen. Wir haben nicht genug Leute, um auch nur die Hälfte der Hinweise zu überprüfen. Jemand hat ihn im Nachbarhaus gesehen. Andere auf Gran Canaria. Eben in der U-Bahn. Auf Rollskiern oben bei Sognsvann. Wir hatten sogar einen, der ihn für den Trainer der Fußballmannschaft seiner Tochter hielt, nein, eine Ähnlichkeit mit den Bildern bestehe nicht, aber er sei *überaus militärisch* in seinem Auftreten.«

»Ach was«, sagte Munch.

»Worüber wolltest du mit mir reden?«, fragte Anette und ignorierte ihr Telefon.

»Über das hier«, sagte Munch und öffnete die Mappe, die vor ihm auf dem Tisch lag.

Er zog das gezeichnete Bild von Karl Øverland heraus und legte es neben das Foto von Ivan Horowitz. »Glauben wir wirklich, dass es derselbe ist?«

Goli warf einen kurzen Blick auf die beiden Bilder.

»Holger ...«

»Das ist mein Ernst«, brummte Munch. »Sieh mal hier.«

»Ich weiß, dass dir das nicht passt, wie sie die Kontrolle an sich reißen. Mir sagt das auch nicht besonders zu, aber was sollen wir machen?«

»Nein, ernsthaft«, beharrte Munch. »Ich sehe ja, dass es Ähnlichkeiten gibt, aber reichen die aus? Um alles wegzuwerfen, was wir haben? Alles stehen und liegen lassen, wenn sie mit dem Finger schnippen?«

»Die sind ja auch nicht ganz gleich, oder?«

Sie tippte auf die beiden Zeichnungen.

»Wir haben ja festgestellt, dass er sich versteckt, sich verkleidet oder wie man das nun nennen soll.«

Wieder klingelte ihr Telefon. Sie warf einen kurzen Blick aufs Display.

»Mikkelson. Das muss ich annehmen.«

»Der kann warten«, brummte Munch. »Du hältst die

Ähnlichkeit also für groß genug, um sie einfach loslegen zu lassen?«

»Das sind trotz allem nur Skizzen …«

»Das weiß ich«, sagte Munch. »Aber ich habe Curry geschickt.«

»Wohin?«

»Zu denen, die ihn gesehen haben.«

»Das Hotel in Gamlebyen?«

»Und das Reinigungsunternehmen in Sagene.«

»Gute Idee«, sagte Goli und deutete ein Lächeln an.

»Aber du glaubst ihnen? Du denkst, dass es ein und derselbe Mann ist?«

»Ich habe keinen Grund, das nicht zu tun. Warum sollten sie uns auf den Falschen ansetzen? Uns gesperrte Informationen zukommen lassen, wenn es dazu keinen Grund gibt? Ich meine, du hast doch selbst gesehen, was sie alles zur Verfügung haben? Wir haben ja nicht mal einen Bruchteil ihrer Mittel. Wie lange haben sie gebraucht, um Horowitz zu finden? Zwanzig Minuten?«

»Das schon.«

»Du entscheidest, Holger. Aber wenn du mich fragst, dann sind wir auf der richtigen Spur. Vergiss nicht, dass die Fotos von Horowitz drei Jahre alt sind. Und noch mal …«

»Skizzen, ich weiß«, murmelte Munch. »Ich wollte nur sicher sein.«

»Klar«, sagte Anette und erhob sich.

»Eins noch«, sagte Munch und winkte ihr, sich wieder zu setzen. »Dir ist doch aufgefallen, dass sie uns die Liste der fünfzig Namen nicht gegeben haben?«

»Gesperrt«, sagte Anette und nickte. »NTK, war das nicht so?«

»NTK my ass«, murmelte Munch und zog einen weiteren Ausdruck aus dem Ordner.

»Du hast die Liste eingesteckt«, sagte Anette überrascht.

»Klar«, sagte Munch. »Es muss ja wohl Grenzen geben. Und schau mal hier.«

Er zeigte rasch auf einige Namen auf der Liste.

»Ann-Helen Undergård? Tom-Erik Wangseter?«

»Ich verstehe nicht ...«

»Sie haben gesagt, wir hätten keine ausreichenden Kapazitäten, um auf diese armen Mitbürger aufzupassen? Sie wenigstens zu warnen?«

»Holger«, sagte Anette und schüttelte den Kopf.

»Das ist mein Ernst. Wie viele Bürger heißen so? Anton Birger Lundamo? Ich sehe ja, dass hier viele stehen, die mehrmals vorkommen können, aber diese hier? Warum nichts unternehmen?«

»Holger«, sagte Anette noch einmal.

»Nein, ernsthaft. Ich spiele wirklich mit dem Gedanken, ein paar Kollegen darauf anzusetzen.«

Sie beugte sich über den Tisch, schaute sich verstohlen um und raunte: »Und was willst du denen sagen? Hier läuft ein Irrer herum und bringt nach Lust und Laune Leute um, und dein Name steht auf der Liste? Was glaubst du, wie bald du das in den Nachrichten siehst? Das wird die pure Hölle!«

»Ja, aber Anette, was wäre, wenn nun deine Angehörigen hier stünden?«

»Wen können wir denn darauf ansetzen?«, flüsterte Goli, »Gabriel? Ylva? Die Kripo ist bereits umdirigiert worden. Ganz Grønland ebenfalls. So ziemlich jeder Verkehrspolizist ist unterwegs, um den Hinweisen aus der

Öffentlichkeit nachzugehen. Das ist jetzt viel zu groß für uns, Holger. Die Bevölkerung soll nicht beunruhigt werden. Ganz zu schweigen davon, dass du dann am Ende wärst. Ehe du piep sagen kannst, sitzt du auf Spitzbergen und zählst Eisbären.«

»Das ist mir scheißegal«, murmelte Munch.

»Mach, was du willst«, sagte Anette, während ihr Telefon schon wieder klingelte. »Ich verlasse mich darauf, dass im Büro der Ministerpräsidentin die richtigen Entscheidungen getroffen werden. Im Justizministerium. Dazu sind die schließlich da, Holger. Ivan Horowitz. Ich bin davon überzeugt, dass jemand da draußen etwas weiß, wir müssen nur alle Verrückten aussieben. Wir sind auf der richtigen Spur. Bald finden wir etwas. Das spüre ich. Ich muss jetzt zurück, okay?«

Anette erhob sich, nahm ihre Tasche vom Tisch und wandte sich zum Gehen.

»Hoffentlich hast du recht«, murmelte Munch und verstaute seine Papiere wieder in der Mappe. »Du hältst mich auf dem Laufenden?«

»Du stehst ganz oben auf meiner Liste, Holger«, sagte Goli und lief zum Ausgang, während ihr Telefon wieder klingelte.

• 58 •

Curry ging durch die Tür der Gebäudereinigung und Wäscherei Sagene und zuckte zusammen, als ein Glöckchen seine Ankunft meldete. *Shit.* Er war nervlich ziemlich am Ende. Drei Bier und ein kleiner Whisky, mehr nicht, am

Vorabend. Er war sogar ein bisschen stolz gewesen, aber sein Körper sah das offenbar anders.

»Ja?«, fragte eine ältere Vietnamesin und schaute hinter der Rezeption zu ihm auf, ohne ihr Strickzeug beiseitezulegen.

»Polizei«, sagte Curry und zog seinen Dienstausweis. »Morddezernat. Der Geschäftsführer?«

»Schon«, sagte die ältere Frau, machte aber keine Anstalten, sich zu erheben.

»Was?«, fragte Curry.

»Waren schon hier«, sagte die Vietnamesin, während ein junger Mann aus dem Hinterzimmer kam.

»Sie meint, dass Ihre Kollegen schon hier gewesen sind«, sagte der gut gekleidete Mann und legte die Hände auf den Tresen. »Womit kann ich Ihnen behilflich sein?«

»Jon Larsen, Morddezernat«, sagte Curry und zeigte abermals seinen Ausweis. »Stimmt es, dass Sie einen Angestellten namens Karl Øverland hatten?«

Die Vietnamesin verdrehte die Augen und murmelte vor sich hin.

»Keinen Angestellten«, sagte der junge Mann. »Aushilfe. Worum geht es diesmal?«

»Darum«, murmelte Curry und schob die Hand in die Jackentasche.

Drei, nur.

Oder vier, waren es so viele gewesen?

Nein, drei, er hatte es ruhig angehen lassen, oder nicht?

Drei Bier und nur einen, vielleicht zwei Whisky?

Er konnte sich nicht daran erinnern, dass er zu Luna unter die Decke gekrochen war, aber sie hatte ihn jedenfalls von ihrem Kissen angelächelt, als er aufgewacht war.

Alles im Griff.

»Das ist die Zeichnung, die nach Ihren Angaben angefertigt worden ist, nicht wahr?«

Er faltete den zerknitterten Ausdruck auseinander und legte ihn auf den Tresen.

»Ja, das stimmt«, sagt der junge Mann und nickte. »Warum? Ist noch mehr passiert?«

»Und was ist hiermit?«, murmelte Curry und kramte, bis er das Bild des Soldaten Horowitz gefunden hatte.

»Und wer ist das?«, fragte der junge Vietnamese und betrachtete das Bild mit zusammengekniffenen Augen.

»Ist das der Mann, der bei Ihnen gearbeitet hat?«

»Tja, schwer zu sagen …«

Er runzelte die Stirn und musterte das Bild. Die Strickerin schüttelte wieder den Kopf und sagte etwas, das Curry nicht verstand.

»Was sagt sie?«

Der junge Mann lächelte verlegen.

»Sie sagt, dass er zugenommen hat.«

»Aber ist es derselbe? Der Mann, der … der hier gearbeitet hat?«

»Ausgeholfen«, sagte der Vietnamese noch einmal und sah sich das Bild etwas genauer an. »Er sieht jünger aus, aber das ist Karl Øverland, ja, das möchte ich annehmen.«

»Sicher?«, fragte Curry.

Die Strickerin schüttelte wieder den Kopf und murmelte etwas.

»Derselbe, ja, soweit ich das sehen kann.«

»Wunderbar, danke«, sagte Curry und verstaute die Bilder wieder in seiner Jacke.

Sagene Lunsjbar?

Lag die nicht gleich hier um die Ecke?

Ein Bierchen?

Nur, um einen klaren Kopf zu bekommen.

»Melden Sie sich, wenn wir noch mehr tun können. Wir helfen doch gern.«

»Ja, machen wir. Und vielen Dank«, murmelte Curry und öffnete die Tür diesmal vorsichtig, um sich den Lärm des Glöckchens zu ersparen.

Ivan Horowitz.

Karl Øverland.

Ein und derselbe.

Munch war den ganzen Tag schon unglaublich schlechter Laune gewesen, Curry hatte ihn schon lange nicht mehr so erlebt, aber jetzt war immerhin diese Frage geklärt.

Ein Soldat.

Afghanistanveteran.

Wo dieser Verdächtige hergekommen war, ahnte er nicht, aber egal. Er hatte jetzt die Bestätigung. Derselbe. Er hatte in letzter Zeit wie auf Nadeln gesessen und hatte nun das Gefühl, dass das hier wirklich helfen würde. Damit Munch ihn in Gnaden wieder aufnahm. Das brauchte er. Es war ihm nicht leichtgefallen zu erklären, woher die Schramme auf seiner Stirn stammte und warum er nicht zur Arbeit erschienen war.

Sagene Lunsjbar.

Nur mal kurz reinschauen.

Vorher Munch anrufen.

Ihm die gute Nachricht übermitteln.

Er zog das Telefon aus der Tasche und wollte gerade Munchs Nummer eingeben, als das Gerät klingelte.

Er blieb überrascht stehen, als er den Namen auf dem

Display sah, und vergaß beinahe, auf die grüne Taste zu drücken.

»Hallo, Mia?«, murmelte Curry, als er sich gefasst hatte. »Wo steckst du? Die suchen nach dir!«

»Rechts von dir. Fünfzig Meter. Neben der Kirche. Grauer Subaru. Siehst du den?«

»Was?«, stammelte Curry und sah sich um.

»Blaue Jacke.«

»Äh, ja«, sagte Curry.

»Andere Straßenseite. Vor dem 7-Eleven. Frau mit Telefon, grauer Mantel, braune Stiefel. Siehst du die?«

»Wovon redest du?«, fragte Curry und drehte sich um.

»Lass dir nichts anmerken und geh einfach los.«

»Wie meinst du das?«

»Geh. Die dürfen nicht merken, dass du sie entdeckt hast. Geh in Richtung Park.«

Sie entdeckt?

Curry begriff gar nichts mehr, aber lenkte seine Schritte über den Bürgersteig.

»Was jetzt?«

»Zwei rote Telefonzellen, siehst du die?«

»Äh ... ja?«

»Eine Bank, siehst du die?«

Curry schaute noch einmal zu der Frau im grauen Mantel vor dem 7-Eleven hinüber und stellte plötzlich fest, dass sie ihn ansah. Nicht lange. Nur eine kurze Sekunde, dann drehte sie sich rasch wieder zum Schaufenster um.

»Was ist hier eigentlich los? Mia?«

»Hör mir einfach zu, Jon, und tu, was ich dir sage.«

»Okay«, murmelte Curry und setzte sich wieder in Bewegung.

»Setz dich so auf die Bank, dass du die Kirche ansehen kannst.«

»Äh, okay?«

Curry schaute noch einmal zu der Frau im grauen Mantel hinüber. Sie hatte sich zu ihm umgedreht und ließ ihn nicht aus den Augen.

»Setz dich einfach.«

Der Subaru am Bordstein. Der Mann in der blauen Jacke stieg gerade aus.

»Fühl mal unter der Bank.«

Er fuhr mit einer Hand unter das Holz, wo etwas angeklebt war. Ein Stück Papier.

»In einer Stunde, okay?«

»Ich kapier nicht ...«, begann Curry, während die Frau in dem grauen Mantel mit ruhigen Schritten die Straße überquerte und sich vor ihm vor ein anderes Fenster stellte.

»Geh in den 7-Eleven. Zeig deinen Dienstausweis. Die haben einen Hinterausgang.«

Der Mann in der blauen Jacke ging jetzt in den Park.

»Mach dein Telefon aus. Wir sehen uns in einer Stunde«, sagte Mia.

Und damit war sie verschwunden.

• 59 •

Dolores di Santo war ziemlich sicher, dass sie vom Teufel heimgesucht wurde. Sie war in der kleinen Hafenstadt Portoscuso aufgewachsen, als Tochter des Metzgers und seiner überaus gottesfürchtigen Frau. Die Mutter hatte jeden Tag damit begonnen, sich zu bekreuzigen und dabei zu murmeln *Non oggi né Dio; auch heute nicht, Gott.* Als kleines Mädchen hatte sie immer den Kopf darüber geschüttelt, über diesen übertriebenen Glauben der Mutter an Himmel und Hölle, aber sie sagte es jetzt selbst, als sie auf der kalten Bank im St. Olavsdom im Akersveien saß. *Non oggi né Dio*. Obwohl sie ziemlich sicher war, dass es bereits zu spät war.

Früher hatte sie davon geträumt, Architektin zu werden, aber das hatte sich nicht ergeben. Er war mit einem Segelboot aufgetaucht und hatte sie im Sturm erobert. Salvatore di Santi. Sohn einer reichen Mailänder Familie. Und dann waren die Jahre wie im Flug vergangen, sie wusste nicht, wo die Zeit geblieben war. Zuerst eine Tochter, dann ein Sohn. Ihre Mutter war Hausfrau gewesen, und sie hatte sich geschworen, dass ihr das nicht passieren würde, aber dann war sie genau so geendet.

Eigentlich ein gutes Leben, sie konnte sich nicht beklagen. Ihre Kinder hatten beide einen guten Beruf gelernt, sie war jetzt Ärztin, er Ingenieur. Salvatore di Santi hatte immer politischen Ehrgeiz gehabt und war schließlich dafür belohnt worden. Sie hatten fünf Jahre in Südafrika verbracht, er als italienischer Botschafter, sie als Botschaftersgattin, und dort war das passiert, was sie nun zu der Überzeugung brachte, dass ihr Leben vom Teufel besessen war. Eine unschuldige Affäre, eigentlich. Er war jung gewesen. Viel jünger als sie. Bei der Botschaft angestellt.

L'introduzione del diavolo.

Der Einzug des Teufels.

Dolores bekreuzigte sich abermals, während die Gemeinde sich erhob. Die Morgenmesse war vorüber. Sie hielt Ausschau nach Pfarrer Malley, konnte ihn aber nirgends entdecken. An diesem Tag hatte ein anderer die Messe gelesen, eigentlich ein wenig enttäuschend, denn sie war gekommen, um mit Pfarrer Malley zu sprechen. Sie musste ihre Sünden bekennen. Das war die einzige Möglichkeit. Sie musste diesem Elend ein Ende machen, so ging es einfach nicht weiter.

Südafrika war heiß gewesen. Bunt. Lebendig. Dieser Außenposten hier, an den sie nun versetzt worden waren, war das genaue Gegenteil. Italienischer Botschafter in Norwegen. Sie hatte im Winter dermaßen gefroren, dass ihr dafür die Worte fehlten. Das Licht, das auf sich warten ließ. Eine ewige Finsternis. Jetzt sollte dem Kalender nach Frühling sein, aber der wollte sich offenbar nicht zeigen und ihr die Wärme geben, die sie so dringend brauchte. *Il diavolo*. Er war überall, wo sie war, und sie musste ihre Sünden bekennen, ein für alle Mal. Nach Hause nach Italien. Sie konnte dieses eiskalte Land nicht mehr ertragen.

Sie ging in Richtung Sakristei und nickte dem Kaplan zu.

»Pfarrer Malley?«

»Du, wir haben ihn länger nicht gesehen«, sagte der junge Geistliche in dieser harten Sprache, die sie nicht verstand. »Er ist vielleicht krank, wir erreichen ihn nicht, leider.«

»Pfarrer Malley?«, fragte sie noch einmal, ohne seine Antwort begriffen zu haben.

»Er kommt sicher bald«, sagte der Geistliche lächelnd.

Deshalb musste sie mit Pfarrer Malley reden. Er sprach ein wenig Italienisch. Hatte in Rom studiert. Sie sprach ein wenig Englisch. Zusammen reichte das aus. Malley hatte ihr erzählt, dass er die Zeiten für die Beichte geändert hatte. Es ging jetzt auch morgens, vormittags, eigentlich immer, sie brauchte nur zu kommen.

Sie ging langsam auf den braunen Beichtstuhl hinten in der Kirche zu, das hatte er vielleicht gemeint, dieser neue Kaplan, und setzte sich zum Warten auf die Bank. Zwanzig Minuten später hatte sie die Sache satt. Er wollte sich offenbar wirklich nicht blicken lassen. Sie nahm ihre Tasche, die sie am Boden abgestellt hatte, und wollte schon aufstehen, als sie einen kleinen Spalt in der braunen Tür bemerkte.

War er doch da?

Hatte der Kaplan das gesagt?

Geh einfach rein?

Dolores machte einige vorsichtige Schritte auf den reich verzierten Beichtstuhl zu.

»Scusa? Pfarrer Malley?«

• 60 •

Curry betrat das Café Mistral in Majorstua und fand Mia an einem Tisch in der hintersten Ecke.

»Was soll der Scheiß?«, fragte Curry genervt und ließ sich ihr gegenüber auf einen Stuhl fallen.

»Hast du sie abschütteln können?«, fragte Mia und sah ihn mit einem Blick an, den er nicht zu deuten wusste.

Sie wirkte hellwach, konnte ihre Hände kaum ruhig halten, tippte nervös auf den Rand ihrer Kaffeetasse und schaute sich immer wieder im Lokal um. Wenn er es nicht besser gewusst hätte, hätte er gedacht, sie habe etwas eingeworfen.

»Ich glaube schon«, murmelte er. »Was zum Teufel ist hier eigentlich los? Hast du den Verstand verloren, oder was?«

»Hast du dein Telefon ausgeschaltet?«

»Ja.«

»Gut.« Mia nickte. »Die registrieren uns, klar? GPS. Die wissen einfach immer, wo wir sind. Der Gedanke ist mir ganz plötzlich gekommen, dass du überwacht wirst.«

»Ich?«, fragte Curry. »Was zum Teufel ...«

»Entschuldige«, sagte Mia und legte rasch ihre Hand auf die seine. »Ich hätte dir schon früher Bescheid sagen müssen. Aber jetzt bin ich hier, okay?«

Ein älterer Mann ließ sich drüben am Tresen ein Bier geben. Curry lief das Wasser im Mund zusammen, aber er verdrängte die Versuchung.

»Und wer zum Teufel waren diese Leute?«

»Die Sondereinheit, lange Geschichte«, sagte Mia und schob sich rasch eine Haarsträhne hinters Ohr. »Egal, ich hätte sofort mit dir darüber reden müssen, tut mir leid, okay?«

»Sondereinheit? Polizei? Warum sind die hinter mir her? Was zum Teufel hab ich getan?«

»Hör mal«, sagte Mia und beugte sich zu ihm vor, »vor ein paar Tagen wurde ich von einem gewissen Wold angesprochen. Erinnerst du dich noch an diesen Anwalt? Lorentzen?«

»Nein.«

»Dem wurde ein Auto gestohlen. Der Mercedes, mit dem Vivian Berg ins Gebirge gebracht wurde. Egal, dieser Wold wollte wissen, ob der Anwalt auch Gegenstand unserer Ermittlungen ist.«

»Der Anwalt? Wieso denn?«

»Heroin«, sagte Mia und trank einen Schluck Kaffee. »Sie glauben, dass er mit der Einfuhr von Heroin zu tun hat, und sie haben vermutlich die Hauptader gefunden.«

»Drogen?«, fragte Curry und schüttelte verständnislos den Kopf. »Aber was hat das mit mir zu tun?«

»Sie glauben, dass die anderen jemanden im Haus haben«, sagte Mia leise.

»Was?«

»Von der Polizei«, fuhr Mia fort und nickte. »Also einen von uns. Und ich sollte ihnen helfen, das zu bestätigen.«

Langsam ging ihm auf, worüber sie redete. Und dann kam die Wut.

»Ich?«, fauchte er, so laut, dass der ältere Mann am Tresen sich umdrehte. »Verflucht noch mal!«

Mia nickte. »Ich weiß.«

»Wie zum Henker kommen die denn auf diese Idee?«

»Lange Geschichte«, sagte Mia noch einmal und versuchte, ihn zu beruhigen, aber Curry kochte jetzt vor Wut.

»Was zum Teufel soll ich denn verbrochen haben?«

Er schlug so hart mit der Handfläche auf den Tisch, dass ihre Tasse klirrte. Der Barmann erwachte hinter dem Tresen zum Leben und warf ihnen einen tadelnden Blick zu.

»Reg dich ab«, sagte Mia. »Es spielt doch keine Rolle, oder? Ich hab doch gesagt, dass du das nicht bist. Mehrmals. Du bist das doch nicht, Jon, oder?«

Sie legte den Kopf ein bisschen schief und schaute ihn an. Es fiel ihm richtig auf, wie erschöpft sie war.

»Natürlich nicht«, bellte er. »Warum zum Teufel sollte ich?«

»Siehst du?«, sagte Mia lächelnd. »Dann brauchst du dich auch nicht so aufzuregen.«

Heroin?

Er?

»Ich brauche deine Hilfe«, sagte Mia und räusperte sich.

»Was zum …?«, murmelte Curry und versuchte noch immer, den Zusammenhang zu begreifen.

Wie zum Teufel konnte jemand auf die Idee kommen …?

»Hörst du mir überhaupt zu?«, schnappte Mia, und Curry zuckte zusammen.

Shit.

Er hatte Mia für fit gehalten, aber das Gegenteil war der Fall. Seine zierliche Kollegin war so erschöpft, dass sie kaum noch aufrecht auf ihrem Stuhl sitzen konnte.

»Stimmt irgendwas nicht? Mia?«

Sie holte Luft, schloss die Augen und schien den Atem anzuhalten.

»Mia?«

»Schon gut«, murmelte sie. »Es ist nur …«

»Hast du nicht geschlafen?«

Sie schüttelte den Kopf.

»Ich bin jetzt rund um die Uhr wach, aber es ist nicht so schlimm«, sagte sie und winkte ab.

»Was zum Teufel ist eigentlich los?«, fragte Curry und beugte sich über den Tisch. »Die Sondereinheit hält mich für einen Maulwurf? Und du siehst aus, als ob du ein Gespenst gesehen hättest. Warum hast du nicht geschlafen, was hast du gemacht?«

»Die Straßen abgesucht«, murmelte Mia und rieb sich die Augen. »Überall in der Stadt.«

»Warum denn?«

»Hör mal«, sagte Mia und riss sich zusammen. »Ich brauche wirklich deine Hilfe, okay? Ich weiß nicht, wen ich sonst fragen könnte.«

»Natürlich, Mia. Was immer du willst.«

Es entstand eine Pause. Mia wirkte erleichtert.

»Es geht um Sigrid«, sagte sie endlich.

»Deine Schwester?«

»Ja«, murmelte Mia. »Ich ...« Sie schloss wieder die Augen, und einen Moment lang hatte Curry Angst, sie würde vor seinen Augen zusammensacken.

»Du musst mir helfen, jemanden zu finden.«

»Natürlich, Mia. Wen denn?«

»Du kennst die Szene, nicht wahr? Du warst doch lange bei der Droge?«

»Stimmt«, Curry nickte. »Wen suchst du?«

»Er heißt Kevin«, sagte Mia leise. »Ich war die ganze Nacht unterwegs, aber ich habe nur ...«

»Ein Junkie?«

Mia nickte.

»Hier in der Stadt?«

Sie senkte wieder den Kopf.

»Klar helfe ich dir, Mia«, sagte Curry rasch und sah ihr in die Augen, als sie langsam wieder aufsah. »Weißt du mehr über diesen Typen, oder hast du nur diesen Namen?«

»Cisse«, murmelte Mia.

»Cisse?«

»Kevin und Cisse. Ihn oder sie, aber am besten beide. Sie hat etwas, das mir gehört.«

»Du kannst dich auf mich verlassen, verdammt. Wenn du mir eins versprichst, Mia.«

»Was denn?«, murmelte Mia.

»Dass du eine Runde schläfst, okay?«

Mia lächelte ihn resigniert an.

»Nein, das ist ...«

»Doch, ernsthaft, Mia. Kevin und Cisse. Ich mach das. Null Problem. Aber schlaf jetzt ein bisschen, ja?«

Danach schwiegen sie lange.

»Okay«, sagte Mia endlich.

»Gut«, sagte Curry und zog sein Telefon aus der Tasche.

• 61 •

Munch brachte die Absperrung hinter sich, ging die Treppe zum St. Olavsdom hoch und wurde vom Einsatzleiter empfangen, einem Polizisten, den er bereits kannte, Torgeir Bekk. Sie hatten einige Male zusammen Schach gespielt. Munch hatte zugeben müssen, dass er noch immer einiges zu lernen hatte.

»Die Rechtsmedizin ist schon vor Ort«, sagte Bekk.

»Die Technik?«

»Ist unterwegs. Hast du eine Ahnung, was hier los ist?«

»Wie meinst du das?«, fragte Munch und drückte seine Zigarette aus.

»Hier herrscht doch überall das pure Chaos, ich erreiche niemanden«, sagte Bekk und kratzte sich am Kopf.

»Ivan Horowitz«, sagte Munch und nickte.

»Schon, aber trotzdem. Die ganze Truppe?«

Munch ignorierte die Frage und ging durch das Portal. Das Kircheninnere war dunkel. Seine Schritte hallten in dem riesigen Schiff wider. Lillian und ihr Team machten sich bereits an dem braunen Beichtstuhl zu schaffen.

»Wer hat ihn gefunden?«

»Italienerin«, sagte Bekk. »Sitzt im Pfarrbüro. Total außer sich. Kann gar nicht aufhören zu weinen. Ein Attaché von der Botschaft ist jetzt bei ihr. Ihr Mann ist offenbar der italienische Botschafter.«

»Meine Güte«, sagte Munch.

»Sollen wir sie hierbehalten?«

»Hast du sie schon befragt?«

»Halbwegs. Sie wollte beichten. Dachte, er sitzt da drinnen. Was er ja streng genommen auch tat«, sagte Bekk und hob die Augenbrauen.

»Nimm ihre Personalien auf und lass sie gehen«, sagte Munch und gesellte sich zu Lillian Lund.

»Hallo, Holger«, sagte Lund lächelnd und zog ihren Mundschutz nach unten.

»Was haben wir?«, fragte Munch.

Eigentlich eine total überflüssige Frage. Er konnte in den Beichtstuhl hineinsehen, wo der Geistliche mit entsetzter Miene in seiner Nische saß.

»Da drinnen ist eine Kamera«, sagte Lund.

»In der anderen Nische?«

Lund nickte.

»Sieht aus, als ob der Betreffende seine Sünden bekannt hat. Und seinem Beichtvater dann durch das Gitter eine volle Dosis verpasst hat, vermutlich. Danach ist er auf die andere Seite gegangen und hat sein eigentliches Vorhaben ausgeführt.«

»Hast du hineingeschaut?«

»Konnte ich mir nicht verkneifen«, sagte Lillian.

»Und?«

»Neunundzwanzig«, sagte sie leise.

»Teufel auch«, sagte Munch.

»Könnte man meinen«, sagte Lund ohne eine Andeutung von Ironie in der Stimme.

»Wunden am Mund?«

»Ich kann keine sehen, aber das muss nichts heißen. Jeder reagiert anders auf solche Stoffe.«

»Aber ein Einstich?«

»Selbe Stelle«, sagte Lund und zog ihren Mundschutz wieder hoch, als Anette Goli über den Steinboden gelaufen kam.

»Wie sieht's aus?«, fragte sie, sowie sie wieder zu Atem gekommen war.

»Nummer 29«, sagte Munch leise.

Er zog die Liste aus seiner Manteltasche:

»Paul Malley.«

»Verdammt«, murmelte Anette und nahm die Liste entgegen.

»Noch immer anderer Meinung?«, fragte Munch und sah sie an.

»Worüber denn?«

»Paul Malley? Es wird vielleicht Zeit, die anderen zu warnen.«

Anette Goli biss sich auf die Lippe, gab aber keine Antwort. Munch schüttelte irritiert den Kopf, bohrte die Hände in die Taschen und ging zu der Gruppe von Menschen hinüber, die sich vor dem Altar versammelt hatten.

• 62 •

Die Antwort kam schon nach wenigen Stunden. Luna hatte ihn einige Male seltsam gemustert, aber Curry hatte darauf bestanden.

»Kein Bier?«

»Nein, nur Kaffee.«

Er hatte ihrer Miene angesehen, dass sie durchaus nichts dagegen hatte. Es war still im Lokal, nur zwei Stammgäste hinten bei der Jukebox, aber Curry fühlte sich trotzdem beobachtet.

Sahen sie ihn an?

Waren sie …?

Natürlich waren sie nicht von der Polizei. Er hatte sie schon mehrmals hier gesehen, so sinnlos betrunken, dass sie nur noch lallen konnten. *Verdammt.* Er konnte nichts dafür. Es verletzte ihn ein wenig, nein, eigentlich sogar sehr. Wie konnte ihn jemand für unehrlich halten? Und wie viele dachten möglicherweise so? Leute, die er kannte? Wie lange lief das eigentlich schon? Jetzt, wo er sich ein bisschen beruhigt und über alles nachgedacht hatte, ergab das alles sogar einen gewissen Sinn. Die Typen in den Sportjacken drüben am Tresen an dem Nachmittag, an dem er dieses Pech gehabt hatte, zu viel getrunken, nichts gegessen. Sie hatten fehl am Platze gewirkt, das hatte er gleich gedacht. Scheißspiel!

Eine unbekannte Nummer erschien auf dem Display von Currys Telefon, das vor ihm auf dem Tisch lag.

Nicht rangehen, einige Minuten warten, dann eine andere Nummer zurückrufen.

Er hatte keine Ahnung, weshalb, aber Jimbo wollte das so. Er hatte natürlich sofort gewusst, wen er anrufen musste, als er begriffen hatte, worum es Mia ging.

Jimbo Monsen.

Er kannte diesen fähigen Kollegen von der Polizeischule. Sie hatten bei der Droge zusammengearbeitet, aber dann war Jimbo undercover gegangen, und seither war er irgendwie dabeigeblieben. Während andere aus ihrem Jahrgang immer weiter befördert wurden, hatte Jimbo beschlossen, auf der Straße zu bleiben. Er hatte ihn vor einigen Jahren bei einem Bier nach dem Grund dafür gefragt, hatte aber keine klare Antwort erhalten.

»Gefällt mir«, hatte Jimbo mit einem Schulterzucken gesagt, und damit war das Thema erledigt gewesen.

Jimbo Monsen.

Natürlich.

Er wartete, bis genug Zeit vergangen war, dann gab er die Nummer ein, die ihm vor einer Weile geschickt worden war.

»Curry?«, fragte die sonore Stimme.

»Hast du was rausgefunden?«, fragte Curry gespannt.

»Bingo«, antwortete Jimbo. »Der hieß doch Kevin, richtig? Junger Typ, komische Augenbrauen.«

»Ja«, bestätigte Curry. »Und Cisse?«

»Die finde ich nicht«, sagte Jimbo. »Ich weiß, wer das ist, aber sie ist angeblich verschwunden. Hat sich den goldenen Schuss gesetzt.«

Die Jahre undercover hatten nicht nur sein Aussehen verändert, sondern auch seine Sprache. Bei ihrer letzten Begegnung hätte Curry ihn um ein Haar nicht erkannt, hatte ihn für einen Penner gehalten und fast vertrieben.

»Dann ist sie also tot. Aber dieser Kevin«, fragte Curry, »du weißt, wo der steckt?«

»Hab ich das nicht gesagt? Willst du den Typen treffen?«

»Ja, klar. Ist das möglich?«

»Alles ist möglich«, sagte Jimbo und hustete. »Hast du Kohle?«

»Kohle? Wie meinst du das?«

»Kann einen Treff arrangieren«, sagte Jimbo. »Glaube aber nicht, dass der mitmacht, wenn nicht was in die Kasse kommt, wenn du verstehst. Das kann einem schnell den Ruf versauen, wenn man mit der Bullerei redet.«

»Gut, von welchem Betrag reden wir?«

»Ein Schuss würde sicher reichen.«

»Tausender?«

»Sagen wir zwei, dann kann der Typ ein paar Tage überleben. Wir müssen helfen, wo wir können, findest du nicht?«

»Von mir aus«, murmelte Curry. »Wie machen wir das?«

»Ich sag dir Bescheid«, sagte Jimbo kurz und war verschwunden.

Luna kam lächelnd mit der Kaffeekanne in der Hand auf ihn zu. »Möchtest du noch einen Kaffee?«

Curry nickte und überlegte, ob er Mia sofort anrufen sollte. Nein, lieber noch etwas warten. Sie schlafen lassen. Er hatte sie schon lange nicht mehr so müde erlebt.

Curry, ein korrupter Arsch? Nix da, verdammt. Ein guter Polizist, das war er. Ein verdammt guter sogar. Neue Zeiten fingen jetzt jedenfalls an.

Curry fluchte leise, führte die Kaffeetasse an den Mund und starrte aus dem staubigen Fenster.

• 63 •

Gabriel Mørk saß mit dem Laptop auf den Knien in dem kleinen Besprechungsraum und wollte seine Gedanken ordnen. Die Wand vor ihm war jetzt fast ganz bedeckt. Ludvig Grønlies kleines Kunstwerk. Fotografien, Ausdrucke und Zettel in allen Farben. Und an dem kurzen Wandstück neben der Tür:

Ivan Horowitz.

Munch war vage gewesen, Goli ebenso ausweichend. Die Morgenbesprechung war eine seltsame Veranstaltung gewesen, aber er hatte den Tag so verbracht, wie ihm aufgetragen worden war. Der neue Verdächtige, Ivan Horowitz. Spurlos verschwunden seit 2012, aber war es doch vorstellbar, dass er trotzdem Spuren im Netz hinterlassen hatte?

Viel hatte er nicht gefunden. Eigentlich gar nichts, jedenfalls nichts neueren Datums. Nur eine alte Facebook-Seite. Einige Bilder von Horowitz in Uniform, er schaute mit zusammengekniffenen Augen in die Sonne und hielt ein Maschinengewehr in der Hand. Das letzte Posting stammte aus dem Frühjahr 2011. *Bald Heimaturlaub,* Smiley. *Sehn uns, Ivan!* Nur ein Kommentar, ein Like. Gabriel hatte Kontakt aufgenommen zu der Frau, die jedoch so gut wie nichts wusste über Ivan, außer dass sie mit ihm auf Facebook befreundet gewesen war. Gabriel hatte schnell genug gehört und mitten im Telefongespräch aufgelegt.

Ivan Horowitz.

Geboren: Gjøvik, 21.11.1988.

In seinem eigenen Alter. Gabriel schüttelte kurz den Kopf und ließ den Blick wieder über seine Notizen wandern.

Mutter: Eva Horowitz, gestorben 2007 (Autounfall)

Vater: Anatol Horowitz, gestorben 2007 (dito)

Geschwister: keine

Gesamtschule Gjøvik, Oberstufe: 2006–2008.

Armee. Telemark-Bataillon 2008–?

Aus der Armee entlassen 2010.

Eingewiesen in die Psychiatrie Blakstad 2011–?

Und das hatte ihn interessiert. Psychiatrie Blakstad? Patient? Er wusste noch sehr gut, wie nervös und angespannt er oben im Bürogebäude beim Ullevål-Stadion gewesen war. Das konnte er doch jetzt nicht übergehen?

Es hatte ihn ein wenig enttäuscht, das musste er zugeben. Das alles für nichts. Obwohl er es ja war, der nicht herausgefunden hatte, wie er in dem Material suchen konnte. Aber dennoch, einfach aufgeben? Er hätte sie gern gefragt, ob sie nicht doch noch weitersuchen sollten. Sich zusammensetzen, um zu sehen, ob doch noch etwas zu finden sein könnte, aber dazu war es nicht gekommen. Er hatte sie seit einer Weile schon nicht mehr gesehen. Nicht mal bei den Besprechungen. Mia war plötzlich verschwunden, und Munch und die anderen schien das nicht weiter zu interessieren. Seltsam, aber im Büro war ja alles seltsam, seit dieser Hauptverdächtige aufgetaucht war. Wie aus dem Ärmel geschüttelt, aus dem Nirgendwo. Weder Munch noch Anette hatten ihnen irgendetwas erklärt, sie wussten nur, dass dieser Mann gesucht wurde. Hundertprozentige Konzentration. Quellen im militärischen Nachrichtendienst, das war alles. Keine Fragen stellen.

Die Medien waren voll von der Jagd auf Horowitz.

Dem Soldaten.

Dem Serienmörder.

Der noch immer frei durch Oslos Straßen lief.

Er war am Vormittag unterwegs gewesen und hatte es den Passanten fast ansehen können. Sie eilten von A nach B, die Arme beschützend um ihre Kinder gelegt. Nachbarn, mit denen er normalerweise in Frankrikegården einige Worte wechselte, waren ausgewichen und hatten rasch ihre roten Haustüren hinter sich geschlossen, um sich in Sicherheit zu bringen.

Er konnte sie gut verstehen.

Er hatte Tove und Emilie zu Toves Mutter nach Hadeland geschickt, hatte ihnen einen hastigen Abschiedskuss aufgedrückt und war erleichtert gewesen, als er die roten Hecklichter des Volvo verschwinden sah.

Ylva kam mit einem Laptop herein und ließ sich neben ihn auf einen Stuhl sinken.

»Mehr gehört?«

»Noch nicht.«

»Wir müssen doch noch irgendwas anderes tun können, als nur hier rumzusitzen.«

Die Isländerin seufzte und rieb sich die Augen. Das Büro, wo sonst Hochbetrieb herrschte, wo dauernd die Telefone klingelten, wo die Kollegen auf dem Flur hin und her rannten, war jetzt in eine tote Landschaft verwandelt worden, und nur sie beide waren noch da. Ludvig unten in Grønland. Munch und Anette in der Kirche, ein neues Opfer, ein Geistlicher diesmal. Gabriel hatte im Stillen gehofft, dass sie hereinschauen würden, zu einer neuen Besprechung, um sie auf den neuesten Stand zu bringen, aber nein, sie schienen anderweitig beschäftigt zu sein. Und Mia hatte sich, wie gesagt, schon lange nicht mehr blicken lassen.

»Wann willst du mir das eigentlich erzählen?«, fragte Ylva und tippte seine Schulter an.

»Was meinst du?«

»Ach, mir kannst du es doch sagen«, sagte sie lächelnd.

»Was denn?«, fragte Gabriel.

»Dein kleiner Auftrag?«, fragte Ylva neckend. »Komm schon. Du bist doch durchschaubar wie ein Fenster. War das für Mia?«

»Wie meinst du das?«, fragte Gabriel, und seine Wangen glühten.

»Na gut, wenn du nicht willst«, sagte die Isländerin verärgert. »Geheime Aufträge? Und du erzählst mir nichts? Komm schon, Mann. Was hast du gemacht?«

Gabriel Mørk seufzte. Jetzt war das auch egal. Munch hatte bestimmt kein Interesse mehr. Und das Material sollte ja ohnehin nicht verwendet werden.

»Ich habe Wolfgang Ritters Computersystem gehackt«, sagte er beiläufig.

»Machst du Witze?«, fragte Ylva. »Ohne Genehmigung?«

»Was heißt schon Genehmigung«, murmelte Gabriel. »In Mias Auftrag.«

»Wie hast du das denn gemacht? Bist du einfach so in seine Praxis gestiefelt und hast dich in seinen Rechner eingeloggt?« Ylva lachte.

»Hab mich ins Wartezimmer gesetzt«, sagte Gabriel und rutschte verlegen auf seinem Stuhl hin und her. »Findest du, ich hätte das nicht tun sollen?«

»Natürlich war das richtig von dir. Scheiß drauf. Was hast du gefunden?«

Sie rückte näher an ihn heran und schaute neugierig auf seinen Bildschirm.

»Ich kann nichts damit anfangen«, sagte Gabriel tonlos. »Aber du weißt doch, Horowitz?«

Er nickte kurz zu Ludvigs Notizen hinüber.

»Blakstad, in der Psychiatrie.«

»Warum kannst du damit nichts anfangen?«, fragte Ylva überrascht. »Was, wenn Ivan Horowitz auch von Ritter behandelt worden ist? Vielleicht können wir da etwas finden?«

»Hab schon nachgesehen«, sagte Gabriel und schüttelte den Kopf. »Er war nicht da.«

»Woher weißt du das?«

»Ich hab alles durchgesehen«, wiederholte Gabriel. »Das sind die als PDF eingescannten handschriftlichen Notizen des Psychiaters, verstehst du? In den Dateien kann ich also nicht suchen.«

»Wie meinst du das?« Ylva schien noch immer nicht zu begreifen, was er meinte.

»Sagen wir, ich suche nach dem Wort *Brand,* okay? Oder nach *Die Brüder Löwenherz.* Das System hat dafür keine Suchmöglichkeit. Du brauchst eins, das die Zeichen erkennt, klar? Wenn ich alles Geschriebene durchsuchen will, muss ich den Rechner zuerst mit seiner Handschrift bekannt machen. A sieht so aus, B so und so weiter, aber es wäre noch immer schwierig. Wie wird der eine Buchstabe in den anderen hineingeschrieben. L in K, M in N und so weiter, verstehst du?«

»Aha«, sagte Ylva und schien nun endlich zu begreifen.

»Ich meine, es ist schon machbar«, sagte nun Gabriel. »Aber das wird Wochen dauern …«

»Aber wie …?«, begann Ylva und schob sich die Brille höher auf der Nase. »Wie kannst du mit Sicherheit wissen, dass Horowitz in den Notizen *nicht* auftaucht?«

»Die Titel«, erklärte Gabriel und klickte eine Datei an. »Er hat ihnen Namen gegeben. Namen und Geburtsdatum. Und danach kann ich natürlich suchen, kein Problem. Wie in allen anderen Dateien, die mir zugänglich sind.«

»Aber wir können doch auch nach dem Geburtsdatum suchen? Oder, ich meine, das steht doch da?«

»Ja, aber ich weiß schon, dass er nicht bei den Patienten war. Sein Name steht nicht hier.«

»Was ist mit Karl Øverland?«

»Nicht dabei, hab schon nachgesehen.«

»Okay, aber sieh mal hier.« Ylva tippte an die Wand vor ihnen.

»Du siehst, dass die Zeichnungen unterschiedlich sind, nicht wahr?«

»Worauf willst du …?«

»Der Mörder wirkt ziemlich berechnend, oder nicht? Überlässt nichts dem Zufall. Ich meine, da hat er eine Brille, dort eine andere Frisur. Was, wenn Horowitz doch in einer Datei auftaucht? Unter anderem Namen vielleicht.«

»Aber das ergibt doch keinen Sinn«, seufzte Gabriel. »Warum sollte er unter einem anderen Namen zum Psychiater gehen?«

»Nein, da hast du recht«, sagte Ylva und nahm die Brille ab. »Warum sollte er?« Sie rieb sich abermals die Augen und setzte die Brille dann wieder auf.

Sie schwiegen eine Weile und starrten die bunte Wand an.

»Falls er nicht …?«, sagte Ylva dann.

»Woran denkst du?«

»Aber ausgerechnet Blakstad, die Psychiatrie? Er muss irgendwo Kontakt zu den Opfern aufgenommen haben, ich meine, die Theorie mit den Zufallsopfern, irgendwas muss ihn doch dazu gebracht haben. Und Vivian Berg war die Erste, oder? Ritters Patientin, nicht wahr? Du kennst doch Mia«, sagte Ylva und erhob sich, jetzt eifrig.

»Warum solltest du den Rechner hacken, wenn sie nicht irgendwas in petto hat? Hat sie gesagt, worüber sie gesprochen haben?«

»Wann?«

»Als sie ihn vernommen haben? Ritter, meine ich.«

»Nein.«

»Verdammt, Gabriel«, sagte Ylva. »Irgendwas muss es da doch geben. Aber immerhin kennen wir das Alter von Horowitz.«

»Fünfundzwanzig.« Gabriel nickte.

»Dann geben wir ihm zwei Jahre mehr oder weniger. Sieh dir die Zeichnungen an. Wie die, die ihn gesehen haben, ihn beschreiben, sagen wir … zwischen dreiundzwanzig und, ja, siebenundzwanzig.«

»Ich kapiere nicht, worauf du hinauswillst.«

Ylva tippte den Bildschirm mit dem Finger an.

»Was ergibt das dann? 19…86 bis 1990? Probier das mal.«

Gabriel gab die Zahlen ein.

»Wie viele Treffer?«

»Zweihundertfünfundsiebzig«, sagte Gabriel, »und du

meinst, wir sollen die alle lesen? Hast du eine Ahnung, wie lang das dauern wird?«

»Warum nicht? Wir haben doch sonst nichts zu tun.«

Das Büro atmete Stille. Unten auf den Straßen fuhren Autos vorbei, nur ein Ventilator summte.

»Na gut, warum nicht«, murmelte er endlich.

»Gut«, sagte Ylva und stupste wieder seine Schulter an. »Ich nehme A bis … was ergibt das?«

»N«, sagte Gabriel.

»Schön. Und du den Rest. Schick sie mir rüber, ja?«

Ylva erhob sich rasch. Sie war gar nicht mehr zu bremsen.

»Wir treffen uns hier, wenn wir fertig sind, oder wenn wir irgendwas finden.«

»Das kann Tage dauern«, seufzte Gabriel.

»Hilft nichts. Schickst du?«

»Schon unterwegs«, murmelte Gabriel und hängte die Dateien an eine für Ylva bestimmte E-Mail an.

• 64 •

Mia befand sich in der Grauzone zwischen Traum und Wirklichkeit und konnte sich nirgends richtig festhalten. Ihr Körper war total erschöpft, aber in ihrem Kopf arbeitete alles noch immer auf Hochtouren. Sie hatte Charlies magischen Schlaftrunk diesmal abgelehnt, wollte nicht noch einmal total wegtreten. Curry konnte jederzeit anrufen, sie musste wach sein, ansprechbar, eine Lösung finden. Munch hatte sie auf dem Weg nach Tøyen mehrmals angerufen, aber sie hatte seine Anrufe weggedrückt. Sie hatte einen kurzen Blick auf seine Nachricht geworfen. *Neues*

Opfer, Paul Malley, Geistlicher. Noch ein Fotoapparat, Nummer 29. Diese Nachricht hatte sie auf das weiche Kissen begleitet, vermischte sich langsam mit dem Ruhebedürfnis ihres Körpers.

Die Zahlen. 4, 7, 13, 29. Eine Liste mit Opfern? Das wäre doch ein bisschen zu einfach. Warum dann die Sache mit dem Fotoapparat? Ziffern in die Linse kratzen. Eine neue an jedem Tatort. Hundert andere Möglichkeiten, um eine Zahl mitzuteilen. Sie an die Wand schreiben. Auf den Körper. Warum dieser Fotoapparat? Sie hatte hier etwas Wichtiges übersehen. Die Zahlen sind … auf der Kamera. Okay. Nein, nein, nein. *Konzentrieren.* Die Zahlen sind *in* der Kamera. Großer Unterschied. *In der Linse.* Vergiss die Kamera. *Die Fotografie.* Den Gedanken festhalten, Mia, jetzt nicht einschlafen. Das ist wichtig. Wenn du auf den Auslöser drückst, dann wird die Zahl zu … einem Teil des Bildes?

Sie war offenbar doch eingeschlafen, denn plötzlich war Sigrid da, auf den Straßen von Oslo, vor ihr. Ein gesichtsloser Schatten, aber sie war es, das Armband klirrte am Handgelenk, als ihre Zwillingsschwester sie weiter über den dunklen, feuchten Asphalt winkte. *Komm, Mia, komm.* Ein Junge mit gelber Mütze, plötzlich, gebeugt über eine Frau in einer roten Daunenjacke, aber dann waren sie nicht mehr da, verschwunden im Nebel. Sie verlor Sigrid für einen Moment aus den Augen. Stand da mit hämmerndem Herzen und brachte keinen Laut heraus. Sah plötzlich ihre Eltern. Vor dem Grab auf dem Friedhof. Weinend, auch sie nur Schatten, während Sigrid plötzlich wieder vor ihr stand und ihr klar wurde, wo sie war. Das hier war der Keller. Die Matratze auf der Erde. Das verdreckte Loch, wo sie sie gefunden hatten. Ihre Schwester ließ sich auf die Matratze fallen und zog sich den Gummiriemen um den dünnen Arm. Mia wollte verzweifelt losrennen. Beide Arme beschützend um sie legen, aber ihr Körper gehorchte ihr nicht. Die Beine steckten fest. Sie konnte sich nicht bewegen. Ihre Schwester hob die Nadel vom Boden auf und sah sie an. Mia wollte rufen, heulen, schreien, aber sie hatte keine Stimme. Eine Gestalt stand jetzt hinter ihr, noch andere waren im Raum. Arme, die sie packten, sie festhielten, eine fremde Hand vor ihren Augen. Panik jetzt, als ihre Schwester ihr die Nadel auf die Haut setzte und traurig durch den Nebel lächelte.

Der Tod ist nicht gefährlich, Mia.

Kommst du?

Mia schreckte keuchend hoch, Schweiß strömte über ihr Gesicht. Sie kam mühsam auf die Beine und ging barfuß zur Tür. Taumelte in die Küche, während der Traum ihren Körper noch immer gepackt hielt. *Verdammt.* Sie öffnete benommen eine Schranktür, ließ Wasser in ein Glas laufen und trank. Füllte das Glas ein weiteres Mal und blieb zitternd am Spülbecken stehen, während die Wirklichkeit allmählich zu ihr zurückkehrte. Sie ließ sich langsam auf einen Stuhl sinken und konnte endlich die Augen öffnen.

Charlie Bruns Küche. Okay, schön. Ein sicherer Ort. Sie war zu erschöpft gewesen. Hätte ihren Körper einfach schlafen lassen sollen. *Die Zahlen.* Ein Fotoapparat. *Der auf das Opfer zeigte.* In die Linse geritzt. Sieh nach, Mia, sieh endlich nach, verdammt. Sieh durch die Kamera. Was siehst du, Mia?

Begreifst du jetzt?

Sie warf einen Blick auf die Familienbilder, die an der

Wand über dem Küchentisch hingen. Der arme Charlie. Erinnerungen an ein Leben, das nicht einfach gewesen war.

Aber zum Teufel …?

Fast wäre ihr das Glas aus der Hand gefallen.

Es konnte doch nicht …?

Doch, verdammt …

Vier.

Eine Ballerina.

Sieben.

Ein Jazzmusiker.

Dreizehn.

Ein Junge in Badehose.

Neunundzwanzig.

Nein, verdammt, das …

Mia sprang so plötzlich auf, dass sie mit dem Knie gegen den harten Tisch knallte, aber sie spürte den stechenden Schmerz nicht einmal, als sie zurück ins Schlafzimmer rannte und fahrig in ihre Kleider schlüpfte. Sie wusste nicht mehr, wo sie Charlies Schlüssel hingelegt hatte. Sie zog sich die Jacke an, als sie die Treppe hinunterjagte, und ließ die Tür hinter sich offen stehen.

Taxi …?

Da kam eines. Sie ließ sich auf die Rückbank fallen und konnte sich endlich ihren zweiten Stiefel richtig anziehen.

»Sofies plass 3.«

»Das ist in Bislett, oder?«

»Ja. Fahren Sie. Es ist … wichtig.«

»Eilig?«

»Fahren Sie einfach. Fahren Sie … schnell.«

»Okay«, sagte die Stimme hinter dem Lenkrad.

Und fuhr endlich los.

• 65 •

Curry sah zu der Wohnung oben im Haus hoch, als Regentropfen auf seine Windschutzscheibe prasselten. Verfluchtes Wetter. Dieser schwere dunkle Winter, und jetzt wollte der Frühling einfach nicht anfangen. Er zog einen Priem aus der Jacke, schob ihn sich unter die Oberlippe und warf noch einen Blick aus dem Fenster. Kyrre Grepps gate. Er war schon einmal hier gewesen. Er hatte es anfangs nicht begriffen. Jimbos Mitteilung. *Kevin trifft dich, Kyrre Grepps gate 15. 2. Stock, Wohnung C, 6 Uhr. Kohle mitbringen.* Er war die Mariboes gate hinuntergelaufen, hatte alle möglichen Fragen von Munch erwartet, warum er ein Auto brauchte, aber zum Glück war die Dienststelle fast leer gewesen. Nur Ylva und Gabriel waren da, im kleinen Besprechungsraum über einen Rechner gebeugt. Er hatte einen Schlüsselbund von der Wand gezupft, und die beiden hatten seine Anwesenheit nicht einmal bemerkt. Besser so. Jetzt Erklärungen liefern zu müssen hätte er nicht geschafft. Er schaute noch einmal zu der Wohnung im zweiten Stock hinauf. Hier hatte er doch vor nicht so langer Zeit gesessen, zusammen mit Allan Dahl. Als die freudige Nachricht gekommen war, dass die Einheit wieder aktiviert werden sollte. Lotte oder so? Die Frau da oben, ein Junkie, bei der er nicht begriff, warum sie ihre Zeit mit ihr verschwendeten. Er zog das Telefon aus der Tasche und versuchte nochmals Mia anzurufen, aber sie meldete sich noch immer nicht.

Die Zeiger der Uhr am Armaturenbrett bewegten sich bedrohlich schnell auf sechs zu. Sollte er einfach allein nach oben gehen?

Nein, er musste auf sie warten. Er hatte ja keine blasse Ahnung, was er diesen Kevin fragen sollte. Doch, das mit dem Armband, das wäre ein Ansatz. Er gab abermals Mias Nummer ein – vergebens. What to do, what to do? Der Regen trommelte noch lauter auf die Windschutzscheibe, die Scheibenwischer konnten fast nichts ausrichten, als die Uhr über die sechs hinwegtickte. Ein kleines Zeitfenster. Diesen Typen pünktlich treffen, wenn nicht, würde der auf die Sache scheißen. Curry versuchte es noch einmal bei Mia, kam aber noch immer nicht durch. Dieselbe automatische Ansage.

Der Anschluss, den Sie gewählt haben, ist zurzeit nicht erreichbar …

Er schob das Telefon wieder in die Tasche und fasste einen Entschluss. Er riss die Tür auf, zog sich die Jacke über und lief über die Straße, während der Regen auf den Asphalt niederging.

Scheißwetter.

Er schüttelte seine schlechte Laune ab und schaute das Klingelbrett an.

Zweiter Stock.

Noch einmal Mia anrufen?

Nein, die konnte er später noch erreichen.

Er schluckte und drückte auf den Knopf, neben dem 3 C stand.

• 66 •

Mia gab dem Taxifahrer ihr letztes Geld und achtete nicht auf seinen verdutzten Blick, sondern schloss mit zitternden Fingern die Haustür auf und lief die Treppen hoch. Niemand auf dem Gang, zum Glück. Sie stieß die Tür auf, stürzte in ihr Schlafzimmer und blieb keuchend vor einem Pappkarton stehen.

Sie zog den Schlüssel über das Klebeband, nahm das Album aus dem Karton und ließ sich auf den Boden sinken.

Mias Album.

Wieder zitterten ihre Finger, sie bebte am ganzen Leib, als sie das Album vorsichtig aufschlug und anfing zu zählen.

Seite 1.

Seite 2.

Seite 3.

Sie konnte sich fast nicht beherrschen, als sie das Foto sah.

Da!

Auf Seite 4.

Sigrid im Ballettkostüm. Nicht alt, vielleicht fünf Jahre. Neben ihr die kleine unsichere Mia, die mit zusammengekniffenen Augen in die Kamera schaute.

In der Mitte.

Die Ballettlehrerin.

Eine sehr junge Frau, Anfang zwanzig. In Tutu, Ballettschuhen, Perlenohrringen. Sie hatte die Arme um beide Mädchen gelegt und lächelte strahlend zu Ehren des Fotografen.

Aber was zum Teufel …

Wieder zitternde Finger, aber sie konnte weiterblättern.

Seite 7.

Papa. Sie auf seinem Schoß. Bei einem Freiluftkonzert. Der Vater grinste in die Kamera und hatte einen Daumen gehoben. Im Hintergrund ein anderer auf einer Bühne, ein Jazzsaxofonist. Die elegante Handschrift der Mutter darunter.

Papas Lieblingslied. My Favorite Things.

Das konnte doch nicht …

Sie zwang sich, weiterzublättern.

Seite 13.

Ein Felsen bei Åsgårdstrand. Sie im Badeanzug, ungefähr vierzehn Jahre alt, sie blinzelte in die Sonne. Ein Nachbarsjunge war mit ihnen zusammen. In Badehose. Wasserperlen auf dem dünnen Körper. Sigrid winkte im Hintergrund, in ein Handtuch gewickelt.

Endlich ist die Sonne da. Die Jugend genießt das schöne Wetter.

Mia blätterte jetzt automatisch weiter.

Seite 29.

In der Kirche. Zwillinge im gleichen Kleid. Sigrid mit strahlendem Lächeln. Sie selbst mit geschlossenem Mund, ihre Zahnklammer wollte sie nicht auf dem Foto haben. In der Mitte der Pastor.

Stolze Konfirmandinnen.

4.

7.

13.

29.

Ein Fotoapparat auf einem Stativ. Die Zahl in die Linse geritzt. *Schau her, Mia. Schau durch die Kamera.*

Warum zum Teufel …?

Jetzt kam sie, die schweißnasse Übelkeit, die sich in ihr aufgestaut hatte. Mia taumelte ins Badezimmer und hielt den Kopf über die Kloschüssel, aber ihr Magen war leer. Sie hielt die Hände unter den Wasserhahn und spritzte sich kaltes Wasser ins Gesicht.

Ich.

Es waren keine Zufallsopfer.

Mias Album.

Es ging um mich.

Sie fuhr sich mit dem Handrücken über die Stirn und lief zurück in das andere Zimmer, sank dort auf die Knie und versuchte, einen klaren Gedanken zu fassen.

Teufel auch.

Okay.

Bilder.

Aus meinem Album.

Sie blätterte zum ersten Bild zurück.

Und da fiel es ihr auf. Jemand hatte sich an dem Bild zu schaffen gemacht. Hatte es herausgenommen. Hatte es neu eingeklebt. Die Ränder waren anders. Ihre Finger wollten ihr noch immer nicht gehorchen, aber schließlich konnte sie es ablösen und drehte es vorsichtig um.

Jemand hatte etwas auf die Rückseite geschrieben.

Verschnörkelte Buchstaben mit blauem Kugelschreiber.

Glückwunsch.

Sie riss sich zusammen, blätterte rasch weiter.

Nächstes Bild. Seite 7.

Du bist großartig.

Es ging jetzt wieder automatisch, die Jugendlichen auf dem Badefelsen, diesmal riss sie das Bild ab.

Möchtest du einen letzten Tipp?

Ihre Hände zitterten jetzt heftig. Sie konnte kaum umblättern. Der Pastor, der in die Kamera lächelte, Sigrid und sie im gleichen Kleid.

Dieselbe Handschrift.

Ein blauer Kugelschreiber auf der rauen Rückseite.

Salem.

Natürlich.

Zum Teufel.

Mia ließ das Album aufgeschlagen auf dem Boden liegen, erhob sich benommen, lief durch das Wohnzimmer und über den Gang, auf der Suche nach ihrer Lederjacke. Dann sah sie, dass sie die bereits anhatte.

Salem.

Jon Ivar Salem.

Die Brüder Löwenherz.

Das brennende Haus.

Sie bugsierte das Telefon aus ihrer Jackentasche und suchte die Nummer von Ludvig Grønlie heraus.

»Mia? Wo bist du? Munch hat …«

»Der Pyromane«, sagte Mia rasch und merkte, dass das Zimmer jetzt von einer Seite auf die andere kippte.

»Wer?«

»Jon Ivar Salem, an den erinnerst du dich doch?«

»Ja, natürlich«, sagte Ludvig Grønlie irgendwo in der Ferne.

»Kannst du das feststellen, Ludvig? In welchem Gefängnis er sitzt? Wenn's geht, jetzt gleich.«

»Ist alles in Ordnung mit dir, Mia?«

»Finde das für mich raus, Ludvig, bitte!«

»Natürlich, warte mal …«

Sie konnte in der Ferne seine Finger auf der Tastatur hören.

»Ullersmo«, gab Grønlie durch.

»Sicher?«

»Ja, ja«, sagte er. »Was ist los, Mia?«

Sie nahm sich keine Zeit für eine Antwort, drückte ihn weg und lief auf den Gang.

Die Schlüssel für den Jaguar.

Verdammt.

Doch, da.

Sie riss den Schlüsselbund vom Haken bei der Tür, achtete nicht darauf, dass die Tür hinter ihr noch offen stand, und rannte die Treppe hinunter, so schnell sie konnte.

• 67 •

Curry hatte gerade im zweiten Stock an der Wohnungstür geklingelt, als ihm aufging, dass hier etwas nicht stimmte. Dieser Gedanke näherte sich langsam, aber jetzt war er da, kam von irgendwo weit weg. Auf der anderen Straßenseite hatte ein Auto gestanden. Dieses Auto hatte er schon einmal gesehen. Und dieselbe Wohnung, das war schon ein sehr merkwürdiger Zufall. Er und Allan Dahl? Bei einer, na ja, reichlich unnötigen Überwachungstour? Wo hatte er das Auto bloß schon mal gesehen?

Die Tür ging auf, und im Türspalt war ein abweisendes Gesicht zu sehen.

»Ja?«

»Kevin?«

»Ja.«

»Jon Larsen. Wir waren verabredet. Über Jimbo.«

»Mmm, ja, okay«, sagte der Bursche, der kaum älter war als zwanzig.

Kevin löste die Sicherheitskette und ließ Curry eintreten.

Komische Augenbrauen. Die waren kaum zu sehen.

Der richtige Mann also.

Es fehlte nur die gelbe Mütze, ansonsten passte Mias Beschreibung.

»Hast du die Kohle?«, murmelte der Junkie und kratzte sich.

»Sicher.«

Curry schaute kurz ins Innere der Wohnung und fand seine Erwartungen bestätigt. Nichts von dem, was normale Menschen »Zuhause« nennen würden. Abfall lag im Gang und vor den Matratzen im Wohnzimmer. Eine grüne Lampe aus den Siebzigern hinten am Fenster. Das Fenster mit einem angenagelten schmutzigen Laken verhängt.

»Zweitausend, das hatten wir doch abgemacht?«, fragte Curry und schob die Hand in die Tasche.

»Äh, ja, klaro«, sagte Kevin und schaute sich verstohlen um.

Das Auto auf der Straße.

Verdammt, was war er begriffsstutzig.

Dieses Auto hatte er unten bei Luna vor dem Fenster gesehen. Als er zu Boden gegangen war. Als er Angst gehabt hatte, irgendwer könnte ihn sehen.

Geld auf dem Weg zu den dünnen ausgestreckten Händen. Der Körper, der Dinge tat, ehe der Kopf ihn davon abhalten konnte.

Allan Dahl.

Noch immer arbeitete sein Hirn wie in Zeitlupe.

Ein Polizist?

Im Haus?

Der Mann hinter dem Lenkrad. Er wusste doch, dass er das Gesicht schon einmal gesehen hatte. Der Anwalt. Lorentzen.

Scheiße.

Natürlich.

Er sah es in den Augen des Junkies, als der langsam das Geld nahm und dann seinen nervösen Blick auf jemanden richtete, der plötzlich hinter ihm aufgetaucht war.

O Scheiße ...

Curry hob die Arme, versuchte instinktiv, seinen Kopf davor zu schützen, was jetzt kommen würde, aber es war zu spät.

Ein Mann aus dem Schatten.

Metall auf Knochen.

Curry war bewusstlos, noch ehe sein Körper auf dem Boden aufschlug.

• 68 •

Ein eiskalter Regenguss hatte den Parkplatz reingewaschen, aber Mia merkte nicht einmal, dass es nicht mehr regnete, als sie wie in Trance durch das große Tor der Haftanstalt Ullersmo ging. Jon Ivar Salem. Er hatte ebenso verdutzt gewirkt wie sie. Sie hatten ihn aus der Abteilung V, der Abteilung für schwierige Fälle, geholt, irgendein Angriff auf andere Insassen, sie hatte die Einzelheiten nicht ganz begriffen. *Verdammt.* Was hatte sie eigentlich gedacht? War es nicht die ganze Zeit so gewesen? Die ganze Zeit falsche Spuren. Raymond Greger. Klaus Heming. Sie hatte sich in dem kleinen Raum regelrecht auf ihn gestürzt, emotional, unprofessionell, das Adrenalin war durch ihre Blutbahn pulsiert. *Hast du jemanden bezahlt, um zu töten? Weil ich dich verhaftet habe? War es deshalb? Meine Bilder, mein Album? Wer war in meiner Wohnung?* Er hatte sie aus großen Augen angesehen. Als ob sie die Patientin wäre und er der Gesunde.

Verdammte Scheiße.

Norwegens bekanntester Pyromane. Jon Ivar Salem. Dieser Widerling hatte in ganz Ostnorwegen fast fünfzehn Jahre lang sein Unwesen treiben können. Ein Wohnhaus nach dem anderen. Offenbar ohne System. Er hatte sie nachts angesteckt. Nicht mit Benzinkanister und Feuerzeug, nicht doch, zynisch, viel raffinierter. Rohrleger und auch Ahnung von elektrischen Anlagen. Beim Prozess hatte es sich herausgestellt, dass er zu irgendeinem Zeitpunkt in jedem dieser Häuser einen Auftrag gehabt hatte. Ein geplatztes Rohr. Eine defekte Toilette. Ein neuer Boiler. Und er war die Geduld in Person gewesen. Hatte gewartet, bis er sicher sein konnte, dass er nicht mehr auf der Liste stehen würde, wenn sie jemanden verdächtigten. Ein Einbruch in der Nacht. Eine Fehlkopplung in einer elektrischen Anlage, gern mit Unterstützung von alten Kleidern oder Lumpen, die er im Keller der Häuser gefunden hatte. Und dann hatte er sich in sein Auto gesetzt. Mit Blick auf die Flammen. Vierundzwanzig Wohnhäuser.

Vierundzwanzig Familien. Dreizehn Tote. Und niemand hatte den Zusammenhang gesehen, bis eines Tages eine junge und unerfahrene Mia Krüger auf den Fall angesetzt worden war.

Sie hatte es im Gerichtssaal in seinem Gesicht gesehen. Mehr Neugier als Hass, eigentlich, als er sich immer wieder zu ihr umgedreht hatte. Was war das nur für ein Mensch? Diese Frau, die ihn nach fünfzehn Jahren doch noch erwischt hatte.

Jon Ivar Salem.

Es brennt.

Natürlich.

Aber anders diesmal …

Gab es einen Zusammenhang …?

Jon Ivar Salem hatte absolut keine Ahnung von den Vorfällen.

»Mir wurde ein Ring geschickt«, hatte er schließlich gemurmelt. »Es sollte eine Belohnung geben.«

Das gehässige Lächeln, als der Vollzugsbeamte den Ring aus seiner Zelle geholt hatte.

»Von wem?«

»Das weiß ich wirklich nicht. Ich weiß nur, dass ich etwas bekommen sollte. Hast du das? Das, was ich bekommen sollte?«

Ein Goldring.

Sie hatte den Ring in die Tasche gesteckt, unter wildem Protest, aber der Beamte hatte sich um Salem gekümmert. Handschellen angelegt. Zurück nach V.

Ein Goldring?

Die Nachmittagssonne wagte sich hinter einer Wolke

hervor und spiegelte sich in den Pfützen auf dem Parkplatz. Mia schob die Hand in die Tasche, nahm eine Pastille, versuchte, einen klaren Gedanken zu fassen.

Okay. Jetzt atmen, Mia.

Die Bilder. Im Album. Mias Album. Es diente als Vorlage für alle Morde. Rekonstruktionen.

Glückwunsch.

Du bist großartig.

Salem.

Mia hielt in Gedanken versunken inne, ohne zu bemerken, dass jemand hinter sie getreten war. Im Augenwinkel jetzt ein Schließer, natürlich. Gefängnis Ullersmo. Einige der Schwerstkriminellen des Landes, strenge Sicherheitskontrollen.

»Entschuldigung?«, sagte die Stimme und kam näher.

Ein Schlüsselbund klirrte. Eine große Taschenlampe, die nicht eingeschaltet war. Es würde erst in einigen Stunden dunkel werden.

»Verzeihung, Polizei«, murmelte Mia, zog ihren Dienstausweis und hob ihn hoch.

Salem?

Jon Ivar Salem.

Was zum Teufel konnte das bedeuten?

Der Schließer nahm ihren Ausweis, studierte ihn und gab ihn ihr zurück.

»Du bist großartig.«

»Was ...?« Sie hob ihren Blick, noch immer in Gedanken versunken, und plötzlich war es, als peitschte ihr ein Regenschauer ins Gesicht.

»Du bist großartig, Mia.«

Was zum Teufel ...?

Sie öffnete die Augen und starrte in ein junges Gesicht mit einem strahlenden Lächeln. Ein uniformierter Arm jagte auf sie zu, doch er hielt keine Taschenlampe, sondern eine *Gießkanne.*

Füße, die laufen wollten, Finger, die sich krümmten, als sie plötzlich begriff, was das für ein Regen war. Aber es war schon zu spät.

»Wir nehmen dein Auto. Das ist so schön.«

Ein Schlüssel im Zündschloss, ihre Arme wollten ihr einfach nicht gehorchen, ein letzter Versuch, ihre Bewegungen zu kontrollieren, aber das Einzige, was sie begriff, war, dass der Regen wieder da war.

Süße sanfte Tropfen, die über die Windschutzscheibe rannen. Als der Wagen langsam vom Parkplatz fuhr.

• 69 •

Munch war eben in die Tiefgarage in der Mariboes gate gefahren, als sein Telefon klingelte. Er hoffte, dass auf dem Display »Mia« stehen würde, denn er hatte mehrmals vergeblich versucht, sie anzurufen.

»Hier ist Anette«, sagte Goli. »Wir haben ihn.«

»Wen?«, fragte Munch.

»Ivan Horowitz.«

»Wirklich?«

»Drei unterschiedliche Tipps haben uns auf die Spur gebracht«, sagte Goli atemlos. »Ich hab das an Edvardsen weitergereicht. Sie sind schon unterwegs.«

»Unterwegs? Wohin?«

»Er hat eine Hütte«, sagte Goli. »Nicht allzu weit entfernt von der Stelle, an der wir Vivian Berg gefunden haben. Im Wald, eine Stunde in die andere Richtung.«

»Horowitz?«

»Ja, wir hatten drei Anrufe, bei denen jedes Mal das Gleiche gesagt wurde. Hat sich vor langer Zeit dorthin zurückgezogen«, sagte Goli. »Behauptete, die Nase voll von den Menschen zu haben. Er wollte allein in der Natur leben. Und seither ist er nicht mehr gesehen worden.«

»Verdammt«, rief Munch aus. »Wer ist dahin unterwegs?«

»Das Militär«, sagte Anette. »Sie schicken die Truppe, von der sie geredet haben. Alfa. Edvardsen will, dass wir kommen.«

»In den Bereitschaftsraum?«

»Ja. Zum Glück ist das hier bald vorbei. Wir haben ihn.«

Munch konnte die Erleichterung in ihrer erschöpften Stimme hören.

»Kommst du rüber?«

»Schon unterwegs«, sagte Munch und startete den Motor wieder.

• 70 •

Mia Krüger kam wieder zu sich und begriff nicht, wo sie war. Sie hatte das Gefühl, noch immer zu träumen. Diffuse Bilder zogen vor ihrem inneren Auge vorbei. Sie konnte nicht unterscheiden, was wirklich war. Sie lag in einer Hütte. Sie konnte eine Wand aus Kiefernholz sehen, ein kleines Fenster, das jemand zugehängt hatte. Die Großmutter saß an ihrem Fußende. Sie lächelte und hüllte Mia in eine Decke. Die Großmutter war nicht mehr da. Ihr Arm war an ein schmales Bett gekettet. Ihr Fuß ebenfalls. Es roch nach Wald. Ihre Stirn war heiß. Mama saß an ihrem Fußende. Sie hatte ein Tablett mit Saft und einem feuchten Lappen auf den Knien. Mama war nicht da. Papa stand draußen auf dem Hofplatz. Er war von der Arbeit nach Hause gekommen und hatte das Auto repariert. Den alten jadegrünen Jaguar des Großvaters. Den sie eines Tages erben würde. Sigrid saß an ihrem Fußende. Sie hielt ein Fotoalbum in den Händen. Mia wollte die Arme nach ihr ausstrecken. Sie an sich drücken. So fest, dass Sigrid nicht wieder verschwinden konnte.

Der Tod ist nicht gefährlich.

Die Großmutter war wieder da.

Sigrid lächelte sie an.

Kommst du, Mia?

Mia schlug die Augen auf und rang nach Atem.

Was zum Teufel?

Sie versuchte aufzustehen, kam aber nicht weit. Spürte, wie die Panik in ihr aufstieg, und unterdrückte sie.

Ruhig jetzt, Mia. Ruhig.

Sie war mit einem Arm und einem Bein ans Bett gefesselt. Sie schaute sich um, sah alles noch immer verschwommen, konnte aber eine Wand aus Kiefernholz ausmachen. Eine Tür zu einem anderen Zimmer. Schrank an der Wand, älteres Modell. Eine Hütte. Ein Fenster, verhängt. Eine Lampe unter der Decke. Sie holte tief Luft und versuchte, ihre Hand zu befreien. Nein. Dann den Fuß. Auch nichts.

Nicht in Panik geraten, Mia.

Er hat dich gefangen, aber nicht umgebracht.

Das muss etwas zu bedeuten haben.

Sie wurde von heftiger Übelkeit übermannt, als sie sich langsam wieder an den Verlauf der Geschehnisse erinnerte. Der Fotoapparat. Die Bilder. Sie hätte auf die Motive achten sollen, nicht auf die Kamera an sich. Die Bilder an der Wand zu Hause bei Charlie Brun. Die Zahlen. Mias Album. Die Morde hatten mit ihr zu tun. Salem. In Ullersmo. Der Goldring.

Sie kam nicht weiter.

Die Tür ging plötzlich auf, und dort stand eine lächelnde Person und hielt etwas in den Händen.

Etwas, das brannte.

Eine Kerze?

Ein Kuchen?

»Herzlichen Glückwunsch, Geliebte. Ich weiß natürlich, dass du nicht Geburtstag hast. Aber ich fand, dass wir das hier unbedingt feiern müssen. Soll ich die Kerzen ausblasen? Oder willst du das selbst machen?«

• 71 •

Curry hatte sich nie überlegt, wie er wohl sterben würde. Er war einfach nicht auf die Idee gekommen. An Altersschwäche, vielleicht. Irgendwo weit in der Zukunft, auf irgendeiner Veranda mit Blick aufs Meer. Jedenfalls nicht so wie jetzt. In einer verdreckten Wohnung, gefangen und an einem Fuß gefesselt, eine Kapuze über dem Kopf.

Er riss wieder an seinen Fesseln, saß aber noch immer auf dem harten Holzstuhl. Das Seil schnitt in die Haut am Handgelenk. Er hätte gern aufgeheult, konnte sich aber beherrschen. Er hatte Kopfschmerzen. Er spürte das in seinem Nacken geronnene Blut. Sie hatten ihn fast bewusstlos geschlagen. Sein Gehirn funktionierte nicht mehr.

Jimbo?

Nein, nicht Jimbo, verdammt, der nicht.

Jimbo hatte ein Treffen arrangiert. Mit Kevin, dem Junkie. Der eine Beziehung zu dieser Lotte hatte. Allan Dahls Handlangerin. So musste das alles zusammenhängen. Deshalb hatten sie an dem Vormittag dort draußen gesessen. Dahl hatte auf sein Mädel aufpassen wollen. Auf das Heroin. Das Geld.

An einen Stuhl gefesselt.

Mit einer Kapuze über dem Kopf.

Verraten von einem Dreckskerl, der eigentlich auf seiner Seite sein sollte.

Verdammte Scheiße.

Nein, so hatte er sich das nicht vorgestellt.

Er konnte nichts mehr hören. Eine Zeit lang hatte es einen lautstarken Wortwechsel gegeben in gebrochenem Englisch. Ab und zu ein Wort Norwegisch. Er hatte ihn gehört.

Den verfluchten Dahl.

»What to do with him?«

Was machen wir mit ihm?

Und Dahl hatte irgendeine Antwort gegeben.

Kill him?

Töten?

Oder hatte er gesagt: *We leave?*

Wir hauen ab?

Er hatte es nicht genau verstanden.

Curry riss noch einmal an seinen Fesseln, erreichte aber

damit nur, dass ein neuer Schmerz durch seine Handgelenke jagte. Er setzte sich aufrechter und spürte sein Herz unter dem schweißnassen, blutigen Hemd schneller schlagen.

Verdammt.

Schritte.

Da draußen war jemand.

Die Türklinke bewegte sich.

Ein grelles Licht hüllte ihn ein, er konnte das sogar durch die Kapuze sehen. Eine Gestalt im Türrahmen. Ein großer schwarzer Schatten. Er hörte das Klicken einer Waffe, die entsichert wurde.

Instinktiv senkte er den Kopf.

Okay.

Dann war es eben so.

Er schloss die Augen, er zitterte, murmelte mit aufgesprungenen Lippen ein paar letzte Worte.

Tut mir leid.

Danke.

War nett mit euch.

• 72 •

Munch saß am Ende des ovalen Tisches und spürte die elektrisch geladene Stimmung im Raum. Sie waren lediglich als Zuschauer herbestellt worden. Er hatte es bei ihrem ersten Besuch hier bemerkt, obwohl der General versucht hatte, es zu verbergen. Die herablassenden Blicke. Polizei. Zivilisten. Jetzt würden sie sehen, wer in diesem Land das Sagen hatte. Wer wirklich die Verantwortung übernahm, wenn die Sicherheit der Nation auf dem Spiel stand.

»In jedem Soldatenhelm ist eine Kamera, die alles hierher überträgt.«

Edvardsen wirkte jetzt wie ein kleiner Junge, mit einer Fernbedienung in der Hand.

»Wir holen sie dann ganz nach Belieben auf den Hauptschirm.«

Ein kleiner Junge mit einem Videospiel. Für Milliarden von Kronen vermutlich. Munch fühlte eine leichte Übelkeit in sich aufsteigen, aber das spielte jetzt keine Rolle. Ivan Horowitz, der Serienmörder. In einer Hütte im Wald, und bald würde alles vorüber sein.

Sie hätten Delta schicken können, die Bereitschaftstruppe. Aber Edvardsen hatte sich natürlich für seine eigenen Leute entschieden. Wollte den Politikern beweisen, dass das Steuergeld gut angelegt war. Vielleicht könnten sie sogar für das Budget des nächsten Jahres ein paar Millionen drauflegen. Okay, er musste jetzt aufhören. Wichtig war nur, dass dieser kranke Mensch gefasst wurde.

Ein kratzendes Geräusch vorn beim Bildschirm.

»Eins, drei, Objekt angepeilt, over.«

»Drei, eins, abwarten, over.«

Die Kameras, die sich durch den Wald bewegten. Soldat 1. Leichter Nebel zwischen dicht stehenden Baumstämmen. Soldat 2. Für einen Moment Blick auf eine Hütte weiter vorn, sie erinnerte an einen Schuppen. Der Lauf eines Maschinengewehrs. Soldat 3. Lief durch das Heidekraut, suchte hinter einem Baumstumpf Deckung, die Hütte jetzt nicht mehr weit weg.

»Eins, vier, klar zum Breach, over.«

»Vier, eins, auf GO warten, over.«

Digitale Kriegführung. In den tiefen Wäldern. Munch

konnte den Blick nicht vom Bildschirm lösen, als sich mehrere Soldaten der grauen Tür näherten.

»Team, hier ist 1, Funkstille, wartet auf GO.«

Plötzlich war es ganz still im Raum. Weitere Gewehrläufe über dem Heidekraut. Ein Daumen hoch vor einer Kamera, dicht vor der grauen Tür.

Ein maskierter Soldat tauschte den Platz mit einem anderen.

Zwei Mann jetzt an der Tür, die anderen noch immer auf die Fenster verteilt.

Ein Holzschuppen.

Tief im Wald.

Ivan Horowitz.

Bald würde es vorüber sein.

Endlich.

»GO!«

Und dann explodierte die Szene plötzlich. Rauchgranaten. Splitter einer Tür. Glasscherben. Der erste Soldat lief in die kleine Hütte, die Kamera auf der Suche. Ein anderer stieg durch das Fenster. Rauch. Chaos. Ehe die Funkstille plötzlich gebrochen wurde und der Rauch sich verzog.

»Wir haben ihn.«

»Shit.«

Ein Handschuh wies auf einen leblosen Körper, der von der Decke hing.

»Eins, drei, wir haben ihn. Er ist schon länger hier.«

»Drei, eins, ID?«

Der Handschuh am Hals der fast verwesten Leiche. Eine Erkennungsmarke war zu sehen.

»Eins, drei, das ist unser Mann, Horowitz. Aber wie ihr

seht, kann er das alles verdammt noch mal nicht getan haben.«

Die Kamera plötzlich auf den Boden gerichtet, als der Verwesungsgeruch den Soldaten zwang, sich zu erbrechen.

»Hier ist Eagle«, sagte Edvardsen ernst.

»Eagle, kommen.«

»Seid ihr sicher, dass das Horowitz ist?«, fragte Edvardsen. Er wirkte gestresst.

»Zwei, eins, ID noch mal überprüfen.«

Ein weiterer Soldat, der sich die Nase zuhielt, trat an die Leiche heran und überprüfte die Marke um ihren Hals.

»Horowitz«, sagte der Soldat.

»Eagle, 1, es handelt sich zweifelsohne um Horowitz. Zumindest, wenn wir nach der Marke gehen. Also der hier kann jedenfalls nicht der sein, den ihr sucht.«

»Verdammt«, sagte Edvardsen, jetzt rot im Gesicht, und drehte sich langsam zu den Anwesenden um.

»Eigentlich brauchen wir jetzt unsere Telefone«, brummte Munch gereizt, ehe er sich erhob und den Raum verließ.

• 73 •

Ich hatte schon gedacht, du würdest nie wieder zu dir kommen«, sagte das lächelnde Gesicht. »Ich warte schon so lange, und jetzt ist es endlich so weit, freust du dich nicht?«

Mia fand keinen Zusammenhang zwischen den Bildern, die sie vor sich sah.

Alexander?

Der Nachbar?

Was zum Teufel …?

Der blonde junge Mann stand auf und nahm etwas von einem kleinen Tisch.

»Schau mal.«

Eine Hand fasste sie am Hinterkopf, die andere führte ein Glas an ihren Mund. Die Hälfte lief an ihrem Hals hinab in ihren Pullover, aber was sie trinken konnte, schmeckte himmlisch.

»Warum …«, krächzte Mia, dann versagte ihr die Stimme.

»Das möchtest du sicher wissen, und ich warte schon so lange darauf, es erzählen zu können«, sagte der Mund unter den großen lächelnden Augen. »Wir fangen einfach an, ja? Wir haben nicht viel Zeit, weißt du, wir müssen aufbrechen.«

Alexander fuhr vorsichtig mit der Hand über ihre Wange. Mia zuckte zusammen und spürte den Schmerz im Handgelenk, als der Knoten sich straffer zog.

»Oder möchtest du raten? Das hast du ja schließlich geschafft, aber du hast vielleicht nicht begriffen, warum?«

»Du hast alle diese Menschen umgebracht … meinetwegen?«

Ihre Stimme schien von einem anderen Planeten zu kommen.

»Die Fotos im Album? Elegant, nicht wahr?«

Alexander grinste und hielt ihr noch einmal das Glas an den Mund.

Mia sah sich im Raum um.

Die Tür – offen, dahinter ein Wohnzimmer.

Geräusche. Knistern.

Ein Radio. Nein, Polizeifunk. Nein, mehrere Sender.

Aber nichts zu verstehen.

Fuck.

Zu weit abgelegen.

Viel zu weit.

»Es hat wirklich Spaß gemacht, dich zu begleiten«, sagte der Mann lächelnd. »Sehr spannend. Ich habe dein Telefon schon vor langer Zeit angezapft. Du bist süß, wenn du schläfst, weißt du das?«

Er sprang auf, lief aus dem Zimmer und kam mit ihren Pastillen zurück. Schob eine zwischen ihre Lippen.

»Hier, Salz, das hilft, du Arme, meine Liebe, fühlst du dich jetzt ein bisschen besser?«

Er fuhr wieder mit dem Finger über ihre Wange und ließ ihn dann für einen Moment auf ihren Lippen ruhen.

»Das ist Schicksal, nicht wahr? Wie viele Jahre kennen wir uns jetzt schon, Mia? Und nun sehe ich plötzlich die Wohnung gegenüber von deiner ... und sie ist zu verkaufen? Ha, klar hab ich ein Angebot gemacht. Stell dir das mal vor, Mia! Nachbarn? Verstehst du, wie glücklich ich war? Aber dann ...«

Er schüttelte kurz den Kopf.

»Kaum ein Hallo, ich meine, nach all den Jahren? Enttäuschend, Mia. Wirklich egoistisch. Wenn wir nicht füreinander bestimmt gewesen wären, hätte ich fast gesagt, na ja, nein ...«

Er verstummte und legte ihr den feuchten Lappen wieder auf die Stirn.

»Du warst in meiner Wohnung?«, krächzte Mia.

Sie ließ ihren Blick wieder durch den Raum gleiten, sah jetzt aber nur Schatten. Ihre Augen fielen langsam zu, aber er rüttelte sie wach.

»Ach nein, jetzt nicht mehr schlafen, meine Liebe. Vergiss nicht, dass wir nicht viel Zeit haben.«

Er kniff sie in die Wange.

»Die geniale Ermittlerin Mia Krüger«, rief er dann plötzlich und sprang auf. »Sieht sie die große Liebe direkt vor sich? Nein. Wie soll ein armer verschmähter Bewerber also ihre Gunst gewinnen? Was interessiert sie, die große Detektivin? Ja, natürlich.«

Er hob einen Finger und grinste breit. Mia kam sich vor wie die Zuschauerin einer Zirkusnummer.

Die Augen.

Das Lächeln.

Dieser Typ befand sich an einem anderen Ort.

»Jetzt siehst du mich, oder, Mia?«

Der Nachbar breitete demonstrativ die Arme aus.

»Ich bin nicht mehr unsichtbar, oder? Wie? Nein? Du siehst mich jetzt, oder?«

Er lachte laut auf.

»Genial, nicht wahr? Das musst du zugeben? Ach, sicher doch«, er lächelte. »Ich habe alles gelesen. Alles gesehen. Ich weiß alles über dich, Mia. Die Fotos. Dein Tagebuch. Wenn du geschlafen hast. Ist es nicht seltsam, wie schön so was sein kann?«

Er kam zurück zum Bett. Legte ihr wieder die Hand an die Wange.

»Wie gut kann man einen anderen Menschen kennenlernen? Auch wenn man nicht mit ihm redet?«

»Warum …«, murmelte Mia, als vor ihren Augen wieder alles dunkel wurde.

»Du hast mir das Leben gerettet«, sagte ihr Nachbar und wurde plötzlich ernst. »Oder nein, ich würde das so sagen: Du hast ihn entlarvt, nicht wahr? Salem. Den Pyromanen.«

Mia schüttelte den Kopf, oder nickte. Sie war sich nicht mehr sicher. Sie spürte weder Arme noch Beine.

»Rauch im Haus«, sagte der Mann und stand wieder auf.

Noch einmal die Zirkusnummer.

»In meinem Zimmer. Das Letzte, woran ich mich erinnere. Als ich wieder zu mir kam, waren sie tot. Papa, Andreas, mein Bruder. Beide tot. Von den Flammen verzehrt. Unser Haus in Fredrikstad, und als ob das nicht schlimm genug wäre, glaubte sie, ich sei es gewesen, klar? Ich, Mia! Sie hat geglaubt, es sei meine Schuld!«

Ein Brand.

Die Brüder Löwenherz.

Ein toter großer Bruder.

Sie hatte recht gehabt.

»Ich habe mit Streichhölzern gespielt, Mia. Verstehst du?«

Der junge Mann legte den Kopf leicht schief, sein Mund lächelte, aber sein Blick ging ins Leere.

»Im Sommer davor, da hat sie mich auf frischer Tat ertappt, im Garten. Es war doch nur ein Hamster, und dann die Katze, aber trotzdem. Sie dachte, ich sei das gewesen, verstehst du? Der das Haus angezündet hat.«

Mia wollte etwas sagen, brachte jedoch kein Wort heraus.

»Danach«, fuhr Alexander eifrig fort, als ob das hier eine eingeübte Rede war und er endlich die Gelegenheit hatte, sie zu halten, »wollte sie nichts mit mir zu tun haben. Als ob ich ein Kainsmal auf der Stirn hätte. Als ob ich der Sohn Satans wäre. Wollte mich nicht ansehen, hat mich in den Keller geschickt. Ließ mich zur Schule gehen, aber mehr nicht. Ein Fernseher und ein altes Videogerät. Mit einem Film. Immer wieder Bambi auf dem Eis. Nur ich und dieser Film. Was glaubst du, was das mit einem Kind macht, Mia?«

Ein ernster Blick jetzt über den dünnen Lippen, aber der Blick war noch immer weit weg.

»Aber dann, eines Tages, Mia. *Möchtest du zur Hütte fahren, Alexander?* Verstehst du, wie glücklich ich war? Wegfahren? Mit Mama? Ich weiß noch, wie schön das war, im Auto zu sitzen, während das Radio lief. Feuer im Kamin. Essensduft aus der Küche. Es war mitten im Winter. Dann nahm Mama etwas von der Wand und band es mir um den Kopf. Ein Rehgeweih. Zeigte auf den See unter uns. Auf das spiegelblanke Eis. *Da unten ist Bambi.* Das hat sie gesagt, Mia. *Da unten ist Bambi, Alexander, und wenn du mit diesem Geweih auf dem Kopf hinuntergehst, dann kannst du es sehen.*«

Mia zog langsam den Fuß an und merkte, dass sie ein wenig Spielraum hatte. Wenn sie nur den Arm befreien könnte.

»Hörst du mir zu, Mia?«, fragte er mit traurigem Blick.

»Ich höre dir zu«, presste Mia hervor und versuchte ein Lächeln. »Du bist nach unten auf das Eis gegangen, um zu sehen …«

»Ob Bambi da war«, sagte der Mann lächelnd. »Ich war zehn Jahre alt und sollte Bambi sehen, verstehst du? Ich habe Bambi doch geliebt. Und dann saß ich da, auf dem Eis. Viele Stunden. Bis ich blau gefroren war. Aber es kam kein Bambi. Und als ich endlich aufgab und mich durch den Schnee zurück zur Hütte gekämpft hatte, war niemand mehr da.«

»Was?«, murmelte Mia.

»Mama. Sie war gefahren.«

Der Nachbar verstummte für einen Moment.

»Aber dann kamst du, Mia Krüger, aus dem Nichts. Ein Pyromane, Mama. Nicht ich. Ein Pyromane. Ach, Mia, du hättest ihren Blick im Krankenhausbett sehen sollen, als ich ihr die Zeitung brachte. Erinnerst du dich an die Schlagzeile?«

Eine vage Erinnerung.

Verdens Gang und *Dagbladet*.

Gleich nachdem sie ihn festgenommen hatte.

»Sie hat es verstanden, Mia. Sie sah mich mit liebevollem Blick an, Mia, verstehst du? Nach all den Jahren, kurz vor ihrem Tod. Ihr Blick. Sie streichelte meine Hand, Mia. Und hatte verstanden.«

Der Mann lächelte und streichelte sich seine Wange.

»Mama ...«

Mia zog wieder vorsichtig den Fuß an, kam aber nicht weiter, denn jetzt hatte er sie wieder im Blick.

»Und dann ist es passiert, natürlich. Mia Krüger. Das Schicksal. Meine ewige Liebe. Wir beide für immer. Das war ja wohl kein Zufall, oder, Mia? Dass gerade du mich gerettet hast?«

»Gratuliere«, brachte Mia heraus und konnte sich endlich eine Art Lächeln abringen.

»Und jetzt reisen wir zusammen«, sagte der Mann und wirkte wieder ruhiger. »Aber zuerst ...«

Er eilte aus dem Zimmer und kam grinsend zurück, mit etwas in der Hand.

Ein … Brautkleid?

»Glaubst du, das passt?«, fragte er lächelnd. »Du, meine Liebe, und ich? Ehe wir auf die Reise gehen?«

Er hielt das Brautkleid vor ihr hoch und lächelte vorsichtig.

»Wohin … geht die Reise?«, fragte Mia behutsam.

»Wie meinst du das?«, fragte er überrascht.

»Du hast etwas von einer Reise gesagt. Wohin wollen wir …?«

Er sah sie mit durchdringendem Blick an.

»Zu Andreas natürlich. Und zu Sigrid. Willst du da nicht hin? Das hier alles zurücklassen? Wir beide zusammen nach Nangijala?«

Jetzt war plötzlich alles wieder präsent, als ihr aufging, wovon er redete. Die Bücher in den Kartons, ihre Notizen, die sie nach den ewigen Terminen mit den Psychologen gemacht hatte.

Die Selbstmordgedanken.

Die Zwillingsschwester, die langsam durch das gelbe Kornfeld ging.

Komm, Mia, komm.

»Ach, das hätte ich fast vergessen«, sagte der Nachbar lächelnd und klatschte in die Hände.

Er rannte ins Nebenzimmer und hatte die Arme hinter dem Rücken verschränkt, als er zurückkam.

»Sieh her«, sagte er und hielt ihr das funkelnde Schmuckstück vors Gesicht.

Sie sah den Buchstaben, aber ihr Kopf verstand trotzdem nicht.

M.

M für Mia.

Das war … Sigrids Armband?

Was zum …?

»Für dich, meine Liebe«, sagte Alexander und legte das Armband vorsichtig neben sie aufs Bett.

• 74 •

Alles klar, hier ist niemand.«

Curry kehrte plötzlich wieder in die Welt zurück, als jemand ihm die Kapuze vom Kopf zog. Das Licht war jetzt noch greller und brannte in seinen Augen.

Stiefelschritte im Nebenzimmer.

»Alles klar, leer hier, sie sind weg.«

Eine Hand fasste sein Kinn.

»Ich bin John Wold. Bist du Larsen? Curry?«

Er konnte kaum den Mund öffnen.

»Dahl? Der Anwalt? Lorentzen? Waren die hier?«

Curry nickte langsam.

»Lange her, dass sie weg sind?«

Irgendwo in der Ferne wurde der Polizeifunk eingeschaltet.

»Ich …«, begann Curry, aber seine Stimme versagte.

»Sie sind weg«, sagte die Stimme, Wold, zu jemandem, den Curry nicht sehen konnte. »Gib sofort eine Suchmeldung raus. Die können noch nicht weit sein.«

Er zitterte noch immer. Es wollte nicht aufhören.

»Mach ihn los«, sagte eine andere Stimme. Hände packten seine Beine. Seine Arme. Er spürte, wie das Blut zurück in seine Hände strömte.

»Niemand hier?«

»Niemand, nur er da.«

Wieder Stiefel auf dem harten Boden.

»Scheiße. Okay.«

Wieder ein Knistern draußen.

»Gib die Meldung raus. Alles dichtmachen.«

Wieder dieser Wold. Wie durch Watte.

»Geht es? Kannst du stehen?«

Hände, die ihm halfen, Beine, die ihn nicht tragen wollten.

Und mehr wusste Curry nicht.

• 75 •

Mia kam wieder zu sich, diesmal vor einem Spiegel. Sie war abermals ohnmächtig gewesen. Er hatte sie fortgebracht. Ein Stuhl im Wohnzimmer. Handschellen. Die Beine nicht mehr gefesselt.

»Dass das so gut passt, meine Liebe.«

Das Lächeln irgendwo im Spiegel, während sie etwas in ihren Haaren spürte.

Eine Bürste.

Er bürstete ihr die Haare.

Ihr Gesicht.

Er hatte sie geschminkt.

Etwas an ihrem Finger.

Der Goldring.

Und am Körper das Brautkleid.

Er hatte sie angezogen, sie zurechtgemacht.

Mia hatte instinktiv das Bedürfnis aufzuspringen, sich von allem loszureißen, konnte sich aber nicht rühren. Sein

Gesicht war nun deutlicher im Spiegel zu sehen, als ihr Blick langsam klarer wurde.

»Wie hättest du es gern, meine Liebe?«

Sie spürte die widerwärtigen Finger auf ihrer Kopfhaut.

»Hochgesteckt?«

Alexander lächelte in den Spiegel und hielt sein Gesicht dicht an ihres.

»Oder einfach offen fallen lassen? Wenn es einfach so fällt, finde ich dich am schönsten. Aber vielleicht doch hochgesteckt, zur Feier des Tages, was meinst du?«

Zeit gewinnen.

Immerhin konnte sie sich so weit konzentrieren.

»Vielleicht lieber hochgesteckt«, murmelte sie und verzog das Gesicht zu etwas, das hoffentlich wie ein Lächeln wirkte.

»Ja, sehe ich auch so«, sagte er und trat einen Schritt zurück.

Sie musste ihn zum Reden bringen.

»Wie«, brachte ihr ausgedörrter Mund zustande.

»Was denn, meine Liebe?«

Wieder der Finger an ihrer Wange.

»Das Armband, woher hast du das?«

»Ach, purer Zufall. Das war für dich bestimmt. Eine Freundin deiner Schwester, Cisse, hat es an unsere Haustür gehängt, aber du hast es nicht gefunden. Ich aber schon. Sie war oft draußen beim Stadion. Hat hinter dir her spioniert.«

Er lachte leise und ließ die Bürste durch ihre Haare gleiten.

»Du hattest übrigens recht.«

Seine Stimme war plötzlich ganz dicht an ihrem Ohr.

»Markus Skog. Der, den du erschossen hast. Der hat sie umgebracht. Sigrid. Ich hab sie ins Haus geholt, diese Cisse. Du weißt ja, wie Junkies sind. Hab ihr Geld gegeben, damit sie sich ein bisschen amüsieren konnte. Sie hat mir alles erzählt, was passiert ist.«

»Wie …?«

Mia merkte, dass sie wieder kurz davor war, das Bewusstsein zu verlieren.

»Ach, es war total belanglos, glaube ich«, sagte Alexander und zog wieder die Bürste durch ihr Haar. »Sigrid war Kurier, hat Heroin reingeholt, aber dann war sie in der Reha und wollte nicht mehr.«

Mia schwieg.

»Aber sicher doch, kam gesund und munter zurück in die Stadt. Bereit für ein neues Leben. Hat wohl sogar angedeutet, dass sie alles erzählen würde, wenn die sie nicht in Ruhe ließen. Markus Skog und irgendein Anwalt, die konnten das doch nicht durchgehen lassen, oder?«

Die Finsternis senkte sich jetzt über sie.

»Diese Cisse war auch da, total zugedröhnt auf irgendeinem Sofa, aber sie hatte alles mitgehört. Ein Schuss in den Arm, dann war Sigrid weg. Sie haben sie dann in einen Keller in der Nähe getragen, ein toter Junkie, wer hat da schon einen Verdacht.«

Er lächelte und schmiegte seine Wange wieder an ihre.

»Wirklich hochgesteckt, nicht doch lieber offen? So natürlich wie möglich?«

Mia riss sich zusammen.

»Wie«, murmelte sie. »Ivan … Horowitz?«

Sie hob mit letzter Kraft den Kopf und sah ihm im Spiegel in die Augen.

»Ach ja, war das nicht raffiniert?«

Alexander legte die Bürste weg.

»Wir waren zusammen in Blakstad. Sechs Monate. Da hab ich ihn wirklich gut kennengelernt. Er war im Krieg gewesen, das totale Wrack. Und ich, ich bin ja ich.«

Er lachte auf.

»Konnte mich doch nicht von den anderen aufhalten lassen. Nur du und ich, darum ging es doch. War das kein genialer Plan? Sie alle in die Irre zu führen? Fünfzig zufällig ausgewählte Opfer für meine Liste. Nein, hochgesteckt ist doch besser, findest du nicht? Ich meine, es ist schließlich ein großer Tag«, sagte er und nahm die Bürste wieder in die Hand.

Das wenige, was Mia an Kraft hatte aufbieten können, entglitt ihr wieder. Sie konnte den Kopf kaum noch gerade halten.

Sigrid?

Nein, verdammt … sie konnte nicht mehr.

Weg von hier.

Warum nicht.

Ihre Schwester im Kornfeld.

Dieses Bild, das sie niemals vergessen würde.

Komm, Mia, komm.

Der Tod.

Nach Nangijala.

»Oder lieber doch offen?«

»Mach, was du willst«, sagte Mia.

Und schloss langsam vor dem Spiegel die Augen.

• 76 •

Sie standen kaum wieder auf der Straße, als die Telefone klingelten. Munch zog seins hervor und Anette ihres.

»Wo hast du dich denn rumgetrieben, Holger?«

Gabriel Mørk.

»Du, ich hab zu tun, Gabriel«, sagte Munch. »Ich bin hier in einer Situation, ich ruf dich zurück.«

»Hast du noch nichts davon gehört?«, keuchte Gabriel.

»Wovon denn?«, fragte Munch.

»Er ist es nicht.«

»Wer?«

»Horowitz. Er ist es nicht. Wir haben ihn gefunden. Es ist ihr Nachbar. Er heißt Alexander Sørlie.«

»Aber was zum Teufel ...«, sagte Munch.

»Wir haben die Dateien durchgesehen«, erklärte der Hacker. »Ylva und ich. Und sind fündig geworden. Er war Patient von Ritter, dem Psychiater. Und er ist von Mia besessen. Hat seinen Bruder bei einem Brand verloren. Da hat er sie sicher kennengelernt. Das erste Opfer. Vivian Berg.«

»Immer mit der Ruhe«, sagte Munch und vergaß dabei ganz, sich Feuer zu geben. »Wovon redest du da? Welche Dateien?«

»Mias Nachbar«, rief Gabriel. »Wir haben schon Kollegen in seine Wohnung geschickt. Aber wo hast du gesteckt?«

»Ihr habt ...?«

Anette hatte ihr Gespräch beendet und winkte ihm, wollte, dass auch er auflegte.

»Ludvig hat das in die Wege geleitet, wir haben unsere Leute hingeschickt. Kommt ihr bald?«, fragte Gabriel ungeduldig.

»Was denn in die Wege geleitet?«

»Die Nachbarwohnung von Alexander Sørlie. Er ist es. Wir haben Fotos an den Wänden gefunden, Bilder von allerlei Kostümen. Falsche Zähne, Perücken, Brillen. Er hat überall Bilder von ihr, sogar über dem Bett. Kommt ihr jetzt?«

»Bilder von wem?«, fragte Munch, während Anette ihm abermals winkte.

»Von Mia«, keuchte Gabriel. »Das hat alles mit Mia zu tun.«

Anette kam auf ihn zu. »Sie haben die Frau gefunden.«

»Wen?«, fragte Munch und legte die Hand auf sein Telefon.

»Die mit der grünen Schirmmütze. Ihre Tochter hat angerufen. Sie hat ihre Mutter im Fernsehen gesehen und wird jetzt gerade vernommen. Wir haben total falsch gelegen, Holger. Er heißt Sørlie. Alexander Sørlie.«

Verdammt.

Munch nahm das Gespräch mit Gabriel wieder auf.

»Ihr wart schon da?«

»Ich bin jetzt da«, sagte Gabriel. »Die Wohnung solltest du mal sehen, die ist total … und Mias Tür steht offen …«

»Bleib, wo du bist, Gabriel, ich komme«, murmelte Munch und schnippte seine Zigarette auf den Asphalt.

• 77 •

Die Haare hochgesteckt, ein langes weißes Brautkleid, einen Goldring am Finger. Nichts an den Füßen, aber Mia spürte das nicht, denn sie spürte nichts mehr, als er sie aus der Hütte und durch den Wald führte. Pistolenläufe in ihrem Rücken. Zwei Stück.

Glock.

Die magst du doch, Mia.

Solche, die du auch hast, nicht wahr?

Der Wind flüsterte sanft in ihr Gesicht, als Alexander einen Zweig hob und sie näher ans Wasser führte.

Jetzt war es ja egal.

Sie war großartig gewesen, nicht wahr?

Nicht mehr trinken. Auch keine Tabletten.

Braves Mädchen. So positiv.

Und jetzt Ruhe.

Die Tabletten auf dem Tisch. Vor der Küste von Trøndelag. Hitra.

Das Haus, das sie nur gekauft hatte, um zu verschwinden.

Er hatte sie gestört.

Munch. War mit einer Aktenmappe aufgetaucht.

Ein totes kleines Mädchen. Sechs Jahre alt.

Mit einem Schild um den Hals an einem Baum aufgehängt.

Ich reise allein.

Ein alter Fall. Also hatte sie die Sache aufgeschoben, sich wie üblich von ihnen einspannen lassen.

Der Teufel soll sie alle holen.

Alexander schob sie weiter durch den Wald bis hinunter ans Ufer.

Diese Finsternis.

Sie konnte nicht mehr.

Komm, Mia, komm.

Er ging vor ihr her ins Wasser und hielt die Pistolen vor sich.

»Hier war es, Mia.«

Eine Stimme, die sie fast nicht mehr hören konnte.

»Dieser See. Damals war er natürlich vereist.«

Ein Lächeln in dem jungen Gesicht.

»Hier saß ich, mit dem Rehgeweih auf dem Kopf, und habe auf Bambi gewartet. Aber das kam ja nie.«

Mia öffnete die Augen, als er die Pistolen wieder auf sie richtete.

»Gehen wir?«

Der Wind in den Bäumen.

Ein sanfter Hauch.

»Zusammen? Nach Nangijala?«

Vögel.

Flügelschläge über dem Wasser.

Komm, Mia, komm.

Mia Krüger fühlte sich plötzlich wieder seltsam wach. Das lächelnde Gesicht am Seeufer. Ein Stalker, ein Scheißstalker! Der sich für einen Engel hielt. Der in ihrem Namen gemordet hatte. Die stillen Kinder, die niemand bemerkt. Die Bosheit verborgen hinter einer Maske der Unschuld. So sterben?

Verdammt, Mia, nein.

So nicht!

»Nein.«

»Was?«, fragte Alexander überrascht. »Du willst nicht?«
»Nein«, sagte Mia bestimmt.
»Bist du sicher?«, fragte er und trat einen Schritt weiter in den See hinaus.
»Ja.«
»Du willst nicht mitkommen? Du willst leben?«
Sie nickte der Gestalt im Wasser langsam zu.
»Okay«, sagte er und streckte ihr eine Hand hin.
Die Glock.
Die eine.
»Das freut mich, Mia.« Alexanders widerlicher Mund lächelte, und er ging noch einen Schritt tiefer in das kalte Wasser. »Aber du tust mir doch den Gefallen?«
»Was denn?«
»Mich zu erschießen.«
Noch immer das Lächeln.
»Das tust du doch für mich?«
Auf den Knall war sie nicht vorbereitet gewesen.
Die Vögel stoben aus den Bäumen auf.
»Mich zu erschießen«, sagte er und drückte auf den Abzug.
Diesmal brannte es. Am Oberschenkel, kurz, ehe die Kugel mit dumpfem Laut die Steine hinter ihr traf.
Und dann noch einmal. Durch das Brautkleid auf Höhe der Hüfte, sie konnte das Blut auf dem weißen Stoff sehen.
»Mich zu erschießen, Mia.«
Er ging noch einen Schritt ins Wasser und drückte abermals auf den Abzug.
Die Kugel streifte ihre Wade.
Mia richtete die Glock auf das lächelnde Gesicht.
»Alexander«, sagte sie langsam. »Du oder ich?«

Das dunkle Wasser kräuselte sich.

»Ich liebe dich, Mia«, sagte er und zielte mit der Pistole, diesmal auf ihr Gesicht, den Finger am Abzug.

Mia hob die Glock und schoss zwischen die Augen.

Juni 2013

• 78 •

Die Sonne stand hoch am Himmel und schickte eine willkommene Wärme, die Munch lange nicht mehr wahrgenommen hatte, als er mit der Zigarette zwischen den Lippen in Røa im Garten unter den grünen Bäumen stand und sah, wie Marianne mit strahlendem Lächeln auf ihn zukam.

»Wird es nicht langsam Zeit aufzuhören?«

»Wie meinst du das?«

Seine Exfrau trat dicht an ihn heran und umarmte ihn.

»Mit dem Rauchen, Holger.«

»Doch, ich höre heute auf«, sagte Munch lächelnd und warf die Kippe weg, als ein elegantes Paar durch das Gartentor trat.

»Hallo«, sagte die Frau und gab ihm die Hand. »Kathy, wir sind mit Ziggy befreundet.«

»Willkommen«, sagte Munch. »Getränke gibt's drinnen. Die Trauung beginnt in einigen Minuten.«

Das Paar nickte und ging die Treppe hoch ins Haus.

»Unsere Kleine ist groß geworden«, sagte Marianne und nahm vorsichtig seine Hand.

»Ja, das ist sie«, sagte Munch und nickte.

»Freust du dich? Geht es dir gut, Holger?«

Munch drückte ihre Hand und lächelte.

»Ja, Marianne. Es geht mir sehr gut.«

»Schön«, sagte seine Exfrau, und wieder kam ein Paar über den Kiesweg.

»Da drinnen. Getränke sind auf dem Tisch«, begrüßte Munch die Neuankömmlinge. Dann trat plötzlich Mia durch das Tor.

»Gratuliere«, sagte sie und umarmte Marianne. »Wo ist der Gabentisch?«

»Die wollten doch keine Geschenke«, murmelte Munch.

»Ja, ist das nicht immer so?«, fragte Mia belustigt. »Ist sie drinnen?«

»Sie sind im Wohnzimmer«, sagte Munch.

»Okay, ich will nur eben Guten Tag sagen. Wir sehen uns nachher.«

Mia lächelte und verschwand im Haus.

»Opa!«

Leichte Schritte auf dem Kies, und Marion fiel ihm um den Hals.

»Hallo, Herzchen, alles in Ordnung? Weißt du noch, was du zu tun hast?«

»Ach, Opa«, sagte die Kleine in ihrem Festtagskleid und machte ein ernstes Gesicht. »Ich bin doch keine fünf mehr. Das ist doch nicht schwer. Ich hab einen Korb mit Blumen, ich sehe sehr hübsch und fein aus, und dann werfe ich die Blumen vor den beiden auf den Boden. Opa, das hast du mich gestern auch schon gefragt.«

»Sehr gut, Marion, ich wollte nur sichergehen.«

Marianne lachte und drückte noch einmal seine Hand.

»Aber du, Opa?«, fragte Marion und sah ihn an.

»Ja?«

»Barbie ist nicht ganz so zufrieden mit dem Pferd.«

»Ach, wirklich?«

Die Kleine hob ihr rosa Kleid und kratzte sich am Fuß.

»Nein, das ist so einsam.«

»Das Pferd ist einsam?«

»Ja, Opa. Es ist ganz allein, das arme. Da steht es, na ja, und dann frisst es Heu und springt über solche Latten, und es ist eben immer ganz allein.«

Marianne sah ihn an und schüttelte den Kopf.

»Es braucht also einen Freund, ist das so gemeint?«

»Ja, Opa, das braucht einen Freund. Können wir nicht versuchen, ob wir vielleicht noch ein Pferd finden, Opa? Ein schwarzes, diesmal, es kann Pfeil heißen und so schnell rennen, dass das andere Pferd sich richtig freut?«

»Wir werden sehen, Marion.«

»Hurra, Opa. Heute?«

»Nein, Marion, heute heiratet Mama.«

»Morgen?«

»Bald«, sagte Munch lächelnd, als das Tor wieder aufging.

»Willkommen«, sagte Marianne.

»Hallo«, murmelte Curry und fühlte sich in seinem Anzug offenbar gar nicht wohl. »Das ist Luna.«

»Willkommen, Luna«, sagte Munch und nahm die ausgestreckte Hand. »Getränke sind drinnen. Es geht gleich los, hinten im Garten, es dauert nicht mehr lange.«

»Danke für die Einladung«, sagte Curry höflich und ging mit seiner Freundin die Treppe hoch.

Munch fischte eine Zigarette aus der Tasche, als sein Telefon plingte.

Eine Mitteilung von Lillian.

»Meinen herzlichen Glückwunsch zu diesem schönen Tag, Holger. Und tausend Dank für unser Date am Samstag. Machen wir das wieder? Hab für Donnerstag Karten fürs Konzerthaus, vielleicht vorher essen?«

Munch antwortete:

»Unbedingt, Lillian. Ich freu mich. Sehr.«

Plötzlich erschien ein Mann auf der Treppe, er war ein Freund von Miriam, der gestresst wirkte und für den ganzen Ablauf verantwortlich war.

»Es geht jetzt los. Die Band spielt, und die Braut schreitet durch den Mittelgang. Kommt ihr?«

»Natürlich«, sagte Munch.

»Wir kommen«, fügte Marianne hinzu und drückte noch einmal seine Hand, ehe sie vor ihm her die Treppe hoch in das weiße Haus lief.

• 79 •

Mia Krüger stieg aus dem Auto und trug ihre Blumen über den Friedhof. Sie kniete nieder und entfernte die verwelkten vor dem Grab. Stellte den frischen Strauß in die Vase und fuhr mit der Hand über die Inschrift im Stein.

Sigrid Krüger.

Schwester, Freundin und Tochter.

Geboren 11. November 1979. Gestorben 18. April 2002.

Zutiefst geliebt. Zutiefst vermisst.

Die Zwillingsschwester im gelben Kornfeld.

Die winkend auf sie zukam.

Komm, Mia, komm.

»Nein, Sigrid.«

Mia schob die Hand in die Jackentasche. Sie ließ das silberne Armband für einen Moment in ihrer Hand ruhen, dann nahm sie das ab, das sie selbst am Handgelenk trug.

M für Mia.

S für Sigrid.

Eine Vertiefung in der braunen Erde, dann waren beide Armbänder verschwunden. Die flehende Stimme ihrer Schwester, irgendwo tief in ihr.

»Nein, Sigrid«, sagte Mia. »Ich muss es jetzt versuchen. Ich selbst zu sein, zu leben. Das will ich. Verstehst du?«

Sie erhob sich, ohne eine Antwort von dem weißen Stein.

»Okay?«

Kein Laut.

Nur der Wind.

»Ich habe gekündigt. Ich haue ab, okay?«

Mia blieb vor dem Grab stehen.

Ihre Schwester in dem korngelben Feld.

Ein verschwommenes Gesicht, das sie für einen Moment vor sich sah.

Und dann war sie verschwunden.

Mia schlang die Jacke enger um sich und ging den Kiesweg hinunter. Sie warf einen letzten Blick auf den weißen Grabstein, dann setzte sie sich in den jadegrünen Jaguar.

Und bog auf die schmale Straße ab.

Autor

Hinter dem Pseudonym Samuel Bjørk steht der norwegische Autor, Dramatiker und Singer-Songwriter Frode Sander Øien. Er veröffentlichte zwei hochgelobte Romane sowie sechs Musikalben, bevor er seinen ersten Thriller »Engelskalt« schrieb, den Auftakt zu seiner international erfolgreichen Bestsellerreihe um den Kommissar Holger Munch und seine Kollegin Mia Krüger.

Samuel Bjørk im Goldmann Verlag:

Engelskalt. Ein Fall für Kommissar Munch 1. Thriller

Federgrab. Ein Fall für Kommissar Munch 2. Thriller

Bitterherz. Ein Fall für Kommissar Munch 3. Thriller

Dunkelschnee. Der erste Fall für Holger Munch und Mia Krüger. Thriller (erscheint im Juli 2022)

(alle auch als E-Book erhältlich)

GOLDMANN